O MUNDO PERDIDO

O MUNDO PERDIDO

MICHAEL CRICHTON

TRADUÇÃO:
MARCIA MEN

ALEPH

PARA
CAROLYN CONGER

PAQUICEFALOSSAURO (7,5 METROS)

MAIASSAURO (9 METROS)

APATOSSAURO (24,5 METROS)

PARASSAUROLOFO (9 METROS)

VALE

ESCONDERIJO ALTO

NINHO DOS RAPTORS

N

ESTEGOSSAURO (7,5 METROS)

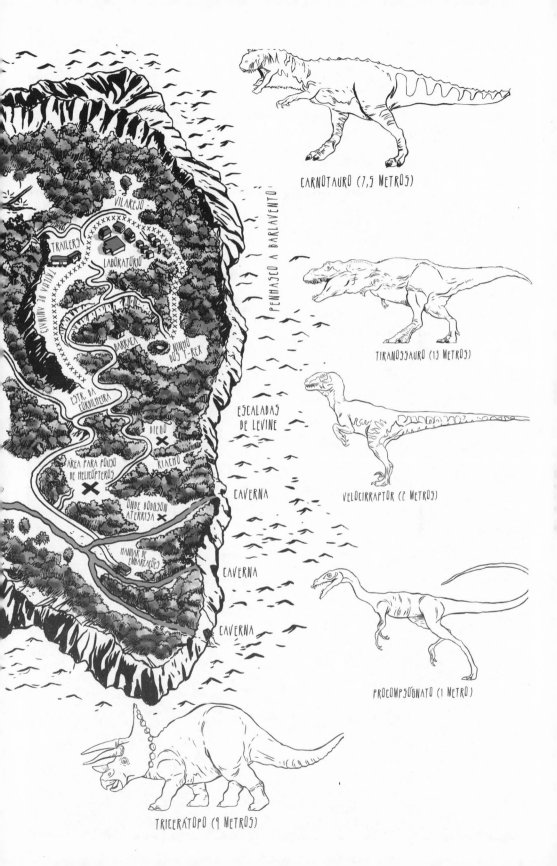

VILAREJO

TRAILERS

LABORATÓRIO

TRILHA DE ANIMAIS

BARRAÇA

NINHO DOS T-REX

ESTR. DA CORDILHEIRA

PENHASCO A BARLAVENTO

DIEGO

ÁREA PARA POUSO DE HELICÓPTEROS

RIACHO

ESCALADAS DE LEVINE

ONDE DODGSON ATERRISA

CAVERNA

HANGAR DE EMBARCAÇÕES

CAVERNA

CAVERNA

CARNOTAURO (7,5 METROS)

TIRANOSSAURO (13 METROS)

VELOCIRRAPTOR (2 METROS)

PROCOMPSOGNATO (1 METRO)

TRICERÁTOPO (9 METROS)

"O que realmente me interessa é saber se Deus teve alguma escolha na criação do mundo."

ALBERT EINSTEIN

"No fundo do sistema caótico, mudanças sutis na estrutura quase sempre causam vastas alterações no comportamento. Comportamento complexo e controlável parece suprimido."

STUART KAUFFMAN

"Sequelas são inerentemente imprevisíveis."

IAN MALCOLM

"EXTINÇÃO NA FRONTEIRA K-T"

O final do século 20 testemunhou um crescimento notável no interesse científico sobre o assunto extinção.

Esse não é exatamente um assunto novo – o barão Georges Cuvier demonstrou pela primeira vez que espécies se tornavam extintas ainda em 1786, não muito após a Revolução Americana. Portanto, a extinção fora aceita pelos cientistas por quase três quartos de século antes que Darwin apresentasse sua teoria da evolução. E, depois de Darwin, era raro as diversas controvérsias que giraram ao redor de sua teoria tocarem na questão da extinção.

Pelo contrário, de modo geral, considerava-se a extinção tão comum quanto um carro ficar sem gasolina. Ela era simplesmente a prova do fracasso em se adaptar. O modo como as espécies se adaptavam foi intensamente estudado e ferozmente debatido. Contudo, o fato de que algumas espécies fracassavam mal despertava a atenção. O que havia para dizer sobre isso? Entretanto, no início dos anos 1970, dois eventos começaram a colocar foco na extinção sob uma nova luz.

O primeiro consistiu no reconhecimento de os seres humanos serem agora muito numerosos e alterarem o planeta a um ritmo bastante acelerado – eliminando habitats tradicionais, acabando com a Mata Atlântica, poluindo o ar e a água e talvez até alterando o clima global. No processo, muitas espécies animais se extinguiram. Alguns cientistas ergueram a voz em alarme; outros ficaram silenciosamente inquietos. Qual seria a fragilidade do ecossistema da Terra? Estaria a espécie humana engajada em um comportamento que, por fim, levaria à sua própria extinção?

Ninguém tinha certeza. Como ninguém se incomodara em estudar a extinção de forma organizada, existia pouca informação sobre o ritmo da extinção em outras eras geológicas. Assim, os cientistas começaram a olhar para a extinção no passado com mais atenção, esperando poder responder à ansiedade sobre o presente.

O segundo evento relacionava-se a novas descobertas sobre a morte dos dinossauros. Já se sabia havia muito tempo que todas as espécies de dinossauros haviam sido extintas em um período de tempo relativamente curto – no final da era Cretácea, há cerca de 65 milhões de anos. A maneira exata pela qual essas extinções ocorreram constituía o cerne de um debate que se prolongava havia muito: alguns paleontólogos acreditavam que tudo ocorrera catastroficamente rápido, outros sentiam que os dinossauros haviam morrido de forma mais paulatina, ao longo de um período entre dez mil e dez milhões de anos – um acontecimento nada veloz.

E então, em 1980, o físico Luis Alvarez e três colegas descobriram altas concentrações do elemento irídio em rochas do final do Cretáceo e início do Terciário – a assim chamada fronteira K-T. (O Cretáceo foi abreviado como "k" para evitar confusão com o Cambriano e outros períodos geológicos.) O irídio é raro na Terra, mas abundante em meteoros. A equipe de Alvarez argumentou que a presença de tanto irídio nas rochas da fronteira K-T sugeria que um meteorito gigante, com vários quilômetros de diâmetro, havia colidido com a Terra naquela época. Eles formaram a teoria de que a poeira e os destroços resultantes tinham escurecido o céu, inibido a fotossíntese, matado plantas e animais e acabado com o reinado dos dinossauros.

Essa teoria dramática capturou a imaginação da mídia e do público, e, além disso, iniciou uma controvérsia que se estendeu por muitos anos. Onde estava a cratera desse meteoro? Várias teses foram propostas. No passado, houve cinco grandes períodos de extinção – será que todos causados por meteoros? Haveria um ciclo de catástrofe de 26 milhões de anos? Será que o planeta estaria, agora mesmo, à espera de outro impacto devastador?

Após mais de uma década, essas perguntas permanecem sem resposta. O debate prosseguiu até agosto de 1993 – quando, em um seminário semanal do Instituto Santa Fé, um matemático iconoclasta chamado Ian Malcolm anunciou não apenas que nenhuma dessas questões importava, mas também que o debate sobre um impacto de meteoro era "uma especulação frívola e irrelevante".

– Considerem os números – disse Malcolm, apoiando-se no pódio, fitando a audiência diante dele. – Em nosso planeta, existem atualmente 50 milhões de espécies de plantas e animais. Achamos que é uma diversidade notável, porém isso não é nada comparado ao que já existiu. Estimamos que tenham existido 50 bilhões de espécies neste planeta desde o início da vida. Isso significa que, de cada mil espécies que já existiram neste planeta, resta apenas uma hoje em dia.

Portanto, 99,9% de todas as espécies que já viveram estão extintas. E mortes em massa respondem por apenas 5% desse total. A maioria devastadora das espécies morreu uma de cada vez.

A verdade, disse Malcolm, é que a vida na Terra foi marcada por um ritmo contínuo e constante de extinção. Grosso modo, a longevidade média de uma espécie era de quatro milhões de anos. Para os mamíferos, um milhão de anos. E então a espécie desaparecia. Desse modo, o padrão real consistia em uma espécie surgindo, prosperando e morrendo em poucos milhões de anos. Em média, uma espécie por dia havia se extinguido ao longo da história da vida na Terra.

– Mas por quê? – indagou ele. – O que leva à ascensão e ao declínio das espécies da Terra em um ciclo de vida de quatro milhões de anos?

"Uma possível resposta é que nós não percebemos como nosso planeta é continuamente ativo. Apenas nos últimos cinquenta mil anos, um piscar de olhos geológico, as matas atlânticas foram severamente reduzidas, voltando a se expandir de novo. Elas não são uma característica eterna do planeta; na verdade, são bastante recentes. Há até dez mil anos, quando existiam predadores do ser humano no continente americano, uma geleira se estendia até onde hoje se localiza a cidade de Nova York. Muitos animais tornaram-se extintos durante essa época.

"Portanto, a maior parte da história do planeta mostra animais vivendo e morrendo sobre um pano de fundo bastante ativo. Isso provavelmente explica 90% das extinções. Se os oceanos secarem ou se tornarem mais salgados, então é claro que todo o plâncton morrerá. No entanto, animais complexos como os dinossauros são outra questão, porque esse tipo de animal se blindou, literal e figurativamente, contra tais mudanças. Por que animais complexos desaparecem? Por que não se ajustam? Fisicamente, eles parecem ter a capacidade para sobreviver. Não existe razão aparente pela qual devessem morrer. E, no entanto, eles morrem.

"O que desejo propor é que animais complexos se tornam extintos não em função de uma mudança em sua adaptação física a seu ambiente, mas devido a seu comportamento. Eu sugeriria que as mais recentes descobertas da teoria do caos, ou dinâmicas não lineares, oferecem pistas tentadoras sobre como isso ocorre.

"Essa teoria sugere que o comportamento de animais complexos pode mudar com muita rapidez, e nem sempre para melhor. Sugere que o comportamento pode deixar de se atentar ao ambiente e levar ao declínio e à morte. Sugere que os animais podem parar de se adaptar. Será isso o que aconteceu com os dinossauros? Será essa a verdadeira causa de seu desaparecimento? Talvez jamais saibamos. Porém, não é por acidente que os seres humanos se interessam tanto pela extinção dos dinossauros. O declínio desses animais permitiu aos mamíferos, incluindo nós mesmos, que prosperassem. Isso nos leva a imaginar se o desaparecimento ocorrerá, mais cedo ou mais tarde, também conosco. Se, em um nível mais profundo, a culpa não reside no destino em si, em algum meteoro de fogo vindo dos céus, mas em nosso próprio comportamento. No momento, não temos uma resposta."

E, então, ele sorriu.

– No entanto, tenho algumas sugestões – disse ele.

"VIDA À BEIRA DO CAOS"

O Instituto Santa Fé localizava-se em uma série de prédios na Estrada do Cânion onde antes existia um convento, e os seminários do Instituto ocorriam em uma sala que havia servido como capela. Agora, de pé no pódio, com um raio de luz do sol brilhando sobre ele, Ian Malcolm fez uma pausa dramática antes de continuar sua palestra.

Malcolm estava com 40 anos e era uma figura familiar no Instituto. Ele havia sido um dos pioneiros na teoria do caos, porém sua carreira promissora fora interrompida por um ferimento grave durante uma viagem à Costa Rica; Malcolm tinha, na verdade, sido declarado morto em vários noticiários. "Senti muito interromper as comemorações nos departamentos de matemática por todo o país", disse ele, mais tarde, "mas no final eu estava só *um pouquinho* morto. Os cirurgiões fizeram maravilhas, como eles mesmos serão os primeiros a contar a vocês. Assim, agora estou de volta – em minha nova iteração, pode-se dizer."

Vestido todo de preto, apoiado em uma bengala, Malcolm passava a impressão de severidade. Era conhecido dentro do Instituto por sua análise nada convencional e sua tendência ao pessimismo. A palestra naquele agosto, intitulada "Vida à Beira do Caos", foi típica de seu modo de pensar. Nela, Malcolm apresentava sua análise da teoria do caos aplicada à evolução.

Ele não podia ter desejado uma audiência mais erudita. O Instituto Santa Fé havia sido formado nos idos dos anos 1980 por um grupo de cientistas interessados nas implicações da teoria do caos. Os cientistas vinham de várias áreas – física, economia, biologia, ciências da computação. O que eles apresentavam em comum era uma crença de que a complexidade do mundo escondia uma ordem subjacente que escapara à ciência até ali e que seria revelada pela teoria do caos, agora conhecida como teoria da complexidade. Nas palavras de um deles, a teoria da complexidade era "a ciência do século 21".

O Instituto havia explorado o comportamento de uma grande variedade de sistemas complexos – empresas no mercado, neurônios no cérebro humano, as cascatas de enzimas dentro de uma célula, o comportamento coletivo de pássaros migratórios –, sistemas tão complexos que seu estudo não fora possível antes do advento do computador. A pesquisa era recente, e as descobertas, surpreendentes.

Não levou muito tempo para os cientistas notarem que os sistemas complexos mostravam certos comportamentos em comum. Eles começaram a pensar nesses comportamentos como características de todos os sistemas complexos e perceberam que não era possível explicá-los ao se analisarem os componentes dos sistemas. A consagrada abordagem científica do reducionismo – desmontar o relógio para ver como ele funcionava – não levava a lugar algum com os sistemas complexos, porque o comportamento interessante parecia surgir da interação espontânea entre os componentes. O comportamento não era planejado ou dirigido; ele simplesmente acontecia. Tal comportamento foi, assim, denominado "auto-organizador".

– Entre os comportamentos auto-organizadores – disse Ian Malcolm –, dois são de particular interesse para o estudo da evolução. Um é a adaptação. Nós a vemos em todo lugar. As empresas adaptam-se ao mercado, as células do cérebro adaptam-se aos sinais de tráfego, o sistema imunológico adapta-se à infecção, os animais adaptam-se a seu suprimento de comida. Nós começamos a pensar que a capacidade de adaptar-se é característica de sistemas complexos e pode ser um dos motivos pelos quais a evolução parece levar na direção de organismos mais complexos.

Ele mudou de posição no pódio, transferindo seu peso para a bengala.

– Porém, ainda mais importante – continuou ele – é o modo como sistemas complexos parecem atingir um equilíbrio entre a necessidade de ordem e o imperativo de mudança. Sistemas complexos tendem a se localizar em um lugar que chamamos de "à beira do caos", o qual imaginamos como um local onde existe inovação suficiente para manter um sistema vivo vibrante e estabilidade suficiente para impedir que ele desmorone em anarquia. É uma zona de conflito e agitação, onde o velho e o novo estão em uma guerra constante. Encontrar o ponto de equilíbrio deve ser uma questão delicada. Se um sistema vivo se aproxima demais, corre o risco de cair em incoerência e dissolução; no entanto, se o sistema se afasta demais do limite, ele se torna rígido, congelado, totalitário. Ambas as condições levam à extinção. Mudança demais é tão destrutiva quanto mudança de menos. Apenas à beira do caos os sistemas complexos podem prosperar.

Ele fez uma pausa.

– E isso implica que a extinção é o resultado inevitável de uma das duas estratégias: abundância ou escassez de mudança.

Na audiência, cabeças assentiam. Isso era um pensamento conhecido para a maioria dos pesquisadores presentes. De fato, o conceito da beira do caos representava quase um dogma no Instituto Santa Fé.

– Infelizmente – prosseguiu Malcolm –, o vão entre essa arquitetura teórica e o fato da extinção é vasto. Não temos como saber se nossa teoria é correta. O registro fóssil pode nos dizer que um animal se tornou extinto em certa época, mas não o motivo dessa extinção. Simulações no computador apresentam valor limitado. Também não podemos fazer experiências com organismos vivos. Portanto, somos obrigados a admitir que a extinção, impossível de ser testada, inadequada para experimentos, pode não ser, de forma alguma, um objeto de estudo científico. E isso talvez explique por que o assunto se encontra envolvido nas mais intensas controvérsias religiosas e políticas. Eu gostaria de lembrá-los que não existe nenhum debate religioso sobre o número de Avogadro, a constante de Planck ou as funções do pâncreas. Todavia, há pelo menos duzentos anos existe uma controvérsia perpétua sobre a extinção. E eu me pergunto como é que isso pode ser resolvido se... Sim? O que é?

No fundo da sala, uma mão se erguera e acenava, impaciente. Malcolm franziu o cenho, visivelmente aborrecido. A tradição no Instituto ditava que as perguntas fossem feitas apenas quando a apresentação terminasse; era de mau gosto interromper um palestrante.

– Você tinha uma pergunta? – indagou Malcolm.

No fundo da sala, um jovem de trinta e poucos anos se levantou.

– Na verdade – disse o homem –, uma observação.

O sujeito era moreno e magro, vestia camisa e bermuda cáqui e era preciso em seus movimentos e modos. Malcolm reconheceu-o como um paleontólogo de Berkeley chamado Levine, que passava o verão no Instituto. Malcolm nunca havia conversado com ele, mas conhecia sua reputação: Levine era geralmente reconhecido como o melhor paleontólogo de sua geração, talvez o melhor do mundo. No entanto, a maioria das pessoas no Instituto não gostava dele, julgando-o pomposo e arrogante.

– Eu concordo – continuou Levine – que o registro fóssil não é útil no que tange à extinção, particularmente se a sua tese for a de que o comportamento é a causa da extinção, pois ossos não nos dizem muito sobre comportamento. Mas eu discordo de que seja impossível testar a sua tese comportamental. Na verdade, ela implica um resultado. Embora talvez você não tenha pensado nisso.

A sala ficou silenciosa. No pódio, Malcolm franziu a testa. O eminente matemático não estava acostumado a ouvir que não pensara em todas as implicações de suas ideias.

– Qual é o seu ponto? – perguntou.

Levine parecia indiferente à tensão na sala.

– Apenas isso – disse ele. – Durante o Cretáceo, *Dinosauria* eram amplamente distribuídos pelo planeta. Encontramos restos deles em todos os continentes e em todas as zonas climáticas, até na Antártica. Agora, se a extinção deles foi realmente o resultado de seu comportamento e não a consequência de uma catástrofe, ou uma doença, ou uma mudança na vida vegetal, ou qualquer outra das explanações de larga escala já propostas, então me parece altamente improvável que todos eles tenham mudado seu comportamento ao mesmo tempo, em todo lugar. E isso, por sua vez, significa que podem muito bem existir alguns remanescentes desses animais ainda vivos na Terra. Por que não se poderia procurar por eles?

– Você poderia procurá-los – respondeu Malcolm friamente –, se isso o divertir. E se você não tiver nada mais atraente para fazer com o seu tempo.

– Não, não – disse Levine, ansioso. – Estou falando sério. E se os dinossauros não foram extintos? E se eles ainda existem? Em algum lugar, em um ponto isolado no planeta.

– Você está falando de um Mundo Perdido – afirmou Malcolm, e várias cabeças na sala assentiram. Os cientistas no Instituto haviam desenvolvido uma abreviação para se referir a cenários evolucionários comuns. Eles falavam do Campo de Balas, da Ruína dos Apostadores, do Jogo da Vida, do Mundo Perdido, da Rainha Vermelha e do Ruído Negro. Esses eram modos bem definidos de pensar sobre a evolução. Mas todos eram...

– Não – cortou Levine, teimosamente. – Estou falando de modo literal.

– Então você está delirando – falou Malcolm, com um gesto de desprezo. Ele deu as costas à audiência e caminhou lentamente até o quadro-negro. – Agora, se considerarmos as implicações da beira do caos, podemos começar nos perguntando: qual é a menor unidade da vida? A maioria das definições contemporâneas de vida incluiria a presença de DNA, mas existem dois exemplos que sugerem que essa definição é estreita demais. Se considerarem os vírus e os príons, torna-se claro que a vida pode de fato existir sem o DNA...

No fundo da sala, Levine mirou fixamente adiante por um momento. Depois, com relutância, sentou-se e começou a tomar notas.

A HIPÓTESE DO MUNDO PERDIDO

A palestra terminou, e Malcolm manquitolou pelo pátio do Instituto pouco depois do meio-dia. Ao lado dele, ia Sarah Harding, uma jovem bióloga de campo em visita, vinda da África. Malcolm já a conhecia havia vários anos, desde que lhe pediram que participasse como professor convidado para a defesa da tese de doutorado dela em Berkeley.

Atravessando o pátio no sol quente de verão, eles formavam um par improvável: Malcolm todo vestido de preto, curvado e asceta, apoiado em sua bengala; Harding, compacta e musculosa, parecendo jovem e enérgica, trajando bermuda e camiseta, os curtos cabelos pretos puxados para cima da testa pelos óculos de sol. Sua área de estudo eram os predadores africanos, os leões e as hienas. Tinha agendado seu retorno a Nairóbi para o dia seguinte.

Os dois haviam se aproximado desde a cirurgia de Malcolm. Harding estava em Austin em um ano sabático e ajudara a cuidar dele, após suas várias cirurgias, até que estivesse recuperado. Por algum tempo, pareceu que um romance havia florescido e que Malcolm, um solteirão convicto, sossegaria. No entanto, Harding voltara para a África e Malcolm, para Santa Fé. Qualquer que tenha sido o relacionamento dos dois, agora eram apenas bons amigos.

Ambos discutiram as questões levantadas no final da palestra dele. Do ponto de vista de Malcolm, ocorreram apenas as objeções previsíveis: as extinções em massa *eram* importantes; os seres humanos deviam sua existência à extinção no Cretáceo, que tinha devastado os dinossauros e permitido aos mamíferos que assumissem o controle. Como um dos questionadores pomposamente dissera: "O Cretáceo permitiu que nossa própria autoconsciência lúcida se erguesse no planeta".

A resposta de Malcolm foi imediata: "O que o faz pensar que os seres humanos são autoconscientes e lúcidos? Não existe evidência disso. Seres humanos nunca pensam por si mesmos, acham isso desconfortável demais. Em sua maioria, os membros de nossa espécie apenas repetem o que lhes dizem – e ficam aborrecidos se são expostos a algum ponto de vista diferente. A característica mais típica do ser humano não é a lucidez, e sim a conformidade, e o resultado típico é a guerrilha religiosa. Outros animais lutam por território ou comida; todavia, de forma única no reino animal, seres humanos lutam por suas 'crenças'. A razão é que as crenças guiam o comportamento, o que tem importância evolucionária entre os seres humanos. Porém, em uma época em que nosso comportamento pode muito bem nos levar à extinção, não vejo motivo para presumir que tenhamos qualquer lucidez. Somos conformistas teimosos e autodestrutivos. Qualquer outra visão de nossa espécie é apenas um delírio autocongratulatório. Próxima pergunta".

Agora, caminhando pelo pátio, Sarah Harding ria.

– Eles não gostaram muito daquilo.

– Admito que é desanimador – disse ele. – Mas também inevitável. – Ele balançou a cabeça. – Esses são alguns dos melhores cientistas no país, e ainda assim... nenhuma ideia interessante. Aliás, o que é que há com aquele cara que me interrompeu?

– Richard Levine? – Ela riu. – Irritante, não é? Ele tem uma reputação mundial de ser um pé no saco.

Malcolm grunhiu.

– É o que eu diria.

– Ele é rico, esse é o problema – comentou Harding. – Você já ouviu falar das bonecas Becky?

– Não – respondeu Malcolm, olhando-a de soslaio.

– Bem, toda menininha nos Estados Unidos já ouviu. É uma série: Becky, Sally, Frances e várias outras. Elas são bonecas tipicamente americanas. Levine é o herdeiro da empresa. Assim, é um desses riquinhos espertos. Impetuoso, faz o que quer.

Malcolm anuiu.

– Você tem tempo para almoçar?

– Claro, eu vou...

– Dr. Malcolm! Espere! Por favor! Dr. Malcolm!

Malcolm virou-se. Correndo pelo pátio até eles vinha a figura desengonçada de Richard Levine.

– Ah, merda – ralhou Malcolm.

– Dr. Malcolm – disse Levine, aproximando-se. – Fiquei surpreso pelo senhor não levar minha proposta mais seriamente.

– Como eu poderia? – indagou Malcolm. – É absurda.

– Sim, mas...

– A srta. Harding e eu estávamos indo almoçar – informou Malcolm, indicando Sarah.

– Sim, mas eu acho que o senhor deveria reconsiderar – disse Levine, pressionando. – Porque acredito que meu argumento seja válido. É totalmente possível, até provável, que dinossauros ainda existam. O senhor deve saber que há rumores persistentes sobre animais na Costa Rica, onde acredito que o senhor tenha passado algum tempo.

– Sim, e no caso da Costa Rica posso lhe dizer...

– E também no Congo – continuou Levine. – Há anos existem relatos feitos pelos pigmeus de um saurópode grande, talvez até mesmo um apatossauro, na floresta densa nos arredores de Bokambu. E também nas florestas altas de Irian Jaya, onde supostamente existe um animal do tamanho de um rinoceronte, que talvez seja um ceratopsiano remanescente...

– Fantasia – falou Malcolm. – Pura fantasia. Nada jamais foi visto. Nenhuma fotografia. Nenhuma evidência concreta.

– Talvez não – disse Levine. – Mas a ausência de prova não é prova de ausência. Acredito que possa muito bem haver um foco desses animais, sobreviventes de uma era passada.

Malcolm deu de ombros.

– Tudo é possível – disse.

– Mas, de fato, a sobrevivência *é* possível – insistiu Levine. – Eu venho recebendo ligações sobre novos animais na Costa Rica. Remanescentes, fragmentos.

Malcolm fez uma pausa.

– Recentemente?

– Já faz algum tempo que não.

– Hum – disse Malcolm. – Foi o que pensei.

– A última ligação ocorreu há nove meses – disse Levine. – Eu estava na Sibéria vendo aquele bebê mamute congelado e não pude chegar até lá a tempo. Mas ouvi dizer que haviam encontrado algo como um lagarto bem grande, atípico, morto na selva da Costa Rica.

– E? O que aconteceu com ele?

– Os restos foram queimados.

– Então não sobrou nada?

– Não.

– Nenhuma foto? Nenhuma prova?

– Aparentemente, não.

– Então é só uma história – disse Malcolm.

– Talvez. Mas acredito que valha a pena montar uma expedição para descobrir mais a respeito desses supostos sobreviventes.

Malcolm fitou-o.

– Uma expedição? Para encontrar um hipotético Mundo Perdido? Quem é que vai pagar por isso?

– Eu – informou Levine. – Já comecei o planejamento preliminar.

– Mas isso poderia custar...

– Não me importo com os custos – disse Levine. – O fato é que a sobrevivência é possível, já ocorreu em uma variedade de espécies de outros gêneros e pode ser que haja sobreviventes do Cretáceo também.

– Fantasia – disse Malcolm outra vez, balançando a cabeça.

Levine fez uma pausa e fixou o olhar em Malcolm.

– Dr. Malcolm – começou ele –, devo dizer que estou muito surpreso com a sua atitude. O senhor acaba de apresentar uma teoria e eu estou lhe oferecendo uma chance de prová-la. Pensei que saltaria sobre a oportunidade.

– Meus dias de salto se acabaram – disse Malcolm.

– Mas, em vez de aceitar meu desafio, o senhor...

– Eu não estou interessado em dinossauros – afirmou Malcolm.

– Mas todo mundo se interessa por dinossauros.

– Eu não. – Ele virou-se em sua bengala e começou a se afastar.

– Aliás – disse Levine –, o que o senhor estava fazendo na Costa Rica? Ouvi dizer que ficou lá por quase um ano.

– Eu estava em uma cama de hospital. Eles não conseguiram me retirar da terapia intensiva por seis meses. Eu não podia sequer embarcar em um avião.

– Sim – concordou Levine. – Eu sei que o senhor foi ferido. Mas, para início de conversa, o que fazia lá? Não estava procurando por dinossauros?

Malcolm franziu o nariz para ele sob a luz intensa do sol e apoiou-se em sua bengala.

– Não – respondeu ele. – Não estava, não.

Os três estavam sentados a uma mesinha pintada no canto do Guadalupe Café, do outro lado do rio. Sarah Harding bebia Corona direto da garrafa e observava os dois homens diante dela. Levine parecia contente por estar com eles, como se houvesse vencido algo para se sentar ali. Malcolm parecia cansado, como um pai que tivesse passado tempo demais com uma criança hiperativa.

– Quer saber o que eu ouvi dizer? – perguntou Levine. – Ouvi que, dois anos atrás, uma empresa chamada InGen criou, por meio da engenharia genética, alguns dinossauros e os colocou em uma ilha na Costa Rica. Mas algo deu errado, muita gente morreu, e os dinossauros foram destruídos. E agora ninguém fala a respeito, devido a algum detalhe legal. Acordos de confidencialidade ou algo assim. E o governo costa-riquenho não quer atrapalhar o turismo. Aí ninguém fala nada. Foi isso o que ouvi dizer.

Malcolm o encarou.

– E você acreditou nisso?

– No começo, não – disse Levine. – Mas o fato é que eu sempre ouvia a respeito. Os rumores sempre ressurgiam. Supostamente o senhor, Alan Grant e um punhado de outras pessoas estavam lá.

– Você perguntou a Grant sobre isso?

– Perguntei no ano passado, em uma conferência em Pequim. Ele disse que era um absurdo.

Malcolm assentiu devagar.

– É isso o que o senhor afirma? – perguntou Levine, tomando sua cerveja. – Digo, o senhor conhece Grant, não?

– Não. Eu nunca o vi.

Levine observava Malcolm com atenção.

– Então não é verdade?

Malcolm suspirou.

– Você tem alguma familiaridade com o conceito de um tecnomito? Foi desenvolvido por Geller, em Princeton. A teoria básica é a de que nós perdemos todos os mitos antigos, Orfeu e Eurídice e Perseu e Medusa. Então preenchemos o vazio com tecnomitos modernos. Geller listou aproximadamente uma dúzia. Um deles é a existência de um alienígena morando em um hangar na Base Aérea de Wright-Patterson. Outro é que alguém inventou um carburador que consegue fazer 250 quilômetros com um galão de gasolina, mas as empresas automobilísticas compraram a patente e a esconderam. Também existe a história de que os russos treinaram crianças em percepção extrassensorial em uma base secreta na Sibéria, e tais crianças podem matar gente em qualquer lugar do mundo com seus pensamentos. Há também a história de que as linhas em Nazca, no Peru, são um campo de pouso para naves alienígenas. Que a CIA liberou o vírus da aids para matar os homossexuais. Que Nikola Tesla descobriu uma incrível fonte de energia, mas suas anotações se perderam. Que em Istambul existe um desenho do século 10 que mostra a Terra do espaço. Que o Instituto de Pesquisa de Stanford encontrou um cara cujo corpo brilha no escuro. Pegou a ideia?

– O senhor está dizendo que os dinossauros da InGen são um mito – falou Levine.

– É claro que são. Eles têm que ser. Você acha que é possível criar um dinossauro por engenharia genética?

– Os especialistas todos me dizem que não.

– E eles têm razão – concordou Malcolm. Ele olhou para Harding de relance, como se buscando confirmação. Ela não disse nada, apenas bebeu sua cerveja.

Na verdade, Harding sabia de outra coisa sobre esses rumores de dinossauros. Após a cirurgia, Malcolm esteve delirante, resmungando coisas sem sentido devido à anestesia e aos analgésicos. E aparentemente ele estivera assustado, revirando-se na cama, repetindo os nomes de vários tipos de dinossauros. Harding havia perguntado à enfermeira sobre isso; ela respondera que ele ficava daquele jeito depois de toda operação. A equipe do hospital presumia ser uma fantasia induzida pelas drogas – contudo, parecia a Harding que Malcolm revivia alguma experiência real aterrorizante. A sensação era ampliada pelo jeito familiar e casual com que Malcolm se referia aos dinossauros: ele os chamava de "raptors" e "comps" e "trices". E parecia especialmente temeroso dos raptors.

Mais tarde, quando ele estava de volta ao lar, ela lhe perguntou sobre seus delírios. Ele apenas encolheu os ombros e fez uma piada ruim – "Pelo menos eu não mencionei outras mulheres, não é?". Em seguida, comentou algo sobre ser fascinado por dinossauros quando era pequeno, e como a doença dele fazia a pessoa regredir. Toda sua atitude era elaboradamente indiferente, como se nada daquilo importasse; ela tinha a distinta impressão de que ele era evasivo. Porém, não sentia vontade de forçar o assunto; naqueles dias, ela estava apaixonada por ele, e sua atitude era de indulgência.

Agora ele olhava para Harding de modo questionador, como se perguntasse se ela o contradiria. Malcolm deve ter seus motivos. Ela podia esperar.

Levine inclinou-se adiante na mesa na direção de Malcolm e perguntou:

– Então a história da InGen é completamente falsa?

– Totalmente falsa – respondeu Malcolm, assentindo, sério. – Totalmente falsa.

Malcolm vinha negando a especulação havia três anos. A essa altura, ficara bom nisso; seu cansaço já não era fingido, mas genuíno. Na verdade, ele fora um consultor para a International Genetic Technologies de Palo Alto no verão de

1989 e fizera uma viagem à Costa Rica para eles, o que tinha dado resultados desastrosos. No rescaldo, todos os envolvidos haviam se movimentado rapidamente para abafar a história. A InGen queria limitar sua responsabilidade. O governo costa-riquenho desejava preservar a reputação do país como um paraíso turístico. E os cientistas estavam presos por acordos de confidencialidade, incentivados posteriormente por subsídios generosos para continuar o silêncio. No caso de Malcolm, a empresa pagara dois anos de custos médicos.

Enquanto isso, as instalações na ilha da InGen na Costa Rica haviam sido destruídas. Não existia mais nenhuma criatura viva na ilha. A empresa contratara o eminente professor George Baselton, de Stanford, um biólogo e ensaísta cujas frequentes aparições televisivas o tornaram autoridade popular em assuntos científicos. Baselton afirmou ter visitado a ilha e foi incansável em negar os rumores de que animais extintos algum dia tivessem existido ali. Sua piadinha sarcástica, "Tigres-dentes-de-sabre, de fato!", foi particularmente eficaz.

Conforme o tempo passou, o interesse na história foi sumindo. A InGen, há muito tempo, declarara falência após o fato; os principais investidores na Europa e Ásia tinham assumido seus prejuízos. Embora os bens físicos, os prédios e o equipamento de laboratório da companhia fossem vendidos aos poucos, ficou decidido que a tecnologia central desenvolvida jamais seria vendida. Em resumo, o capítulo sobre a InGen estava fechado.

Não havia mais nada a dizer.

– Então não existe nada de verdadeiro nessa história – disse Levine, mordendo seu tamale de milho. – Para ser sincero com o senhor, dr. Malcolm, isso me faz sentir melhor.

– Por quê? – indagou Malcolm.

– Porque isso significa que os remanescentes que continuam aparecendo na Costa Rica devem ser reais. Dinossauros reais. Eu tenho um amigo de Yale por lá, um biólogo de campo, e ele disse que os viu. Eu acredito nele.

Malcolm deu de ombros.

– Eu duvido – disse ele – que mais algum animal vá aparecer na Costa Rica.

– É verdade que não aparece nenhum há quase um ano agora. Mas, se mais algum aparecer, irei para lá. E, nesse ínterim, vou preparar uma expedição. Tenho pensado muito em como isso deveria ser feito. Acho que os veículos especiais poderiam ser construídos e estar prontos em um ano. Já conversei com o dr. Thorne a respeito. Então, vou reunir uma equipe, talvez incluir a dra.

Harding aqui, ou um naturalista tão competente quanto, e alguns estudantes universitários...

Malcolm escutava, balançando a cabeça.

– O senhor acha que estou perdendo meu tempo – disse Levine.

– Acho, sim.

– Mas imagine, apenas imagine, que os animais comecem a aparecer de novo.

– Nunca aconteceu.

– Mas e se acontecer? – questionou Levine. – O senhor estaria interessado em me ajudar? A planejar uma expedição?

Malcolm terminou sua refeição e empurrou o prato para longe. Ele fitou Levine.

– Sim – respondeu ele, por fim. – Se os animais começassem a aparecer de novo, eu estaria interessado em ajudá-lo.

– Ótimo! – disse Levine. – Isso era tudo o que eu queria saber.

Lá fora, na ofuscante luz do sol em Guadalupe Street, Malcolm caminhou com Sarah até seu combalido Ford sedã. Levine entrou em uma Ferrari vermelha berrante, acenou alegremente e saiu com um rugido.

– Você acha que isso algum dia vai acontecer? – perguntou Sarah Harding. – Que esses, bem, animais vão começar a aparecer de novo?

– Não – respondeu Malcolm. – Tenho uma razoável certeza de que isso nunca acontecerá.

– Você parece esperançoso.

Ele balançou a cabeça e entrou no carro desajeitadamente, girando a perna ruim sob o volante. Harding sentou-se no banco ao lado. Ele olhou para ela e virou a chave na ignição e, então, eles dirigiram de volta para o Instituto.

No dia seguinte, Harding voltou para a África. Durante os dezoito meses seguintes, ela teve uma impressão rudimentar do progresso de Levine, já que, de tempos em tempos, ele ligava para ela com alguma pergunta sobre protocolos de campo ou pneus para veículos ou o melhor anestésico para usar em animais na natureza. Às vezes, ela recebia um telefonema do dr. Thorne, que construía os veículos. Ele geralmente soava importunado.

De Malcolm ela não ouviu nada, apesar de ele lhe enviar um cartão de aniversário, ainda que com um mês de atraso. Ele havia rabiscado embaixo: "Tenha um feliz aniversário. Fique contente por não estar perto dele. Ele está me deixando maluco".

_PRIMEIRA CONFIGURAÇÃO

"

Na região resguardada, longe da beira do caos,
elementos individuais unem-se lentamente, sem nenhum
padrão definido.

"

< IAN MALCOLM >

FORMAS ABERRANTES

À luz fugidia da tarde, o helicóptero voava baixo ao longo da costa, seguindo a linha onde a densa mata encontrava a praia. O último dos vilarejos de pescadores passara debaixo deles dez minutos antes. Agora, havia apenas a impenetrável selva costa-riquenha, pântanos de manguezais e quilômetro após quilômetro de areia deserta. Sentado ao lado do piloto, Marty Guitierrez olhava fixamente pela janela enquanto a linha costeira ficava para trás. Não existiam sequer estradas nessa área, pelo menos não que Guitierrez pudesse ver.

Guitierrez era um americano quieto e barbudo de 36 anos, biólogo de campo que morava na Costa Rica já havia oito anos. Ele viera originalmente para estudar a especiação dos tucanos na Mata Atlântica, mas permaneceu ali como consultor para a Reserva Biológica de Carara, o parque nacional mais ao norte. Guitierrez ligou o microfone do rádio e perguntou ao piloto:

– Quanto tempo ainda?

– Cinco minutos, señor Guitierrez.

Ele virou-se e disse:

– Não demora muito agora.

Entretanto, o homem alto encolhido no banco traseiro do helicóptero não respondeu, nem mesmo reconheceu que alguém havia falado com ele. Apenas continuou sentado, a mão no queixo, olhando pela janela, com o cenho franzido.

Richard Levine vestia um uniforme cáqui desbotado pelo sol e um chapéu achatado australiano bem enfiado na cabeça. Um par surrado de binóculos pendia de seu pescoço. Contudo, apesar de sua aparência rústica, Levine mantinha um ar de concentração erudita. Por trás dos óculos de armação metálica, suas feições eram afiadas e sua expressão intensa e crítica enquanto ele olhava pela janela.

– Que lugar é esse?

– Chama-se Rojas.

– Então estamos bem ao sul?

– Sim. São apenas 80 quilômetros para a fronteira com o Panamá.

Levine fitou a selva.

– Não vejo nenhuma estrada – disse ele. – Como é que encontraram essa coisa?

– Dois campistas – respondeu Guitierrez. – Eles vieram de barco, pararam na praia.

– Quando foi isso?

– Ontem. Eles deram uma olhada no negócio e saíram correndo.

Levine aquiesceu. Com seus longos braços e pernas encolhidos, as mãos encaixadas debaixo do queixo, ele lembrava um louva-a-deus. Esse fora seu apelido na faculdade, em parte devido à sua aparência, e em parte por causa de sua tendência de arrancar com uma mordida a cabeça de qualquer um que discordasse dele.

Guitierrez perguntou:

– Já tinha vindo à Costa Rica?

– Não. É a primeira vez – informou Levine. E então acenou de modo irritado com a mão, como se não quisesse ser incomodado com conversa fiada.

Guitierrez sorriu. Depois de todos esses anos, Levine não tinha mudado em nada. Ainda era um dos homens mais brilhantes e irritantes na ciência. Os dois haviam sido colegas na Universidade de Yale, até Levine abandonar o programa de doutorado para graduar-se em zoologia comparada. Ele anunciou que não se interessava pelo tipo de pesquisa de campo contemporânea que tanto atraía Guitierrez. Com o desprezo característico, uma vez descreveu o trabalho de Guitierrez como "coletar merda de papagaio pelo mundo todo".

A verdade era que Levine – brilhante e exigente – se atraía pelo passado, para o mundo que não existia mais. E ele estudava esse mundo com uma intensidade obsessiva. Era famoso por sua memória fotográfica, pela arrogância, por sua língua afiada e pelo prazer indisfarçável que tinha em apontar os erros dos colegas. Conforme um deles certa vez disse: "Levine nunca esquece um osso – e tampouco deixa que você se esqueça".

Pesquisadores de campo detestavam Levine, e o sentimento era recíproco. Ele, no fundo, caracterizava-se como um homem apegado a detalhes, um catalogador da vida animal, e seu momento mais feliz era quando estava pesquisando coleções de museus, reatribuindo espécies, rearrumando esqueletos em exposição. Detestava a poeira e a inconveniência da vida no campo. Se pudesse escolher, jamais deixaria o museu. Porém era seu destino viver no maior período de descobertas na história da paleontologia. O número de espécies conhecidas de dinossauros dobrara nos últimos vinte anos, e novas espécies eram agora descritas ao ritmo de uma a cada sete semanas. Assim, a reputação mundial de Levine o forçava a viajar continuamente pelo mundo, inspecionando novas descobertas e prestando sua opinião especialista a pesquisadores que se chateavam ao admitir que precisavam dela.

– De onde você veio? – Guitierrez lhe perguntou.

– Mongólia – disse Levine. – Eu estava nos Penhascos Flamejantes, no deserto de Góbi, a três horas de Ulan Bator.

– Ah, é? E o que tem lá?

– John Roxton arranjou uma escavação. Ele encontrou um esqueleto incompleto e achou que pudesse ser uma nova espécie de *Velociraptor*, e queria que eu desse uma olhada.

– E?

Levine deu de ombros.

– Roxton nunca soube nada de anatomia. Ele é um angariador de fundos entusiasmado e, ainda que de fato descubra alguma coisa, não tem competência para seguir adiante.

– Você disse isso a ele?

– Por que não? É a verdade.

– E o esqueleto?

– O esqueleto nem era de raptor – respondeu Levine. – Os metatarsos todos errados, púbis muito ventral, faltava um obturador propriamente dito no ísquio, e os ossos longos eram leves demais. Quanto ao crânio... – Ele revirou os olhos. – O palatal era espesso demais, a fenestra anteorbital, rostral demais, a carina distal, pequena demais... ah, e assim por diante. E a ungueal incisiva mal estava presente. Então ali nos encontrávamos. Eu não sei em que Roxton estava pensando. Suspeito que ele realmente possua uma subespécie de *Troodon*, embora eu ainda não tenha certeza.

– *Troodon?* – repetiu Guitierrez.

– Um pequeno carnívoro do Cretáceo, dois metros das patas ao acetábulo. Na verdade, um terópoda bastante comum. E a descoberta de Roxton não constituía um exemplo particularmente interessante. Embora houvesse um detalhe curioso. O material incluía um artefato tegumentar: uma impressão da pele do dinossauro. Isso, em si, não é raro. Existe talvez uma dúzia de boas impressões de pele obtidas até agora, a maioria entre os *Hadrosauridae*. Mas nada parecido com aquilo. Ficou claro para mim que a pele desse animal apresentava algumas características extraordinárias, previamente insuspeitadas em dinossauros...

– Señores – disse o piloto, interrompendo-os –, a Baía de Juan Fernández está logo adiante.

– Sobrevoe-a primeiro, pode ser? – perguntou Levine.

Ele olhou pela janela, a expressão novamente intensa, a conversa, esquecida. Eles voavam sobre uma floresta que se estendia pelas montanhas por quilômetros, até onde podiam ver. O helicóptero fez uma inclinação, circulando a praia.

– Ali está – disse Guitierrez, apontando pela janela.

A praia era um crescente branco, limpo e curvado, totalmente deserto à luz da tarde. Ao sul, eles viram uma única massa escura na areia. Do ar, parecia uma rocha ou talvez um grande amontoado de algas marinhas. A silhueta era amorfa, com cerca de 1,5 metro de largura. Havia muitas pegadas ao redor dela.

– Quem esteve aqui? – perguntou Levine, suspirando.

– O pessoal do Serviço de Saúde Pública veio hoje, mais cedo.

– Eles fizeram alguma coisa? – questionou ele. – Colocaram a mão, perturbaram de alguma forma?

– Não sei dizer – declarou Guitierrez.

– O Serviço de Saúde Pública – repetiu Levine, balançando a cabeça. – O que é que eles sabem? Você nunca deveria tê-los deixado chegar perto, Marty.

– Ei – disse Guitierrez. – Eu não mando neste país. Fiz o melhor que pude. Eles queriam destruir tudo antes que você sequer chegasse aqui. Pelo menos consegui manter intacto até você vir. Embora eu não saiba quanto tempo eles vão esperar.

– Então é melhor começarmos – disse Levine. Ele apertou o botão em seu microfone. – Por que ainda estamos sobrevoando? Estamos desperdiçando a luz. Desça para a praia agora. Quero ver esse negócio em primeira mão.

Richard Levine correu pela areia na direção da silhueta escura, os binóculos quicando no peito. Mesmo a distância, ele podia farejar o fedor da decomposição. E já registrava suas impressões preliminares. A carcaça jazia semienterrada na areia, cercada por uma espessa nuvem de moscas. A pele estava inchada de gases, o que dificultava a identificação.

Ele fez uma pausa a alguns metros da criatura e pegou sua câmera. De imediato, o piloto do helicóptero colocou-se ao lado dele, empurrando sua mão para baixo.

– *No permitido.*

– O quê?

– Me desculpe, señor. Não se permite nenhuma foto.

– Por que diabos não? – perguntou Levine. Ele virou-se para Guitierrez, que estava trotando pela praia até eles. – Marty, por que não posso tirar fotos? Isso pode ser uma importante...

– Sem fotos – disse o piloto outra vez e retirou a câmera da mão de Levine.

– Marty, isso é loucura.

– Apenas vá em frente e faça seu exame – disse Guitierrez, começando a falar em espanhol com o piloto, que respondeu de maneira raivosa e brusca, agitando as mãos.

Levine observou por um momento, depois virou-se de costas. Para o inferno com isso, pensou. Eles podiam discutir eternamente. O odor tornou-se muito mais forte conforme ele se aproximou. Apesar de a carcaça ser grande, Levine reparou que não havia pássaros, ratos nem nenhum outro carniceiro alimentando-se dela. Havia apenas moscas – em uma onda tão densa que cobria a pele e obscurecia o contorno do animal morto.

Ainda assim, estava claro que esta fora uma criatura substancial, mais ou menos do tamanho de uma vaca ou um cavalo antes que o inchaço começasse a ampliá-la ainda mais. A pele seca havia se rachado sob o sol e agora se descolava, enrolando para cima, expondo a camada de gordura amarela subdérmica escorrendo logo abaixo.

Humpf, como fedia! Levine fez uma careta. Forçou-se a chegar mais perto, dirigindo toda a sua atenção ao animal.

Embora do tamanho de uma vaca, claramente não era um mamífero. A pele não tinha pelos. A cor original parecia ter sido verde, com uma sugestão de faixas mais escuras espalhadas por ela. A superfície epidérmica era marcada em tubérculos poligonais de diversos tamanhos, o padrão lembrando a pele de um lagarto. Essa textura variava em partes diferentes do animal, as marcas tornavam-se maiores e menos distintas na barriga. Havia dobras proeminentes de pele nas juntas do pescoço, ombro e quadril – de novo, como um lagarto.

Entretanto, a carcaça era grande. Levine estimava que o animal pesasse originalmente cerca de 100 quilos. Nenhum lagarto chegava a esse tamanho em lugar algum do mundo, exceto os dragões-de-komodo, na Indonésia. *Varanus komodoensis* eram lagartos monitores com quase três metros de comprimento, carnívoros do tamanho de crocodilos que comiam cabras e porcos e, às vezes, seres humanos também. Porém, não havia lagartos monitores em lugar nenhum do Novo Mundo. É claro, era concebível que este fosse um dos *Iguanidae*. Iguanas encontravam-se por toda a América do Sul, e as iguanas marinhas podiam ser bem grandes. Ainda assim, seria um animal de tamanho recorde.

Levine movimentou-se lentamente ao redor da carcaça, na direção da frente do animal. Não, pensou ele, não era um lagarto. A carcaça jazia de lado, o lado esquerdo das costelas encarando o céu. Quase metade dela estava enterrada; a fileira de protuberâncias que marcava os processos espinhosos dorsais da coluna localizava-se apenas alguns centímetros acima da areia. O pescoço comprido encontrava-se curvado, a cabeça escondida sob o volume do corpo como a cabeça de um pato debaixo das penas. Levine viu um membro dianteiro, que parecia pequeno e fraco. O apêndice distal estava enterrado na areia. Ele iria desenterrá-lo e dar uma olhada, mas queria tirar fotos antes de perturbar o espécime *in situ*.

De fato, quanto mais Levine via dessa carcaça, mais cuidadosamente pensava que devia prosseguir. Porque uma coisa estava clara: este era um animal muito raro e possivelmente desconhecido. Levine sentiu-se ao mesmo tempo empolgado e cauteloso. Se essa descoberta era tão importante quanto ele começava a achar, tornava-se essencial que a documentasse de maneira apropriada.

Mais acima na praia, Guitierrez ainda gritava com o piloto, que continuava balançando a cabeça teimosamente. Esses burocratas de repúblicas de banana, pensou Levine. Por que ele não deveria tirar fotos? Não iria fazer mal algum. E era vital documentar o estado mutável da criatura.

Ele ouviu um som abafado e olhou para cima, vendo um segundo helicóptero circundando a baía, sua sombra escura deslizando pela areia. A cor dele era de um branco de ambulância e apresentava letras em vermelho na lateral. À luz cegante do sol que se punha, ele não conseguia ler o que estava escrito.

Voltou a se concentrar na carcaça, reparando agora que a perna traseira do animal era poderosamente musculosa, muito diferente do membro dianteiro. Aquilo sugeria que a criatura andava ereta, equilibrada em fortes pernas. Sabia-se que muitos lagartos caminhavam eretos, é claro, mas nenhum era tão grande quanto este. Na verdade, enquanto Levine olhava para o formato geral da carcaça, sentia-se cada vez mais certo de que aquilo não era um lagarto.

Trabalhava com rapidez agora, pois a luz ia embora e ainda havia muito a fazer. A cada espécime, era necessário sempre responder a duas perguntas principais, ambas igualmente importantes. Primeira: o que era o animal? Segunda: por que ele tinha morrido?

De pé junto à coxa, ele viu que a epiderme se partira, sem dúvida pelo acúmulo subcutâneo de gases. Contudo, quando Levine inspecionou mais de perto, notou que a separação na verdade era um rasgo evidente e profundo, atravessando a femorotibial e expondo o músculo vermelho e o osso pálido logo abaixo. Ele ignorou o fedor e os vermes brancos que rastejavam pelos tecidos abertos do rasgo, porque percebeu que...

– Sinto muito sobre tudo isso – disse Guitierrez, aproximando-se. – Mas o piloto simplesmente se recusa.

O piloto seguia Guitierrez nervosamente, de pé ao lado dele, observando com cuidado.

– Marty – disse Levine. – Eu preciso mesmo tirar fotos aqui.

– Temo que você não possa – falou Guitierrez, encolhendo os ombros.

– É importante, Marty.

– Me desculpe. Eu fiz o melhor que podia.

Um pouco mais ao longe na praia, o helicóptero branco pousou, seu ruído diminuindo. Homens uniformizados começaram a descer.

– Marty, o que você acha que este animal é?

– Bem, posso apenas supor – disse Guitierrez. – Pelas dimensões gerais, diria que é uma iguana até agora desconhecida. Extremamente grande, é claro, e obviamente não nativa da Costa Rica. Meu palpite é que este animal veio de Galápagos, ou uma das...

– Não, Marty – contrariou Levine. – Não é uma iguana.

– Antes que você diga mais alguma coisa – falou Guitierrez, espiando o piloto –, acho que deve saber que várias espécies previamente desconhecidas de lagarto têm surgido nesta área. Ninguém sabe muito bem por quê. Talvez seja devido ao desmatamento da Mata Atlântica ou por algum outro motivo. Mas novas espécies estão surgindo. Vários anos atrás, comecei a ver espécies não identificadas de...

– Marty. Não é a porcaria de um lagarto.

Guitierrez piscou.

– O que você está dizendo? É claro que é um lagarto.

– Eu não acho – afirmou Levine.

Guitierrez disse:

– Você provavelmente só está espantado por causa do tamanho. O fato é que, aqui na Costa Rica, de vez em quando nós encontramos essas formas aberrantes...

– Marty – falou Levine, friamente. – Eu nunca fico *espantado*.

– Bem, é óbvio, eu não quis dizer que...

– E estou lhe dizendo, isto não é um lagarto – afirmou novamente Levine.

– Me desculpe – disse Guitierrez, balançando a cabeça. – Mas não posso concordar.

No helicóptero branco, os homens estavam reunidos, colocando máscaras cirúrgicas brancas.

– Não estou pedindo que você concorde – disse Levine. Ele voltou-se para a carcaça. – O diagnóstico se esclarece com facilidade, tudo o que precisamos fazer é escavar a cabeça ou, na verdade, qualquer um dos membros, por exemplo esta coxa aqui, que eu acredito...

Ele se interrompeu e inclinou-se mais para perto. Olhou para a parte traseira da coxa.

– O que é? – perguntou Guitierrez.

– Me dê sua faca.

– Por quê?

– Só me dê a faca.

Guitierrez pescou seu canivete, colocando o cabo na mão estendida de Levine. Ele olhava para a carcaça, sem pestanejar.

– Creio que você vá achar isso interessante.

– O quê?

– Bem ao lado da linha dérmica posterior, tem um...

De repente, eles ouviram gritos na praia e ergueram os olhos a tempo de ver os homens do helicóptero branco correndo na direção dos dois. Eles carregavam tanques nas costas e gritavam em espanhol.

– O que estão dizendo? – perguntou Levine, franzindo a testa.

Guitierrez suspirou.

– Estão dizendo para nos afastarmos.

– Diga a eles que estamos ocupados – falou Levine, abaixando-se sobre a carcaça de novo.

No entanto, os homens continuaram gritando e, quando subitamente se ouviu um rugido, Levine olhou para cima, vendo lança-chamas acenderem, grandes jatos flamejantes rugindo na luz do início da noite. Ele contornou correndo a carcaça na direção dos homens, gritando:

– Não! Não!

Mas os homens não lhe deram atenção alguma.

Ele gritou:

– Não, isso é um inestimável...

O primeiro homem uniformizado agarrou Levine e jogou-o rudemente na areia.

– O que diabos vocês estão fazendo? – gritou Levine, levantando-se apressado.

Todavia, mesmo enquanto dizia isso, viu que era tarde demais: as primeiras chamas alcançaram a carcaça, enegrecendo a pele, incendiando os bolsões de metano com um sibilo azul. A fumaça da carcaça começou a subir, espessa, para o céu.

– Parem! Parem! – Levine virou-se para Guitierrez. – Faça-os parar!

Mas Guitierrez não se movia; ele estava encarando a carcaça. Consumido pelas labaredas, o torso estalava e a gordura cuspia. E então, enquanto a pele queimava, as costelas negras e achatadas do esqueleto se revelavam; depois, todo o torso se virou e, de repente, o pescoço do animal se levantou, cercado pelas chamas, movendo-se conforme a pele se contraía. Dentro do fogo, Levine viu um focinho comprido e pontudo e fileiras de dentes afiados e predatórios, e órbitas oculares vazias, a coisa toda queimando como algum dragão medieval erguendo-se em chamas até o céu.

SAN JOSÉ

Levine sentou-se no bar no aeroporto San José, tomando lentamente uma cerveja e esperando por seu avião de volta aos Estados Unidos. Guitierrez sentava-se a seu lado a uma mesinha, sem falar muito. Um silêncio desconfortável havia caído durante os últimos minutos. Guitierrez fitava a mochila de Levine, no chão, junto aos pés dele. Ela fora manufaturada especialmente com Gore-Tex verde-escuro e guarnecida com bolsos extras do lado de fora para todo o equipamento eletrônico.

– Bela mochila – disse Guitierrez. – Onde você conseguiu isso? Parece uma bolsa Thorne.

Levine bebericou sua cerveja.

– E é.

– Legal – comentou Guitierrez, olhando para ela. – O que você tem na dobra superior, um telefone por satélite? E um GPS? Cara, o que é que falta eles inventarem? Bem louco. Deve ter te custado uma...

– Marty – disse Levine, em um tom exasperado. – Para com isso. Você vai me contar ou não?

– Contar o quê?

– Eu quero saber o que diabos está acontecendo aqui.

– Richard, olha, me desculpe se você...

– Não – interrompeu Levine. – Aquilo na praia era um espécime muito importante, Marty, e ele foi destruído. Eu não compreendo por que você permitiu que acontecesse.

Guitierrez suspirou. Ele olhou ao redor para os turistas nas outras mesas e disse:

– Isso tem que ser confidencial, ok?

– Tudo bem.

– É um problemão aqui.

– O quê?

– Tem ocorrido de... bem... formas aberrantes... aparecerem na costa de vez em quando. Acontece há vários anos já.

– "Formas aberrantes"? – repetiu Levine, balançando a cabeça, incrédulo.

– É o termo oficial para esses espécimes – disse Guitierrez. – Ninguém no governo está disposto a ser mais preciso. Começou há cerca de cinco anos. Vários animais foram descobertos nas montanhas, perto de uma estação agrícola remota que plantava diversos tipos de soja para teste.

– Soja – repetiu Levine.

Guitierrez assentiu.

– Pelo jeito, esses animais são atraídos por bagas e certas gramíneas. Supõe-se que eles tenham grande necessidade do aminoácido lisina em suas dietas. Mas ninguém tem certeza. Talvez simplesmente prefiram algumas plantas...

– Marty – disse Levine. – Eu não ligo se eles preferem cerveja e pretzels. A única questão importante é: de onde vêm os animais?

– Ninguém sabe – respondeu Guitierrez.

Por enquanto, Levine deixou aquilo passar.

– O que aconteceu com os outros animais?

– Foram todos destruídos. E, até onde eu sei, nenhum outro foi encontrado durante anos depois disso. Mas agora parece estar começando de novo. Neste último ano, encontramos os restos de mais quatro animais, inclusive aquele que você viu hoje.

– E o que foi feito?

– As formas aberrantes, bem, são sempre destruídas. Exatamente como você viu. Desde o começo, o governo tomou todas as medidas possíveis para garantir que ninguém descubra a respeito. Poucos anos atrás, alguns jornalistas americanos começaram a relatar que havia algo de errado em uma ilha, Isla Nublar. Menéndez convidou um punhado de jornalistas para um passeio especial na ilha, e então os levou à ilha errada. Eles nunca souberam a diferença. Coisas assim. Digo, o governo é muito sério sobre isso.

– Por quê?

– Eles estão preocupados.

– Preocupados? Por que eles deveriam se preocupar com...

Guitierrez levantou a mão, remexeu-se na cadeira e se aproximou um pouco mais.

– Doenças, Richard.

– Doenças?

– É. A Costa Rica tem um dos melhores sistemas de saúde do mundo – disse Guitierrez. – Os epidemiologistas rastrearam um tipo estranho de encefalite que parece estar se espalhando, particularmente ao longo da costa.

– Encefalite? De que origem? Viral?

Guitierrez balançou a cabeça.

– Nenhum agente causador foi encontrado.

– Marty...

– Estou lhe dizendo, Richard. Ninguém sabe. Não é um vírus, porque os títulos de anticorpos não sobem, e os diferenciais de células brancas não mudam. Não é bacteriano, porque nada jamais foi cultivado. Isso constitui um mistério completo. Tudo o que os epidemiologistas sabem é que parece afetar primariamente os fazendeiros rurais: gente que lida com animais e gado. E é uma encefalite verdadeira: dores de cabeça excruciantes, confusão mental, febre, delírio.

– Mortalidade?

– Até agora parece ser autolimitada, dura cerca de três semanas. Mas, ainda assim, deixou o governo preocupado. Este país depende do turismo, Richard. Ninguém quer ouvir falar de doenças desconhecidas.

– Então eles acham que a encefalite apresenta alguma relação com essas... formas aberrantes?

Ele deu de ombros.

– Lagartos carregam muitas doenças virais – disse Guitierrez. – São um vetor conhecido. Portanto, não é insensato, pode mesmo existir uma conexão.

– Mas você disse que essa não é uma doença viral.

– Seja lá o que for, eles acham que está relacionada.

Levine disse:

– Mais motivo ainda para descobrir de onde esses lagartos estão vindo. Certamente eles devem ter procurado...

– Procurado? – perguntou Guitierrez, rindo. – É claro que eles procuraram. Eles vasculharam cada centímetro desse país, repetidas vezes. Enviaram dúzias de equipes de busca, eu mesmo liderei diversas. Eles fizeram pesquisas aéreas. Sobrevoaram a selva. Sobrevoaram as ilhas distantes da costa. Isso, por si só, é um trabalho grande. Existem muitas ilhas, sabe, particularmente ao longo da costa oeste. Diabos, eles até vasculharam aquelas que são propriedade particular.

– Existem ilhas de propriedade particular aqui? – perguntou Levine.

– Algumas. Três ou quatro. Como a Isla Nublar: ela foi arrendada para uma empresa americana, a InGen, por vários anos.

– Mas você disse que essa ilha foi vasculhada...

– Minuciosamente. Não há nada lá.

– E as outras?

– Bem, vejamos – disse Guitierrez, contando-as nos dedos. – Tem a Isla Talamanca, na costa leste; eles têm um Club Med lá. Tem a Sorna, na costa oeste; está arrendada para uma companhia mineradora alemã. E temos Morazan, lá no norte; essa foi realmente comprada por uma rica família costa-riquenha. E pode haver outra ilha, da qual me esqueci.

– E as buscas descobriram o quê?

– Nada – respondeu Guitierrez. – Elas não descobriram absolutamente nada. Por isso a suposição é de que os animais estejam vindo de algum lugar no fundo da floresta. E é por isso que não conseguimos encontrar nada até agora.

Levine grunhiu.

– Nesse caso, boa sorte.

– Eu sei – concordou Guitierrez. – A Mata Atlântica é um ambiente incrivelmente bom para ocultação. Uma equipe de busca poderia passar a dez metros de um animal grande sem vê-lo. E até a mais avançada tecnologia em sensores não ajuda muito, porque são diversas camadas para penetrar: nuvens, copa das árvores, a flora do nível inferior. Simplesmente não tem jeito: quase qualquer coisa poderia se esconder na Mata Atlântica. Enfim – disse ele –, o governo está frustrado. E, é claro, o governo não é o único interessado.

Levine tornou a erguer o olhar, afiado.

– Ah, não?

– Não. Por algum motivo, há muito interesse nesses animais.

– Que tipo de interesse? – perguntou Levine, tão casualmente quanto conseguiu.

– No outono passado, o governo emitiu uma licença para uma equipe de botânicos de Berkeley fazer uma pesquisa aérea da copa das árvores da selva no planalto central. A pesquisa esteve em curso por um mês quando surgiu uma disputa: uma conta de combustível de aviação ou algo do gênero. De qualquer forma, um burocrata em San José ligou para Berkeley a fim de reclamar. E Berkeley disse que nunca tinha ouvido falar nessa equipe de pesquisa. Enquanto isso, a equipe fugiu do país.

– Então ninguém sabe quem eles realmente eram?

– Não. Então, no inverno passado, dois geólogos suíços apareceram para coletar amostras de gás de ilhas distantes da costa como parte de um estudo, segundo eles, sobre a atividade vulcânica na América Central. As ilhas distantes da costa são todas vulcânicas, e a maioria delas ainda é ativa até certo ponto, portanto pareceu um pedido razoável. Mas descobriu-se que os "geólogos" trabalhavam na verdade para uma empresa genética americana chamada Biosyn, e procuravam por, bem, animais grandes nas ilhas.

– Por que uma empresa de biotecnologia estaria interessada? – perguntou Levine. – Não faz sentido.

– Talvez não faça para você e para mim – disse Guitierrez –, mas a Biosyn tem uma reputação particularmente inescrupulosa. O líder de pesquisa deles é um cara chamado Lewis Dodgson.

– Ah, sim – falou Levine. – Eu sei. Ele é o cara que fez aquele teste da vacina da raiva no Chile alguns anos atrás. Aquele em que expuseram fazendeiros à raiva, mas não os avisaram disso.

– Ele mesmo. E também começou a testar no mercado uma batata geneticamente modificada, colocando-a em supermercados sem avisar ninguém que elas eram alteradas. Causou diarreia leve em crianças, e algumas delas acabaram indo parar no hospital. Depois disso, a empresa precisou contratar George Baselton para melhorar sua imagem.

– Parece que todo mundo contrata o Baselton – disse Levine.

Guitierrez encolheu os ombros.

– É o consultor famoso que os professores universitários procuram hoje em dia. Faz parte do acordo. E Baselton é professor de biologia na Regis. A empresa precisava dele para limpar a bagunça, porque Dodgson tem o hábito de ir contra a lei. Ele tem gente em sua folha de pagamentos pelo mundo todo. Rouba a pesquisa de outras empresas, todo esse negócio. Dizem que a Biosyn é a única empresa de genética com mais advogados que cientistas.

– E por que eles estavam interessados na Costa Rica? – indagou Levine.

Guitierrez fez um gesto de incompreensão.

– Não sei, mas toda a atitude a respeito de pesquisa está diferente, Richard. É bastante notável aqui. A Costa Rica possui uma das ecologias mais ricas do mundo. Meio milhão de espécies em doze habitats ambientais distintos. Cinco por cento de todas as espécies do planeta estão representadas aqui. Este país tem sido um centro de pesquisa biológica há anos, e, posso lhe dizer, as coisas mudaram. Nos velhos tempos, as pessoas que vinham para cá eram dedicados cientistas com uma paixão por aprender algo apenas pelo aprendizado – fosse sobre bugios, vespas sociais ou a planta sombrinha chinesa. Essas pessoas escolhiam suas áreas porque se importavam com elas. Elas certamente não ficariam ricas. No entanto, agora, tudo na biosfera é potencialmente valioso. Ninguém sabe de onde o próximo medicamento vai sair, então as companhias farmacêuticas financiam todo tipo de pesquisa. Talvez o ovo de um pássaro contenha uma proteína que o torne impermeável. Talvez uma aranha produza um peptídeo que iniba a coagulação sanguínea. Talvez a superfície encerada de uma samambaia contenha um analgésico. Acontece com frequência suficiente para que a atitude em relação à pesquisa mude. As pessoas não estão mais estudando o mundo natural, estão minerando-o. É uma mentalidade saqueadora. Qualquer coisa nova ou desconhecida torna-se automaticamente interessante, porque pode ter valor. Pode valer uma fortuna.

Guitierrez acabou sua cerveja.

– O mundo – disse ele – está de cabeça para baixo. E o fato é que muita gente quer saber o que esses animais aberrantes representam e de onde eles vieram.

O alto-falante chamou o voo de Levine. Os dois homens levantaram-se da mesa. Guitierrez disse:

– Você vai guardar tudo isso para você? Digo, o que viu hoje.

– Para ser bem honesto – respondeu Levine –, eu não sei o que vi hoje. Pode ter sido qualquer coisa.

Guitierrez sorriu.

– Tenha um bom voo, Richard.

– Cuide-se, Marty.

EMBARQUE

Com a mochila jogada sobre o ombro, Levine dirigiu-se à área de embarque. Virou-se a fim de acenar para Guitierrez, mas seu amigo já saía pela porta, erguendo o braço para chamar um táxi. Levine deu de ombros e virou-se para a frente.

Logo adiante localizava-se o balcão da alfândega, com viajantes enfileirados para carimbar seus passaportes. A passagem dele era em um voo noturno para San Francisco, com uma longa parada na Cidade do México; não havia muita gente na fila. Ele provavelmente tinha tempo de telefonar para seu escritório e avisar sua secretária, Linda, de que estaria no voo; talvez, pensou ele, também devesse ligar para Malcolm. Olhando ao redor, viu uma série de telefones marcados como ICT TELEFONOS INTERNATIONAL acompanhando a parede à direita, mas havia apenas alguns, que estavam em uso. Era melhor usar o telefone por satélite em sua mochila, pensou, enquanto tirava a mochila do ombro, e talvez fosse...

Ele fez uma pausa, franzindo a testa.

Olhou de novo para a parede.

Quatro pessoas usavam os telefones. A primeira, uma loira de bermuda e blusa frente única, balançava uma criança pequena e queimada de sol nos braços enquanto falava. Ao lado dela estava um homem barbudo usando uma jaqueta safári, olhando repetidamente para seu Rolex de ouro. Aí havia uma senhora de cabelos grisalhos e aparência de avó falando em espanhol, enquanto seus dois filhos adultos mantinham-se por perto, assentindo enfaticamente.

E a última pessoa era o piloto do helicóptero. O homem havia tirado o casaco do uniforme e usava camisa de manga curta e gravata. Ele estava de costas para Levine, de frente para a parede, com os ombros encurvados.

Levine aproximou-se e ouviu o piloto falando em inglês. Colocou a mochila no chão e abaixou-se sobre ela, fingindo ajustar as correias enquanto ouvia disfarçadamente. O piloto permanecia de costas para ele.

Escutou o homem dizer: "Não, não, professor. Não é assim. Não". Então houve uma pausa. "Não", disse o piloto. "Estou lhe dizendo, não. Sinto muito, professor

Baselton, mas isso não é sabido. É uma ilha, mas qual delas... Temos que esperar por mais. Não, ele parte esta noite. Não, acho que ele não sabe de nada, e não há fotos. Não. Eu entendo. *Adiós.*"

Levine abaixou a cabeça enquanto o piloto caminhou rapidamente em direção ao balcão da Avianca Costa Rica, na outra extremidade do aeroporto.

Mas que diabos?, pensou ele.

É uma ilha, mas qual delas...

Como eles sabiam que era uma ilha? O próprio Levine ainda não tinha certeza disso. E ele vinha trabalhando intensamente nessas descobertas, dia e noite, tentando solucionar o mistério. De onde viera isso? Por que estava acontecendo?

Ele fez uma curva, de modo que não pudesse ser visto, e apanhou o pequeno telefone por satélite. Digitou rapidamente, chamando um número em San Francisco.

A ligação se completou, clicando rapidamente enquanto era conectada ao satélite. Começou a tocar. Ouviu-se um bipe. Uma voz eletrônica disse: "Por favor, digite seu código de acesso".

Levine digitou um número de seis dígitos.

Houve outro bipe. A voz eletrônica disse: "Deixe seu recado".

– Eu estou ligando com os resultados da viagem – informou Levine. – Espécime único, não em bom estado. Localização: BB-17 no seu mapa. Isso é bem ao sul, o que se encaixa em todas as nossas hipóteses. Não fui capaz de estabelecer uma identificação precisa antes que eles queimassem o espécime. Mas meu palpite é que se tratava de um ornitholestes. Como você sabe, esse animal não está na lista – uma descoberta altamente relevante.

Ele olhou em volta, mas não havia ninguém por perto, ninguém prestava atenção.

– Além disso, o fêmur lateral estava cortado em um rasgo profundo. Isso é extremamente perturbador. – Ele hesitou, sem querer falar demais. – E estou enviando de volta uma amostra que requer um exame minucioso. Também acho que algumas outras pessoas se interessam. De qualquer forma, seja lá o que está acontecendo por aqui é novo, Ian. Não tinha surgido nenhum espécime por mais de um ano, e agora eles estão aparecendo de novo. Algo novo está acontecendo. E nós não sabemos nada.

Ou sabemos?, pensou Levine. Ele pressionou o botão para desconectar, desligou o telefone e guardou-o de volta no bolso da mochila. Talvez, pensou, nós saibamos mais do que nos damos conta. Olhou para o portão de embarque, pensativo. Estava na hora de embarcar em seu voo.

PALO ALTO

Às duas da manhã, Ed James entrou no estacionamento quase deserto do restaurante Marie Callender's da Carter Road. A BMW preta já estava estacionada perto da entrada. Pelas janelas, ele podia ver, no interior, Dodgson sentado em uma cabine, suas feições brandas contraídas. Dodgson nunca estava de bom humor. Nesse momento, ele conversava com o homem corpulento a seu lado, olhando para o relógio. O homem era Baselton. O professor que aparecia na televisão. James sempre se sentia aliviado quando Baselton estava lá. Dodgson lhe causava calafrios, mas era difícil imaginar Baselton envolvido em qualquer negócio escuso.

James desligou a ignição e virou o retrovisor para se ver enquanto abotoava o colarinho e puxava a gravata para cima. Vislumbrou seu rosto no espelho: um homem cansado e desgrenhado, com uma barba de dois dias por fazer. Que diabos, pensou. Por que não deveria parecer cansado? Era o meio da noite, porra.

Dodgson sempre marcava suas reuniões no meio da noite, e toda vez nessa mesma porcaria de restaurante Marie Callender's. James nunca entendeu o porquê; o café era horrível. Por outro lado, havia muitas coisas que ele não compreendia.

Apanhou o envelope pardo e saiu do carro, batendo a porta. Dirigiu-se à entrada, balançando a cabeça. Dodgson vinha lhe pagando 500 dólares por dia havia semanas para seguir um punhado de cientistas por aí. No começo, James presumiu que fosse algum tipo de espionagem industrial. Mas nenhum dos cientistas trabalhava para a indústria; eles tinham empregos em universidades, em áreas bem tediosas. Como aquela paleobotânica Sattler, cuja especialidade eram grãos de pólen pré-históricos. James assistira a uma de suas palestras em Berkeley e mal conseguira manter-se acordado. Slide após slide de esferas pálidas e minúsculas semelhantes a bolas de algodão, enquanto ela arengava sobre ângulos de ligação de polissacarídeos e a Fronteira Campaniana-Maastrichtiana. Jesus, como foi chato.

Certamente não valia 500 dólares diários, pensou. Entrou no restaurante, piscando contra a luz, e aproximou-se da cabine. Sentou-se, cumprimentou Dodgson e Baselton com um gesto de cabeça e ergueu a mão para pedir café à garçonete.

Dodgson fitou-o, bravo.

– Eu não tenho a noite toda – disse ele. – Vamos começar.

– Certo – concordou James, abaixando a mão. – Bem, claro.

Ele abriu o envelope, começou a retirar de lá folhas de papel e fotos, entregando-as a Dodgson do outro lado da mesa enquanto falava.

– Alan Grant: paleontólogo na Universidade do Estado de Montana. No momento, encontra-se de licença e está agora em Paris, palestrando sobre as mais recentes descobertas sobre dinossauros. Aparentemente ele tem algumas novas ideias sobre os tiranossauros serem carniceiros, e...

– Deixa para lá – cortou Dodgson. – Prossiga.

– Ellen Sattler Reiman – disse James, entregando uma foto. – Botânica, estava envolvida com Grant. Agora é casada com um físico de Berkeley e tem um filho e uma filha. Ela dá palestras em meio período em Berkeley. Passa o resto de seu tempo em casa, porque...

– Prossiga, prossiga.

– Bem. A maioria dos outros está morta. Donald Gennaro, advogado... morreu de disenteria em uma viagem de negócios. Dennis Nedry, da Integrated Computer Systems, também morto. John Hammond, que fundou a International Genetic Technologies, morreu visitando as instalações de pesquisa da empresa na Costa Rica. Hammond estava com os netos na época; as crianças moram com a mãe no leste e...

– Alguém entrou em contato com eles? Alguém da InGen?

– Não, nenhum contato. O rapaz começou a faculdade, e a garota está na escola preparatória. E a InGen solicitou proteção do Capítulo 11 após a morte de Hammond. Tem estado nas cortes desde então. Os bens físicos estão finalmente sendo vendidos. Durante as últimas duas semanas, na verdade.

Baselton falou pela primeira vez.

– O Local B está envolvido nessa venda?

James pareceu não compreender.

– Local B?

– Sim. Alguém falou com você sobre o Local B?

– Não, nunca ouvi falar disso. Do que se trata?

– Se você ouvir algo sobre o Local B – disse Baselton –, nós queremos saber.

Sentado ao lado de Baselton na cabine, Dodgson folheou as fotos e folhas de dados, depois as jogou de lado, impaciente. Olhou para James.

– O que mais você tem?

– Isso é tudo, dr. Dodgson.

– Isso é tudo? – repetiu Dodgson. – E Malcolm? E Levine? Eles ainda são amigos?

James consultou suas anotações.

– Não tenho certeza.

Baselton franziu a testa.

– Não tem certeza? – perguntou ele. – Como assim, não tem certeza?

– Malcolm conheceu Levine no Instituto Santa Fé – respondeu James. – Eles passaram algum tempo juntos lá, dois anos atrás. Mas Malcolm não voltou a Santa Fé recentemente. Ele assumiu posição como palestrante visitante em Berkeley, no departamento de biologia. Atualmente, ensina modelos matemáticos de evolução. E parece ter perdido contato com Levine.

– Eles brigaram?

– Talvez. Ouvi dizer que eles discutiram sobre a expedição de Levine.

– Que expedição? – indagou Dodgson, inclinando-se adiante.

– Levine vem planejando algum tipo de expedição há, mais ou menos, um ano. Ele encomendou veículos especiais de uma empresa chamada Mobile Field Systems. É uma operação pequena em Woodside, dirigida por um cara chamado Jack Thorne, que prepara jipes e caminhonetes para cientistas fazerem pesquisa de campo. Cientistas da África, Sichuan e Chile, todos confiam nele.

– Malcolm sabe sobre essa expedição?

– Deve saber. Ele vai até a oficina de Thorne de vez em quando. Aproximadamente uma vez por mês. E é claro que Levine tem ido lá quase todo dia. Desse modo que ele foi preso.

– Preso? – repetiu Baselton.

– É – disse James, espiando suas anotações. – Vejamos. Dia 10 de fevereiro, Levine foi preso por dirigir a 190 km/h em uma área de 25 km/h. Bem em frente à Woodside Junior High. O juiz levou a Ferrari dele para o depósito, arrancou-lhe a carteira de motorista e condenou-o a prestar serviço comunitário. Basicamente, mandou que ele ensinasse uma matéria na escola.

Baselton sorriu.

– Richard Levine dando aulas no ensino primário. Eu adoraria ver isso.

– Ele tem sido bastante escrupuloso. É óbvio que, de qualquer maneira, estava passando seu tempo em Woodside com Thorne. Isto é, até o momento em que deixou o país.

– Quando ele deixou o país? – perguntou Dodgson.

– Há dois dias. Ele foi à Costa Rica. Viagem curta, deve voltar hoje cedo.

– E onde está ele agora?

– Não sei. E temo que, bem, será difícil descobrir.

– E por que seria?

James hesitou, tossiu.

– Porque ele estava na lista de passageiros do voo vindo da Costa Rica, mas não se encontrava no avião quando ele pousou. Meu contato na Costa Rica diz que ele saiu do hotel em San José antes do voo e não voltou para lá. Não pegou nenhum outro voo saindo da cidade. Então, bem, no momento, temo que Richard Levine esteja desaparecido.

Houve um longo silêncio. Dodgson recostou-se na cabine, sibilando entredentes. Ele olhou para Baselton, que balançou a cabeça. Dodgson muito cuidadosamente apanhou todas as folhas de papel, bateu-as de leve na mesa, formando uma pilha arrumada. Ele as enfiou de volta no envelope pardo e entregou o envelope a James.

– Agora escute aqui, seu filho da puta estúpido – disse Dodgson. – Só existe uma coisa que eu quero de você agora. É bastante simples. Está me ouvindo?

James engoliu em seco.

– Estou.

Dodgson debruçou-se sobre a mesa.

– *Encontre-o* – disse ele.

BERKELEY

Em seu escritório bagunçado, Malcolm levantou a cabeça quando sua assistente, Beverly, entrou na sala. Ela acompanhava um homem da DHL segurando uma caixa pequena.

– Desculpe-me incomodá-lo, dr. Malcolm, mas o senhor precisa assinar este formulário... É aquela amostra da Costa Rica.

Malcolm levantou-se e deu a volta na mesa. Não usou a bengala. Nas últimas semanas, vinha trabalhando constantemente em andar sem ela. Ainda sentia uma dor ocasional na perna, mas estava determinado a progredir. Até sua fisioterapeuta, uma mulher perpetuamente alegre chamada Cindy, comentara a respeito.

– Nossa, depois de todos esses anos, de repente o senhor está motivado, dr. Malcolm – dissera ela. – O que está acontecendo?

– Ah, sabe como é – Malcolm respondera. – Não posso depender de uma bengala para sempre.

A verdade era bem diferente. Confrontado pelo entusiasmo incessante de Levine sobre a hipótese do Mundo Perdido, seus telefonemas empolgados a qualquer hora do dia ou da noite, Malcolm tinha começado a reconsiderar o próprio ponto de vista. E começara a acreditar que era bem possível – até provável – que animais extintos existissem em um local remoto e previamente insuspeito. Malcolm tinha seus próprios motivos para pensar assim, mas deu apenas pistas a Levine sobre isso.

Contudo, a possibilidade de esse local ser outra ilha foi o que o levou a caminhar sem auxílio. Ele queria se preparar para uma futura visita ao lugar. E, assim, começou a se esforçar, dia após dia.

Ele e Levine haviam afunilado a busca a uma fileira de ilhas ao longo do litoral da Costa Rica, e Levine estava, como sempre, intensamente empolgado. Para Malcolm, porém, tudo permanecia hipotético.

Ele recusava-se a se entusiasmar até encontrar evidências físicas – fotografias ou amostras de tecido – que demonstrassem a existência de novos animais. E, até então, Malcolm não tinha visto nada. Ele não estava certo se se sentia desapontado ou aliviado.

De qualquer forma, a amostra de Levine havia chegado.

Malcolm pegou a prancheta do entregador e rapidamente assinou o formulário em cima dela: "Entrega de Materiais Excluídos / Amostras: Pesquisa Biológica".

– O senhor precisa assinalar nos quadradinhos, senhor – informou o entregador.

Malcolm olhou para a lista de perguntas descendo pela página, com um quadradinho ao lado de cada uma. O espécime estava vivo? O espécime era uma cultura de bactérias, fungos, vírus ou protozoários? O espécime estava registrado em um protocolo de pesquisa estabelecido? O espécime era contagioso? O espécime havia sido retirado de uma fazenda ou local de procriação de animais? O espécime era matéria vegetal, sementes reprodutivas ou bulbos? O espécime era um inseto, ou algo relativo a insetos?

Ele marcou "Não" para tudo.

– E a página seguinte também, senhor – disse o entregador. Ele estava olhando para o escritório a seu redor, as pilhas de papéis amontoadas de maneira desorganizada, os mapas nas paredes espetados com alfinetes coloridos. – Vocês fazem pesquisa médica aqui?

Malcolm virou a página e rabiscou sua assinatura no formulário seguinte.

– Não.

– E mais um, senhor...

O terceiro formulário era uma liberação de responsabilidade da transportadora. Malcolm assinou-o também.

– Tenha um bom dia – disse o entregador, e saiu.

De imediato Malcolm relaxou, pousando seu peso na beira da mesa. Ele fez uma careta.

– Ainda dói? – perguntou Beverly. Ela levou o espécime para a mesa lateral, afastou alguns papéis e começou a desembrulhar a amostra.

– Estou bem. – Ele olhou para a bengala, encostada ao lado da cadeira, atrás da mesa. Em seguida, respirou fundo e atravessou a sala devagar.

Beverly havia retirado a embalagem da amostra, revelando um pequeno cilindro de aço inoxidável do tamanho do punho de Malcolm. Um sinal tríplice de perigo biológico estava colado sobre a tampa de rosca. Anexado ao cilindro, havia um segundo cilindro pequeno com uma válvula de metal; ele continha gás refrigerante.

Malcolm dirigiu a luz sobre o cilindro e disse:

– Vejamos com o que ele estava tão empolgado.

Rompeu o lacre adesivo e desrosqueou a tampa. Escaparam um sibilo de gás e um leve sopro de condensação. O exterior do cilindro congelou.

Olhando lá dentro, ele viu um saquinho de plástico e uma folha de papel. Virou o cilindro de cabeça para baixo, despejando o conteúdo sobre a mesa. O saquinho continha um pedaço irregular de carne esverdeada com cerca de 13 centímetros quadrados, além de um pequeno identificador verde grudado a ela. Ele segurou a embalagem à luz, examinou-a com uma lupa, depois tornou a soltá-la. Olhou a pele verde, a textura rugosa.

Talvez, pensou Malcolm.

Talvez...

– Beverly – disse ele –, ligue para Elizabeth Gelman, no zoológico. Diga a ela que eu tenho algo que quero que ela veja. E diga que é confidencial.

Beverly aquiesceu e saiu da sala para telefonar. Sozinho, Malcolm desenrolou a faixa de papel que viera com a amostra. Era um pedaço de papel arrancado de um bloco de notas típico de advogados, amarelo. Em letra de fôrma, dizia:

EU ESTAVA CERTO
E VOCÊ ESTAVA ERRADO.

Malcolm franziu a testa. Aquele filho da mãe, pensou.

– Beverly? Depois de ligar para Elizabeth, ligue para Richard Levine no escritório dele. Preciso falar com ele imediatamente.

O MUNDO PERDIDO

Richard Levine pressionou o rosto ao morno penhasco de pedra e fez uma pausa para recuperar o fôlego. Cento e cinquenta metros abaixo dele, o mar rugia, as ondas estrondando em um branco que brilhava contra as rochas negras. O barco que o trouxera já se dirigia para o leste de novo, um pontinho branco no horizonte. Ele precisava retornar, pois não existia um cais seguro em lugar algum dessa ilha desolada e inóspita.

No momento, eles estavam por sua própria conta.

Levine respirou fundo e olhou para Diego, seis metros abaixo dele na face do rochedo. Diego carregava a mochila que continha todo o equipamento deles, mas era jovem e forte. Ele sorriu alegremente e indicou a subida com a cabeça.

– Coragem. Não está longe agora, señor.

– Espero que não – disse Levine. Quando examinara o penhasco pelos binóculos no barco, ele pareceu um bom lugar para fazer a subida. No entanto, a face do penhasco era quase vertical e incrivelmente perigosa, porque a rocha vulcânica estava frágil e desintegrando-se.

Levine ergueu os braços, os dedos estendendo-se para o alto, buscando o próximo ponto de apoio. Agarrou-se à rocha; pedriscos se soltaram e sua mão escorregou. Ele segurou-se de novo e então se puxou para cima. Respirava forte, pelo esforço e pelo medo.

– Só mais vinte metros, señor – disse Diego, encorajador. – O senhor consegue.

– Tenho certeza de que consigo – resmungou Levine. – Considerando a alternativa.

Conforme o topo se aproximava, o vento soprava mais forte, assoviando em seus ouvidos, puxando-lhe as roupas. Era como se estivesse tentando sugá-lo para longe da rocha. Olhando para cima, ele viu a densa folhagem que crescia até bem na borda do penhasco.

Quase lá, pensou. Quase.

E então, com um último impulso, ele se jogou por cima do topo e desabou, rolando em samambaias macias e molhadas. Ainda ofegante, olhou para trás e viu Diego surgir com leveza e facilidade; ele se agachou na grama musgosa e sorriu. Levine virou-se, fitando as imensas samambaias lá em cima, soltando a tensão acumulada da escalada em longas expirações trêmulas. Suas pernas ardiam ferozmente.

Mas não importava. Ele estava lá! Finalmente!

Olhou para a selva a seu redor. Era uma floresta primária, imperturbada pela mão do homem. Exatamente como as imagens do satélite haviam mostrado. Levine foi forçado a depender de fotografias de satélite, porque não existiam mapas disponíveis de ilhas particulares como aquela. A ilha existia como um tipo de mundo perdido, isolado no meio do Oceano Pacífico.

Levine escutou o som do vento, o farfalhar das folhas de palmeira que gotejavam água em seu rosto. E então ouviu outro som, distante como o chamado de um pássaro, mas mais grave, mais ressoante. Enquanto prestava atenção, ouviu-o de novo.

Um chiado nítido perto dele o fez olhar. Diego havia acendido um fósforo e o levantava para acender um cigarro. Rapidamente, Levine sentou-se, empurrou a mão do jovem para longe e balançou a cabeça, em negação.

Diego franziu a testa, confuso.

Levine colocou o dedo sobre os lábios.

Apontou na direção do som de pássaros.

Diego deu de ombros com uma expressão indiferente. Ele não estava abalado. Não via motivo para preocupação.

Está assim porque não compreende o que estamos enfrentando aqui, pensou Levine, abrindo o zíper da mochila verde-escura e começando a montar o grande rifle Lindstradt. O rifle tinha sido feito especialmente para ele na Suécia e representava o que havia de mais moderno na tecnologia em controle de animais. Ele rosqueou o cano na empunhadura, encaixou o pente Fluger, conferiu a carga de gás e o entregou para Diego. O rapaz pegou a arma, dando de ombros outra vez.

Enquanto isso, Levine removeu da mochila o coldre com a pistola negra anodizada Lindstradt e prendeu-o em sua cintura. Retirou a pistola, conferiu a trava de segurança duas vezes e guardou-a de volta no coldre. Levantou-se, gesticulando para que Diego o seguisse. O jovem fechou a mochila e tornou a colocá-la nos ombros.

Os dois começaram a descer a inclinação da encosta, afastando-se do penhasco. Quase de imediato suas roupas ficaram ensopadas devido à folhagem molhada. Eles não tinham paisagem alguma à vista; estavam cercados de todos os lados por uma selva densa e podiam ver apenas alguns metros adiante. As folhas das samambaias eram enormes, tão compridas e largas quanto o corpo de um homem, as plantas alcançando seis metros de altura, com caules ásperos e espinhentos. E lá no alto, acima das samambaias, um grande dossel de árvores bloqueava a maior parte da luz do sol. Eles moviam-se no escuro, silenciosamente, sobre um terreno úmido e esponjoso.

Levine parava frequentemente para consultar sua bússola de pulso. Estavam indo para o oeste, descendo uma montanha íngreme na direção do interior da ilha. Ele sabia que a ilha era o que restava de uma antiga cratera vulcânica, erodida e decomposta por séculos de exposição aos elementos. O terreno do interior consistia em uma série de espinhaços que levava ao fundo da cratera. Contudo, especialmente ali do lado oriental, a paisagem era escarpada, irregular e traiçoeira.

A sensação de isolamento, de ter retornado a um mundo primordial, era palpável. O coração de Levine martelava enquanto ele continuava a descer pela encosta, atravessava um riacho pantanoso e voltava a subir. No topo da escarpa seguinte, havia uma falha na folhagem e ele sentiu uma brisa muito bem-vinda. Desse ponto de vista vantajoso, conseguiu enxergar até o lado mais distante da ilha, a orla de um penhasco negro e sólido a quilômetros de distância. Entre o ponto em que se localizavam e os penhascos, não viram nada além de selva, ondulando gentilmente.

De pé ao lado dele, Diego disse:

– *Fantástico.*

Levine rapidamente o silenciou.

– Mas, señor – protestou ele, apontando para a vista. – Estamos sozinhos aqui.

Levine balançou a cabeça, aborrecido. Ele já conversara sobre tudo isso com Diego durante a viagem de barco até ali. Uma vez que estivessem na ilha, não deveriam falar. Nem usar pomada para o cabelo, perfume, cigarros. Toda a comida ficaria muito bem selada em sacos plásticos. Tudo embalado com muito cuidado. Nada que produzisse algum cheiro ou fizesse algum ruído. Ele alertara Diego sobre a importância dessas precauções várias vezes.

Entretanto, agora estava óbvio que Diego não prestara atenção. Ele não compreendia. Levine cutucou o jovem com raiva e balançou a cabeça de novo.

Diego sorriu.

– Señor, por favor. Só tem pássaros por aqui.

Naquele momento, eles escutaram um som grave e retumbante, um grito sobrenatural que se ergueu de algum lugar na floresta abaixo deles. Após um momento, mais um grito de resposta em outra parte da floresta.

Os olhos de Diego arregalaram-se.

Levine falou, inaudível:

– *Pássaros?*

Diego ficou quieto. Mordeu o lábio e fitou a floresta.

Ao sul, eles viram um lugar em que as copas das árvores começaram a se mover, toda uma seção da floresta que subitamente pareceu ganhar vida, como se roçada pelo vento. Porém, o resto da floresta não se movia. Não era o vento.

Diego benzeu-se rapidamente.

Eles ouviram mais gritos, com a duração de quase um minuto, e então o silêncio de novo.

Levine saiu da escarpa e dirigiu-se para a selva lá embaixo, mais profundamente para o interior.

Ele seguia adiante com rapidez, olhando para o chão, tomando cuidado com cobras, quando ouviu um assovio baixo atrás de si. Virou-se e viu Diego apontando para a esquerda.

Levine voltou correndo, abrindo espaço pelas samambaias, e seguiu Diego enquanto este se dirigia para o sul. Em poucos instantes, encontraram dois rastros paralelos na terra, cobertos há muito por grama e samambaias, mas ainda claramente reconhecíveis como um antigo rastro de jipe, seguindo para dentro da selva. É claro que eles o seguiriam. Levine sabia que o progresso deles seria muito mais rápido em uma estrada.

Ele gesticulou e Diego retirou a mochila. Era a vez de Levine; ele sustentou o peso e ajustou as correias.

Em silêncio, acompanharam a estrada.

Em alguns lugares, o rastro do jipe tornava-se quase irreconhecível, tamanha a densidade com que a selva crescera novamente. Era claro que ninguém usara aquela estrada em muitos anos, e a selva estava sempre pronta para retornar.

Atrás dele, Diego grunhiu e xingou baixinho. Levine virou-se e viu Diego erguendo o pé com cuidado; ele pisara em uma pilha verde de estrume animal e havia coberto o pé até o meio do tornozelo. Levine voltou.

Diego limpou a bota raspando-a no caule de uma samambaia. O estrume parecia ser composto por salpicos pálidos de feno, misturados com verde. O material estava leve e desmanchando-se – seco, velho. Não havia odor.

Levine analisou o chão atentamente até encontrar o que restava das fezes originais. Os excrementos eram bem formados, com 12 centímetros de diâmetro. Definitivamente deixados para trás por algum herbívoro grande.

Diego permanecia silencioso, mas seus olhos estavam arregalados.

Levine balançou a cabeça e prosseguiu. Desde que vissem sinais de herbívoros, não se preocuparia. Pelo menos, não muito. Ainda assim, seus dedos tocaram a coronha da pistola, como que para se tranquilizar.

Eles chegaram a um riacho com margens lamacentas de ambos os lados. Ali Levine fez uma pausa. Ele viu na lama rastros evidentes com três dedos, alguns bem grandes. A palma de sua própria mão, com os dedos bem abertos, encaixava-se com facilidade dentro de uma das pegadas, e ainda sobrava espaço.

Quando olhou para cima, Diego se benzia de novo. Com a outra mão, segurava o rifle.

Esperaram no riacho, escutando o suave gorgolejo da água. Algo brilhante cintilou no riacho, chamando a atenção de Levine. Ele abaixou-se e pegou o objeto. Era um pedaço de tubo de vidro, aproximadamente do tamanho de um lápis. Uma ponta tinha se quebrado. Havia marcas de medidas na lateral. Ele percebeu que era uma pipeta, do tipo utilizado em laboratórios no mundo todo. Levantou-a contra a luz, girando-a nos dedos. Esquisito, pensou ele. Uma pipeta como aquela implicava...

Levine virou-se e notou um rápido movimento em sua visão periférica. Algo pequeno e marrom, disparando pela lama da margem do rio. Algo do tamanho de um rato.

Diego grunhiu, surpreso. E então a coisa sumiu, desaparecendo na folhagem.

Levine moveu-se adiante e agachou-se na lama junto ao riacho. Olhou para as pegadas deixadas pelo minúsculo animal. Elas tinham três dedos, como os rastros de um pássaro. Viu outros rastros de três dedos, inclusive alguns maiores, com vários centímetros de largura.

Levine tinha visto esses rastros antes, em locais como o rio Purgatoire no Colorado, onde o antigo litoral agora estava fossilizado, as pegadas de dinossauros congeladas na pedra. Estas pegadas, porém, estavam em lama fresca. E tinham sido feitas por animais vivos.

Sentado sobre os calcanhares, Levine ouviu um guincho suave vindo de algum ponto à sua direita. Olhando para lá, notou as samambaias movendo-se de leve. Ficou imóvel, à espera.

Depois de um instante, um pequeno animal espiou entre as folhas. Ele parecia ter o tamanho de um rato; a pele era lisa e sem pelos e os olhos grandes localizavam-se bem no alto de sua cabeça pequenina. Sua cor era marrom-esverdeada e ele fez um som contínuo e irritante, semelhante a um guincho, na direção de Levine, como que para mandá-lo embora. Levine permaneceu imóvel, mal ousando respirar.

Ele reconhecia a criatura, é claro. Era um mussauro, um prossaurópode minúsculo do final do Triássico. Restos de seu esqueleto tinham sido encontrados apenas na América do Sul. Era um dos menores dinossauros conhecidos.

Um dinossauro, pensou ele.

Apesar de ter esperado vê-los nesta ilha, ainda era surpreendente ser confrontado com um membro dos *Dinosauria,* vivo e respirando. Especialmente um tão pequeno. Ele não conseguia desviar o olhar. Estava hipnotizado. Após todos esses anos, após todos os esqueletos empoeirados – um dinossauro de verdade, e vivo!

O pequeno mussauro aventurou-se mais para longe da proteção das folhas. Agora Levine podia ver que ele era mais comprido do que pensara. Tinha na verdade cerca de dez centímetros de extensão, com uma cauda espantosamente grossa. No geral, assemelhava-se muito a um lagarto. Sentou-se ereto na folhagem, agachado sobre os membros posteriores. Viu as costelas se movendo conforme o animal respirava. Ele acenou os minúsculos bracinhos no ar para Levine e guinchou repetidamente.

Devagar, muito devagar, Levine estendeu a mão.

A criatura guinchou de novo, mas não fugiu. Parecia curiosa, inclinando a cabeça do jeito que animais muito pequenos fazem, quando a mão de Levine chegou mais perto.

Por fim, os dedos de Levine tocaram a ponta da folhagem. O mussauro levantou-se sobre os membros posteriores, equilibrando-se com a cauda esticada. Não demonstrando sinal de medo, subiu sem esforço na mão de Levine e ficou ali de pé nas dobras de sua palma. Ele mal sentia o peso, tão leve era o animal. O mussauro andou por ali e cheirou os dedos de Levine, que sorriu, encantado.

E então, de repente, a criaturinha sibilou, aborrecida, e saltou para fora da mão dele, desaparecendo nas palmeiras. Levine piscou, incapaz de entender o motivo.

Em seguida, sentiu um odor horrível e escutou um farfalhar alto nos arbustos do outro lado. Houve um grunhido baixo. Mais farfalhar.

Por um breve momento, Levine lembrou-se de que carnívoros na natureza caçavam perto dos riachos, atacando animais quando eles estavam vulneráveis, inclinados para tomar água. Mas a memória chegou-lhe tarde demais; escutou um grito agudo e aterrorizante e, quando se virou, viu Diego gritando enquanto seu corpo era levado para os arbustos. O jovem lutou; os arbustos chacoalharam intensamente; Levine vislumbrou apenas uma pata grande, o dedo do meio exibindo uma garra curta e curva. Então a pata se afastou. Os arbustos continuaram a se agitar.

De repente, a floresta entrou em erupção, assustadores rugidos animais por toda a volta. Ele viu um animal grande atacando-o. Richard Levine virou-se e fugiu, sentindo o surto de adrenalina do pânico puro, sem saber para onde ir, percebendo que não havia esperança. Ele sentiu um peso enorme rasgando sua mochila, forçando-o a se ajoelhar na lama, e se deu conta naquele instante de que, apesar de todo o seu planejamento, apesar de todas as suas deduções inteligentes, as coisas haviam dado terrivelmente errado e ele estava prestes a morrer.

– Quando consideramos a extinção em massa por um impacto de meteoro – disse Richard Levine –, devemos levantar várias questões. Em primeiro lugar, existe alguma cratera de impacto em nosso planeta com um diâmetro maior do que 30 quilômetros, ou seja, o menor tamanho necessário para causar um evento mundial de extinção? E segundo, alguma dessas crateras condiz com a era de uma extinção conhecida? Descobriu-se que existe uma dúzia de crateras desse tamanho no mundo todo, das quais cinco coincidem com extinções conhecidas...

Kelly Curtis bocejou na escuridão de sua sala de aula da sétima série. Sentada em sua carteira, ela apoiou o queixo nos pulsos e tentou manter-se acordada. A menina já sabia essas coisas. O aparelho de TV diante da classe mostrava um vasto milharal em uma vista aérea, os contornos curvados levemente perceptíveis. Ela reconheceu o local como a cratera em Manson. No escuro, a voz gravada do dr. Levine disse:

– Esta é a cratera em Manson, Iowa, datando de 65 milhões de anos atrás, exatamente quando os dinossauros se tornaram extintos. Mas terá sido esse o meteoro que matou esses animais?

Não, pensou Kelly, bocejando. Provavelmente o da península de Yucatán. Manson era pequena demais.

– Agora julgamos que essa cratera é pequena demais – falou o dr. Levine. – Acreditamos que seja pequena demais por uma ordem de magnitude, e a candidata atual mais provável é a cratera próxima a Mérida, no Yucatán. Parece difícil imaginar, mas o impacto esvaziou todo o Golfo do México, causando a formação de tsunamis de 3 mil quilômetros de altura que varreram a terra. Deve ter sido incrível. Mas ainda existem discussões também sobre essa cratera, especialmente no que diz respeito ao significado da estrutura em anel do cenote e à taxa diferencial de mortalidade do fitoplâncton nos depósitos marítimos. Isso pode soar complicado, mas não se preocupem por enquanto. Vamos explicar com mais detalhes da próxima vez. Isso é tudo por hoje.

As luzes se acenderam. A professora deles, a sra. Menzies, dirigiu-se à frente da classe e desligou o computador onde tinha rodado a exposição e a palestra.

– Bem – disse ela –, fico contente que o dr. Levine tenha nos dado essa gravação. Ele me disse que podia não estar de volta a tempo para a palestra de hoje, mas certamente estará conosco outra vez quando voltarmos das férias de primavera, na semana que vem. Kelly, você e Arby estão trabalhando para o dr. Levine, foi isso o que ele disse a vocês?

Kelly olhou para Arby, que se encontrava afundado em sua cadeira, franzindo o cenho.

– Sim, sra. Menzies – respondeu Kelly.

– Bom. Tudo bem, gente, a tarefa para as férias é todo o capítulo sete – grunhidos ergueram-se da sala toda –, incluindo os exercícios no final da primeira parte, assim como os da parte dois. Certifiquem-se de trazer tudo com vocês, completo, quando voltarmos. Boas férias a todos. Nós nos vemos de volta em uma semana.

O sinal tocou; a classe toda se levantou, as cadeiras arrastando no chão, a sala subitamente barulhenta. Arby aproximou-se de Kelly. Olhou para ela, lamentoso. O menino era uma cabeça mais baixo que Kelly; a pessoa mais baixinha da sala. Ele também era o mais jovem. Kelly tinha 13 anos, como os outros da mesma série, mas Arby tinha apenas 11. Ele já adiantara duas séries pela sua inteligência. E havia rumores de que adiantaria mais uma. Arby era um gênio, principalmente com computadores.

Ele colocou a caneta no bolso de sua camisa branca de botões e empurrou os óculos de casco de tartaruga para cima. R. B. Benton era negro; seus pais eram médicos em San José e sempre se certificavam de que ele estivesse muito bem-vestido, como um universitário ou algo do tipo. O que, refletiu Kelly, do jeito que as coisas andavam, ele provavelmente seria em dois anos.

De pé junto a Arby, Kelly sempre se sentia desajeitada e desconfortável. Ela precisava vestir as roupas velhas da irmã, as quais sua mãe comprara no Kmart cerca de um milhão de anos atrás. Kelly precisava usar até os Reeboks antigos de Emily, que eram tão gastos e sujos que jamais ficavam limpos, mesmo depois de Kelly colocá-los na máquina de lavar. A menina lavava e passava as próprias roupas; sua mãe nunca tinha tempo para isso; na maioria do tempo, a mãe nem mesmo estava em casa. Kelly olhou com inveja para a calça cáqui meticulosamente passada de Arby, seus mocassins engraxados, e suspirou.

Contudo, apesar de sentir inveja dele, Arby era seu único amigo de verdade – a única pessoa que achava não haver problema em ela ser inteligente. Kelly preocupava-se que o amigo fosse para o segundo grau direto, e ela não mais o visse.

Ao lado de Kelly, Arby ainda franzia o cenho. Ele olhou para ela e perguntou:

– Por que o dr. Levine não está aqui?

– Não sei – respondeu ela. – Talvez algo tenha acontecido.

– Como o quê?

– Não sei. Alguma coisa.

– Mas ele *prometeu* que estaria aqui – disse Arby. – Para nos levar à excursão. Estava tudo certo. Nós conseguimos permissão e tudo.

– E daí? Ainda podemos ir.

– Mas ele deveria estar aqui – insistiu Arby, teimoso. Kelly já tinha visto esse comportamento antes. Arby estava acostumado a adultos confiáveis. Tanto seu pai quanto sua mãe eram muito confiáveis. Mas Kelly não se perturbava com isso.

– Não ligue, Arb – disse ela. – Vamos ver o dr. Thorne só nós dois.

– Você acha?

– Claro. Por que não?

Arby hesitou.

– Talvez eu devesse ligar para a minha mãe antes.

– Por quê? – indagou Kelly. – Você sabe que ela vai dizer que você deve ir para casa. Venha, Arb. Apenas vamos.

Ele hesitou, ainda preocupado. Arby podia ser inteligente, mas qualquer mudança de planos sempre o incomodava. Kelly sabia por experiência que ele iria resmungar e discutir se ela forçasse para eles irem sozinhos. Ela tinha de esperar enquanto ele se decidia por conta própria.

– Certo – respondeu, finalmente. – Vamos ver Thorne.

Kelly sorriu.

– Te encontro lá na frente em cinco minutos – disse ela.

Enquanto a menina descia as escadas do segundo andar, a cantoria recomeçou.

– Kelly é uma sabichona, Kelly é uma sabichona...

Ela manteve a cabeça erguida. Era aquela estúpida Allison Stone e suas amigas estúpidas, de pé no final da escadaria, provocando-a.

– Kelly é uma sabichona...

Ela passou pelas meninas, ignorando-as. Ali perto, viu a srta. Enders, a inspetora de alunos, sem prestar atenção alguma àquilo, como sempre, ainda que o sr. Canosa, assistente do diretor, tivesse recentemente feito um anúncio especial antes das aulas sobre provocações entre crianças.

Atrás dela, as meninas cantarolavam:

– Kelly é uma sabichona... Ela é a rainha... da telinha... e por isso vai ficar verdinha...

Elas caíram na risada.

Lá na frente, ela viu Arby esperando junto à porta com um feixe de cabos cinzentos em sua mão. Ela correu adiante.

Quando chegou até ele, Arby disse:

– Esquece.

– Elas são umas cretinas estúpidas.

– Certo.

– Eu nem ligo, mesmo.

– Eu sei. Esquece.

Atrás deles, as meninas gargalhavam.

– Kel-ly e Ar-by... sentados numa ár-vo-re... tomando um banho, sem tamanho...

Eles saíram para onde havia luz do sol, os ruídos das meninas felizmente abafados pelo barulho de todo mundo indo para casa. Ônibus escolares amarelos estavam no estacionamento. Crianças despejavam-se dos degraus para os carros dos pais, que se alinhavam por todo o quarteirão. Havia bastante atividade.

Arby desviou-se de um *frisbee* que sibilou por cima de sua cabeça e olhou para a rua.

– Lá está ele de novo.

– Bem, não olhe para ele – disse Kelly.

– Não estou olhando, não estou olhando.

– Lembre-se do que o dr. Levine disse.

– Credo, Kel. Eu me lembro, tá bem?

Do outro lado da rua estava parado o sedã Taurus cinza que eles tinham visto ocasionalmente pelos últimos dois meses. Atrás do volante, fingindo ler um jornal, o mesmo homem de barba irregular. Esse barbudo vinha seguindo o dr. Levine desde que ele começara a dar aulas em Woodside. Kelly acreditava que o sujeito fosse o motivo pelo qual Levine pedira a ela e Arby que fossem seus assistentes, desde o início.

Levine lhes dissera que o trabalho deles seria ajudá-lo, carregando equipamentos, copiando os deveres para a classe, reunindo a lição de casa, e coisas de rotina como essas. Ambos pensaram que seria uma grande honra trabalhar para o dr. Levine – ou, de qualquer forma, algo interessante trabalhar para um cientista profissional de verdade –, por isso concordaram.

Porém, nunca havia nada a ser feito para a classe, de fato; o dr. Levine fazia aquilo tudo sozinho. Em vez disso, ele os enviava em muitas missões menores. E lhes dissera que tomassem cuidado e evitassem esse homem barbudo no carro. Isso não era difícil; o homem nunca prestava atenção alguma a eles, porque eram crianças.

O dr. Levine explicou que o barbudo o seguia devido a algo relacionado com sua prisão, mas Kelly não acreditou naquilo. Sua própria mãe fora presa duas vezes por dirigir bêbada, e nunca ninguém a seguira. Portanto, Kelly não sabia por que esse sujeito seguia Levine, mas claramente ele estava fazendo alguma pesquisa secreta e não queria que ninguém descobrisse a respeito. A menina sabia de uma coisa: o dr. Levine não se importava muito com as aulas dadas; ele geralmente lecionava de improviso. Outras vezes, entrava pela porta da frente da escola, entregava-lhes uma palestra gravada e saía pelos fundos. Ninguém sabia para onde ele ia nesses dias.

As tarefas para as quais ele mandava os dois também eram misteriosas. Certa vez, eles foram até Stanford e buscaram cinco pequenos quadradinhos de plástico de um professor de lá. O plástico era leve e meio esponjoso. Outra vez, eles foram até o centro da cidade, em uma loja de eletrônicos, e apanharam um aparelho triangular que o homem atrás do balcão lhes deu, muito nervoso, como se fosse ilegal ou algo assim. Em outra ocasião, buscaram um tubo metálico que parecia conter charutos. Eles não se contiveram e o abriram, mas ficaram inquietos ao encontrar quatro ampolas plásticas seladas, cheias de um líquido cor de palha. Nelas estava escrito PERIGO EXTREMO! TOXICIDADE LETAL! E havia o símbolo internacional com três lâminas referente a risco biológico.

No entanto, a maioria das tarefas deles era bem mundana. O dr. Levine com frequência os enviava a bibliotecas em Stanford para copiar trabalhos sobre uma ampla variedade de assuntos: fabricação japonesa de espadas, cristalografia de raios x, vampiros morcegos mexicanos, vulcões da América Central, as correntes oceânicas do El Niño, o comportamento de acasalamento das ovelhas montanhesas, toxicidade do pepino-do-mar, pedras angulares de catedrais góticas...

Ele nunca explicava por que estava interessado nesses assuntos. Com frequência, mandava Kelly e Arby de volta vários dias seguidos para buscar mais material. E então, repentinamente, abandonava o assunto, e nunca mais se referia a ele. E eles começavam a procurar outra coisa.

É claro, ambos conseguiam entender um pouco daquilo. Muitas das perguntas tinham relação com os veículos que o dr. Thorne estava montando para a expedição do dr. Levine. Porém, na maior parte do tempo, os assuntos revelavam-se completamente misteriosos.

Às vezes, Kelly se perguntava o que o homem barbudo saberia disso tudo. Perguntava-se se ele teria conhecimento de algo de que eles não tinham. No entanto, na verdade, o barbudo parecia meio preguiçoso. Ele nunca pareceu descobrir que Kelly e Arby estavam cumprindo tarefas para o dr. Levine.

Inclusive, agora, o barbudo olhava para eles na entrada da escola e os ignorava. Os dois caminharam até o fim da rua e sentaram-se no banco para esperar o ônibus.

IDENTIFICADOR

O filhote de leopardo da neve largou a mamadeira e rolou de barriga para cima, as patas no ar. Emitiu um miado suave.

– Ela quer um cafuné – disse Elizabeth Gelman.

Malcolm estendeu a mão para afagar a barriga do animal. A filhote girou e cravou os dentinhos minúsculos nos dedos dele. Malcolm gritou.

– Ela faz isso às vezes – comentou Gelman. – Dorje! Menina má! É assim que você trata nosso distinto visitante? – Ela estendeu a mão e pegou a de Malcolm. – Não chegou a tirar sangue, mas devemos limpar mesmo assim.

Eles estavam no laboratório branco de pesquisas do San Francisco Zoo, às três da tarde. Elizabeth Gelman, a jovem líder das pesquisas, deveria relatar suas descobertas, mas eles precisaram adiar essa conversa devido à hora da alimentação no berçário. Malcolm assistiu enquanto eles alimentavam um bebê gorila, que cuspia como um bebê humano, então, um coala, e, por fim, o fofíssimo filhote de leopardo da neve.

– Me desculpe sobre isso – disse Gelman. Ela o levou a uma pia lateral e ensaboou a mão dele. – Porém, pensei que seria melhor você vir aqui agora, quando a equipe regular está toda na conferência semanal.

– E por quê?

– Porque existe muito interesse no material que você nos deu, Ian. *Muito*. – Ela secou a mão dele com uma toalha e inspecionou-a de novo. – Acho que você vai sobreviver.

– O que você descobriu? – Malcolm perguntou.

– Você tem que admitir, é *muito* provocante. Aliás, é da Costa Rica?

Mantendo a voz neutra, ele indagou:

– Por que você diz isso?

– Porque existem muitos rumores sobre animais desconhecidos aparecendo na Costa Rica. E este definitivamente é um animal desconhecido, Ian.

Ela o levou para fora do berçário até uma pequena sala de reuniões. Malcolm desabou em uma cadeira, pousando a bengala na mesa. Ela reduziu as luzes e ligou o projetor de slides.

– Certo. Aqui está um close do seu material original, antes de começarmos nosso exame. Como vê, ele consiste em um fragmento de tecido animal em um estado de necrose bastante avançada. O tecido mede quatro centímetros por seis. Anexado a ele, há um identificador verde de plástico, medindo dois centímetros quadrados. O tecido foi cortado por uma faca, embora não muito afiada.

Malcolm assentiu.

– O que você usou, Ian, seu canivete?

– Algo assim.

– Tudo bem. Vamos lidar primeiro com a amostra de tecido. – O slide mudou; Malcolm teve uma vista microscópica. – Esta é uma secção histológica grosseira pela epiderme superficial. Esses vãos desiguais e irregulares constituem os pontos em que a alteração necrótica *post mortem* erodiu a superfície da pele. Mas o interessante é o arranjo das células epidérmicas. Note a densidade dos cromatóforos ou células portadoras de pigmentos. Na secção, percebe-se a diferença entre melanóforos, aqui, e alóforos, aqui. O padrão geral é sugestivo de um *lacerta* ou *amblyrhynchus*.

– Você quer dizer um lagarto? – perguntou Malcolm.

– Sim – respondeu ela. – Parece um lagarto, apesar de a imagem não ser totalmente consistente. – A moça indicou o lado esquerdo da tela. – Está vendo essa célula aqui, que tem essa leve borda na secção? Acreditamos que isso seja músculo. O cromatóforo poderia se abrir e se fechar. O que significa que esse animal seria capaz de mudar de cor, como um camaleão. E aqui, está vendo esse objeto grande em formato ovalado com um centro pálido? Este é o poro de uma glândula de cheiro femoral. Há uma substância cerosa no centro que ainda estamos analisando. Contudo, nossa suposição é a de que este animal era macho, já que apenas lagartos machos possuem glândulas femorais.

– Entendo – disse Malcolm.

Elizabeth mudou o slide. Malcolm viu algo semelhante a um close de uma esponja.

– Indo mais fundo. Aqui vemos a estrutura das camadas subcutâneas. Altamente distorcidas, por causa das bolhas de gás da infecção de *Clostridia* que inchou o animal. Mas é possível ter uma noção dos vasos – viu, há um aqui, outro aqui – que estão cercados por fibras musculares lisas. Isso não é característica de lagartos. Na verdade, toda a aparência desse slide difere de lagartos ou de qualquer tipo de réptil.

– Você quer dizer que o tecido parece ser de sangue quente.

– Isso – concordou Gelman. – Não mamífero, precisamente, mas talvez uma ave. Isso poderia ser, ah, não sei, um pelicano morto. Algo assim.

– Aham.

– Exceto pelo fato de que nenhum pelicano apresenta uma pele como essa.

– Entendo – disse Malcolm.

– E não tem penas.

– Aham.

– Agora – disse Gelman –, nós conseguimos extrair uma quantidade ínfima de sangue dos espaços intra-arteriais. Não muito, mas o bastante para conduzir um exame microscópico. Aqui está.

O slide mudou de novo. Ele viu uma confusão de células, principalmente glóbulos vermelhos, e uma ocasional célula branca malformada. Era desconcertante de olhar.

– Esta não é a minha área, Elizabeth – disse ele.

– Bem, vou lhe dar apenas os destaques – falou a moça. – Em primeiro lugar, glóbulos vermelhos nucleados. Isso é uma característica de pássaros, não mamíferos. Em segundo, uma hemoglobina um tanto atípica, diferindo em vários pares de base de outros lagartos. Em terceiro, a estrutura aberrante das células brancas. Nós não temos material suficiente para determinar, mas suspeitamos que este animal possua um sistema imunológico altamente incomum.

– Seja lá o que isso signifique – disse Malcolm, dando de ombros.

– Não sabemos, e a amostra não nos fornece o suficiente para descobrir. Falando nisso, poderia arranjar mais?

– Talvez eu possa – respondeu.

– De onde, do Local B?

Malcolm pareceu confuso.

– Local B?

– Bem, é isso o que está gravado no identificador. – Ela mudou o slide. – Eu devo dizer, Ian, este identificador é bastante interessante. Aqui no zoológico, nós marcamos animais com algo semelhante o tempo todo e somos bastante acostumados a todas as marcas comerciais comuns vendidas no mundo todo. Ninguém jamais viu esse identificador antes. Aqui está, aumentado dez vezes. O objeto em si mal chega ao tamanho da unha do seu polegar. Uma superfície exterior plástica e uniforme, que se cola ao animal por meio de um clipe de aço inoxidável e coberto de Teflon do outro lado. É um clipe bastante pequeno, do tipo usado para marcar recém-nascidos. O animal que você viu era adulto?

– Presumivelmente.

– Então talvez ele estivesse no lugar por algum tempo, desde que era muito jovem – disse Gelman. – O que faz sentido, considerando-se o grau de desgaste. Repare na marca sobre a superfície. Isso é bastante incomum. Este plástico é Duralon, o material que usam para criar os capacetes de futebol americano. É extremamente duro, e essa marca não pode ter ocorrido apenas por desgaste.

– Como ocorreria, então?

– É quase certamente uma reação química, como exposição a algum ácido, talvez em forma de aerossol.

– Como vapores vulcânicos? – perguntou Malcolm.

– Isso faria o serviço, particularmente tendo em vista as outras coisas que aprendemos. Note que o identificador é bem grosso; na verdade, tem 9 milímetros de espessura. E é oco.

– Oco? – questionou Malcolm, sem entender.

– Sim. Ele contém uma cavidade interna. Nós não queríamos abri-lo, então passamos o identificador pelo raio X. Aqui. – O slide mudou. Malcolm viu uma mistura de linhas e quadrados em branco dentro do identificador.

– Parece ter ocorrido uma corrosão substancial, novamente, talvez por vapores ácidos. Mas não há dúvidas sobre o que isso era. É um identificador por rádio, Ian. O que significa que este animal incomum, este lagarto de sangue quente ou seja lá o que for, foi identificado e criado por alguém desde o nascimento. E é essa parte que deixou o pessoal por aqui preocupado. Alguém está *criando* essas coisas. Você sabe como isso aconteceu?

– Não faço a menor ideia – respondeu Malcolm.

Elizabeth Gelman suspirou.

– Você é um filho da mãe mentiroso.

Ele estendeu a mão.

– Pode me devolver minha amostra?

– Ian, depois de tudo o que eu fiz por você.

– A amostra?

– Eu acho que você me deve uma explicação.

– E eu juro que você terá uma. Dentro de mais ou menos duas semanas. Eu pago o jantar.

Ela jogou na mesa um pacote embrulhado em papel-alumínio. Ele o apanhou e guardou no bolso.

– Obrigado, Liz. – Levantou-se para sair. – Odeio sair correndo, mas preciso fazer um telefonema agora mesmo.

Ele dirigiu-se à porta, e ela perguntou:

– Aliás, como foi que ele morreu, Ian? Esse animal.

Ele fez uma pausa.

– Por que você pergunta?

– Porque, quando raspamos as células da pele, encontramos algumas células alóctones sob a camada mais externa da epiderme. Células pertencentes a outro animal.

– E o que isso quer dizer?

– Bem, é o quadro típico que se vê quando dois lagartos lutam. Eles se esfregam um contra o outro. As células são empurradas sob a camada superficial.

– Sim – informou ele. – Havia sinais de luta na carcaça. O animal tinha sido ferido.

– E você também deveria saber que havia sinais de vasoconstrição crônica nos vasos arteriais. Esse animal estava sob estresse, Ian. E não apenas pela luta que o feriu. Isso teria desaparecido nas primeiras alterações *post mortem*. Estou falando de estresse crônico, contínuo. Seja lá onde fosse que essa criatura vivia, seu ambiente era extremamente estressante e perigoso.

– Entendo.

– Então. Como é que um animal identificado leva uma vida tão estressante?

Na entrada do zoológico, ele olhou ao redor para ver se era seguido, depois parou em um orelhão e ligou para Levine. Foi atendido por uma gravação; Levine não estava lá. Típico, pensou Malcolm. Sempre que você precisava dele, ele não estava lá. Provavelmente tentava tirar sua Ferrari do depósito de novo. Malcolm desligou e foi até o carro.

THORNE

"Thorne Mobile Field Systems" era o que se lia em letras pretas em uma grande porta de garagem na ponta mais distante do Parque Industrial. Havia uma porta normal à esquerda. Arby apertou a campainha numa caixinha com uma grade. Uma voz roufenha disse:

– Vá embora.

– Somos nós, dr. Thorne. Arby e Kelly.

– Ah. Tudo bem.

Houve um clique quando a porta foi destrancada, e eles entraram. Viram-se em um grande galpão aberto. Operários faziam modificações em vários veículos; o ar cheirava a acetileno, óleo de motor e tinta fresca. Bem à frente, Kelly viu um Ford Explorer verde-escuro com o teto retirado; dois assistentes estavam em escadas, encaixando um grande painel achatado de células solares negras em cima do carro. O capô do Explorer encontrava-se levantado e o motor V6 tinha sido retirado; operários agora baixavam um novo motor, menor, no lugar dele – parecia uma caixa de sapatos arredondada, com o brilho fosco da liga de alumínio. Outros traziam o retângulo amplo e achatado do conversor Hughes que seria montado por cima do motor.

À direita, ela viu os dois trailers em que a equipe de Thorne vinha trabalhando nas últimas semanas. Eles não eram os trailers comuns que se podia ver alguém dirigindo nos finais de semana. Um era enorme e esguio, quase do tamanho de um ônibus, e equipado com alojamentos para moradia e dormitório para quatro pessoas, além de todo tipo de equipamento científico especial. Era chamado de "Challenger" e possuía um atributo incomum: uma vez estacionado, as paredes deslizavam para fora, expandindo as dimensões interiores.

O trailer Challenger era projetado para se conectar por meio de uma passagem especial em sanfona ao segundo trailer, um pouco menor e que seria rebocado pelo primeiro. Esse segundo trailer continha equipamento de laboratório e alguns refinamentos muito tecnológicos, embora Kelly não soubesse exatamente quais. Neste momento, ele estava quase escondido pela enorme cascata de faíscas cuspidas por um soldador no teto. A despeito de toda a atividade, o trailer parecia, em sua maior parte, terminado – apesar de Kelly ainda ver pessoas trabalhando lá dentro, e de todos os móveis almofadados, as cadeiras e assentos, ainda estarem espalhados pelo chão do lado de fora.

Thorne mesmo encontrava-se de pé no meio do galpão, gritando para o soldador no teto do veículo.

– Vamos, vamos, temos que terminar hoje! Eddie, vamos lá. – Ele virou-se e gritou de novo. – Não, não, não! Olhem para os planos! Henry: você não pode colocar essa barra de apoio lateralmente. Tem que ser na transversal, a fim de dar mais força. Olhe para os planos!

O dr. Thorne, ou apenas Doutor, era um homem de 55 anos, grisalho e com peito amplo. Exceto pelos óculos de aro aramado, sua aparência podia ser a de um lutador aposentado. Era difícil para Kelly imaginar Thorne como um professor universitário; ele era imensamente forte, em movimento contínuo.

– Droga, Henry! Henry! Henry, você está me ouvindo?

Thorne xingou de novo e chacoalhou o punho no ar. Virou-se para as crianças.

– Esses caras – disse ele. – Eles deveriam estar *me ajudando*.

De dentro do Explorer veio um estalo quente e cegante, como um relâmpago. Os dois homens abaixados sobre o capô recuaram em um salto, enquanto uma nuvem de fumaça acre erguia-se sobre o carro.

– O que foi que eu disse a vocês? – berrou Thorne. – *Aterrem!* Aterrem antes de fazer qualquer coisa! Vocês estão com uma voltagem séria aqui, caras! Vão acabar se fritando se não tiverem cuidado!

Ele olhou de novo para as crianças e balançou a cabeça.

– Eles simplesmente não entendem – disse ele. – Aquele EUI é uma defesa séria.

– EUI?

– Entrave Ursino Interno, é assim que Levine chama isso. É a ideia dele de piada – falou Thorne. – Na verdade, eu desenvolvi esse sistema há alguns anos para guardas-florestais em Yellowstone, onde ursos invadem trailers. Aperte um interruptor e você dispara 10 mil volts ao longo da superfície exterior do trailer. Zaaap! Acaba com o ânimo do maior urso. Mas esse tipo de voltagem pode jogar esses caras para fora do trailer. E aí, como eu fico? Com um processo de indenização por acidente de trabalho, é assim que eu fico. Pela estupidez deles mesmos.

– Ele balançou a cabeça. – E então? Cadê o Levine?

– Não sabemos – respondeu Arby.

– Como assim? Ele não deu a aula de vocês hoje?

– Não, ele não veio.

Thorne xingou mais um pouco.

– Bem, eu preciso dele hoje, para repassar as revisões finais antes de fazermos nosso teste de campo. Ele deveria estar de volta hoje.

– De volta de onde? – perguntou Kelly.

– Ah, ele partiu em uma de suas viagens de campo – informou Thorne. – Estava muito empolgado a respeito, antes de partir. Eu o equipei pessoalmente: emprestei-lhe minha mochila de campo mais recente. Tudo que ele poderia desejar em apenas 21 quilos. Ele gostou. Partiu na segunda, quatro dias atrás.

– Para onde?

– Como é que eu vou saber? – perguntou Thorne. – Ele não me disse. E eu perguntei várias vezes. Vocês sabem que eles são todos iguais, agora. Todo cientista com que eu lido é cheio de segredos. Mas não se pode culpá-los. Todos têm medo de ser plagiados ou processados. O mundo moderno. No ano passado, construí equipamentos para uma expedição à Amazônia, impermeabilizamos tudo – o que é algo muito desejável na Mata Atlântica da Amazônia, já que eletrônicos ensopados simplesmente não funcionam, e o principal cientista foi acusado de apropriação indevida de fundos. Para impermeabilização! Algum burocrata universitário disse que era uma "despesa desnecessária". Estou lhes dizendo, é insano. Simplesmente insano. Henry, você escutou alguma coisa do que eu falei? Coloque esse negócio *na transversal!*

Thorne caminhou para o outro lado do galpão, agitando os braços. As crianças acompanhavam logo atrás.

– Porém, agora olhem só para isso – disse Thorne. – Por meses trabalhamos nesses veículos de campo e finalmente estamos prontos. Ele os quer leves, eu os construí leves. Ele os quer fortes, eu os fiz fortes. Leves e fortes ao mesmo tempo, por que não? É simplesmente impossível o que ele está pedindo, mas, mesmo assim, com bastante titânio e composto de carbono em formato de colmeia, estamos conseguindo. Ele quer que os veículos corram sem petróleo e sem conexão à rede de energia, e fizemos isso também. Então, por fim, ele tem o que queria, um laboratório imensamente forte e portátil para ir aonde não existe gasolina e eletricidade. E agora que terminamos... Eu não posso acreditar. Ele realmente não apareceu para a aula de vocês?

– Não – respondeu Kelly.

– Então ele desapareceu – comentou Thorne. – Maravilha. Perfeito. E o nosso teste de campo? Nós íamos testar esses veículos por uma semana, fazê-los passar por provas.

– Eu sei – disse Kelly. – Nós pegamos permissão com nossos pais e tudo o mais para podermos ir também.

– E agora ele não está aqui – ralhou Thorne, furioso. – Suponho que eu deveria ter esperado por isso. Esses riquinhos, eles fazem o que têm vontade. Um cara como Levine faz *mimado* parecer um elogio.

Do teto desabou uma grande jaula de metal, aterrissando perto deles no chão. Thorne pulou de lado.

– Eddie! Droga! Dá para tomar cuidado?

– Desculpe, Doutor – disse Eddie Carr, nas vigas do teto, lá em cima. – Mas as especificações dizem que isso não pode deformar a 12 mil psi. Precisávamos testar.

– Tudo bem, Eddie. Mas não teste a jaula quando nós estamos debaixo dela! – Thorne abaixou-se para examiná-la; ela era circular, constituída de barras de liga de titânio com 25 milímetros de espessura. Sobrevivera à queda sem danos. E era leve, já que Thorne ergueu-a totalmente com uma mão só. Tinha cerca de 1,80 metro de altura e 1,20 metro de diâmetro. Lembrava uma gaiola de pássaro gigantesca. Tinha uma porta oscilante, montada com um cadeado pesado.

– Para que serve isso? – indagou Arby.

– Na verdade – disse Thorne –, isso faz parte *daquilo ali*. – Ele apontou para o outro lado da sala, onde um operário juntava uma pilha de barras telescópicas de alumínio. – É uma plataforma elevada de observação, feita para ser montada no campo. A armação encaixa-se em uma estrutura rígida, com cerca de 4,5 metros de altura. Vem com um pequeno abrigo no topo. Também é dobrável.

– Uma plataforma para observar o quê? – perguntou Arby.

– Ele não contou a vocês? – indagou Thorne.

– Não – respondeu Kelly.

– Não – endossou Arby.

– Bem, ele também não contou para mim – disse Thorne, balançando a cabeça. – Tudo o que eu sei é que ele quer que tudo seja imensamente forte. Leve e forte, leve e forte. Impossível. – Ele suspirou. – Deus me livre dos eruditos.

– Pensei que o senhor fosse um erudito – falou Kelly.

– Ex-erudito – afirmou Thorne, vigorosamente. – Agora eu faço coisas de verdade. Não fico só na conversa.

• • •

Colegas que conheciam Jack Thorne concordavam que a aposentadoria marcara o período mais feliz da vida dele. Como professor de engenharia aplicada e especialista em materiais exóticos, ele sempre demonstrou seu foco prático e amor pelos alunos. Seu curso mais famoso em Stanford, Engenharia Estrutural 101ª, era conhecido entre os alunos como "Problemas Espinhosos", porque Thorne provocava continuamente sua classe a resolver desafios de engenharia aplicada que preparava para eles. Alguns desses haviam há muito entrado para o folclore estudantil. Havia, por exemplo, o Desastre do Papel Higiênico: Thorne pediu aos estudantes que soltassem uma bandeja de ovos do topo da Hoover Tower sem nenhum dano. Como acolchoamento, eles podiam usar apenas os tubos de papelão dos rolos de papel higiênico. Ovos quebrados espalharam-se por toda a praça lá embaixo.

Então, em outro ano, Thorne pediu aos estudantes que construíssem uma cadeira capaz de aguentar um homem de 90 quilos, usando apenas cotonetes de papel e barbante. E, em outra ocasião, pendurou a folha de respostas para o exame final no teto da sala de aula e convidou os alunos a retirarem-na de lá, usando o que conseguissem fazer com uma caixa de sapatos de papelão contendo meio quilo de alcaçuz e alguns palitos de dente.

Quando não estava na sala de aula, Thorne com frequência servia como testemunha especialista em casos legais envolvendo engenharia de materiais. Ele se especializara em explosões, quedas de avião, desabamento de prédios e outros desastres. Essas investidas no mundo real afiavam sua visão de que os cientistas precisavam da educação mais ampla possível. Costumava dizer: "Como é que você pode projetar para as pessoas se não conhece história e psicologia? Não pode. Porque suas fórmulas matemáticas podem ser perfeitas, mas as pessoas vão estragar tudo. E, se estragarem, isso significa que *você* estragou tudo". Ele salpicava suas palestras com citações de Platão, Shaka Zulu, Emerson e Sun Tzu.

Porém, como professor popular entre os alunos – e que defendia a educação geral –, Thorne se pegou nadando contra a corrente. O mundo acadêmico marchava na direção do conhecimento cada vez mais especializado, expressava-se em um jargão cada vez mais denso. Nesse clima, ser apreciado por seus alunos era um sinal de superficialidade, e interesse em problemas do mundo real representava prova de pobreza intelectual e perturbadora indiferença à teoria. No final, entretanto, foi seu gosto por Sun Tzu que o empurrou porta afora. Em uma reunião de departamento, um de seus colegas levantou-se e anunciou que "Um cascateiro chinês mítico não significava bosta nenhuma para a engenharia".

Thorne pediu a aposentadoria precoce um mês depois e, em breve, fundou sua própria empresa. Ele desfrutava totalmente seu trabalho, mas sentia falta do contato com os alunos, o que explicava por que gostava dos dois jovens assistentes de Levine. Essas crianças eram inteligentes, entusiasmadas e jovens o bastante para que as escolas por enquanto não tivessem destruído todo o seu interesse em aprender. Eles ainda conseguiam utilizar seus cérebros, o que, no ponto de vista de Thorne, significava que ainda não haviam completado uma educação formal.

– Jerry! – berrou Thorne para um dos soldadores nos trailers. – Equilibre as barras dos dois lados! Lembre-se dos testes de colisão!

Thorne apontou para um monitor no piso, que mostrava uma imagem por computador do trailer colidindo com uma barreira. Primeiro ele bateu de traseira, depois de lado, depois rolou e bateu de novo. A cada vez, o veículo sobreviveu com pouquíssimos danos. O programa de computador fora desenvolvido por uma companhia automobilística e, então, descartaram-no. Thorne o adquiriu e modificou.

– É claro que as montadoras descartaram o programa: é uma boa ideia. Pode levar a um bom produto! – Ele suspirou. – Usando esse computador, nós batemos esses veículos 10 mil vezes: projetando, batendo, modificando, batendo de novo. Sem teorias, apenas testes práticos. Do jeito que devia ser.

A aversão de Thorne à teoria era lendária. Em sua opinião, uma teoria não significava nada além de um substituto para a experiência, criado por alguém que não sabia do que estava falando.

– E agora, olhem só. Jerry? Jerry! Por que fazemos todas essas simulações, se vocês não vão seguir os planos? Está todo mundo com morte cerebral por aqui?

– Desculpe, Doutor...

– Não se desculpe! Faça certo!

– Bem, nós construímos massivamente a mais de qualquer jeito...

– Ah, é? E essa decisão é sua? Você é o projetista agora? Apenas siga os planos!

Arby apressou-se para o lado de Thorne.

– Estou preocupado com o dr. Levine – disse ele.

– É mesmo? Eu não estou.

– Mas ele sempre foi tão confiável. E muito organizado.

– Isso é verdade – concordou Thorne. – Ele também é completamente impulsivo e faz o que lhe der na telha.

– Talvez – disse Arby –, mas eu não acho que ele sumiria sem um bom motivo. Tenho medo de que possa estar encrencado. Na semana passada mesmo, ele nos pediu que fôssemos com ele visitar o professor Malcolm em Berkeley, e ele tinha um mapa do mundo em seu escritório, mostrando...

– Malcolm! – bufou Thorne. – Me poupe! São iguaizinhos, aqueles dois. Um menos prático do que o outro. Mas é melhor eu entrar em contato com Levine agora. – Ele deu meia-volta e caminhou para seu escritório.

Arby perguntou:

– O senhor vai usar o telefone por satélite?

Thorne fez uma pausa.

– O quê?

– O telefone por satélite – repetiu Arby. – O dr. Levine não levou um desses com ele?

– Como ele poderia ter levado? – indagou Thorne. – Você sabe que o menor telefone por satélite é do tamanho de uma maleta.

– Sim, mas eles não precisam ser – disse Arby. – O senhor poderia fazer um bem pequeno.

– Eu poderia? Como? – A despeito de si mesmo, Thorne se divertia com esse moleque. Era impossível não gostar dele.

– Com aquela placa de comunicação VLSI que nós buscamos – afirmou Arby. – Aquela triangular. Ela tinha dois arranjos de chip BSN-23 da Motorola, e eles são uma tecnologia restrita desenvolvida para a CIA porque permitem que se faça um...

– Ei, ei! – disse Thorne, interrompendo-o. – Onde foi que você aprendeu tudo isso? Eu o avisei sobre hackear sistemas...

– Não se preocupe, eu sou cuidadoso – tranquilizou-o Arby. – Mas é verdade o que eu disse sobre a placa de comunicação, não é? O senhor poderia usar uma dessas para fazer um telefone por satélite com menos de meio quilo. E então, o senhor fez um?

Thorne fitou-o por um longo tempo.

– Talvez – disse, finalmente. – E daí?

Arby sorriu.

– Legal.

O pequeno escritório de Thorne localizava-se no canto do galpão. Lá dentro, as paredes eram forradas de plantas, formulários de encomendas em pranchetas e modelos tridimensionais de desenhos computadorizados. Componentes eletrônicos, catálogos de equipamentos e pilhas de faxes espalhavam-se por sua mesa. Thorne procurou ali no meio e finalmente apareceu com um pequeno telefone cinza portátil.

– Aqui estamos. – Ele levantou o aparelho para que Arby o visse. – Muito bom, não? Eu mesmo o projetei.

– Parece com um celular comum – disse Kelly.

– Sim, mas não é. Um telefone celular usa uma rede existente. Um telefone por satélite se conecta diretamente a satélites de comunicação no espaço. Com um desses, eu posso falar de qualquer parte do mundo. – Ele discou com rapidez. – Antigamente, eles precisavam de uma antena de 90 centímetros. Depois baixou para uma de 30. Agora, não precisamos de nenhuma antena, só do aparelho. Nada mau, se querem saber. Agora, vejamos se ele atende. – Thorne apertou o viva-voz. Eles escutaram a ligação sendo completada, a estática chiando.

– Conhecendo Richard – disse Thorne –, ele provavelmente só perdeu o avião ou se esqueceu de que deveria voltar aqui hoje para a aprovação final. E nós basicamente terminamos por aqui. Quando vocês virem que já chegamos às barras no exterior e aos estofados, o fato é que já terminamos. Ele vai nos atrasar. Muita falta de consideração da parte dele. – O telefone tocou, repetidos bipes eletrônicos. – Se ele não me atender, vou tentar ligar para Sarah Harding.

– Sarah Harding? – perguntou Kelly, levantando a cabeça.

– Quem é Sarah Harding? – Perguntou Arby.

– Só a mais famosa especialista em comportamento animal jovem do mundo, Arb.

Sarah Harding era uma das heroínas pessoais de Kelly. A menina tinha lido todo artigo que pôde a respeito dela. Sarah Harding fora uma estudante pobre, que frequentou a Universidade de Chicago com uma bolsa de estudos, mas que agora, aos 33 anos, era professora-assistente em Princeton. Ela era linda e independente, uma rebelde que fazia seu próprio caminho. Escolhera a vida de cientista de campo, vivendo sozinha na África, onde estudou leões e hienas. Era uma durona famosa. Certa vez, quando seu Land Rover quebrou, Sarah caminhou mais de 32 quilômetros pela savana totalmente sozinha, jogando pedras nos leões para afastá-los.

Em fotografias, normalmente posava com bermudas e uma camisa cáqui, binóculos em volta do pescoço, perto de um Land Rover. Com os cabelos curtos e escuros e o corpo forte e musculoso, ela parecia vigorosa e glamourosa ao mesmo tempo. Ao menos, era assim que parecia para Kelly, que sempre estudava os retratos com atenção, absorvendo cada detalhe.

– Nunca ouvi falar dela – disse Arby.

Thorne questionou:

– Está passando muito tempo com os computadores, Arby?

– Não – respondeu Arby. Kelly viu os ombros dele se encurvarem e o menino meio que se recolheu, do jeito que sempre fazia quando se sentia criticado. Amuado, disse: – Especialista em comportamento animal?

– Isso mesmo – confirmou Thorne. – Eu sei que Levine falou com ela diversas vezes nas últimas semanas. Ela vai ajudá-lo com todo esse equipamento, quando finalmente for para campo. Ou vai servir como conselheira. Ou algo assim. Ou talvez a conexão seja com Malcolm. Afinal, ela foi apaixonada por ele.

– Eu não acredito nisso – disse Kelly. – Talvez *ele* tenha sido apaixonado por *ela*...

Thorne olhou para a menina.

– Você já se encontrou com ela?

– Não. Mas conheço a seu respeito.

– Entendo.

Thorne não falou mais nada. Ele podia ver todos os sinais da idolatria e aprovava. Uma menina podia escolher alguém muito pior do que Sarah Harding para admirar. Pelo menos ela não era uma atleta ou estrela do rock. Na verdade, era revigorante ver uma criança admirar alguém que tentava de fato fazer o conhecimento avançar...

O telefone continuou a tocar. Não houve resposta.

– Bem, sabemos que o equipamento de Levine está funcionando – disse Thorne. – Porque a chamada está completando. Pelo menos disso podemos ter certeza.

Arby perguntou:

– O senhor pode rastreá-lo?

– Infelizmente, não. E, se continuarmos, provavelmente esgotaremos a bateria de campo, o que significa...

Houve um clique, e eles ouviram uma voz masculina, notavelmente distinta e clara:

– Levine.

– Certo. Muito bom. Ele está aqui – disse Thorne, assentindo. Apertou o botão em seu aparelho. – Richard? É o doutor Thorne.

Pelo viva-voz, eles escutaram um prolongado chiado estático. E então uma tosse, e uma voz roufenha disse:

– Alô? Alô? Aqui é Levine.

Thorne apertou o botão em seu telefone.

– Richard. É Thorne. Você está entendendo?

– Alô? – falou Levine, na outra ponta. – Alô?

Thorne suspirou.

– Richard. Você precisa apertar o botão T para transmitir. Câmbio.

– Alô? – Outra tosse, profunda e rascante. – Aqui é Levine. Alô?

Thorne balançou a cabeça, desgostoso.

– Obviamente ele não sabe como funciona o telefone. Droga! Eu demonstrei tudo para Levine com muito cuidado. É claro que ele não estava prestando atenção. Gênios nunca prestam atenção. Eles acham que sabem de tudo. Essas coisas não são brinquedos. – Ele apertou o botão "Enviar". – Richard, me escute. Você tem que apertar o botão T para poder...

– Aqui é Levine. Alô? Levine. Por favor. Eu preciso de ajuda. – Um gemido. – Se puder me ouvir, mande ajuda. Ouça, eu estou na ilha, consegui chegar até aqui, mas...

Um estalo. Um sibilo.

– O-oh – disse Thorne.

– O que foi? – perguntou Arby, inclinando-se adiante.

– Estamos perdendo a ligação.

– Por quê?

– A bateria – informou Thorne. – Está acabando rápido. Droga. Richard: *onde você está?*

Pelo viva-voz, eles ouviram a voz de Levine:

– ... já morreu... situação ficou... agora... muito séria... não sei... pode me ouvir, mas se você... conseguir ajuda...

– Richard. *Diga-nos onde você está!*

O telefone chiou, a transmissão se tornando cada vez pior. Eles escutaram Levine dizer:

– ... me cercaram, e... violentos... pode-se sentir o cheiro deles, especialmente... noite...

– Do que ele está falando? – perguntou Arby.

– ... para... machucar... não posso... não muito tempo... por favor...

E então houve um sibilo final, diminuindo até sumir.

E de repente o telefone silenciou.

Thorne desligou seu próprio aparelho e o viva-voz. Virou-se para as crianças, que estavam pálidas.

– Precisamos encontrá-lo – disse ele. – E já.

_SEGUNDA CONFIGURAÇÃO

"

A auto-organização elabora sua complexidade
conforme o sistema avança para o limite caótico.

"

< IAN MALCOLM >

PISTAS

Thorne abriu a porta do apartamento de Levine e acendeu as luzes. Eles fitaram, embasbacados.

– Parece um museu! – exclamou Arby.

O apartamento de dois dormitórios era decorado em um estilo vagamente oriental, com armários de madeira luxuosa e caros itens de antiquário. Mas o imóvel estava impecavelmente limpo, e a maioria dos itens antigos, abrigada em estojos plásticos. Tudo se encontrava organizadamente etiquetado. Eles entraram lentamente na sala.

– Ele *mora* aqui? – perguntou Kelly. Ela achava difícil acreditar naquilo. O apartamento lhe parecia impessoal demais, quase inumano. E seu próprio apartamento era uma bagunça tão grande, o tempo todo...

– Mora, sim – afirmou Thorne, guardando a chave. – O lugar está sempre assim. É por isso que ele nunca consegue morar com uma mulher. Ele não suporta que ninguém toque em nada.

Os sofás da sala de estar estavam arrumados em torno de uma mesinha de centro de vidro. Sobre ela, quatro pilhas de livros, cada uma ordenadamente alinhada com a borda de vidro. Arby espiou os títulos. *Teoria da catástrofe e estruturas emergentes. Processos indutores em evolução molecular. Autômatos celulares. Metodologia da adaptação não linear. Transição de fase em sistemas evolucionários.* Havia também alguns livros mais antigos, com títulos em alemão.

Kelly farejou o ar.

– Tem algo cozinhando?

– Não sei – respondeu Thorne. Ele foi até a sala de jantar. Ao longo da parede, notou uma estufa com uma fileira de pratos cobertos. Eles viram uma mesa de jantar de madeira polida, com lugar posto para um, talheres de prata e facas. A sopa fumegava em uma tigela.

Thorne caminhou até lá, apanhou uma folha de papel na mesa e leu: "Sopa de lagosta, verduras orgânicas em miniatura, atum Ahi selado". Havia um post-it amarelo colado. "Espero que sua viagem tenha sido boa! Romelia".

– Uau – disse Kelly. – Quer dizer que alguém faz o jantar para ele todo dia?

– Acho que sim – falou Thorne. Ele não pareceu impressionado; vasculhou uma pilha de correspondência ainda fechada que fora colocada ao lado do prato.

Kelly voltou-se para algumas mensagens de fax em uma mesa próxima. A primeira era do Museu Peabody de Yale, em New Haven.

– Isso é alemão? – perguntou, entregando o papel a Thorne.

```
        Prezado dr. Levine:


O documento solicitado pelo
senhor:

  "Geschichtliche
  Forschungsarbeiten über
  die Geologie
  Zentralamerikas, 1922-
  1929"

foi enviado pela Federal
Express hoje.
Muito obrigada.


                (assinado)
            Dina Skrumbis,
               Arquivista
```

– Eu não sei ler isso – disse Thorne. – Mas acho que é "Pesquisas sobre Alguma Coisa na Geologia da América Central". E é dos anos 1920, ou seja, nada exatamente novo.

– Eu me pergunto por que será que ele queria isso – questionou-se Kelly.

Thorne não lhe respondeu. Dirigiu-se ao quarto.

O local tinha uma aparência frugal e mínima; a cama era um futon preto, feita à perfeição. Thorne abriu as portas do closet e viu fileiras de roupas, tudo passado, sistematicamente espaçado, boa parte embalada em plástico. Ele abriu a primeira gaveta de cima para baixo e viu meias dobradas, arrumadas por cor.

– Não sei como ele pode viver desse jeito – disse Kelly.

– Não tem nenhuma dificuldade – falou Thorne. – Tudo de que você precisa são empregados. – Ele abriu as outras gavetas rapidamente, uma após a outra.

Kelly vagou até a mesinha de cabeceira. Havia diversos livros ali. O que estava por cima era bem pequeno, amarelado pelo tempo. Escrito em alemão, o título era *Die Fünf Todesarten*. Ela folheou o volume, viu ilustrações coloridas que pareciam ser astecas em roupas chamativas. Assemelha-se a um livro infantil ilustrado, pensou ela.

Debaixo dele havia livros e artigos de jornal com a capa vermelho-escura do Instituto Santa Fé: *Algoritmos genéticos e redes heurísticas, Geologia da América Central, Formações autômatas de mosaicos de dimensões arbitrárias.* O Relatório Anual da InGen Corporation de 1989. E, perto do telefone, ela notou uma folha com anotações apressadas. Reconheceu a letra precisa de Levine.

Dizia:

– O que é Local B? – perguntou Kelly. – Ele tem anotações a respeito disso. Thorne aproximou-se para olhar.

– *Vulkanische* – disse ele. – Isso significa "vulcânico", acho. E Tacaño e Nublar... parecem nomes de lugares. Se for isso, podemos conferir esses nomes em um atlas...

– E o que é isso de 1 em 5 mortes? – questionou Kelly.

– Não tenho ideia – falou Thorne.

Eles estavam olhando para o papel quando Arby entrou no quarto e perguntou:

– O que é Local B?

Thorne ergueu os olhos.

– Por quê?

– É melhor você ver o escritório dele – disse Arby.

Levine havia transformado o segundo quarto em um escritório. O cômodo, como o resto da casa, era admiravelmente organizado. Havia uma escrivaninha com papéis ajeitados em pilhas perfeitas junto a um computador, coberto de plástico. Porém, atrás da escrivaninha, um grande painel de cortiça cobria a maior parte da parede. E, nesse painel, Levine prendera mapas, tabelas, recortes de jornal, imagens de satélite e fotografias aéreas. No topo do painel, havia uma placa grande com os dizeres: "Local B?".

Ao lado do painel, uma foto borrada e com curvas nas pontas na qual se via um chinês de óculos com um avental branco de laboratório, de pé em uma selva ao lado de uma placa de madeira em que se lia "Local B". Seu avental estava desabotoado, e ele usava uma camiseta com algo escrito nela.

Junto à foto havia uma ampliação da camiseta, conforme se via na imagem original. Era difícil enxergar as letras, parcialmente cobertas em ambos os lados pelo avental de laboratório, mas a camiseta parecia dizer:

Em sua letra precisa, Levine anotara: "InGen Local B Instalações de Pesquisa???? ONDE???".

Logo abaixo, havia uma página retirada do Relatório Anual da InGen. Um parágrafo circulado dizia:

Em adição a seu quartel-general em Palo Alto, onde a InGen mantém um laboratório de pesquisa ultramoderno com mais de 18 mil metros quadrados, a empresa administra três laboratórios de campo no mundo todo. Um laboratório geológico na África do Sul, onde âmbar e outros espécimes biológicos são adquiridos; uma fazenda de pesquisa nas montanhas da Costa Rica, onde são cultivadas variedades exóticas de plantas; e uma instalação na Isla Nublar, a quase 200 quilômetros a oeste da Costa Rica.

Perto disso, Levine escrevera: "Nada de Local B! Mentirosos!".

– Ele está realmente obcecado com o Local B – comentou Arby.

– Eu que o diga – falou Thorne. – E ele acha que isso se localiza em uma ilha em algum lugar.

Olhando com atenção para o painel, Thorne observou as imagens de satélite. Notou que, embora fossem pintadas em cores falsas, em vários graus de ampliação, todas pareciam mostrar a mesma área geográfica geral: um litoral rochoso com algumas ilhas mar adentro. A linha costeira tinha uma praia e floresta invadindo o local; podia ser a Costa Rica, mas era impossível dizer com certeza. Na verdade, podia ser uma dúzia de locais diferentes no mundo.

– Ele falou que estava em uma ilha – disse Kelly.

– Sim. – Thorne deu de ombros. – Mas isso não nos ajuda muito. – Ele olhou fixamente para o painel. – Deve haver vinte ilhas aqui, talvez mais.

Thorne olhou para um memorando perto da parte inferior.

```
LOCAL B @#$# PARA TODOS OS
DEPARTAMENTOS DE []****
LEMBRETE DE%$#@#! EVITAR
IMPREN******
O sr. Hammond deseja relembrar
a todos****após^*&^marketing
*%** plano de marketing de longo
prazo*&^&^%
O marketing da instalação
proposta para resort exige que a
complexidade total da tecnologia
JP não seja revelada anunciada
divulgada. O sr. Hammond deseja
relembrar a todos os departamentos
que a instalação de Produção não
será tópico assunto em nenhum
comunicado de imprensa ou
discussão em momento algum.
A instalação de produção/
manufatura não pode ser #@#$#
referência ao loc da ilha de
produção
Referências internas à Isla S.
apenas sob estritas diretrizes
***^%$** de imprensa.
```

– Isso é estranho – afirmou ele. – O que você entende disso tudo?

Arby aproximou-se e olhou para o papel, pensativo.

– Todas essas letras faltando e essa porcaria – disse Thorne. – Isso faz algum sentido para você?

– Sim – respondeu Arby. Ele estalou os dedos e foi diretamente para a escrivaninha de Levine. Ali, retirou a capa plástica de cima do computador e disse: – Foi o que eu pensei.

O computador na escrivaninha de Levine não era a máquina moderna que Thorne esperava. Tinha vários anos de idade, grande e volumoso, e a capa estava arranhada em vários pontos. Possuía uma faixa preta na caixa que dizia "Design Associates, Inc.". E mais para baixo, junto ao botão de liga/desliga, uma plaquinha metálica brilhante na qual se lia "Propriedade da International Genetics Technology, Inc., Palo Alto, CA".

– O que é isso? – perguntou Thorne. – Levine tem um computador da InGen?

– Sim – respondeu Arby. – Ele nos mandou comprá-lo na semana passada. Eles estavam liquidando material de informática.

– E ele enviou vocês? – indagou Thorne.

– Sim. Kelly e eu. Ele não quis ir pessoalmente. Tinha medo de estar sendo seguido.

– Mas esse negócio é uma máquina CAD-CAM e deve ter cinco anos de idade – falou Thorne. Computadores CAD-CAM eram usados por arquitetos, artistas gráficos e engenheiros mecânicos. – Por que Levine desejaria algo assim?

– Ele não nos contou – disse Arby, ligando o computador. – Mas agora eu sei.

– Ah, é?

– Aquele memorando – falou Arby, indicando a parede com um gesto da cabeça. – Sabe por que ele está daquele jeito? É um arquivo recuperado de computador. Levine vem recuperando arquivos da InGen desta máquina.

Como Arby explicou, todos os computadores que a InGen vendeu naquele dia haviam passado por uma formatação do hard drive para destruir quaisquer dados confidenciais nos discos. Mas as máquinas CAD-CAM eram uma exceção. Todas elas tinham um software especial instalado pelo fabricante, o qual era digitado individualmente nas máquinas, utilizando referências individuais de código. Isso tornava a formatação desses computadores complicada, porque o software teria de ser reinstalado individualmente, o que levaria horas.

– Então, eles não formataram – concluiu Thorne.

– Certo – disse Arby. – Eles apenas apagaram o diretório e venderam as máquinas.

– E isso significa que os arquivos originais ainda estão no disco.

– Certo.

O monitor reluziu. A tela anunciou:

`TOTAL DE ARQUIVOS RECUPERADOS: 2.387`

– Nossa – disse Arby. Ele inclinou-se adiante, olhando fixamente, os dedos postados sobre as teclas. Apertou o botão correspondente ao diretório e várias fileiras de nomes rolaram pela tela. Milhares de arquivos no total.

– Como é que você vai... – Thorne começou.

– Me dê um minuto aqui – disse Arby, interrompendo-o. Em seguida, passou a digitar rapidamente.

– Certo, Arb – falou Thorne. Ele achou divertido o jeito imperioso como Arby se comportava sempre que estava trabalhando com um computador. Parecia se esquecer de como era jovem, e sua timidez e reserva desapareciam. O mundo eletrônico realmente era o seu elemento. E ele sabia que era bom nisso.

Thorne disse:

– Qualquer ajuda que puder nos dar será...

– Doutor – disse Arby. – Deixa disso. Vá e, sei lá, ajude a Kelly ou algo assim.

E ele virou-se e digitou.

RAPTOR

O velocirraptor tinha 1,80 metro de altura e era verde-escuro. Preparado para atacar, ele sibilou alto, o pescoço musculoso estirado adiante, mandíbulas escancaradas. Tim, um dos modeladores, perguntou:

– O que o senhor acha, dr. Malcolm?

– Não está ameaçador – respondeu Malcolm, de passagem. Ele se localizava na parte dos fundos do departamento de biologia, a caminho de seu escritório.

– Não está ameaçador? – perguntou Tim.

– Eles nunca ficam de pé desse jeito, sustentados sobre as duas patas retas no chão. Se você lhe der um livro – ele pegou um caderno de uma mesa e colocou-o nos antebraços do animal –, ele poderia estar cantando uma música de Natal.

– Credo – reclamou Tim. – Não pensei que estivesse assim tão ruim.

– Ruim? – repetiu Malcolm. – Isso é um insulto a um grande predador. Nós deveríamos sentir sua velocidade, sua ameaça e seu poder. Abra mais as mandíbulas. Abaixe o pescoço. Tensione os músculos, ajuste a pele. E levante aquela perna. Lembre-se, raptors não atacam com as mandíbulas, eles usam as garras em suas patas – disse Malcolm. – Eu quero ver a garra bem erguida, pronta para retalhar e arrancar as vísceras da presa dele.

– O senhor acha mesmo? – perguntou Tim, em dúvida. – Pode assustar as crianças pequenas...

– Você quer dizer que pode te assustar. – Malcolm seguiu pelo corredor. – E outra coisa: mude esse som de sibilo. Parece alguém fazendo xixi. Dê a esse animal um *rosnado*. Dê a um grande predador o que lhe é devido.

– Credo – disse Tim. – Eu não sabia que o senhor tinha sentimentos tão pessoais a respeito.

– O retrato deveria ser preciso – falou Malcolm. – Sabe, existe uma definição do que é preciso ou impreciso. Independentemente de quais sejam os seus *sentimentos*.

Ele seguiu seu caminho, irritado, ignorando a dor momentânea em sua perna. O modelador o aborrecera, embora ele tivesse de admitir que Tim era apenas um representante do pensamento nebuloso atual: o que Malcolm chamava de "ciência piegas".

Malcolm há muito estava impaciente com a arrogância de seus colegas cientistas. Eles mantinham aquela arrogância, ele sabia, ignorando a história da ciência como modo de pensar. Os cientistas fingiam que a história não importava, porque agora as descobertas modernas tinham corrigido os erros do passado. Porém, é claro que seus predecessores também haviam acreditado na mesma coisa no passado. Eles estavam errados naquela época, e os cientistas modernos estavam errados agora. Nenhum episódio na história da ciência provava isso melhor do que o modo como os dinossauros tinham sido retratados ao longo das décadas.

Era edificante perceber que a percepção mais acurada dos dinossauros também fora a primeira. Ainda na década de 1840, quando Richard Owen descobriu ossos gigantes na Inglaterra, ele os nomeou *Dinosauria:* lagartos terríveis. Essa ainda permanecia a descrição mais precisa dessas criaturas, pensou Malcolm. Elas eram, de fato, semelhantes a lagartos e eram terríveis.

Contudo, desde Owen, a visão "científica" dos dinossauros havia passado por muitas transformações. Como os vitorianos acreditavam na inevitabilidade do progresso, eles insistiram que os dinossauros deveriam necessariamente ser inferiores – se não, por que a extinção deles ocorreria? Assim, os vitorianos os tornaram gordos, letárgicos e burros – grandes tontos do passado. Essa percepção foi elaborada de tal modo que, no início do século 20, os dinossauros haviam se tornado tão fracos que não conseguiam sustentar o próprio peso. Apatossauros precisavam ficar mergulhados em água até a barriga ou esmagariam suas próprias pernas. Toda a concepção de mundo antigo era imbuída com essas ideias de animais fracos, estúpidos e lerdos.

Essa visão só mudou nos anos 1960, quando alguns cientistas renegados, liderados por John Ostrom, começaram a imaginar dinossauros velozes, ágeis e de sangue quente. Devido ao fato de esses cientistas terem a temeridade de questionar o dogma, foram brutalmente criticados por anos, apesar de agora parecer que suas ideias estavam corretas.

No entanto, na última década, um interesse crescente no comportamento social levou a outra visão. Dinossauros eram agora vistos como criaturas afetuosas, vivendo em grupos, criando seus bebezinhos. Eles eram animais bons, até mesmo fofinhos. Os coitadinhos não tiveram relação alguma com seu destino terrível, que lhes foi imposto pelo meteoro Alvarez. E essa nova visão piegas produziu gente como Tim, que relutava em olhar para o outro lado da moeda, o outro lado da vida. É claro, alguns dinossauros tinham sido sociais e cooperativos. Outros, porém, haviam sido caçadores – e assassinos de crueldade incomparável. Para Malcolm, a imagem mais verdadeira da vida no passado incorporava a interconectividade de todos os aspectos da vida, os bons e os maus, os fortes e os fracos. Não adiantava nada fingir algo diferente.

Assustar crianças pequenas, de fato! Malcolm fungou, irritado, enquanto seguia pelo corredor.

Na verdade, Malcolm sentia-se incomodado pelo que Elizabeth Gelman lhe contara sobre o fragmento de tecido e especialmente pela identificação. Aquela identificação significava problemas, Malcolm tinha certeza disso.

Mas não estava certo do que fazer a respeito.

Ele virou a esquina, passou pela exibição dos pontos de Clovis, setas feitas por um dos primeiros homens na América. Mais adiante, viu seu escritório. Beverly, sua assistente, localizava-se de pé atrás da escrivaninha, arrumando papéis e preparando-se para ir para casa. Ela lhe entregou seus faxes e disse:

– Deixei um recado para o dr. Levine no escritório dele, mas não houve retorno. Eles parecem não saber onde ele está.

– Que novidade – disse Malcolm, suspirando. Era difícil trabalhar com Levine; ele era tão errático que você nunca sabia o que esperar. Tinha sido Malcolm quem pagara a fiança quando Levine fora preso em sua Ferrari. Ele folheou os faxes: datas de conferências, solicitações para reimpressões... nada interessante. – Tudo bem. Obrigado, Beverly.

– Ah, e os fotógrafos já vieram. Eles terminaram há mais ou menos uma hora.

– Que fotógrafos? – perguntou ele.

– Da revista *Chaos Quarterly*. Para fotografar seu escritório.

– Do que é que você está falando? – questionou Malcolm.

– Eles vieram fotografar seu escritório – disse ela. – Para uma série sobre o local de trabalho de matemáticos famosos. Eles tinham uma carta sua, dizendo que estava...

– Eu não mandei nenhuma carta – falou Malcolm. – E nunca ouvi falar de *Chaos Quarterly*.

Ele foi até seu escritório e olhou em volta. Beverly apressou-se atrás dele, uma expressão preocupada no rosto.

– Está tudo bem? Está tudo aqui?

– Sim – disse ele, analisando tudo rapidamente. – Parece estar tudo certo. – Ele abria as gavetas de sua escrivaninha, uma após a outra. Nada parecia estar faltando.

– Isso é um alívio – disse Beverly –, porque...

Ele virou-se e olhou para o lado mais distante da sala.

O mapa.

Malcolm tinha um grande mapa-múndi com alfinetes representando todos os avistamentos do que Levine chamava de "formas aberrantes". Pela contagem mais liberal – a de Levine –, agora tinham ocorrido doze no total, de Rangiroa, no oeste, até Baja Califórnia e Equador no leste. Poucos deles haviam sido verificados. Entretanto, agora uma amostra de tecido confirmava um espécime, e isso tornava todo o resto muito mais provável.

– Eles fotografaram esse mapa?

– Sim, fotografaram tudo. Isso importa?

Malcolm olhou para o mapa, tentando vê-lo com uma perspectiva diferente. Ver como um forasteiro o entenderia. Ele e Levine tinham passado horas diante daquele mapa, considerando a possibilidade de um "mundo perdido", tentando decidir onde ele poderia estar. Haviam reduzido as possibilidades a cinco ilhas em uma cadeia, perto do litoral da Costa Rica. Levine estava convencido de que era uma dessas ilhas, e Malcolm começava a pensar que ele tinha razão. Mas aquelas ilhas não estavam destacadas no mapa...

– Eles eram um grupo muito simpático. Muito educados. Estrangeiros... Suíços, acho – disse Beverly.

Malcolm assentiu e suspirou. Para o diabo com tudo, pensou. Mais cedo ou mais tarde, era inevitável um vazamento.

– Está tudo bem, Beverly.

– Tem certeza?

– Sim, tudo bem. Tenha uma boa noite.

– Boa noite, dr. Malcolm.

Sozinho em seu escritório, ele ligou para Levine. O telefone tocou, e a secretária eletrônica bipou. Levine ainda não estava em casa.

– Richard, você está aí? Se estiver, atenda, é importante.

Ele esperou; nada aconteceu.

– Richard, é Ian. Ouça, estamos com um problema. O mapa não é mais seguro. E eu mandei analisar aquela amostra, Richard, e acho que ela nos informa a localização do Local B, se meu...

Houve um clique quando o telefone foi tirado do gancho. Ele ouviu o som de respiração.

– Richard? – perguntou ele.

– Não – disse a voz –, aqui é Thorne. E eu acho melhor você vir para cá agora mesmo.

AS CINCO MORTES

– Eu sabia – disse Malcolm, entrando no apartamento de Levine e olhando ao redor rapidamente. – Eu sabia que ele faria algo assim. Você sabe como ele é impetuoso. Eu falei para ele, não vá até termos todas as informações. Mas eu devia saber. É claro que ele foi.

– É, foi, sim.

– Ego – disse Malcolm, balançando a cabeça. – Richard precisa ser o primeiro. Tem que ser o primeiro a entender, o primeiro a chegar lá. Estou muito preocupado, ele pode estragar tudo. Esse comportamento impulsivo: você percebe que é uma tempestade no cérebro, neurônios à beira do caos? A obsessão é só um tipo de vício. Mas que cientista possui autocontrole? Eles os instruem na escola: é errado ser equilibrado. Eles esquecem que Neils Bohr foi não só um grande físico, mas também um atleta olímpico. Hoje em dia, todos eles *tentam* ser nerds. É o estilo profissional.

Thorne olhou para Malcolm, pensativo. Ele achou ter detectado um viés competitivo ali.

– Você sabe para qual ilha ele foi? – perguntou.

– Não, não sei. – Malcolm andava pelo apartamento, absorvendo tudo. – Da última vez que conversamos, ele havia afunilado para cinco ilhas, todas no sul. Mas nós não tínhamos decidido qual delas.

Thorne apontou para o painel na parede, as imagens de satélite.

– Essas ilhas aqui?

– Sim – confirmou Malcolm, com uma olhada breve. – Elas estão distribuídas em um arco, todas a cerca de 15 quilômetros da baía de Puerto Cortés. Supostamente, todas são desertas. Os locais as chamam de As Cinco Mortes.

– Por quê? – indagou Kelly.

– Alguma velha história indígena – disse Malcolm. – Algo sobre um bravo guerreiro capturado por um rei que lhe ofereceu cinco formas para morrer. Fogo, afogamento, esmagamento, enforcamento, decapitação. O guerreiro disse que escolhia todas, e ele foi de ilha em ilha, passando pelos vários desafios. Meio que a versão do Novo Mundo para os trabalhos de Hércules...

– Então *é disso* que se trata! – disse Kelly e saiu correndo da sala.

A expressão de Malcolm representava incompreensão.

Voltou-se para Thorne, que deu de ombros.

Kelly voltou carregando o livro infantil em alemão. Ela o entregou a Malcolm.

– Sim – disse ele. – *Die Fünf Todesarten.* Os Cinco Modos de Morrer. Interessante que seja em alemão...

– Ele tem montes de livros em alemão – falou Kelly.

– Tem, é? Safado. Ele nunca me disse nada.

– Isso significa alguma coisa? – perguntou Kelly.

– Sim, significa muita coisa. Pode me passar aquela lupa, por favor?

Kelly lhe entregou uma lupa de cima da mesa.

– O que isso significa?

– As Cinco Mortes são antigas ilhas vulcânicas – disse ele. – O que significa que, geologicamente, elas são muito ricas. Nos anos 1920, os alemães queriam minerá-las. – Ele olhou para as imagens, semicerrando os olhos. – Ah. Sim, essas são as ilhas, sem dúvida. Matanceros, Muerte, Tacaño, Sorna, Pena... Todos nomes de morte e destruição... Certo. Acho que podemos estar perto. Temos alguma imagem de satélite com análise espectográfica da cobertura de nuvens?

– Isso vai ajudar a encontrar o Local B? – perguntou Arby.

– O quê? – Malcolm girou até ficar de frente para ele. – O que você sabe sobre o Local B?

Arby estava sentado na frente do computador, ainda trabalhando.

– Nada. Só que o dr. Levine procurava pelo Local B. E que esse era o nome nos arquivos.

– Que arquivos?

– Eu recuperei alguns arquivos da InGen deste computador. E, procurando pelos registros antigos, encontrei referências ao Local B... Mas elas são bem confusas. Como esta aqui.

Ele recostou-se para permitir a Malcolm que visse a tela.

PRODUÇÃO	(LOCAL B)
CONTROLADORES DE AR	Grau 5 a Grau 7
ESTRUTURA DO LABORATÓRIO	400 cmm a 510 cmm
BIOSSEGURANÇA	Nível PK/3 a Nível PK/5
VELOCIDADE DO TRANSPORTADOR	3 mpm a 2,5 mpm
CERCADOS	13 hectares a 26 hectares
EQUIPE Q	17 (4 admin) a 19 (4 admin)
PROTOCOLO DE COMUNICAÇÃO	ET(VX) a RDT (VX)

Malcolm franziu o cenho.

– Curioso, mas não muito útil. Isso não nos diz em que ilha, nem se é, de fato, uma ilha. O que mais você tem?

– Bem... – Arby apertou outra tecla. – Vejamos. Há isto aqui.

REDE ILHA LOCAL B	PONTOS NODAIS
ZONA 1 (RIO)	1-8
ZONA 2 (COSTA)	9-16
ZONA 3 (CORDILHEIRA)	17-24
ZONA 4 (VALE)	25-32

Malcolm disse:

– Certo, então é uma ilha. E o Local B tem uma rede. Mas uma rede de quê? Computadores?

– Não sei. Talvez seja uma rede de rádio – respondeu Arby.

– Com que propósito? – perguntou Malcolm. – Para que seria utilizada uma rede de rádio? Isso não é muito útil.

Arby deu de ombros. Ele levou aquilo como um desafio. Começou a digitar de novo, furiosamente. Então disse:

– Espere!... Aqui tem mais um... se eu puder formatar... Pronto! Consegui!

Ele se afastou da tela para que os outros pudessem ver.

Malcolm olhou e disse:

– Muito bom. *Muito* bom!

LEGENDAS LOCAL B

ALA LESTE	ALA OESTE	BAÍA DE CARGA
LABORATÓRIO	BAÍA DE MONTAGEM	ENTRADA
PERIFERIA	NÚCLEO PRINCIPAL	TURBINA GEO
LOJA DE CONVENIÊNCIA	VILAREJO DOS FUNCIONÁRIOS	NÚCLEO GEO
POSTO DE GASOLINA	PISCINA/TÊNIS	CAMPO DE GOLFE
RESIDÊNCIA DO ADMINISTRADOR	TRILHA PARA CORRIDA	LINHAS DE GÁS
SEGURANÇA UM	SEGURANÇA DOIS	LINHAS TÉRMICAS
DOCA DO RIO	HANGAR DE EMBARCAÇÕES	SOLAR UM
ESTRADA DO PÂNTANO	ESTRADA DO RIO	ESTRADA DA CORDILHEIRA
ESTRADA C/ VISTA DA MTN	ESTRADA DO DESPENHADEIRO	CERCADOS

– Agora estamos chegando a algum lugar – disse Malcolm, analisando a lista. – Você pode imprimir isso?

– Claro. – Arby sorria de orelha a orelha. – Isso é bom mesmo?

– É, sim – respondeu Malcolm.

Kelly olhou para Arby e disse:

– Arb, essas são legendas que vão em um mapa.

– É, acho que sim. Bem legal, né? – Ele apertou um botão, enviando a imagem para a impressora.

Malcolm olhou mais um pouco para a lista, depois concentrou sua atenção de novo nos mapas de satélite, avaliando cada um com atenção sob a lupa. Seu nariz quase tocava as fotografias.

– Arb – disse Kelly –, não fique só sentado aí. Vamos lá! Recupere o mapa! É disso que nós precisamos!

– Não sei se consigo – comentou Arby. – É um formato próprio restrito de 32 bits... digo, é um trabalho grande.

– Pare de choramingar, Arb. Só faça.

– Deixa para lá – disse Malcolm. Ele afastou-se das imagens de satélite presas na parede. – Não é importante.

– Não é? – questionou Arby, um pouco magoado.

– Não, Arby. Você pode parar. Porque, pelo que você já descobriu, estou bastante certo de que podemos identificar a ilha agora mesmo.

JAMES

Ed James bocejou e apertou mais o fone no ouvido. Ele queria se certificar de captar tudo. Remexeu-se no banco do motorista de seu Taurus cinza, tentando ficar confortável, tentando se manter acordado. O pequeno gravador rodava em seu colo, perto do bloco de anotações e das embalagens amassadas de dois Big Macs. James olhou para o outro lado da rua, para o prédio onde morava Levine. As luzes estavam acesas no apartamento do terceiro andar.

E o grampo que ele colocara lá na semana anterior funcionava bem. Pelo fone de ouvido, ele escutou uma das crianças dizer:

– Como?

E então o cara aleijado, Malcolm, falou:

– A essência da verificação consiste em múltiplas linhas de raciocínio que convergem em um único ponto.

– E o que isso quer dizer? – perguntou o menino.

Malcolm respondeu:

– Basta olhar para as imagens de satélite.

Em seu bloco de anotações, James escreveu SATÉLITE.

– Nós já olhamos – informou a menina.

James sentiu-se tolo por não perceber antes que aquelas duas crianças trabalhavam para Levine. Lembrava-se bem dos dois, eles estavam entre os alunos de Levine. Havia um menino negro e baixinho e uma menina branca e desajeitada. Apenas crianças: talvez 11 ou 12 anos. Ele devia ter percebido.

Não que importasse agora, pensou. De qualquer jeito, ele estava conseguindo a informação. James esticou o braço até o outro lado do painel, pegou as últimas duas batatas fritas e, apesar de estarem frias, comeu ambas.

– Certo – ele ouviu Malcolm dizer. – É essa ilha aqui. É para essa ilha que Levine foi.

A menina falou, em dúvida:

– Você acha? Essa é... Isla Sorna.

James escreveu ISLA SORNA.

– Essa é a nossa ilha – afirmou Malcolm. – Por quê? Três motivos independentes. Primeiro, ela é uma propriedade particular, então não foi vasculhada com cuidado pelo governo da Costa Rica. Segundo, propriedade particular de quem? Dos alemães, que arrendaram direitos de escavar minerais ainda nos anos 1920.

– Todos aqueles livros em alemão!

– Exatamente. Em terceiro, pela lista de Arby, e outra fonte independente, está claro que existe gás vulcânico no Local B. E então, que ilhas têm gás vulcânico? Peguem a lupa e olhem por si mesmos. Como podem ver, só uma ilha.

– O senhor quer dizer isso aqui? – perguntou a menina.

– Certo. Isso é fumaça vulcânica.

– Como o senhor sabe?

– Análise espectográfica. Está vendo esse pico aqui? Isso é essencialmente enxofre na cobertura de nuvens. Não existem, na verdade, outras fontes para enxofre, exceto as vulcânicas.

– O que é esse outro pico? – perguntou a menina.

– Metano – disse Malcolm. – Aparentemente existe uma fonte razoavelmente grande de gás metano.

– Ele também é vulcânico? – perguntou Thorne.

– Pode ser. O metano é emitido por atividade vulcânica, mas é mais comum durante erupções ativas. A outra possibilidade é que seja orgânico.

– Orgânico? E o que isso significa?

– Grandes herbívoros e...

Em seguida houve algo que James não pôde escutar e o menino disse:

– O senhor quer que eu termine essa recuperação ou não? – Ele soou irritado.

– Não – disse Thorne. – Não importa agora, Arby. Já sabemos o que precisamos fazer. Vamos, crianças!

James olhou para o apartamento e viu as luzes se apagando. Alguns minutos mais tarde, Thorne e as crianças apareceram na entrada principal, na rua. Eles entraram em um jipe e partiram. Malcolm foi até seu próprio carro, subiu desajeitadamente e se afastou na direção oposta.

James cogitou seguir Malcolm, mas precisava fazer outra coisa no momento. Ele ligou a ignição do carro, apanhou o telefone e discou.

SISTEMAS DE CAMPO

Meia hora depois, quando eles retornaram ao escritório de Thorne, Kelly olhou fixamente, atordoada. A maioria dos trabalhadores tinha ido embora, e o galpão fora limpo. Os dois trailers e o Explorer estavam lado a lado, recém-pintados em verde-escuro e prontos para a estrada.

– Eles estão prontos!

– Eu te disse que eles estariam – falou Thorne. Ele voltou-se para seu supervisor principal, Eddie Carr, um jovem robusto em seus 20 anos.

– Eddie, onde estamos?

– Só terminando, Thorne – respondeu Eddie. – A tinta ainda está úmida em alguns lugares, mas deve estar seca de manhã.

– Não podemos esperar até de manhã. Estamos saindo agora.

– Estamos?

Arby e Kelly trocaram um olhar. Aquilo era novidade para eles também.

– Vou precisar que você dirija um desses, Eddie. Temos que estar no aeroporto à meia-noite – disse Thorne.

– Mas pensei que faríamos os testes de campo...

– Não há tempo para isso. Vamos direto para o local. – A campainha da entrada soou. – Provavelmente é o Malcolm.

Ele apertou o botão para abrir a porta.

– Você não vai fazer testes de campo? – perguntou Eddie, com uma expressão preocupada. – Acho melhor você dar uma testada neles, Doutor. Fizemos algumas modificações bem complexas aqui, e...

– Não temos tempo – disse Malcolm, entrando. – Precisamos partir agora mesmo. – Ele voltou-se para Thorne. – Estou muito preocupado com ele.

– Eddie! – falou Thorne. – Os papéis de liberação chegaram?

– Ah, claro, nós estamos com eles há duas semanas.

– Bem, pegue-os e chame Jenkins, diga a ele que nos encontre no aeroporto e arrume os detalhes para nós. Eu quero decolar em quatro horas.

– Nossa, Doutor...

– Apenas faça isso.

– Vocês vão para a Costa Rica? – perguntou Kelly.

– Isso mesmo. Temos que buscar Levine. Se não for tarde demais.

– Nós vamos com vocês – afirmou Kelly.

– Certo – concordou Arby. – Nós vamos.

– Absolutamente não – disse Thorne. – Está fora de questão.

– Mas nós fizemos por merecer!

– O dr. Levine falou com nossos pais!

– Nós já temos permissão!

– Vocês têm permissão – disse Thorne, severo – para sair em um teste de campo nas florestas a 160 quilômetros daqui. Mas nós não vamos fazer isso. Estamos indo a um lugar que pode ser muito perigoso, e vocês não vão conosco, e essa decisão é final.

– Mas...

– Crianças – falou Thorne. – Não me deixem zangado. Eu vou fazer um telefonema. Juntem as suas coisas. Vocês vão para casa.

Ele lhes deu as costas e se afastou.

– Credo – disse Kelly.

Arby botou a língua para fora na direção do homem que se afastava e resmungou:

– Mas que cretino.

– Pode se conformar, Arby – disse Thorne, sem olhar para trás. – Vocês dois estão indo para casa. Ponto final.

Ele entrou em seu escritório e bateu a porta.

Arby enfiou as mãos nos bolsos.

– Eles não teriam descoberto nada sem a nossa ajuda.

– Eu sei, Arb – falou ela. – Mas não podemos forçá-los a nos levar.

Eles se viraram para Malcolm.

– Dr. Malcolm, o senhor poderia, por favor...

– Me desculpem – disse Malcolm. – Não posso.

– Mas...

– A resposta é não, meninos. É simplesmente perigoso demais.

• • •

Abatidos, eles foram até os veículos, cintilando sob as luzes do teto. O Explorer com os painéis fotovoltaicos no teto e no capô, o interior lotado de equipamento eletrônico reluzente. Bastava olhar para o Explorer e eles já tinham uma impressão de aventura – uma da qual eles não fariam parte.

Arby espiou o interior do trailer maior, encaixando as mãos aos lados dos olhos sobre a janela.

– Uau, olha só isso!

– Eu vou entrar – disse Kelly, abrindo a porta. Ela ficou momentaneamente surpresa com a solidez e o peso da porta. Depois subiu os degraus entrando no trailer.

Dentro, o trailer era equipado com estofamento cinza e muitos outros equipamentos eletrônicos, sendo dividido em seções para diferentes funções de laboratório. A área principal era um laboratório biológico, com bandejas de espécimes, tinas para dissecção e microscópios que se conectavam a monitores de vídeo. O laboratório também incluía equipamento de bioquímica, espectômetros e uma série de analisadores automáticos de amostras. Perto dele havia uma extensa seção de informática, um banco de processadores e uma seção de comunicações. Todo o equipamento de laboratório era miniaturizado e montado em mesas pequenas que deslizavam para dentro das paredes, onde, então, eram presas.

– Isso é *legal* – disse Arby.

Kelly não respondeu. Ela observava o laboratório com atenção. O dr. Levine havia projetado esse trailer aparentemente com um propósito bem específico. Não se via nenhum dispositivo para geologia, botânica ou química, ou pencas de outras coisas que se poderia esperar que uma equipe de campo estudasse. Não era, de forma alguma, um laboratório científico genérico. Parecia só uma unidade de biologia, e uma grande unidade de computadores.

Biologia e computadores.

Ponto final.

Esse trailer tinha sido construído para estudar o quê?

Montada na parede, uma pequena estante de livros os mantinha no lugar com uma tira de velcro. Ela analisou os títulos: *Modelando sistemas biológicos adaptativos, Dinâmicas comportamentais dos vertebrados, Adaptação em sistemas naturais e artificiais, Dinossauros da América do Norte, Pré-adaptação e evolução...* Parecia um conjunto estranho de livros para levar em uma expedição na natureza; se havia uma lógica por trás, ela não conseguia distingui-la.

Kelly seguiu em frente. Em intervalos ao longo das paredes, ela podia ver onde o trailer fora reforçado; faixas escuras de carbono em formato de colmeia subiam pelas paredes. Ela escutara Thorne dizer que era o mesmo material utilizado em caças supersônicos. Muito leve e muito forte. E reparou que todas as janelas tinham sido substituídas por aquele vidro especial com uma fina rede de arame por dentro.

Por que o trailer era tão forte?

Agora que pensava a respeito, aquilo a deixou um pouco desconfortável. Lembrou-se do telefonema com o dr. Levine, mais cedo. Ele havia dito que estava cercado.

Cercado pelo quê?

Ele dissera: *Eu posso sentir o cheiro deles, especialmente à noite.*

A que ele se referia?

Quem eram *eles?*

Ainda desconfortável, Kelly moveu-se para os fundos do trailer, onde havia uma pequena área de estar, completa com cortinas xadrezes nas janelas. Uma cozinha compacta, um banheiro e quatro camas. Compartimentos de armazenagem acima e embaixo das camas. Havia até um chuveiro pequeno. Era agradável.

Dali, ela passou pelo trecho pregueado como um acordeom que conectava os dois trailers. Era um pouco como a conexão entre dois vagões de trem, uma curta passagem transicional. Entrou no segundo trailer, que parecia ser principalmente usado como estocagem de utilitários: pneus extras, peças sobressalentes, mais equipamento de laboratório, prateleiras e gabinetes. Todos os suprimentos extras que significavam uma expedição indo a algum lugar distante. Havia até uma motocicleta pendurada na traseira do trailer. Kelly testou alguns dos gabinetes, mas eles estavam trancados.

Contudo, até ali havia faixas de reforço. Essa seção também fora construída para ser especialmente forte.

Por quê?, ela se perguntava. Por que tão forte?

– Olha só pra isso – disse Arby, de pé diante de uma unidade na parede. Era um complexo de displays brilhantes de LED e montes de botões e parecia a Kelly um termostato complicado.

– O que isso faz? – perguntou a menina.

– Monitora o trailer todo – respondeu ele. – Você pode fazer tudo a partir daqui. Todos os sistemas, todo o equipamento. E olha, tem TV... – Ele apertou um botão e um monitor ganhou vida, reluzente. Arby mostrou Eddie vindo até eles, do outro lado do piso.

– Ei, o que é isso? – indagou Arby. Na parte inferior do display, havia um botão com uma capa de segurança. Ele levantou a tampa. O botão era prateado e dizia DEF.

– Ei, aposto que isso é aquela defesa contra urso de que ele estava falando.

Um momento depois, Eddie abriu a porta do trailer e disse:

– É melhor vocês pararem com isso, vão acabar com as baterias. Vamos, agora. Vocês ouviram o que o Doutor disse. Hora de vocês irem para casa, meninos.

Kelly e Arby trocaram um olhar.

– Certo – disse Kelly. – Estamos indo.

Relutantemente, eles saíram do trailer.

Os dois atravessaram o galpão até o escritório de Thorne para se despedirem. Arby disse:

– Eu queria que eles nos deixassem ir.

– Eu também.

– Não quero ficar em casa nessas férias – falou ele. – Eles vão só ficar trabalhando, o tempo todo. – Arby referia-se a seus pais.

– Eu sei.

Kelly também não queria ficar em casa. A ideia de um teste de campo durante as férias de primavera era perfeita para ela, porque lhe tirava de casa e de uma situação ruim. Sua mãe fazia registro de dados para uma seguradora durante o dia e à noite trabalhava como garçonete no Denny's. Assim, estava sempre ocupada em seus empregos; além disso, seu mais recente namorado, Phil, tendia a ficar bastante em casa à noite. Estava tudo bem quando Emily também ficava por lá, mas agora Emily estudava enfermagem na faculdade comunitária, então Kelly ficava sozinha em casa. E Phil era meio assustador. Mas sua mãe gostava dele, então nunca queria ouvir Kelly dizer nada de mal sobre Phil. Ela só dizia a Kelly que virasse gente grande.

Assim, Kelly ia para o escritório de Thorne, torcendo com todas as forças para que, no último minuto, ele cedesse. Thorne estava ao telefone, de costas para eles. Na tela de seu computador, os dois viram uma das imagens de satélite que haviam tirado do apartamento de Levine. O homem ampliava a imagem repetidamente. Eles bateram na porta e a abriram um pouquinho.

– Tchau, dr. Thorne.

– A gente se vê, dr. Thorne.

Thorne virou-se, segurando o fone junto à orelha.

– Tchau, meninos. – Ele deu um breve aceno.

Kelly hesitou.

– Ouça, será que podíamos falar com o senhor por um minuto sobre...

Thorne balançou a cabeça.

– Não.

– Mas...

– Não, Kelly. Eu tenho que fazer esta ligação agora – disse ele. – Já são quatro da manhã na África, e logo ela vai dormir.

– Quem?

– Sarah Harding.

– Sarah Harding também vai? – perguntou ela, demorando-se na porta.

– Não sei. – Thorne deu de ombros. – Tenham boas férias, meninos. Vejo vocês em uma semana. Obrigado por sua ajuda. Agora deem o fora daqui. – Ele olhou para o outro lado do galpão. – Eddie, os meninos estão indo embora. Leve-os até a porta e tranque-os lá fora! E me traga aqueles papéis! E arrume uma mochila, você vai comigo! – E, então, em um tom diferente, ele disse: – Sim, telefonista, ainda estou aguardando.

E virou as costas para eles.

HARDING

Pelos óculos de visão noturna, o mundo aparecia em tons de verde fluorescente. Sarah Harding fitava a savana africana. Logo à frente, acima do mato alto, ela viu o afloramento rochoso de uma escarpa. Pontos verdes brilhantes cintilaram nos rochedos. Provavelmente hiracoides das rochas ou algum outro pequeno roedor.

De pé em seu jipe, vestindo uma blusa de moletom contra o frio ar noturno, sentindo o peso dos óculos, ela virou a cabeça lentamente. Podia ouvir ganidos na noite e tentava localizar o ponto de origem.

Mesmo de seu ponto de observação vantajoso, de pé em cima do veículo, Sarah sabia que os animais estariam ocultos de uma visão direta. Virou-se lentamente para o norte, procurando por movimento no mato. Não viu nada. Olhou para trás rapidamente, o mundo verde girando por um momento. Agora ela fitava o sul.

E então ela as viu.

O mato ondulava em um padrão complexo conforme o bando corria adiante, latindo e ganindo, preparado para atacar. Vislumbrou a fêmea que chamava de Face Um, ou F1. A F1 distinguia-se por uma faixa branca entre seus olhos. Lá vinha ela trotando, no passo peculiar das hienas, meio de lado. Os dentes estavam à mostra; ela olhou para trás, para o resto do bando, notando a posição deles.

Sarah Harding girou os óculos pela escuridão, olhando à frente do bando. Viu a presa: uma manada de búfalos africanos, no meio do mato que lhes chegava à barriga, agitados. Eles berravam e batiam com os cascos no chão.

As hienas ganiram mais alto, um padrão de som que confundiria a presa. Correram no meio da manada, tentando separá-la, tentando isolar os bezerros de suas mães. O búfalo africano parecia tedioso e estúpido, mas estava na verdade entre os mamíferos grandes mais perigosos da África, criaturas pesadas e poderosas com chifres afiados e um notório mau humor. As hienas não tinham chance alguma de derrubar um adulto, a menos que ele estivesse ferido ou doente.

No entanto, tentariam pegar um filhote.

Sentado atrás do volante do jipe, Makena, assistente de Sarah, disse:

– Quer ir mais para perto?

– Não, aqui está bom.

Na verdade, estava mais do que bom. O jipe deles localizava-se em uma elevação suave, e eles tinham uma vista melhor do que a média. Com um pouco de sorte, ela registraria todo o padrão do ataque. Ligou a câmera de vídeo, montou um tripé 1,5 metro acima de sua cabeça e ditou rapidamente no gravador de áudio.

– F1 ao sul, F2 e F5 flanqueando, 18 metros. F3 no centro. F6 circundando a leste, ao longe. Não consigo ver F7. F8 circundando a norte. F1 indo direto. Atrapalhando. Manada se movendo, pisoteando. Ali está F7. Indo direto. F8 entrando em ângulo pelo norte. Saindo, circundando de novo.

Isso era um comportamento clássico das hienas. Os animais líderes corriam pela manada, enquanto os outros a circundavam, depois entravam pelas laterais. Os búfalos não conseguiam acompanhar seus atacantes. Ela escutou a manada berrando, enquanto o grupo entrava em pânico e quebrava sua formação rigidamente cerrada. Os grandes animais se separaram, virando-se, olhando. Harding não conseguia ver os bezerros; eles estavam abaixo da linha do mato. Podia, entretanto, ouvir seus gritos lamuriosos.

Agora as hienas voltaram. Os búfalos batiam os cascos no chão, abaixavam as grandes cabeças, ameaçadores. O mato ondulou enquanto as hienas davam voltas, ganindo e latindo, os sons mais *staccati* agora. Ela teve um breve lampejo da fêmea F8, as mandíbulas já vermelhas. Porém Harding não vira o ataque de fato.

A manada de búfalos andou uma curta distância a leste, onde se reagrupou. Uma fêmea agora encontrava-se separada da manada. Ela berrava continuamente para as hienas, que provavelmente haviam pegado o bezerro dela.

Harding sentia-se frustrada. Acontecera tão rapidamente – rápido demais –, o que só podia significar que as hienas tinham dado sorte ou que o bezerro se encontrava ferido. Ou talvez muito jovem, talvez até um recém-nascido; algumas das fêmeas ainda estavam parindo. Ela precisaria revisar a fita de vídeo para tentar reconstruir o que acontecera. Os perigos de estudar animais noturnos velozes, pensou ela.

Todavia, não existiam dúvidas de que elas haviam capturado um animal. Todas as hienas agrupavam-se em torno de uma única área no mato; ganiam e saltavam. Ela viu F3, e então F5, os focinhos sangrentos. Agora os filhotes surgiam, guinchando para se aproximar da matança. Os adultos abriram espaço para eles de imediato, ajudando-os a comer. Às vezes, eles arrancavam carne da caça e a seguravam para que os mais jovens pudessem comer.

O comportamento das hienas era familiar para Sarah Harding, que se tornara, nos últimos anos, a maior especialista desses animais no mundo. Quando relatou suas descobertas pela primeira vez, enfrentou descrença e até mesmo o ultraje dos colegas, que contestaram seus resultados em termos bastante pessoais. Ela foi atacada por ser mulher, por ser atraente, por ter "uma prepotente perspectiva feminista". A universidade relembrou-a de que ela estava em titularidade condicional. Colegas balançaram a cabeça. Mas Harding persistira e, lentamente, com o passar do tempo, conforme mais dados se acumulavam, sua visão das hienas alcançara a aceitação.

Contudo, hienas jamais seriam criaturas simpáticas, pensou ela, observando-as comer. Elas eram desajeitadas, as cabeças grandes demais, os corpos inclinados, o pelo esfarrapado e sarapintado, o passo deselegante, as vocalizações lembrando demais uma risada desagradável. Em um mundo cada vez mais urbano de arranha-céus de concreto, animais selvagens eram romantizados, classificados como nobres ou ignóbeis, heróis ou vilões. E, nesse mundo regido pela mídia, as hienas simplesmente não eram fotogênicas o bastante para serem admiráveis. Escaladas há muito tempo no papel de vilãs sorridentes da planície africana, e, até que Harding começasse sua própria pesquisa, raramente se pensava nelas como dignas de um estudo sistemático.

O que ela descobrira lançava uma luz totalmente nova sobre as hienas. Caçadoras corajosas e genitoras atenciosas, elas viviam em uma estrutura social de complexidade notável – e uma matriarquia. Quanto às famosas vocalizações de ganidos, representavam, na verdade, uma forma extremamente sofisticada de comunicação.

Ela ouviu um rugido e, pelos óculos de visão noturna, viu os leões se aproximarem da carcaça. A primeira era uma fêmea grande, dando voltas cada vez mais perto. As hienas latiram e ameaçaram a leoa, guiando seus próprios filhotes para o mato. Em poucos momentos, outros leões surgiram e se assentaram para alimentar-se da caçada das hienas.

Leões, por outro lado, pensou ela, eram animais realmente desagradáveis. Embora chamados de reis dos animais, os leões eram na verdade vis e...

O telefone tocou.

– Makena – disse ela.

O telefone tocou de novo. Quem poderia estar ligando para ela agora?

Sarah franziu o cenho. Pelos óculos, viu as leoas erguerem o olhar, as cabeças virando-se na noite.

Makena mexia debaixo do painel, procurando pelo telefone. Ele tocou mais três vezes antes que Makena o encontrasse.

Sarah escutou-o dizer:

– *Jambo, mzee.* Sim, a dra. Harding está aqui. – Ele entregou o aparelho a ela. – É o dr. Thorne.

Com relutância, Sarah retirou os óculos noturnos e pegou o telefone. Ela conhecia Thorne muito bem; ele havia projetado a maior parte do equipamento em seu jipe.

– Doutor, é melhor isso ser importante.

– E é – disse Thorne. – Estou ligando por causa do Richard.

– Qual o problema com ele? – Ela captou a preocupação de Thorne, mas não entendeu o motivo. Ultimamente, Levine vinha sendo um pé no saco, telefonando da Califórnia quase todo dia, perguntando sobre trabalho de campo com animais. Ele tinha muitas perguntas sobre couros, cortinas, protocolos de dados, manutenção de registros, e daí por diante...

– Ele chegou a te contar o que pretendia estudar? – perguntou Thorne.

– Não – disse ela. – Por quê?

– Nadinha mesmo?

– Nada – disse Harding. – Ele foi bastante sigiloso. Mas, pelo que entendi, ele localizou uma população animal que poderia usar para provar alguma coisa sobre sistemas biológicos. Você sabe como ele é obsessivo. Por quê?

– Bem, ele está desaparecido, Sarah. Malcolm e eu achamos que ele está em alguma enrascada. Já o localizamos em uma ilha na Costa Rica e vamos buscá-lo agora.

– Agora? – perguntou ela.

– Esta noite. Estamos decolando para San José em algumas horas. Ian vai comigo. Queremos que você venha também.

– Doutor – disse ela. – Ainda que eu pegue um voo em Seronera para Nairóbi amanhã cedo, eu levaria quase um dia inteiro para chegar lá. E isso se eu tiver sorte. Digo...

– Você decide – disse Thorne, interrompendo-a. – Eu lhe dou os detalhes, e você decide o que quer fazer.

Ele passou as informações, e ela escreveu no bloco de anotações preso a seu pulso. Em seguida, Thorne desligou.

Sarah ficou ali, observando a noite africana, sentindo a brisa fria em seu rosto. Ao longe, na escuridão, ouviu o rosnado dos leões junto à carcaça. Seu trabalho era ali. Sua vida era ali.

– Dra. Harding? O que faremos? – Makena perguntou.

– Volte – respondeu ela. – Preciso fazer as malas.

– Está de partida?

– Sim – disse ela. – Estou de partida.

MENSAGEM

Thorne dirigiu até o aeroporto, as luzes de San Francisco desaparecendo atrás deles. Malcolm ocupava o banco do passageiro. Ele olhou para a Explorer seguindo atrás deles e perguntou:

– O Eddie sabe do que se trata tudo isso?

– Sim – respondeu Thorne. – Mas não sei se ele acredita.

– E as crianças não sabem?

– Não – disse Thorne.

Houve um bipe ao lado dele. Thorne retirou seu pequeno Envoy preto, um rádio pager. Uma luz piscava. Ele ergueu a tela e entregou-o a Malcolm.

– Leia para mim.

– É do Arby – disse Malcolm. – Diz: "Tenha uma boa viagem. Se quiser que a gente vá, é só chamar. Vamos ficar de prontidão caso precise de nós". E ele deixou o número do telefone.

Thorne riu.

– Não tem como não adorar esses dois. Eles nunca desistem. – A seguir, franziu o cenho quando uma ideia lhe ocorreu. – Qual é o horário dessa mensagem?

– Quatro minutos atrás – respondeu Malcolm. – Veio via netcom.

– Certo. Só checando.

Eles viraram à direita, na direção do aeroporto. Viram as luzes a distância. Malcolm olhava fixamente à frente, sombrio.

– Não é muito sábio de nossa parte sair correndo assim. Não é o jeito certo de fazer isso.

– Vai dar tudo certo. Desde que tenhamos escolhido a ilha certa – falou Thorne.

– Nós escolhemos – afirmou Malcolm.

– Como você sabe?

– A pista mais importante era algo que eu não queria que as crianças soubessem. Alguns dias atrás, Levine viu a carcaça de um dos animais.

– Ah, é?

– Sim. Ele teve a chance de dar uma olhada antes que os oficiais a queimassem e descobriu que ela portava um identificador. Ele cortou o identificador e enviou-o para mim.

– Um identificador? Você diz, como...

– Sim. Como um espécime biológico. O identificador era antigo e exibia marcas de ácido sulfúrico.

– Deve ser vulcânico – falou Thorne.

– Exatamente.

– E você disse que era um identificador antigo?

– Vários anos – comentou Malcolm. – Mas a descoberta mais interessante foi o modo como o animal morreu. Levine concluiu que o animal tinha sido ferido enquanto ainda estava vivo – um corte profundo na perna que chegou até o osso.

– Você está dizendo que o animal foi ferido por outro dinossauro – falou Thorne.

– Sim, exatamente isso.

Eles seguiram por um instante em silêncio.

– Quem mais, além de nós, sabe sobre essa ilha?

– Eu não sei – respondeu Malcolm. – Mas alguém está tentando descobrir. Meu escritório foi invadido e fotografado hoje.

– Ótimo – suspirou Thorne. – Mas você não sabia onde ficava a ilha, sabia?

– Não. Eu ainda não havia descoberto.

– Você acha que mais alguém descobriu?

– Não – disse Malcolm. – Estamos sozinhos.

EXPLORAÇÃO

Lewis Dodgson escancarou a porta marcada como ALOJAMENTO DOS ANIMAIS e imediatamente todos os cães começaram a ladrar. Dodgson caminhou pelo corredor entre as fileiras de jaulas, empilhadas a três metros de altura em ambos os lados. O prédio era grande; a Biosyn Corporation, de Cupertino, Califórnia, exigia uma instalação extensa para testes em animais.

Ao lado dele, Rossiter, o líder da empresa, espanou melancolicamente as lapelas de seu terno italiano.

– Eu odeio esta merda de lugar – disse ele. – Por que você quis que eu viesse aqui?

– Porque – respondeu Dodgson – precisamos conversar sobre o futuro.

– Isto aqui fede – reclamou Rossiter. Ele espiou seu relógio. – Vá logo com isso, Lew.

– Podemos conversar aqui. – Dodgson o levou a uma cabine com paredes de vidro, projetada para o superintendente, no centro da construção. O vidro reduzia o som dos latidos. Entretanto, através das janelas, eles podiam ver as fileiras de animais.

– É simples – disse Dodgson, começando a andar de um lado para o outro. – Mas acho que é importante.

Lewis Dodgson tinha 45 anos, um rosto brando e uma calvície incipiente. Suas feições eram juvenis e seus modos, suaves. Mas as aparências enganam: Dodgson, com aquele rosto infantil, era um dos geneticistas mais agressivos e implacáveis de sua geração. A controvérsia acompanhava sua carreira: como estudante universitário na Hópkins, foi dispensado por planejar terapia genética humana sem a permissão da FDA. Mais tarde, depois de se juntar à Biosyn, ele conduziu um polêmico teste para vacina contra a raiva no Chile – os fazendeiros analfabetos participantes do estudo jamais receberam a informação de que eram testados.

Em cada caso, Dodgson explicara que era um cientista com pressa e não podia se deixar atrasar por regulamentações projetadas para almas menores. Ele chamava a si mesmo de "orientado para resultados", o que significava realmente que ele fazia o que considerasse necessário para alcançar seus objetivos. Também era um incansável divulgador de si mesmo. Dentro da companhia, Dodgson apresentava-se como um pesquisador, apesar de não dispor da habilidade de fazer pesquisa original e nunca ter realizado nenhuma. Seu intelecto era, fundamentalmente, derivativo; ele jamais concebia nada até que alguma outra pessoa tivesse pensado naquilo primeiro. Dodgson era muito bom em "desenvolver" pesquisas, o que significava roubar o trabalho de outra pessoa em um estágio inicial. Nisso, ele não tinha escrúpulos ou alguém à sua altura. Por muitos anos, administrou a seção de engenharia reversa na Biosyn, que, em teoria, examinava os produtos da concorrência e determinava como eles eram feitos. Contudo, na prática, "engenharia reversa" envolvia uma pitada generosa de espionagem industrial.

Rossiter, é claro, não tinha ilusões sobre Dodgson. Ele o detestava e o evitava tanto quanto possível. Dodgson sempre corria riscos, cortava caminho; ele sempre deixara Rossiter desconfortável. No entanto, Rossiter também sabia que a biotecnologia moderna era altamente competitiva. Para permanecer competitiva, toda empresa precisava de um sujeito como Dodgson. E ele era muito bom no que fazia.

– Eu vou direto ao assunto – disse Dodgson, voltando-se para Rossiter. – Se agirmos com rapidez, acredito que tenhamos uma oportunidade de adquirir a tecnologia da InGen.

Rossiter suspirou.

– De novo, não...

– Eu sei, Jeff. Eu sei como você se sente. Eu admito, existe um histórico aí.

– Histórico? A única história é que você fracassou várias e várias vezes. Nós já tentamos isso, pela porta da frente e pela dos fundos. Diabos, até tentamos comprar a empresa quando ela estava no Capítulo 11, porque você nos disse que estaria disponível. Mas, no final, não estava. Os japoneses não quiseram vendê-la.

– Eu compreendo, Jeff. Mas não vamos nos esquecer...

– O que eu não posso me esquecer – disse Rossiter – é de que pagamos 750 mil dólares para o seu amigo Nedry e não recebemos nada em troca.

– Mas Jeff...

– E aí pagamos 500 mil para aquele corretor Dai-Chi. E também não recebemos nada por isso. Nossas tentativas de adquirir tecnologia da InGen têm sido uma porra de um fracasso completo. É isso que eu não posso esquecer.

– Mas o ponto – disse Dodgson – é que nós continuamos tentando por um bom motivo. Essa tecnologia é vital para o futuro da empresa.

– É o que você diz.

– O mundo está mudando, Jeff. Refiro-me a resolver um dos maiores problemas que a empresa enfrenta no século 21.

– E que problema é esse?

Dodgson apontou para a janela, para os cães latindo.

– Testes em animais. Vamos encarar, Jeff: a cada ano, recebemos mais pressão a fim de não utilizar animais para testes e pesquisas. A cada ano, mais protestos, mais invasões, mais matérias ruins na imprensa. Primeiro era só uma questão de zelotes simplórios e celebridades de Hollywood. Mas agora a coisa pegou tração: até filósofos nas universidades estão começando a argumentar que é antiético macacos, cães e mesmo ratos serem sujeitos às indignidades das pesquisas de laboratório. Nós já tivemos até alguns protestos sobre nossa "exploração" de lulas, apesar de elas estarem nas mesas de jantar do mundo todo. Estou lhe dizendo, Jeff, essa onda não vai ter fim. Em algum ponto, alguém dirá que não podemos sequer explorar as bactérias para fazer produtos genéticos.

– Ah, o que é isso?...

– Espere só. Vai acontecer. E isso nos fará fechar as portas. A menos que tenhamos um animal genuinamente inventado. Pense nisso: um animal que está extinto e é trazido de volta à vida não é, para todos os propósitos práticos, um animal, de forma alguma. Já está extinto. Então, se ele existe, só pode ser algo que *nós fizemos*. No futuro, as drogas poderão ser testadas em pequenos dinossauros com tanto sucesso como são agora em cães e ratos. E com um risco muito menor de desafio legal.

Rossiter balançava a cabeça.

– Você acha?

– Eu sei. Eles são basicamente lagartos grandes, Jeff. E ninguém gosta de lagartos. Eles não são como esses cãezinhos fofinhos que lambem sua mão e partem seu coração. Lagartos não têm personalidade. São cobras com pernas.

Rossiter suspirou.

– Jeff, estamos falando de liberdade real aqui. Porque, no momento, tudo relacionado a animais vivos está amarrado em nós legais e morais. Caçadores de grandes animais não podem mais atirar em um leão ou um elefante, os mesmos animais que seus pais e avós costumavam caçar e então posar orgulhosamente para uma foto. Agora há formulários, licenças, gastos – e muita culpa. Hoje em dia, você não ousa atirar em um tigre e admitir isso depois. No mundo moderno, representa uma transgressão muito mais séria atirar em um tigre do que atirar nos próprios pais. Tigres têm defensores. Mas agora imagine: uma reserva de caça especialmente provisionada, talvez em algum ponto da Ásia, onde indivíduos ricos e importantes possam caçar tiranossauros e tricerátopos em um ambiente natural. Seria uma atração incrivelmente desejável. Quantos caçadores têm uma cabeça empalhada montada em suas paredes? O mundo está cheio deles. Mas quantos podem afirmar ter a cabeça rosnante de um tiranossauro pendurada em cima do bar?

– Você não está falando sério.

– Estou tentando provar um argumento aqui, Jeff: *esses animais são totalmente exploráveis*. Podemos fazer qualquer coisa que quisermos com eles.

Rossiter levantou-se da mesa e colocou as mãos nos bolsos. Ele suspirou, depois olhou para Dodgson.

– Os animais ainda existem?

Dodgson assentiu devagar.

– E você sabe onde eles estão?

Dodgson anuiu.

– Certo – disse Rossiter. – Vá em frente.

Ele então se virou para a porta, fez uma pausa e olhou para trás.

– Mas, Lew – disse ele –, vamos ser bem claros. Esta é absolutamente a última vez. É isso. Ou você pega os animais agora ou acabou. Esta é a última vez. Entendeu?

– Não se preocupe – falou Dodgson. – Desta vez, eu vou pegá-los.

_TERCEIRA CONFIGURAÇÃO ≡≡≡

"

Na fase intermediária, a complexidade desenvolvida
rapidamente no interior do sistema esconde o risco de
caos iminente. O risco, entretanto, está ali.

"

< IAN MALCOLM >

COSTA RICA

Em Puerto Cortés, caía um aguaceiro pesado. A chuva batia no teto do pequeno galpão de metal ao lado do campo de aviação. Encharcado, Thorne levantou-se e esperou enquanto o oficial costa-riquenho examinava os papéis várias vezes. O nome dele era Rodríguez, apenas um moleque em seus 20 anos, usando um uniforme mal-ajambrado e morrendo de medo de cometer um engano.

Thorne olhou para a pista de pouso, onde, na suave luz da manhã, os contêineres de carga eram presos à barriga de dois grandes helicópteros Huey. Eddie Carr estava lá fora na chuva com Malcolm, gritando, enquanto os funcionários fechavam as travas.

Rodríguez remexeu os papéis.

– Agora, señor Thorne, de acordo com isto aqui, o seu destino é a Isla Sorna...

– Isso mesmo.

– E os seus contêineres contêm apenas veículos?

– Sim, isso mesmo. Veículos de pesquisa.

– Sorna é um local primitivo. Não há gasolina, suprimentos, nem mesmo estrada alguma que se possa mencionar...

– Você já esteve lá?

– Não. As pessoas daqui não se interessam por aquela ilha. É um lugar selvagem, rocha e selva. E não há um lugar onde um barco possa ancorar, exceto em condições climáticas muito especiais. Hoje, por exemplo, não se pode chegar lá.

– Compreendo – disse Thorne.

– Eu só desejo que os senhores estejam preparados – falou Rodríguez – para as dificuldades que encontrarão por lá.

– Acho que estamos.

– Estão levando gasolina suficiente para os veículos?

Thorne suspirou. Por que se incomodar em explicar?

– Sim, estamos.

– E são só vocês três, o dr. Malcolm, o senhor e seu assistente, o señor Carr?

– Correto.

– E vocês pretendem uma estada de menos de uma semana?

– Correto. Seria mais próximo de dois dias: com sorte, esperamos deixar a ilha em algum momento amanhã.

Rodríguez remexeu os papéis de novo, como se procurasse por uma pista escondida.

– Bem...

– Algum problema? – perguntou Thorne, dando uma olhadela em seu relógio.

– Problema nenhum, señor. Suas autorizações estão assinadas pelo diretor-geral das Reservas Biológicas. Elas estão em ordem... – Rodríguez hesitou. – Mas é muito incomum que essas licenças tenham sido concedidas.

– E por que isso?

– Eu não conheço os detalhes, mas houve algum problema em uma das ilhas alguns anos atrás, e desde então o Departamento de Reservas Biológicas fechou todas as ilhas do Pacífico para turistas.

– Não somos turistas – afirmou Thorne.

– Foi o que eu entendi, señor Thorne.

Mais papéis revirados.

Thorne aguardou.

Na pista, as travas dos contêineres se encaixaram no lugar, e eles deixaram o chão.

– Muito bem, señor Thorne – disse Rodríguez finalmente, carimbando os papéis. – Eu lhe desejo boa sorte.

– Obrigado – agradeceu Thorne. Ele guardou os papéis no bolso, abaixou a cabeça a fim de se proteger da chuva e correu para a pista.

A cinco quilômetros do litoral, os helicópteros atravessaram a camada de nuvens costeiras e chegaram à luz do sol matinal. Da cabine do Huey na liderança, Thorne podia ver a costa de cima a baixo. Ele notou cinco ilhas a distâncias diversas do litoral – picos rochosos e inclementes erguendo-se do escarpado mar azul. As ilhas localizavam-se a vários quilômetros umas das outras, sem dúvida parte de uma antiga cadeia vulcânica.

Ele apertou o botão do alto-falante.

– Qual delas é Sorna?

O piloto apontou adiante.

– Nós as chamamos de As Cinco Mortes – disse ele. – Isla Muerte, Isla Matanceros, Isla Pena, Isla Tacaño e Isla Sorna, a maior, mais ao norte.

– Você já esteve lá?

– Nunca, señor. Mas acredito que exista um ponto de pouso.

– Como você sabe?

– Alguns anos atrás, houve voos para lá. Ouvi dizer que americanos vinham e voavam para lá, às vezes.

– Não eram alemães?

– Não, não. Não vem nenhum alemão desde... sei lá. Da Segunda Guerra. Quem vinha eram americanos.

– Quando foi isso?

– Não tenho certeza. Talvez dez anos atrás.

O helicóptero voltou-se para o norte, sobrevoando a ilha mais próxima. Thorne vislumbrou o terreno vulcânico rústico, dominado pela selva densa. Não havia sinal algum de vida ou de habitação humana.

– Para o povo local, essas ilhas não são locais felizes – informou o piloto. – Dizem que nada de bom vem daí. – Ele sorriu. – Mas eles não sabem de nada. São só uns índios supersticiosos.

Agora eles sobrevoavam o mar aberto, a Isla Sorna diretamente adiante. Tratava-se sem dúvida de uma antiga cratera vulcânica: paredões de pedra nua, cinza-avermelhada, em um cone erodido.

– Onde os barcos aportam?

O piloto apontou para o lugar onde o mar se erguia e batia contra os despenhadeiros.

– No lado leste dessa ilha, existem muitas cavernas criadas pelas ondas. Alguns dos locais a chamam de Isla Gemido, devido ao som das ondas dentro das cavernas. Algumas delas vão até o interior, e um barco pode atravessá-las em certas épocas. Mas não com o tempo que o senhor vê agora.

Thorne pensou em Sarah Harding. Se ela viesse, aterrissaria ainda naquele dia, mais tarde.

– Eu tenho uma colega que talvez chegue esta tarde – disse ele. – Você poderia trazê-la para cá?

– Sinto muito – falou o piloto. – Nós temos um serviço em Golfo Juan. Só estaremos de volta à noite.

– O que ela pode fazer?

O piloto estreitou os olhos para o mar.

– Talvez ela consiga vir de barco. O mar muda de hora em hora. Ela pode dar sorte.

– E você vai voltar para nos buscar amanhã?

– Sim, señor Thorne. Voltaremos de manhã cedo. É o melhor momento, por causa dos ventos.

O helicóptero aproximou-se pelo oeste, erguendo-se várias centenas de metros, passando sobre as falésias de rocha para revelar o interior da Isla Gemido. Ela parecia exatamente como as outras: espinhaços vulcânicos e ravinas, tudo recoberto com a selva densa e pesada. Visto do ar, era lindo, mas Thorne sabia que seria muito difícil se movimentar por aquele terreno. Ele olhou fixamente para baixo, procurando estradas.

O helicóptero dirigiu-se mais para baixo, circundando a área central da ilha. Thorne não viu nenhuma construção, nenhuma estrada. O helicóptero desceu na direção da selva. O piloto disse:

– Em virtude das falésias, os ventos aqui são bem ruins. Muitas rajadas e correntes de ar ascendente. Só existe um lugar na ilha onde é seguro aterrissar. – Ele olhou pela janela. – Ah. Sim. Ali.

Thorne viu uma clareira aberta, recoberta de capim alto.

– Nós pousamos ali – informou o piloto.

ISLA SORNA

Eddie Carr ficou de pé no mato alto da clareira, de costas para a poeira levantada pelos dois helicópteros que se erguiam do chão em direção ao céu. Em alguns momentos, eles não passavam de pontinhos escuros, o ruído sumindo. Eddie protegeu os olhos enquanto olhava para cima. Em uma voz infeliz, disse:

– Quando eles vão voltar?

– Amanhã cedo – falou Thorne. – Temos que encontrar Levine até lá.

– É melhor mesmo – disse Malcolm.

E então os helicópteros partiram, desaparecendo sobre a alta borda da cratera. Carr ficou com Thorne e Malcolm na clareira, envolvido no calor da manhã e no silêncio profundo da ilha.

– Meio assustador aqui – comentou Eddie, puxando o boné de beisebol mais para baixo sobre os olhos.

Eddie Carr tinha 24 anos e fora criado na cidade de Daly. Fisicamente, possuía cabelos escuros, era compacto e forte. Seu corpo denso exibia vários músculos, mas suas mãos eram elegantes, com dedos longos e afilados. Eddie tinha um talento – Thorne diria ser um gênio – para coisas mecânicas. Ele conseguia construir e consertar qualquer coisa. Era capaz de ver como algo funcionava só de olhar. Thorne o contratara três anos antes, seu primeiro trabalho após sair da faculdade comunitária. Deveria ser um trabalho temporário; ganhar algum dinheiro para que pudesse voltar a estudar e tirar um diploma avançado. Porém, há muito tempo, Thorne se tornara dependente de Eddie. E ele, por sua vez, não estava muito interessado em voltar aos livros.

Ao mesmo tempo, Eddie não havia contado com nada parecido com aquilo, pensou, olhando à sua volta para a clareira. Ele era um rapaz urbano, acostumado à ação da cidade, ao berro das buzinas e à pressa do tráfego. Esse silêncio desolado o deixava apreensivo.

– Venha – disse Thorne, colocando a mão em seu ombro –, vamos começar.

Os dois se voltaram para os contêineres de carga deixados pelo helicóptero, os quais estavam a alguns metros, no mato alto.

– Posso ajudar? – perguntou Malcolm, a poucos metros deles.

– Se você não se importa, prefiro que não – respondeu Eddie. – É melhor nós desembrulharmos isso aqui por nossa conta.

Eles passaram meia hora soltando os painéis traseiros, baixando-os até o chão e entrando nos contêineres. Depois disso, levaram apenas alguns minutos para liberar os veículos. Eddie sentou-se atrás do volante do Explorer e ligou a ignição. Mal se ouviu o som, apenas o leve zunido da bomba de vácuo começando a funcionar.

– Como está a sua carga? – questionou Thorne.

– Cheia – informou Eddie.

– As baterias estão bem?

– Sim. Parecem bem.

Eddie sentiu-se aliviado. Ele supervisionara a conversão desses veículos para eletricidade, mas foi um serviço apressado e eles não haviam tido tempo de testá-los completamente depois. E, apesar de ser verdade que os carros elétricos utilizavam uma tecnologia menos complexa do que o motor a combustão interna – essa relíquia estrepitosa do século 19 –, Eddie sabia que levar equipamento não testado para o campo constituía sempre um risco.

Especialmente quando esse equipamento também utilizava a tecnologia mais recente. Esse fato preocupava Eddie mais do que ele estava disposto a admitir. Como a maioria dos mecânicos natos, ele era profundamente conservador. Gostava que as coisas funcionassem – custasse o que custasse – e, para ele, isso significava usar tecnologia já provada e estabelecida. Infelizmente, ele fora voto vencido dessa vez.

Eddie tinha duas áreas que o preocupavam mais. Uma se centrava nos painéis pretos fotovoltaicos, com suas fileiras de bolachas octogonais de silicone montadas no teto e no capô dos veículos. Esses painéis eram eficientes e muito menos frágeis do que os fotovoltaicos antigos. Eddie os montara com unidades especiais com o intuito de abafar a vibração, um projeto dele mesmo. Todavia, ainda assim permanecia o fato de que, se os painéis sofressem qualquer tipo de dano, não seriam mais capazes de carregar os veículos ou fazer os eletrônicos funcionarem. Todos os sistemas deles estariam mortos.

Sua outra preocupação eram as próprias baterias. Thorne selecionara as novas baterias de lítio-íon da Nissan, extremamente eficientes com base no peso.

Contudo, elas ainda eram experimentais, o que para Eddie representava apenas uma palavra educada para "não confiáveis".

Ele havia discutido para trazer reservas; argumentara a favor de um pequeno gerador a gasolina, só para prevenção; discutira a favor de várias coisas. E sempre tinha sido voto vencido. Sob as circunstâncias, Eddie tomou a única decisão lógica: construiu alguns extras embutidos e não contou a ninguém sobre eles.

Entretanto, desconfiava de que Thorne sabia o que ele fizera. Thorne, porém, nunca dissera nada. E Eddie nunca tocou no assunto. Todavia, agora que estava lá, naquela ilha no meio do nada, sentia-se feliz por ter feito aquilo. Afinal, nunca se sabe.

Thorne observou enquanto Eddie retirava o Explorer do contêiner, dirigindo-se ao mato alto. Eddie parou o carro no meio da clareira, onde a luz do sol atingiria os painéis e aumentaria a carga.

Thorne sentou-se atrás do volante do primeiro trailer e engatou a ré. Era estranho dirigir um veículo tão silencioso; o som mais alto vinha dos pneus no contêiner de metal. E, uma vez que o trailer chegou ao mato, mal se ouvia som algum. Thorne desceu e conectou os dois trailers, travando-os juntos com o conector sanfonado de aço flexível.

Finalmente, virou-se para a motocicleta. Ela também era elétrica; Thorne rolou-a até a traseira do Explorer, levantou-a sobre o suporte, conectou o fio no mesmo sistema que administrava o veículo e recarregou a bateria. Ele recuou.

– Está pronto.

Na clareira quente e silenciosa, Eddie fitava a alta borda circular da cratera, erguendo-se a distância acima da selva densa. A rocha desnuda cintilava no calor matinal, os paredões ameaçadores e severos. Ele tinha uma sensação de desolação, de aprisionamento.

– Por que alguém viria aqui? – perguntou ele.

Malcolm, apoiando-se em sua bengala, sorriu.

– Para se afastar de tudo, Eddie. Você nunca quis se afastar de tudo?

– Não se eu puder evitar – disse Eddie. – Por mim, eu sempre gosto de ter uma Pizza Hut por perto, sabe como é?

– Bem, você está bem longe de uma agora.

Thorne retornou ao painel traseiro do trailer e retirou dali um par de rifles pesados. Sob o cano de cada um deles, pendiam duas latas de alumínio, lado a lado. Ele entregou um rifle a Eddie e mostrou o outro a Malcolm.

– Você já viu um desses?

– Já li a respeito – respondeu Malcolm. – Esse é aquele negócio sueco?

– Isso. Arma de ar comprimido Lindstradt. O rifle mais caro do mundo. Robusto, simples, preciso e confiável. Dispara um dardo subsônico Fluger de liberação sob impacto, com qualquer composto que você queira. – Thorne abriu o estojo de cartuchos, revelando uma fileira de recipientes de plástico cheios de um líquido cor de palha. Cada cartucho terminava em uma agulha de 7,5 centímetros. – Nós carregamos com o veneno aprimorado da *Conus purpurascens,* a concha conífera do Mar do Sul, a neurotoxina mais poderosa do mundo. Age em dois centésimos de segundo. É mais rápida do que a velocidade de condução de nervos. O animal cai antes mesmo de sentir a picada do dardo.

– É letal?

Thorne assentiu.

– Não estamos de brincadeira. Mas, lembre-se, você não vai querer disparar isso no próprio pé, porque estaria morto antes de perceber que puxou o gatilho.

Malcolm concordou.

– Existe algum antídoto?

– Não. Mas qual seria o sentido? Caso existisse, não haveria tempo para administrá-lo.

– Isso simplifica bem as coisas – falou Malcolm, pegando a arma.

– Só achei que você devia saber – disse Thorne. – Eddie? Vamos indo.

O RIACHO

Eddie entrou no Explorer. Thorne e Malcolm entraram na cabine do trailer. Um momento depois, o rádio clicou.

– Está carregando a base de dados, Doutor? – perguntou Eddie.

– Agora mesmo – respondeu ele.

Em seguida, plugou o disco óptico no encaixe do painel. No pequeno monitor de frente para ele, viu a ilha aparecer, mas ela estava bastante escondida atrás de pedaços de nuvens.

– Para que serve isso? – indagou Malcolm.

– Espere só – disse Thorne. – É um sistema. Ele vai somar dados.

– Dados de quê?

– Radar.

Em um instante, uma imagem radar de satélite se sobrepôs à fotografia. O radar podia penetrar as nuvens. Thorne apertou um botão, e o computador traçou as bordas, melhorando detalhes, destacando o leve tracejado de um sistema de estradas.

– Bem esperto – comentou Malcolm. No entanto, para Thorne, ele parecia tenso.

– Recebi – disse Eddie no rádio.

– Ele pode ver a mesma coisa? – perguntou Malcolm.

– Sim. No painel dele.

– Mas eu não tenho o GPS – disse Eddie, ansioso. – Não está funcionando?

– Ai, gente – falou Thorne. – Esperem um minuto. Ele está lendo o registro óptico. As vias de acesso começam a surgir.

Havia um Sensor de Posicionamento Global em forma de cone montado no teto do trailer. Retirando dados via rádio de satélites de navegação orbitando a centenas de quilômetros acima dele, o GPS era capaz de calcular a posição dos veículos com alguns metros de margem de erro. Em um momento, uma marca em forma de X vermelho apareceu no mapa da ilha.

– Certo – falou Eddie, no rádio. – Já recebi. Parece uma estrada levando para fora da clareira, para o norte. É para lá que estamos indo?

– Eu diria que sim – respondeu Thorne. De acordo com o mapa, a estrada volteava por vários quilômetros, atravessando o interior da ilha antes de finalmente alcançar um lugar onde todas as estradas pareciam se cruzar. Havia uma sugestão de prédios ali, mas era difícil ter certeza.

– Tudo bem, Doutor. Aqui vamos nós.

Eddie passou por ele e assumiu a liderança. Thorne pisou no acelerador e o trailer moveu-se, seguindo o Explorer. Ao lado dele, Malcolm estava silencioso, mexendo em um pequeno notebook em seu colo. Ele nunca olhava pela janela.

Em poucos instantes, os três haviam deixado a clareira para trás e movimentavam-se pela selva densa. As luzes no painel de Thorne piscaram: o veículo passou a usar as baterias. Não havia mais luz solar suficiente passando pelas árvores a fim de gerar energia para o trailer. Eles seguiram viagem.

– Como está se saindo, Doutor? – perguntou Eddie. – A carga está durando?

– Tudo bem, Eddie.

– Ele parece nervoso – comentou Malcolm.

– Só preocupado com o equipamento.

– Que diabos – disse Eddie. – Estou preocupado *comigo*.

Embora a estrada se encontrasse dominada pela vegetação e em condições ruins, eles progrediram bem. Depois de cerca de dez minutos, chegaram a um riacho com margens enlameadas. O Explorer começou a atravessá-lo e, então, parou. Eddie saiu, pisando sobre pedras na água, caminhando de volta.

– O que foi?

– Eu vi alguma coisa, Doutor.

Thorne e Malcolm saíram do trailer e ficaram de pé nas margens do riacho. Ouviram os gritos distantes do que soou como pássaros. Malcolm olhou para cima, franzindo o cenho.

– Pássaros? – perguntou Thorne.

Malcolm balançou a cabeça, negando.

Eddie se abaixou e apanhou um pedaço de tecido na lama. Era Gore-Tex verde-escuro, com uma faixa de couro costurada ao longo de uma das bordas.

– Isto é de uma das nossas mochilas de expedição – afirmou ele.

– A que fizemos para Levine?

– Sim, Doutor.

– Você colocou um sensor na mochila? – perguntou Thorne. Eles normalmente costuravam sensores de localização dentro de suas mochilas de expedição.

– Sim.

– Posso dar uma olhada nisso? – pediu Malcolm. Ele pegou a faixa de tecido e levantou-a contra a luz. Pensativo, passou os dedos pela borda rasgada.

Thorne soltou um pequeno receptador do próprio cinto. O aparelho parecia um pager de tamanho exagerado. Ele fitou a tela de cristal líquido.

– Não estou recebendo nenhum sinal...

Eddie examinou a margem enlameada. Abaixou-se de novo.

– Aqui está outro pedaço de tecido. E outro. Parece que a mochila foi rasgada em pedacinhos, Doutor.

Outro grito de pássaro flutuou até eles, distante, irreal. Malcolm fitou a distância, tentando localizar sua fonte. E então ouviu Eddie dizer:

– O-oh. Temos companhia.

Havia meia dúzia de animais semelhantes a lagartos, em grupo, perto do trailer. Eles eram aproximadamente do tamanho de galinhas e trinavam com animação. Estavam de pé sobre as patas traseiras, equilibrando-se com as caudas esticadas. Quando andavam, as cabeças balançavam para cima e para baixo em movimentos nervosos e curtos, do mesmo modo que uma galinha. E emitiam um piado característico, muito semelhante ao de um pássaro. No entanto, pareciam lagartos com caudas longas. Tinham caras alertas e curiosas e inclinavam a cabeça quando olhavam para os homens.

– O que é isso, uma convenção de salamandras? – perguntou Eddie.

Os lagartos verdes permaneceram parados, observando. Surgiram vários outros de baixo do trailer e da folhagem vizinha. Logo, havia uma dúzia de lagartos, observando e trinando.

– Comps – disse Malcolm. – *Procompsognathus triassicus* é o nome real.

– Você quer dizer que eles são...

– Sim, são dinossauros.

Eddie franziu a testa e olhou-os fixamente.

– Eu não sabia que havia dinossauros tão pequenos – disse, por fim.

– A maioria dos dinossauros era pequena – falou Malcolm. – As pessoas sempre acham que eles eram imensos, mas o dinossauro médio tinha o tamanho de uma ovelha ou de um pônei pequeno.

– Eles se parecem com galinhas – disse Eddie.

– Sim. Muito semelhantes a pássaros.

– Tem algum perigo? – perguntou Thorne.

– Não – respondeu Malcolm. – Eles são pequenos carniceiros, como chacais. Alimentam-se de animais mortos. Mas eu não me aproximaria. A mordida deles é levemente venenosa.

– Eu não vou chegar perto – falou Eddie. – Eles me dão calafrios. É como se não sentissem medo.

Malcolm notara isso também.

– Imagino que seja porque nenhum ser humano esteve nesta ilha. Esses animais não têm razão alguma para temer o homem.

– Bem, vamos lhes dar uma razão – disse Eddie. E apanhou uma pedra.

– Ei! – exclamou Malcolm. – Não faça isso! Essa é uma ideia totalmente...

Mas Eddie já havia arremessado a pedra. Ela aterrissou perto de um grupo de comps, e os lagartos desviaram. Os outros, porém, mal se moveram. Alguns pularam, mostrando agitação. O grupo, entretanto, permaneceu onde estava. Os animais apenas chilrearam e inclinaram a cabeça.

– Esquisito – comentou Eddie. Ele farejou o ar. – Vocês notaram esse cheiro?

– Sim – respondeu Malcolm. – Eles têm um odor muito peculiar.

– Podre, isso, sim – disse Eddie. – Eles têm um cheiro podre. Como algo morto. E, se quiser saber, animais que não demonstram medo desse jeito não é algo natural. E se eles sentirem raiva ou algo assim?

– Eles não sentem – afirmou Malcolm.

– Como você sabe?

– Porque apenas mamíferos sentem raiva. – Entretanto, mesmo ao dizer isso, ele se perguntava se estava correto. Animais de sangue quente sentiam raiva. Será que os comps tinham sangue quente? Ele não estava certo sobre isso.

Houve um farfalhar vindo de cima. Malcolm olhou para a copa das árvores, lá no alto. Viu movimento na folhagem mais elevada, enquanto animais escondidos saltavam de galho em galho. Escutou guinchos e estrilos, sons distintamente animais.

– Aquilo lá em cima não são pássaros – disse Thorne. – Macacos?

– Talvez – respondeu Malcolm. – Mas eu duvido.

Eddie estremeceu.

– Eu digo para sairmos daqui.

Ele voltou para o riacho e entrou no Explorer. Malcolm caminhou cautelosamente com Thorne de volta para a entrada do trailer. Os comps se separaram ao redor deles, mas não fugiram. Permaneceram todos de pé em volta das pernas dos homens, chilreando, empolgados. Malcolm e Thorne subiram no trailer e fecharam as portas, tomando cuidado para não atingir as criaturinhas.

Thorne sentou-se ao volante e ligou o motor. À frente, eles viram que Eddie já guiava o Explorer pelo riacho e subia para a encosta no lado mais distante.

– Os, hum, procomso-sei-lá-o-quê – disse Eddie pelo rádio. – Eles são reais, não são?

– Ah, sim – falou Malcolm, suavemente. – Eles são reais.

A ESTRADA

Thorne estava inquieto. Começava a compreender como Eddie se sentia. Ele construíra os veículos e tinha uma desconfortável sensação de isolamento, de estar em um lugar distante com equipamento não testado. A estrada continuou, íngreme, subindo pela selva escura pelos quinze minutos seguintes. Dentro do trailer, começou a ficar desconfortavelmente quente. Sentado ao lado dele, Malcolm perguntou:

– Ar-condicionado?

– Eu não quero acabar com a bateria.

– Importa-se se eu abrir a janela?

– Se você acha que está tudo bem – disse Thorne.

Malcolm deu de ombros.

– Por que não? – Ele apertou o botão, e a janela elétrica se abriu. Ar quente soprou para dentro do carro. Malcolm olhou de volta para Thorne. – Nervoso, Doutor?

– Claro – respondeu Thorne. – Estou mesmo, inferno!

Mesmo com a janela aberta, ele sentiu o suor escorrer-lhe no peito enquanto dirigia.

Pelo rádio, Eddie falava:

– Estou dizendo a vocês, nós devíamos ter testado antes, Doutor. Deveríamos ter feito tudo conforme as regras. Você não vem para um lugar com galinhas venenosas se não tem certeza de que seus veículos aguentarão.

– Os carros estão bem – disse Thorne. – Como estão os seus níveis?

– De normais a altos – informou Eddie. – Ótimos. Claro, nós só andamos oito quilômetros. São nove da manhã, Doutor.

A estrada virou à direita, depois à esquerda, seguindo uma série de zigue-zagues conforme o terreno se tornava mais íngreme. Levando os trailers grandes, Thorne precisava se concentrar na direção; era um alívio ter um foco para sua atenção.

À frente deles, o Explorer virou à esquerda, dirigindo-se mais para cima na estrada.

– Não vejo mais nenhum animal – comentou Eddie. Ele parecia aliviado.

Finalmente a estrada aplainou após uma curva, seguindo a crista do espinhaço. De acordo com a tela do GPS, eles agora seguiam para noroeste, na direção do interior da ilha. Porém, a selva ainda os confinava por todos os lados; eles não conseguiam enxergar muito além das densas muralhas de folhagem.

Chegaram a um cruzamento em Y na estrada, e Eddie parou o carro no acostamento. Thorne viu que na curva do Y havia uma placa desbotada de madeira, com setas apontando nas duas direções. À esquerda, a placa dizia "Para o Pântano". À direita, havia outra seta e as palavras: "Para o Local B".

– Gente... Para que lado? – perguntou Eddie.

– Vá para o Local B – respondeu Malcolm.

– Está bem.

O Explorer seguiu a estrada à direita. Thorne acompanhou. Um pouco mais distante, do lado direito deles, um vapor amarelo sulfuroso subia do chão, clareando a folhagem vizinha. O cheiro era forte.

– Vulcânica – disse Thorne para Malcolm –, bem como você previu.

De dentro do carro, eles viram uma piscina borbulhante na terra, com uma grossa crosta amarela em volta das bordas.

– É – concordou Eddie –, mas isso está ativo. Na verdade, eu diria que... Puta merda! – As luzes de freio de Eddie piscaram e seu carro parou de supetão.

Thorne precisou desviar rapidamente, arranhando a lateral do trailer nas samambaias da selva para não bater no carro adiante. Estacionou ao lado do Explorer e fitou Eddie, furioso.

– Eddie, pelo amor de Deus, será que você pode...

Mas Eddie não estava escutando.

Ele olhava fixamente à frente, boquiaberto.

Thorne virou-se para ver.

Logo adiante, as árvores ao lado da estrada haviam sido derrubadas, criando um espaço na folhagem. Eles podiam ver tudo, desde a estrada do espinhaço até o oeste, passando pela ilha inteira. Mas Thorne mal registrou a vista panorâmica. Tudo o que ele via era um animal grande, do tamanho de um hipopótamo, atravessar a estrada gingando. Entretanto, não se tratava de um hipopótamo. Esse animal era marrom-claro, a pele coberta por grandes escamas semelhantes a placas. Ao redor de sua cabeça, havia uma crista ossuda curvada, e, elevando-se dessa crista, dois chifres rombudos. Um terceiro chifre projetava-se acima de seu focinho.

Pelo rádio, ele ouviu Eddie respirando em ofegos curtos.

– Vocês sabem o que é aquilo?

– Aquilo é um tricerátopo – respondeu Malcolm. – Um jovem, pelo jeito.

– Deve ser – disse Eddie. À frente deles, um animal muito maior atravessava agora a estrada. Ele tinha facilmente o dobro do tamanho do outro dinossauro, e seus chifres eram longos, curvados e afiados. – Porque aquela ali é a mãe dele.

Um terceiro tricerátopo surgiu, depois, um quarto. Havia todo um rebanho das criaturas, gingando lentamente pela estrada. Elas não prestaram atenção alguma aos veículos enquanto atravessavam; passavam pelo vão e desciam pela encosta, desaparecendo de vista.

Apenas então os homens conseguiram enxergar o vão propriamente dito. Thorne pôde ver uma vasta planície pantanosa, com um rio largo passando pelo meio. Do outro lado do rio, animais pastavam. Ao sul, havia um rebanho de talvez vinte dinossauros verde-escuros de tamanho médio, as cabeças grandes surgindo de maneira intermitente acima do mato que acompanhava o rio. Perto dali, Thorne viu oito dinossauros bicos-de-pato com grandes cristas semelhantes a tubos erguendo-se acima de suas cabeças; eles bebiam e erguiam a cabeça, grasnando lamentosamente. Bem diante deles, notou um estegossauro solitário com as costas curvadas e as fileiras de placas verticais. O rebanho de tricerátopos moveu-se devagar, deixando para trás o estegossauro, que não lhe deu atenção alguma. Por fim, a oeste, elevando-se acima de um amontoado de árvores, eles viram uma dúzia dos pescoços compridos e graciosos dos apatossauros, os corpos escondidos pela folhagem que comiam preguiçosamente. Era uma cena tranquila – mas de outro mundo.

– Doutor? – chamou Eddie. – O que é este lugar?

LOCAL B

Sentados nos carros, eles fitaram a planície. Observaram os dinossauros movendo-se lentamente pelo mato profundo. Escutaram o grito suave dos bicos--de-pato. Os rebanhos separados movimentavam-se de modo pacífico ao lado do rio.

– Então o que estamos dizendo é que este é um lugar ignorado pela evolução? Um desses lugares onde o tempo não se move? – perguntou Eddie.

– De jeito nenhum – respondeu Malcolm. – Existe uma explicação perfeitamente racional para o que vocês estão vendo. E nós vamos...

Houve um bipe agudo vindo do painel. No mapa do GPS, havia uma rede azul sobreposta com um ponto triangular marcado e piscando LEVN.

– É ele! – disse Eddie. – Nós encontramos o filho da mãe!

– Você está lendo isso? – questionou Thorne. – Está bem fraco...

– Tudo bem, o sinal tem força suficiente para transmitir a identificação. É o Levine, sim. Parece vir daquele vale, logo ali.

Ele deu partida no Explorer, e o veículo saltou adiante na estrada.

– Vamos – disse Eddie. – Eu quero dar o fora daqui o quanto antes.

Apertando um interruptor, Thorne ligou o motor elétrico do trailer e ouviu o trepidar da bomba a vácuo, o zumbido baixo da transmissão automática. Engatou a marcha do trailer e seguiu logo atrás.

A selva impenetrável fechou-se ao redor deles de novo, próxima e quente. A copa das árvores bloqueava quase toda a luz solar. Enquanto dirigia, ele escutou o bipe tornando-se irregular. Olhou de relance para o monitor e viu que o triângulo piscando sumia, depois voltava.

– Estamos perdendo o sinal, Eddie? – indagou Thorne.

– Não importa se perdermos – respondeu Eddie. – Agora sabemos a localização dele e podemos ir até lá. Na verdade, deveria ser bem aqui, seguindo esta estrada. Logo depois da guarita, ou seja lá o que for, ali adiante.

Thorne olhou para além do Explorer e viu uma estrutura de concreto e uma barreira basculante de aço. Parecia mesmo uma guarita. Estava deteriorada e coberta de trepadeiras. Eles prosseguiram, chegando a uma estrada pavimentada. Era evidente que a folhagem dos dois lados antigamente fora cortada bem recuada, com 15 metros de cada lado. Em pouco tempo, eles chegaram a uma segunda guarita e um segundo posto de controle.

Seguiram por mais 90 metros, a estrada ainda se curvando lentamente em torno do espinhaço. A folhagem ao redor se tornou mais esparsa; através de espaços entre as samambaias, Thorne viu anexos de madeira, todos pintados de um verde idêntico. Eles pareciam estruturas de apoio, talvez galpões para equipamento. Ele teve a impressão de entrar em um complexo considerável.

E então, de repente, fizeram uma curva e viram todo o complexo que se apresentava diante deles. Localizava-se a cerca de um quilômetro de distância.

– O que diabos é *aquilo?* – perguntou Eddie.

Thorne encarava, estupefato. No centro da clareira, ele viu o teto achatado de um prédio enorme. A construção cobria vários acres, estendendo-se a distância. Tinha o tamanho de dois campos de futebol americano. Além do vasto teto, havia um grande prédio quadrado com teto de metal e aparência funcional de uma usina de energia. Entretanto, se fosse realmente isso, ela era tão grande quanto uma usina para uma cidade pequena.

Na ponta mais distante do prédio principal, Thorne viu docas de carga e rotatórias para caminhões. À direita, parcialmente escondida na folhagem, havia uma série de pequenas estruturas que se assemelhavam a chalés. Porém, àquela distância, era difícil ter certeza.

O complexo no total possuía uma aparência utilitária que lembrava a Thorne um local industrial ou uma unidade de produção. Ele franziu o cenho, tentando compreender.

– Você sabe o que é isso? – perguntou Thorne para Malcolm.

– Sim – respondeu ele, assentindo lentamente. – É como eu suspeitava já há algum tempo.

– E?

– É uma unidade de produção – disse Malcolm. – Um tipo de fábrica.

– Mas é imensa – falou Thorne.

– Sim – concordou Malcolm. – E tinha que ser.

Pelo rádio, Eddie disse:

– Estou captando o sinal de Levine. E adivinhem só? Parece vir daquele prédio.

Eles passaram de carro pela entrada coberta do prédio principal, debaixo do pórtico tombado. O prédio apresentava um projeto moderno com concreto e vidro, mas a selva há muito crescera ao redor dele. Trepadeiras pendiam do teto. Vidraças estavam quebradas; samambaias brotavam entre as rachaduras no concreto.

– Eddie? Está captando alguma coisa? – questionou Thorne.

– Sim. Lá dentro. O que você quer fazer?

– Montar nossa base naquele campo logo ali – respondeu Thorne, apontando para um ponto 800 metros à esquerda onde, pelo visto, existia antes um extenso gramado. Ainda era uma clareira aberta na selva; ali haveria luz solar para os painéis fotovoltaicos. – Aí daremos uma olhada ao redor.

Eddie estacionou o Explorer, de frente para o caminho por onde tinham vindo. Thorne manobrou os trailers ao lado do carro e desligou o motor. Ele desceu para o ar quente e parado da manhã. Malcolm também desceu e ficou de pé junto dele. Ali, no centro da ilha, o silêncio era completo, exceto pelo zumbido dos insetos.

Eddie se aproximou, dando tapas em si mesmo.

– Ótimo lugar, hein? Mosquito é o que não falta. Quer ir buscar o filho da mãe agora? – Eddie soltou um receptor de seu cinto e fez sombra com a mão em concha sobre a tela, tentando ver sob a luz do sol. – Ainda está bem ali. – Apontou para o prédio principal. – O que você me diz?

– Vamos buscá-lo – falou Thorne.

Os três homens viraram-se, entraram no Explorer e, deixando os trailers para trás, dirigiram sob o sol quente em direção ao prédio gigante e arruinado.

TRAILER

Dentro do trailer, o som do motor do carro foi desaparecendo e então se fez silêncio. O painel brilhava, o mapa GPS continuava visível no monitor; o X piscando marcava a posição deles. Uma pequena janela no monitor, chamada "Sistemas Ativos", indicava a carga da bateria, a eficiência fotovoltaica e o uso ao longo das últimas doze horas. Todas as leituras eletrônicas cintilavam em verde-brilhante.

Na seção de moradia, onde se localizavam a cozinha e as camas, o suprimento de água reutilizada na pia gorgolejava baixinho. E então se ouviu um som abafado vindo do compartimento de armazenagem superior, perto do teto. O som repetiu-se, e, em seguida, silêncio.

Após um momento, um cartão de crédito apareceu pelo vão da porta do compartimento. Deslizou para cima, erguendo a lingueta do painel, destravando-o. A porta abriu-se, e um embrulho branco de estofamento caiu, aterrissando com um impacto surdo no chão. O estofamento desenrolou-se, e Arby Benton gemeu, estendendo seu pequeno corpo.

– Se eu não fizer xixi, vou *gritar* – disse ele, correndo sobre pernas trêmulas para o minúsculo banheiro.

O menino suspirou de alívio. Tinha sido ideia de Kelly ir até ali, mas ela deixara os detalhes por conta de Arby. E ele havia pensado em tudo perfeitamente, achava ele – ao menos, em quase tudo. Arby previu corretamente que estaria um gelo no avião de carga e que eles deveriam se cobrir; encheu os compartimentos deles com todo lençol e cobertor que havia no trailer. Previu também que ficariam ali por pelo menos doze horas e separou alguns cookies e umas garrafas de água. De fato, ele previra tudo, exceto o fato de, no último minuto, Eddie Carr vistoriar o trailer e trancar todos os compartimentos de carga *pelo lado de fora*, de modo que, pelas doze horas seguintes, ele não conseguisse ir ao banheiro. Por doze horas!

Suspirou de novo, o corpo relaxando. Um fluxo contínuo de urina ainda caía na privada. Não era de se espantar! A agonia! E ele ainda estaria trancado lá, pensou, se não tivesse finalmente descoberto...

Atrás dele, escutou gritos abafados. Deu a descarga e voltou, agachando-se junto ao compartimento de armazenagem debaixo da cama. Arby rapidamente o destrancou; outro pacote de estofamento se desenrolou, e Kelly apareceu ao lado dele.

– Oi, Kel! – disse ele, orgulhoso. – Nós conseguimos!

– Eu *tenho que ir* – falou ela, disparando. Trancou a porta atrás de si.

– Nós conseguimos! Estamos aqui! – comemorou o menino.

– Só um minutinho, Arb. Está bem?

Pela primeira vez, ele olhou pela janela do trailer. Por toda a volta deles, havia uma clareira gramada e, além dela, as samambaias de árvores altas da selva. E bem lá no alto, acima das copas das árvores, ele viu a rocha preta curvada da borda vulcânica.

Então essa era mesmo a Isla Sorna.

Sim!

Kelly saiu do banheiro.

– Ahhhh. Pensei que eu fosse morrer! – Ela olhou para o amigo e lhe deu um *high-five*. – Aliás, como você destrancou a sua porta?

– Cartão de crédito – disse ele.

Ela franziu a testa.

– Você tem um cartão de crédito?

– Meus pais me deram para uma emergência – comentou ele. – E eu achei que isso *era* uma emergência.

Arby tentou fazer disso uma piada, tratar com humor. Ele sabia que Kelly era sensível sobre tudo relacionado a dinheiro. Ela sempre fazia comentários sobre as roupas dele e coisas assim. E ele sempre tinha dinheiro para um táxi ou uma Coca na Larson's Deli depois da escola, ou qualquer outra coisa. Uma vez, Arby dissera a Kelly que não achava dinheiro tão importante, ao que ela respondeu: "E por que acharia?", com uma voz engraçada. E, desde então, o menino tentava evitar o assunto.

Arby nem sempre tinha certeza sobre qual era a coisa certa a fazer com as pessoas. De qualquer forma, todos o tratavam de um jeito esquisito. Porque ele era mais jovem, claro. E porque ele era negro. E porque ele era o que as outras crianças chamavam de um crânio. Ele via-se engajado em um esforço constante para ser aceito, para se misturar. Mas não conseguia. Ele não era branco, não era grande, não era bom em esportes e não era burro. Achava a maioria das aulas na escola tão enfadonha que mal aguentava se manter acordado. Seus professores às vezes se aborreciam com ele, mas o que podia fazer? A escola era como um vídeo rodando em velocidade menor que a normal. Você podia olhar para ela apenas uma vez em uma hora inteira e não perder nada. E, quando ele estava perto de outras crianças, como se podia esperar que demonstrasse interesse em programas de TV como *Melrose Place* ou no San Francisco 49ers ou no novo comercial do Shaq? Ele não conseguia. Essas coisas não tinham importância.

Porém Arby descobrira havia muito tempo que era impopular dizer isso. Assim, mantinha a boca fechada. Porque ninguém o compreendia, exceto Kelly. Ela, na maior parte do tempo, parecia saber do que ele estava falando.

E o dr. Levine. Ao menos a escola tinha uma linha de estudos avançados, o que moderadamente interessava a Arby. Não muito, é claro, mas era melhor do que as outras. E, quando o dr. Levine decidiu lecionar, Arby se viu empolgado para ir à escola pela primeira vez em sua vida. Na verdade...

– Então esta é a Isla Sorna, hein? – disse Kelly, olhando pela janela para a selva.

– É – concordou Arby. – Acho que sim.

– Sabe, quando eles pararam o carro mais cedo – comentou Kelly –, você conseguiu escutar sobre o que estavam falando?

– Não muito. Com todo o estofamento...

– Nem eu – disse Kelly. – Mas eles pareciam muito perturbados com alguma coisa.

– É, pareciam mesmo.

– Soou como se estivessem falando sobre dinossauros – disse Kelly. – Você ouviu algo assim?

Arby riu, balançando a cabeça.

– Não, Kel – falou ele.

– Porque eu achei que eles estavam.

– O que é isso, Kel!

– Eu achei que o dr. Thorne tinha dito "tricerátopos".

– Kel – falou ele. – Dinossauros estão extintos há 65 milhões de anos.

– Eu sei disso...

Arby apontou pela janela.

– Está vendo algum dinossauro lá fora?

Kelly não respondeu. Ela foi até o outro lado do trailer e olhou para a janela oposta. Viu Thorne, Malcolm e Eddie desaparecerem dentro do prédio principal.

– Eles vão ficar bem aborrecidos quando nos encontrarem – disse Arby. – Como você acha que deveríamos contar a eles?

– Podemos deixar que seja uma surpresa.

– Eles vão ficar furiosos – falou o menino.

– E daí? O que eles podem fazer a respeito? – perguntou Kelly.

– Talvez nos mandem de volta.

– Como? Eles não podem.

– É. Acho que não. – Arby deu de ombros casualmente, mas estava mais incomodado com essa linha de raciocínio do que queria admitir. Fora tudo ideia de Kelly. Arby nunca gostava de quebrar as regras ou de entrar em qualquer tipo de problema. Sempre que levava uma reprimenda, ainda que leve, de um professor, ficava corado e suado. E, pelas últimas doze horas, vinha pensando sobre como Thorne e os outros reagiriam.

– Olha – disse Kelly. – O negócio é o seguinte, estamos aqui para ajudar nosso amigo, o dr. Levine, e isso é tudo. Nós já ajudamos o dr. Thorne.

– Sim...

– E vamos poder ajudá-los de novo.

– Talvez... – falou Arby. Ele não estava convencido.

– O que será que eles têm aqui para comer? – Ela abriu o refrigerador. – Está com fome? – perguntou Kelly.

– Morrendo – respondeu Arby, subitamente ciente de que estava faminto.

– E então, o que você quer?

– O que tem aí? – Ele sentou-se no sofá cinza e se espreguiçou, observando Kelly vasculhar o refrigerador.

– Venha olhar – disse ela, aborrecida. – Não sou a droga da sua empregada.

– Certo, certo, pega leve.

– Bom, você espera que todo mundo te sirva – falou a menina.

– Não espero, não – disse Arby, saindo rapidamente do sofá.

– Você é tão mimado.

– Ei – disse ele. – Qual é o problema? Pega leve. Está nervosa com alguma coisa?

– Não, não estou – respondeu ela.

Kelly tirou do refrigerador um sanduíche envolto em plástico. De pé ao lado dela, Arby olhou brevemente lá dentro e agarrou o primeiro sanduíche que viu.

– Você não quer esse – disse ela.

– Quero, sim.

– É de salada de atum.

Arby odiava salada de atum. Devolveu o sanduíche rapidamente, olhou em volta de novo.

– Tem peru à esquerda – comentou ela. – Na baguete.

Ele pegou um sanduíche de peru.

– Obrigado.

– De nada. – Sentada no sofá, ela abriu seu próprio sanduíche e o devorou, faminta.

– Ouça, pelo menos eu trouxe a gente até aqui – disse ele, desembrulhando o seu com cuidado. Dobrou o plástico organizadamente e colocou-o de lado.

– É, trouxe mesmo. Eu admito. Você fez essa parte, sim.

Arby comeu o sanduíche. Pensou que nunca havia provado nada tão bom em toda a sua vida. Era melhor até do que os sanduíches de peru de sua mãe.

Pensar em sua mãe lhe causou uma pontada. Ela era ginecologista, muito bonita. Com uma vida corrida, não passava muito tempo em casa, mas, sempre que Arby a via, ela parecia muito tranquila. E o menino também se sentia tranquilo perto dela. Os dois tinham um relacionamento especial, mas ultimamente ela parecia desconfortável a respeito do quanto ele sabia. Uma noite Arby fora até o escritório de sua mãe; ela estava lendo alguns artigos sobre níveis de progesterona e FSH. Ele olhou por cima do ombro dela para as colunas de números e sugeriu à mãe que tentasse uma equação não linear para analisar os dados. Ela lhe deu um olhar engraçado, um tipo de olhar reservado, pensativo e distante dele, e naquele momento Arby se sentiu...

– Vou pegar mais um – disse Kelly, voltando ao refrigerador. Ela voltou com dois sanduíches, um em cada mão.

– Você acha que tem bastante?

– Quem se importa? Estou morrendo de fome – disse ela, abrindo a embalagem do primeiro.

– Talvez não devêssemos comer...

– Arb, se você vai se preocupar desse jeito, a gente devia ter ficado em casa.

Ele decidiu que a amiga estava certa. Ficou surpreso ao ver que havia, de algum jeito, acabado com seu sanduíche. Assim, pegou o outro que Kelly lhe oferecera.

Kelly comeu e olhou pela janela.

– Eu me pergunto, o que será que é aquele prédio em que eles entraram? Parece abandonado.

– É. Por anos.

– Por que alguém construiria um prédio enorme aqui, em uma ilha deserta na Costa Rica? – indagou ela.

– Talvez eles estivessem fazendo algo secreto.

– Ou perigoso – disse ela.

– É. Ou isso. – A ideia de perigo era excitante e preocupante. Ele se sentia longe de casa.

– Eu me pergunto o que será que eles estavam fazendo – comentou Kelly. Ainda comendo, a menina levantou-se do sofá e aproximou-se da janela. – É um lugar grande mesmo. Hum. Isso é esquisito.

– O quê?

– Olha ali. Aquele prédio está todo coberto de plantas, como se ninguém entrasse lá há anos. E essa área está toda coberta também. A grama está bem alta.

– Sim...

– Mas bem aqui – disse ela, apontando para perto do trailer – existe uma trilha clara.

Mastigando, Arby se aproximou e olhou. Ela tinha razão. A apenas alguns metros do trailer, a grama havia sido repisada e estava amarelada. Em muitos pontos, a terra chegava a se tornar visível. Era uma trilha estreita, mas distinta, vindo da esquerda e saindo pela direita, atravessando a clareira aberta.

– Então – falou Kelly. – Se ninguém vem aqui há anos, quem fez a trilha?

– Talvez os animais – disse ele. Foi tudo em que conseguiu pensar. – Deve ser uma trilha de animais.

– Que tipo de animais?

– Não sei. Seja lá o que for que tenha aqui. Veados ou algo assim.

– Eu não vi nenhum veado.

Arby encolheu os ombros.

– Talvez cabras. Sabe, cabras selvagens, como no Havaí.

– A trilha é larga demais para veados ou cabras.

– Talvez haja um rebanho de cabras selvagens.

– Larga demais – repetiu Kelly. Ela deu de ombros e saiu da janela. Voltou ao refrigerador. – Será que tem alguma coisa para sobremesa?

A menção de sobremesa lhe causou um pensamento súbito. Ele foi até o compartimento acima da cama, subiu e revirou por ali.

– O que está fazendo? – perguntou ela.

– Procurando em minha mochila.

– Procurando o quê?

– Acho que esqueci minha escova de dentes.

– E daí?

– Eu não vou poder escovar meus dentes.

– Arb – disse ela. – Quem liga?

– Mas eu sempre escovo meus dentes...

– Seja ousado – falou Kelly. – Viva um pouco.

Arby suspirou.

– Talvez o dr. Thorne tenha trazido uma extra.

Ele voltou e sentou-se no sofá ao lado de Kelly. Ela cruzou os braços sobre o peito e balançou a cabeça.

– Sem sobremesa?

– Nada. Nem mesmo frozen yogurt. *Adultos*. Eles nunca planejam nada certo.

– É. Isso é verdade.

Arby bocejou. Estava quente no trailer. Ele se sentia sonolento. Encolhido naquele compartimento pelas últimas doze horas, tremendo e amontoado, ele não dormira nada. Agora se encontrava subitamente cansado.

Ele olhou para Kelly e ela também bocejou.

– Quer ir lá fora? Acordar?

– Provavelmente devíamos esperar aqui – falou ele.

– Se eu fizer isso, tenho medo de pegar no sono – disse Kelly.

Arby encolheu os ombros. O sono o dominava rapidamente. Ele voltou para o compartimento de moradia e se arrastou para cima do colchão ao lado da janela. Kelly o seguiu.

– Eu *não vou* dormir – disse ela.

– Tudo bem, Kel. – Os olhos de Arby estavam pesados. Ele percebeu que não conseguia mantê-los abertos.

– Mas – ela bocejou de novo – talvez eu deite só por um minutinho.

Arby viu Kelly se esticar na cama de frente para a dele e então seus olhos se fecharam e ele adormeceu de imediato. Sonhou que estava de volta no avião, sentindo o suave embalo da aeronave, ouvindo o ronco grave dos motores. Teve um sono leve e, em dado momento, acordou, convencido de que o trailer *estava mesmo* balançando e que realmente *havia* um ronco grave, vindo de algum ponto muito próximo à janela. Porém, quase imediatamente, adormeceu de novo, e desta vez sonhou com dinossauros, os dinossauros de Kelly, e em seu sono leve havia dois animais, tão enormes que Arby não conseguia ver a cabeça deles pela janela, apenas as grossas pernas escamosas batendo no chão e passando pelo trailer.

Entretanto, em seu sonho, o segundo animal pausou e se abaixou, e a grande cabeça espiou curiosamente pela janela; Arby percebeu que via a cabeça gigante de um *Tyrannosaurus rex*, as grandes mandíbulas movendo-se, os dentes brancos cintilando sob a luz do sol, e, em seu sonho, ele observou isso tudo calmamente e continuou dormindo.

INTERIOR

Duas grandes portas giratórias de vidro na frente do prédio principal levavam a um saguão escuro. O vidro estava arranhado e sujo; as maçanetas de cromo, manchadas e corroídas. Era claro, porém, que a poeira, os destroços e as folhas mortas na frente da porta tinham sido formados em arcos idênticos.

– Alguém abriu essas portas recentemente – disse Eddie.

– Sim – concordou Thorne. – Alguém usando botas Asolo. – Ele abriu a porta – Vamos?

Os três entraram no prédio. Lá dentro, o ar estava quente e fétido. O saguão era pequeno e inexpressivo. Um balcão de recepção logo à frente já fora recoberto com tecido cinza, mas agora se encontrava sobrepujado por algo escuro e semelhante a líquen. Na parede atrás, havia uma fileira de letras cromadas dizendo "Nós Fazemos o Futuro", mas as palavras estavam obscurecidas por um emaranhado de trepadeiras. Cogumelos e fungos brotavam do carpete. À direita, eles viram uma área de espera com uma mesinha de café e dois sofás compridos.

Um dos sofás estava sarapintado com uma crosta de bolor marrom; o outro tinha sido coberto com um encerado plástico. Perto desse sofá, estava o que restara da mochila verde de Levine, com diversos rasgos profundos no tecido. Na mesinha, duas garrafas vazias de Evian, um telefone via satélite, uma bermuda de caminhada enlameada e várias embalagens amassadas de chocolates. Uma cobra de cor verde intenso deslizou rapidamente para longe conforme eles se aproximaram.

– Então este é um prédio da InGen? – perguntou Thorne, olhando para a placa na parede.

– Certamente – respondeu Malcolm.

Eddie abaixou-se para olhar a mochila de Levine, passando os dedos ao longo dos rasgos no tecido. Enquanto fazia isso, um rato grande saltou de dentro da mochila.

– Jesus!

O animal fugiu correndo e guinchando. Eddie olhou cautelosamente dentro da mochila.

– Acho que ninguém vai querer o resto desse chocolate – disse ele. Voltou-se para a pilha de roupas. – Você está recebendo um sinal daqui?

Algumas das roupas de expedição tinham microssensores costurados nelas.

– Não – falou Thorne, movimentando seu monitor de mão. – Eu estou com um sinal, mas... parece estar vindo dali.

Ele apontou para um par de portas de metal depois da mesa de recepção, levando para dentro do prédio. As portas tinham sido fechadas e trancadas com cadeados enferrujados. Agora, porém, os cadeados jaziam no chão, arrombados.

– Vamos buscá-lo – disse Eddie, dirigindo-se para as portas. – Que tipo de cobra você acha que era aquela?

– Não sei.

– Será que era venenosa?

– Não sei.

As portas se abriram com um rangido alto. Os três homens viram-se em um corredor branco com janelas quebradas seguindo um dos lados e folhas secas e destroços no chão. As paredes estavam sujas e com manchas escuras em diversos lugares com o que parecia ser sangue. Eles viram diversas portas no corredor. Nenhuma parecia fechada.

Plantas cresciam pelos rasgos no piso acarpetado. Perto das janelas, onde havia luz, as trepadeiras cresciam densamente sobre as paredes rachadas. Mais trepadeiras pendiam do teto. Thorne e os outros seguiram pelo corredor. Não havia som algum, exceto os pés deles amassando as folhas secas.

– Está ficando mais forte – disse Thorne, olhando para seu monitor. – Ele deve estar em algum lugar neste prédio.

Thorne abriu a primeira porta a que chegou e viu um escritório normal: uma escrivaninha e uma cadeira, um mapa da ilha na parede. Uma luminária de mesa, derrubada pelo peso do emaranhado de trepadeiras. O monitor de um computador com uma película de mofo. No ponto mais distante da sala, a luz entrava filtrada por uma janela encardida.

Eles continuaram pelo corredor até a segunda porta e chegaram a um escritório quase idêntico: escrivaninha e cadeira similares, uma janela semelhante no lado mais distante da sala.

Eddie grunhiu.

– Parece que estamos em um prédio de escritórios – disse ele.

Thorne seguiu em frente. Abriu a terceira porta; depois, a quarta. Mais escritórios.

Abriu a quinta porta e fez uma pausa.

Ele encontrava-se em uma sala de conferências, suja com folhas e destroços. Havia excrementos de animais na longa mesa de madeira no centro da sala. A janela do lado mais distante estava empoeirada. Thorne foi atraído por um grande mapa que cobria uma parede inteira da sala de conferências. Havia tachinhas de várias cores presas a ele. Eddie entrou e franziu o cenho.

Sob o mapa, havia uma cômoda com gavetas. Thorne tentou abri-las, mas estavam todas trancadas. Malcolm entrou lentamente na sala, olhando ao redor, absorvendo tudo.

– O que significa esse mapa? – perguntou Eddie. – Você tem alguma ideia do que são essas tachinhas?

Malcolm olhou rapidamente o mapa.

– Vinte tachinhas de quatro cores diferentes. Cinco tachinhas de cada cor. Arranjadas em um pentágono, ou em algum padrão de cinco pontas, indo a todas as partes da ilha. Eu diria que se parece com uma rede.

– Arby não disse que existia uma rede nesta ilha?

– Disse, sim... Interessante...

– Bem, não se preocupem com isso agora – falou Thorne. Ele voltou para o corredor, seguindo o sinal de sua unidade portátil.

Malcolm fechou a porta após sair, e os três continuaram seu caminho. Viram mais escritórios, mas já não abriam mais as portas. Seguiam o sinal de Levine.

No final do corredor, havia um par de portas deslizantes de vidro onde se lia PROIBIDO ENTRADA – SOMENTE PESSOAL AUTORIZADO. Thorne espiou pelo vidro, mas não pôde enxergar muita coisa. Teve a impressão de um espaço grande e máquinas complexas, mas, como o vidro estava empoeirado e manchado de sujeira, era difícil enxergar.

Thorne perguntou a Malcolm:

– Você acha mesmo que sabe para que servia este prédio?

– Eu sei exatamente para o que servia – respondeu Malcolm. – Era uma fábrica de dinossauros.

– E por que – falou Eddie – alguém iria querer isso?

– Ninguém iria – disse Malcolm. – É por isso que a mantiveram secreta.

– Eu não entendo – comentou Eddie.

Malcolm sorriu.

– É uma longa história.

Ele deslizou as mãos entre as portas e tentou abri-las, mas elas permaneceram fechadas. Grunhiu, fazendo força. E então, de repente, com um rangido metálico, elas se separaram.

Os homens entraram na escuridão.

Suas lanternas iluminaram um corredor retinto enquanto eles seguiam em frente.

– Para entender este lugar, você precisa voltar dez anos no tempo, para um homem chamado John Hammond e um animal chamado quagga.

– Como é que é?

– O quagga – disse Malcolm – é um mamífero africano, parecido com uma zebra. Ele se tornou extinto no século passado. Entretanto, nos anos 1980, alguém usou as mais recentes técnicas de extração de DNA em um pedaço de pele de quagga e recuperou bastante DNA. O suficiente para as pessoas começarem a falar em trazer o quagga de volta à vida. E, se era possível trazer o quagga de volta à vida, por que não outros animais extintos? O dodô? O tigre-dentes-de-sabre? Ou até mesmo um dinossauro?

– Onde é que se poderia arrumar DNA de dinossauro? – indagou Thorne.

– Na verdade – disse Malcolm –, paleontólogos têm encontrado fragmentos de DNA de dinossauros há anos. Eles nunca falaram muito a respeito porque nunca tiveram material suficiente a ponto de usar isso como ferramenta para classificação. Assim, ele nunca pareceu ter muito valor; era apenas uma curiosidade.

– Mas, para recriar um animal, é preciso muito mais do que fragmentos do DNA – disse Thorne. – É preciso o filamento completo.

– Isso mesmo – concordou Malcolm. – E o homem que descobriu como conseguir isso foi um investidor de risco chamado John Hammond. Ele raciocinou que, quando os dinossauros estavam vivos, os insetos provavelmente os picavam e sugavam-lhe sangue, do mesmo modo como os insetos fazem hoje em dia. E alguns desses insetos depois pousavam em um galho e ficavam presos na seiva grudenta. E algumas dessas seivas endureceram e se tornaram âmbar. Hammond decidiu que, se alguém perfurasse os insetos preservados em âmbar e extraísse o conteúdo de seus estômagos, por fim conseguiria DNA de dinossauros.

– E ele conseguiu?

– Sim, conseguiu. E fundou a InGen para desenvolver essa descoberta. Hammond era um aventureiro e seu verdadeiro talento consistia em levantar fundos. Ele descobriu como arrumar dinheiro suficiente para levar a pesquisa desde um filamento de DNA até um animal vivo. As fontes do financiamento não se tornaram aparentes de imediato. Porque, apesar de ser empolgante recriar um dinossauro, não era exatamente a cura do câncer.

"Então ele decidiu fazer uma atração turística. Planejava recuperar o custo dos dinossauros colocando-os em um tipo de zoológico ou parque temático, onde ele poderia cobrar entrada."

– Você está brincando? – perguntou Thorne.

– Não. Hammond efetivamente fez isso. Ele construiu seu parque em uma ilha chamada Isla Nublar, ao norte daqui, e planejava abri-lo para o público no final de 1989. Eu fui ver o local pessoalmente, pouco antes da data agendada para abertura. Mas, no final, Hammond enfrentou alguns problemas – disse Malcolm. – Os sistemas do parque falharam, e os dinossauros se soltaram. Alguns visitantes foram mortos. Depois disso, o parque e todos os seus dinossauros foram destruídos.

Eles passaram por uma janela de onde podiam ver a planície e os grupos de dinossauros passeando junto ao rio.

– Se todos eles foram destruídos, o que é esta ilha? – perguntou Thorne.

– Esta ilha – disse Malcolm – é o segredinho sujo de Hammond. É o lado sombrio de seu parque.

Eles seguiram pelo corredor.

– Veja – disse Malcolm –, foi mostrado aos visitantes do parque de Hammond na Isla Nublar um laboratório genético muito impressionante, com computadores e sequenciadores de genes e todo tipo de instalações para incubar e criar jovens dinossauros. Foi dito aos visitantes que os dinossauros eram criados bem ali, no parque. E a visita ao laboratório foi totalmente convincente.

"Contudo, na verdade, a visita de Hammond pulou diversas etapas do processo. Em uma sala, ele mostrava o DNA de dinossauro sendo extraído. Na sala seguinte, mostrava os ovos prontos para chocar. Era bastante dramático, mas como ele tinha passado do DNA para um embrião viável? Você nunca via essa etapa crítica. Isso era apresentado como tendo simplesmente acontecido, entre as salas.

"Mas o fato era que todo o show de Hammond era bom demais para ser verdade. Por exemplo: ele tinha uma incubadora onde os dinossaurinhos abriam caminho para fora de seus ovos, enquanto você assistia, maravilhado. Mas nunca havia problema algum na incubadora. Nenhum natimorto, nenhuma deformidade, nenhuma dificuldade. Na apresentação de Hammond, essa tecnologia deslumbrante era levada a cabo sem nenhum tropeço.

"E, se a pessoa parar para pensar, isso não tinha como ser verdade. Hammond estava afirmando produzir animais extintos usando tecnologia de ponta. Porém, com qualquer nova tecnologia de produção, os resultados iniciais são baixos: na ordem de 1%, ou menos. Assim, na verdade, Hammond devia estar criando centenas de embriões de dinossauros para conseguir apenas um nascido vivo. Isso implicaria uma gigantesca operação industrial, não o impecável laboratoriozinho que ele nos mostrou."

– Você quer dizer, este lugar – disse Thorne.

– Sim. Aqui, em outra ilha, em segredo, longe do escrutínio público, Hammond estava livre para fazer sua pesquisa e lidar com a verdade desagradável por trás de seu lindo parquinho. Era aqui que se criavam os dinossauros.

– Se os animais no zoo foram destruídos – disse Eddie –, como é que eles não foram destruídos nesta ilha também?

– Uma questão crítica – respondeu Malcolm. – Devemos descobrir a resposta em alguns minutos. – Ele apontou sua lanterna para o final do túnel; ela reluziu em paredes de vidro. – Porque, se eu não estou enganado, a primeira das baias de manufatura está logo ali adiante.

ARBY

Arby acordou, sentou-se na cama e piscou sob a luz da manhã que entrava pelas janelas do trailer. Na cama ao lado, Kelly ainda dormia, roncando alto.

Ele olhou pela janela em direção à entrada do grande prédio e viu que os adultos tinham sumido. O Explorer localizava-se perto da entrada, mas não havia ninguém dentro do carro. O trailer deles estava isolado na clareira de grama alta. Arby se sentia totalmente sozinho – assustadoramente sozinho – e uma súbita sensação de pânico fez seu coração martelar. Ele nunca devia ter ido para lá, pensou. A ideia toda era estúpida. E o pior é que fora um plano seu. O modo como eles se esconderam no trailer após retornar ao escritório de Thorne. Kelly havia conversado com Thorne a fim de que Arby conseguisse roubar a chave. O jeito como ele preparara uma mensagem de rádio para ser transmitida de modo protelado para Thorne com o intuito de que ele achasse que os dois ainda estavam em Woodside. Arby se sentira muito esperto naquele momento, mas agora se arrependia de tudo. Ele resolveu que precisava ligar para Thorne de imediato. Tinha de se entregar. Um desejo esmagador de confessar toda a história o preenchia.

Arby precisava escutar a voz de alguém. Essa era a verdade.

Ele foi do fundo do trailer, onde Kelly dormia, para a frente e ligou a chave da ignição no painel. Apanhou o aparelho de rádio e disse:

– Aqui é Arby. Tem alguém aí? Câmbio. Aqui é Arby.

No entanto, ninguém respondeu. Depois de um instante, ele olhou para o monitor dos sistemas no painel, que registrava todos os sistemas em operação. Não viu nada sobre comunicações. Ocorreu-lhe que o sistema de comunicações estava provavelmente ligado ao computador. Decidiu ligá-lo.

Voltou, então, para o meio do trailer, soltou o teclado, conectou-o e ligou o computador. Havia uma tela de menu dizendo "Sistemas de Campo Thorne" e, abaixo, uma lista de subsistemas dentro do trailer. Um deles era comunicações por rádio. Arby clicou nele e o ligou.

A tela do computador mostrou uma mistura confusa de estática. Na parte de baixo, havia uma linha de comando que dizia: "Recebendo Dados de Múltiplas Frequências. Deseja autoajustar?".

Arby não sabia o que isso significava, mas era intrépido com computadores. Autoajustar parecia interessante. Sem hesitação, digitou: "Sim".

A bagunça estática permaneceu na tela, enquanto números rolavam na parte de baixo. Ele julgou estar vendo frequências em mega-hertz. Mas não tinha certeza.

E então, subitamente, a tela se tornou vazia, exceto por uma única palavra piscando no canto superior esquerdo:

LOGIN:

Ele fez uma pausa, franzindo a testa. Aquilo era estranho. Aparentemente, ele deveria fazer login no sistema de computação do trailer. Isso significava que precisaria de uma senha. Tentou: THORNE.

Nada aconteceu.

Esperou um instante, depois tentou as iniciais de Thorne: JT.

Nada.

LEVINE.

Nada.

SISTEMAS DE CAMPO THORNE.

Nada.

SCT.

Nada.

CAMPO.

Nada.

USUÁRIO.

Nada.

Bem, pensou ele, ao menos o sistema não o expulsara. A maioria das redes desconectava automaticamente após três tentativas erradas. Pelo visto, Thorne não projetara nenhuma função de segurança nessa rede. O sistema era bastante paciente e prestativo.

Ele tentou: AJUDA.

O cursor moveu-se para outra linha. Houve uma pausa. Os drives zumbiram.

– Ação – disse ele, esfregando as mãos.

LABORATÓRIO

Conforme os olhos de Thorne ajustaram-se à luz reduzida, ele percebeu que estavam em um espaço enorme, com fileira após fileira de caixas retangulares de aço inoxidável, cada uma equipada com um labirinto de tubos plásticos. Tudo estava empoeirado; muitas das caixas tinham sido derrubadas.

– As primeiras fileiras – disse Malcolm – são de sequenciadores de gene Nishihara. E depois deles estão os sintetizadores automáticos de DNA.

– É uma fábrica – falou Eddie. – Como agronegócio ou algo assim.

– É, sim.

No canto da sala, havia uma impressora com algumas folhas soltas de papel amarelado caídas ao lado. Malcolm apanhou uma e olhou para ela.

```
[GALRERYF1] Fator de transcrição específica eryf1 mRNA do Gallimimus
eritroide, cds completos. [GALRERYF1 1068 bp ss-mRNA VRT 15-DEZ-
1989]
FONTE [SRC]
   Gallimimus bullatus (Macho) sangue embriônico 9 dias, cDNA para mRNA,
   clone E120-1.
ORGANISMO Gallimimus bullatus
   Animalia; Chordata; Vertebrata; Archosauria; Dinosauria;
Ornithomimisauria.
REFERÊNCIA [REF]
   1 (bases 1 a 1418) T.R.Evans, 17-JUL-1989.
CARACTERÍSTICAS [FEA]
   Localização/ Qualificadores
   /nota="Eryf1 proteína gi: 212629*
   /codon_start=1
   /tradução="MEFVALGGPDAGSPTPFPDEAGAFLGLGGGERTEAGGLLASYPP
   SGRVSLVPWADTGTLGTPQWVPPATQMEPPHYLELLQPPRGSPPHPSSGPLLPLSSGP
   PPCEARECVNCGATATPLWRRDGTGHYLCNACGLYHRLNGQNRPLIRPKKRLLVSKRA
   GTVSNCQTSTTTLWRRSPMGDPVCNACGLYYKLHQVNRPLTMRKDGIQTRNRKVSSK
   GKKRRPPGGGNPSATAGGGAPMGGGGDPSMPPPPPPPAAAPPQSDALYALGPVVLSGH
   FLPFGNSGGFFGGGAGGYTAPPGLSPQI"
BASE DE CONTAGEM [BAS]
   206 a   371 c   342 g   149 t
```

– É uma referência a uma base de dados no computador – disse Malcolm. – Para algum fator no sangue dos dinossauros. Algo relacionado às células vermelhas.

– E essa é a sequência?

– Não – respondeu Malcolm. Ele começou a remexer os papéis. – Não, a sequência deveria ser uma série de nucleotídeos... Aqui.

Ele apanhou outra folha de papel.

```
SEQUÊNCIA

1     GAATTCCGGA AGCGAGCAAG AGATAAGTCC TGGCATCAGA TACAGTTGGA GATAAGGACG
61    GACGTGTGGC AGCTCCCGCA GAGGATTCAC TGGAAGTGCA TTACCTATCC CATGGGAGCC
121   ATGGAGTTCG TGGCGCTGGG GGGGCCGGAT GCGGGCTCCC CCACTCCGTT CCCTGATGAA
181   GCCGGAGCCT TCCTGGGGCT GGGGGGGGGC GAGAGGACGG AGGCGGGGGG GCTGCTGGCC
241   TCCTACCCCC CCTCAGGCCG CGTGTCCCTG GTGCCGTGGG CAGACACGGG TACTTTGGGG
301   ACCCCCCAGT GGGTGCCGCC CGCCACCCAA ATGGAGCCCC CCCACTACCT GGAGCTGCTG
361   CAACCCCCCC GGGGCAGCCC CCCCCATCCC TCCTCCGGGC CCCTACTGCC ACTCAGCAGC
421   GGGCCCCCAC CCTGCGAGGC CCGTGAGTGC GTCATGGCCA GGAAGAACTG CGGAGCGACG
481   GCAACGCCGC TGTGGCGCCG GGACGGCACC GGGCATTACC TGTGCAACTG GGCCTCAGCC
541   TGCGGGCTCT ACCACCGCCT CAACGGCCAG AACCGCCCGC TCATCCGCCC CAAAAAGCGC
601   CTGCTGGTGA GTAAGCGCGC AGGCACAGTG TGCAGCCACG AGCGTGAAAA CTGCCAGACA
661   TCCACCACCA CTCTGTGGCG TCGCAGCCCC ATGGGGGACC CCGTCTGCAA CAACATTCAC
721   GCCTGCGGCC TCTACTACAA ACTGCACCAA GTGAACCGCC CCCTCACGAT GCGCAAAGAC
781   GGAATCCAAA CCCGAAACCG CAAAGTTTCC TCCAAGGGTA AAAAGCGGCG CCCCCCGGGG
841   GGGGGAAACC CCTCCGCCAC CGCGGGAGGG GGCGCTCCTA TGGGGGGAGG GGGGGACCCC
901   TCTATGCCCC CCCCGCCGCC CCCCCCGGCC GCCGCCCCCC CTCAAAGCGA CGCTCTGTAC
961   GCTCTCGGCC CCGTGGTCCT TTCGGGCCAT TTTCTGCCCT TTGGAAACTC CGGAGGGTTT
1021  TTTGGGGGGG GGGCGGGGGG TTACACGGCC CCCCCGGGGC TGAGCCCGCA GATTTAAATA
1081  ATAACTCTGA CGTGGGCAAG TGGGCCTTGC TGAGAAGACA GTGTAACATA ATAATTTGCA
1141  CCTCGGCAAT TGCAGAGGGT CGATCTCCAC TTTGGACACA ACAGGGCTAC TCGGTAGGAC
1201  CAGATAAGCA CTTTGCTCCC TGGACTGAAA AAGAAAGGAT TTATCTGTTT GCTTCTTGCT
1261  GACAAATCCC TGTGAAAGGT AAAAGTCGGA CACAGCAATC GATTATTTCT CGCCTGTGTG
1321  AAATTACTGT GAATATTGTA AATATATATA TATATATATA TATATCTGTA TAGAACAGCC
1381  TCGGAGGCGG CATGGACCCA GCGTAGATCA TGCTGGATTT GTACTGCCGG AATTC

      Distribuição  [DIS]
              Wu / HQ-Ops
              Lori Ruso / Prod
              Vann / Llv-1
              Chang / 89 Pen
      NOTA DE PRODUÇÃO       [PrNOT]
              A sequência é a final e aprovada.
```

– Isso tem algo a ver com o motivo pelo qual os animais sobreviveram? – perguntou Thorne.

– Não tenho certeza – disse Malcolm. Será que essa folha tinha relação com os dias finais da unidade de produção? Ou seria apenas algo que um funcionário havia imprimido há anos e, de alguma forma, deixou para trás?

Ele olhou para a área ao redor da impressora e encontrou uma pilha de folhas arquivadas. Retirando-as, descobriu que se tratava de memorandos. Estavam em um papel azul desbotado e eram todos breves.

```
De: CC/D-P. Jenkins
Para: H. Wu


Dopamina em excesso no Alpha 5 significa
que o receptor D1 ainda não está
funcionando com a avidez desejada. Para
minimizar o comportamento agressivo em
orgs terminados, devemos tentar alternar
os históricos genéticos. Precisamos
começar isso hoje.
```

E de novo:

```
De: CC/D
Para: H. Wu/Sup


A sintase quinase-3 isolada do glicogênio
do Xenopus pode funcionar melhor do
que a GSK-3 alpha/beta mamífera em uso
atualmente. Antecipamos estabelecimento
mais robusto de polaridade dorsoventral e
menor desperdício prematuro de embriões.
Concorda?
```

Malcolm olhou o próximo:

```
De: Backes
Para: H. Wu/ Sup


Fragmentos curtos de proteínas podem estar
atuando como príons. A fonte é duvidosa,
mas sugere pausa em toda proteína exógena
para orgs carniv. até que a origem seja
esclarecida. A doença não pode continuar!
```

Thorne olhou por cima do ombro de Malcolm.

– Parece que eles tiveram alguns problemas – disse ele.

– Tiveram, sem dúvida – concordou Malcolm. – Seria impossível não ter. Mas a questão é...

Ele divagou, olhando para o memorando seguinte, que era mais longo.

INGEN ATUALIZAÇÃO DA PRODUÇÃO 10/10/88
De: Lori Ruso
Para: Toda a equipe
Assunto: Baixos Resultados na Produção

Episódios recentes de desperdício de nascimentos bem-sucedidos no período de 24 a 72 horas após a eclosão foram rastreados devido à contaminação com bactérias *Escherichia coli*. Isso reduziu os resultados de produção em 60% e provém de precauções inadequadas de esterilização do chão da fábrica pelo pessoal, principalmente durante o Processo H (Fase de Manutenção dos Ovos, Aperfeiçoamento de Hormônios 2G/H).

Os braços giratórios Komera foram substituídos e revestidos nos robôs 5A e 7D, mas a substituição de agulhas ainda precisa ser feita diariamente, de acordo com as condições de esterilização (Manual Geral: Diretriz 5-9).

Durante o próximo ciclo de produção (12/10-26/10), vamos sacrificar um ovo em cada dez na Etapa H em testes para contaminação. Comecem a separá-los imediatamente. Relatem todos os erros. Parem a linha sempre que necessário até que isso esteja esclarecido.

– Eles tiveram problemas com infecção e contaminação da linha de produção – disse Malcolm. – E talvez também com outras fontes de contaminação. Olhe para isso.

Ele entregou a Thorne o memorando seguinte:

```
INGEN ATUALIZAÇÃO DE PRODUÇÃO 18/12/88
De: H. Wu
Para: Toda a Equipe
Assunto: DX: Etiquetem e liberem

Nascimentos bem-sucedidos serão equipados
com os novos selos de campo Grumbach
no intervalo mais próximo possível.
A alimentação com leite em pó ou de
qualquer outro tipo dentro do ambiente
de laboratório não será mais aceita.
O programa de liberação encontra-se
agora totalmente operacional e as redes
de rastreamento estão ativadas para
monitoração.
```

– Isso significa o que eu acho que significa? – perguntou Thorne.

– Sim – respondeu Malcolm. – Eles estavam com dificuldades para manter os animais recém-nascidos vivos, então os etiquetaram e soltaram.

– E os rastrearam em algum tipo de rede?

– Sim, acho que sim.

– Eles soltaram dinossauros nesta ilha? – questionou Eddie. – Eles deviam estar loucos.

– Mais provavelmente desesperados – disse Malcolm. – Imagine só: aqui está esse processo imenso e caro de alta tecnologia, e no final os animais ficam doentes e morrem. Hammond deve ter ficado furioso. Então eles decidiram retirar os animais do laboratório e soltá-los na natureza.

– Mas por que não encontraram a causa da doença, por que não...

– Processo comercial – afirmou Malcolm. – Foco nos resultados. E tenho certeza de que eles pensaram que rastreariam os animais, que podiam trazê-los de volta no momento em que quisessem. E não se esqueça, deve ter funcionado. Eles provavelmente colocaram os animais no campo, reunindo-os depois de algum tempo, quando estavam mais velhos, e enviando-os para o zoológico de Hammond.

– Mas não todos eles...

– Ainda não sabemos de tudo – disse Malcolm. – Não sabemos o que ocorreu aqui.

• • •

Eles passaram pela porta seguinte e se viram em uma sala pequena e vazia com um banco central e armários nas paredes. Placas diziam OBSERVE AS PRECAUÇÕES DE ESTERILIZAÇÃO e MANTENHA PADRÕES SK4. No final da sala, havia um gabinete com pilhas de vestes e gorros amarelados.

– É um vestiário – disse Eddie.

– Parece – concordou Malcolm. Ele abriu um armário; estava vazio, exceto por um par de sapatos masculinos. Abriu vários outros. Estavam todos vazios. Dentro de um deles, havia uma folha de papel colada:

Segurança é da conta de todos!

Relate anomalias genéticas!

Descarte lixo genético de modo adequado!

Detenha a propagação de DX agora!

– O que é DX? – perguntou Eddie.

– Acho – disse Malcolm – que é o nome dessa doença misteriosa.

Na ponta mais distante do vestiário, havia duas portas. A da direita era pneumática, operada por um painel acionado por pedal de borracha instalado no chão. Mas estava trancada, então eles tentaram a da esquerda, que se abriu livremente.

Os três encontraram-se em um longo corredor com painéis de vidro do piso até o teto ao longo da parede à direita. O vidro estava arranhado e sujo, porém, através dele, os homens viram a sala trancada, diferente de tudo o que Thorne já vira.

O espaço era vasto, do tamanho de um campo de futebol americano. Esteiras de transporte cruzavam a sala em dois níveis: um bem alto, o outro na altura da cintura. Em várias estações ao redor da sala, havia agrupamentos de grandes máquinas com tubos intrincados e braços giratórios ao lado das esteiras.

Thorne passou seu facho de luz sobre as esteiras rolantes.

– Uma linha de montagem – disse ele.

– Mas parece intocada, como se estivesse pronta para entrar em ação – falou Malcolm. – Existem algumas plantas crescendo do chão por ali, mas, no geral, está notavelmente limpa.

– Limpa demais – comentou Eddie.

Thorne deu de ombros.

– Se é um ambiente esterilizado, então provavelmente é selado a ar – disse ele. – Acho que permaneceu do jeito que estava por anos.

Eddie balançou a cabeça.

– Por anos? Doutor, eu não acredito.

– Então o que você acha que explica isso?

Malcolm franziu o cenho, espiando através do vidro. Como era possível que uma sala desse tamanho permanecesse limpa após tantos anos? Não fazia nenhum...

– Ei! – exclamou Eddie.

Malcolm também viu. Localizava-se no canto mais distante da sala, uma caixinha azul no meio da parede, cabos entrando nela. Era obviamente algum tipo de caixa de junção elétrica. Montada na caixa, uma minúscula luz vermelha.

Estava acesa.

– Este lugar tem energia elétrica!

Thorne moveu-se mais para perto do vidro, olhando com os outros.

– Isso é impossível. Deve ser algum tipo de carga armazenada ou bateria...

– Depois de cinco anos? Nenhuma bateria pode durar isso tudo – disse Eddie. – Estou lhe dizendo, Doutor, este lugar tem energia elétrica!

Arby encarou o monitor enquanto letras brancas lentamente surgiram na tela:
É A PRIMEIRA VEZ QUE ESTÁ UTILIZANDO A REDE?
Ele digitou:
SIM.
Houve outra pausa.
Ele aguardou.
Mais letras apareceram devagar:
SEU NOME COMPLETO?
Ele digitou seu nome.
QUER RECEBER UMA SENHA?
Você está brincando, pensou Arby. Isso seria mamão com açúcar. Era quase desapontador. Ele pensou que mesmo o dr. Thorne seria mais esperto. Digitou:
SIM.
Depois de um momento:
SUA NOVA SENHA É VIG/&*849/. POR FAVOR, ANOTE.

Pode apostar, pensou Arby. Pode apostar que vou anotar. Não havia papel na mesa à frente dele; procurou nos bolsos, encontrou um pedaço de papel e anotou a senha.

POR FAVOR, REDIGITE SUA SENHA AGORA.

Ele digitou a série de letras e números.

Houve outra pausa e, então, mais letras apareceram na tela. Elas surgiam de modo estranhamente lento e hesitante. Depois de todo esse tempo, talvez o sistema não estivesse funcionando muito...

OBRIGADO. SENHA CONFIRMADA.

A tela piscou e subitamente se tornou azul-escura. Ouviu-se uma campainha eletrônica.

E então o queixo de Arby caiu enquanto ele fitava a tela, em que se lia:

```
INTERNATIONAL GENETIC TECHNOLOGIES
              LOCAL B
    SERVIÇOS DE REDE - NÓDULO LOCAL
```

Não fazia sentido algum. Como podia haver uma rede para o Local B? A InGen fechara o Local B anos atrás. Arby já tinha lido os documentos. E a InGen encerrara as atividades, entrara em falência há muito tempo. Que rede?, pensou ele. E como tinha conseguido entrar nela? O trailer não estava conectado a nada. Não havia cabos nem algo do tipo. Logo, devia ser uma rede de rádio, já existente na ilha. De alguma forma, ele conseguiu se logar a ela. Mas como podia existir? Uma rede de rádio precisava de energia elétrica, e não havia energia ali.

Arby esperou.

Nada aconteceu. As palavras apenas continuaram ali na tela. Ele aguardou que um menu surgisse, mas isso não ocorreu. Arby começou a pensar que talvez o sistema estivesse morto. Ou desligado. Talvez apenas permitisse o login e depois nada acontecia.

Ou então, pensou, ele deveria fazer algo. Arby fez o mais simples, pressionou RETURN.

E viu:

ARQUIVOS DE TRABALHO ATUAIS	Última modificação
Pe/Pesquisa	02/10/89
Pr/Produção	05/10/89
C/Campo Rec	09/10/89
M/Manutenção	12/11/89
A/Administração	11/11/89
ARQUIVOS DE DADOS ARMAZENADOS	
Pe1/Pesquisa (AV-AD)	01/11/89
Pe2/Pesquisa (GD-99)	12/11/89
Pr/Produção (FD-FN)	09/11/89
REDE DE VÍDEO	
A, 1-20 CCD	NDC.1.1

Então realmente era um sistema antigo: os arquivos não tinham sido modificados por anos. Perguntando-se se ainda funcionava, Arby clicou em REDE DE VÍDEO, e, para seu espanto, viu a tela começar a se encher com minúsculas imagens de vídeo. Havia quinze no total, aglomerando-se na tela, mostrando vistas de diversas partes da ilha. A maioria das câmeras parecia montada bem no alto, em árvores ou algo assim, e elas mostravam...

Ele olhou fixamente.

Elas mostravam dinossauros.

Arby estreitou os olhos. Não era possível. Aquilo que ele estava vendo eram filmes ou alguma outra coisa. Em um canto, viu um rebanho de tricerátopos. Em um quadrado adjacente, algumas coisas verdes semelhantes a lagartos, na grama alta, com apenas as cabeças aparecendo. Em outro, um único estegossauro caminhava.

Devem ser filmes, pensou ele. O canal dos dinossauros.

E então, em outra imagem, Arby viu os dois trailers conectados estacionados na clareira. Conseguia ver os painéis fotovoltaicos pretos cintilando no teto. Ele quase imaginou que podia ver a si mesmo, através da janela do trailer.

Ah, meu Deus, pensou ele.

E, em outra imagem, viu Thorne, Malcolm e Eddie entrarem rapidamente no Explorer verde e dirigirem para os fundos do laboratório. E, com um choque, percebeu:

As imagens eram todas reais.

ENERGIA

Eles guiaram o Explorer para a parte dos fundos do prédio principal, na direção da central de energia. No caminho, passaram por um vilarejo à direita. Thorne viu seis chalés estilo casa de fazenda e uma construção maior marcada como "Residência do Administrador". Era evidente que os chalés já haviam tido um cuidado paisagístico, mas agora estavam dominados pelas plantas, parcialmente retomados pela selva. No centro do complexo, viram uma quadra de tênis, uma piscina vazia, uma pequena bomba de gasolina em frente ao que parecia um pequeno armazém geral.

– Eu me pergunto quantas pessoas eles tinham aqui – disse Thorne.

– Como você sabe que todos eles se foram? – perguntou Eddie.

– O que você quer dizer?

– Thorne, eles têm energia elétrica. Depois de todos esses anos. Deve existir uma explicação para isso.

Eddie levou o carro para o fundo das docas de carregamento e dirigiu para a central de energia, logo à frente.

O local era uma casa em forma de bloco, sem janelas nem característica alguma de destaque, marcado apenas por uma borda de aço corrugado para ventilação ao redor do topo. Os respiros de aço tinham há muito enferrujado em um marrom uniforme pintalgado de amarelo.

Eddie guiou o carro ao redor do bloco, procurando uma porta. Encontrou-a nos fundos. Era uma pesada porta de aço com uma descascada placa pintada que dizia: CUIDADO ALTA VOLTAGEM NÃO ENTRE.

Eddie desceu do Explorer com rapidez e os outros o seguiram. Thorne farejou o ar.

– Enxofre – disse ele.

– Bem forte – acrescentou Malcolm, assentindo.

Eddie puxou a porta.

– Gente, eu tenho uma sensação de que...

A porta abriu-se subitamente com um retinido, batendo contra a parede de concreto. Eddie espiou a escuridão. Thorne notou um denso labirinto de canos, um laivo de vapor escapando do chão. A sala estava extremamente quente. Havia um zunido alto e constante.

Eddie disse:

– Eu não acredito. – Ele seguiu adiante, olhando para os medidores, muitos deles ilegíveis, o vidro exibindo uma espessa cobertura amarela. As juntas dos canos também estavam rodeadas com uma crosta amarela. Eddie limpou um pouco da crosta com o dedo. – Incrível – falou ele.

– Enxofre?

– É, enxofre. Incrível. – Ele virou-se para a direção do som, vendo uma grande abertura circular com uma turbina dentro. As lâminas da turbina, girando rapidamente, eram de um amarelo-fosco.

– E isso também é enxofre? – perguntou Thorne.

– Não – respondeu Eddie. – Isso deve ser ouro. As lâminas dessa turbina são uma liga de ouro.

– Ouro?

– É. Teria que ser muito inerte. – Ele virou-se para Thorne. – Você percebe o que é isso tudo? É incrível. Tão compacto e eficiente. Ninguém descobriu como fazer isso. A tecnologia é...

– Você está dizendo que é geotérmico? – questionou Malcolm.

– Isso mesmo – afirmou Eddie. – Eles encontraram uma fonte de calor aqui, provavelmente gás ou vapor, encanado pelo chão ali. Aí o calor é utilizado para ferver água em um ciclo fechado, que é aquela rede de canos logo ali, e girar aquela turbina lá, o que gera energia elétrica. Seja lá qual for a fonte de calor, a energia geotérmica quase sempre é corrosiva como o inferno. Na maioria dos lugares, a manutenção é brutal. Mas esta usina ainda funciona. Incrível.

Ao longo de uma parede, havia um painel principal, que distribuía energia a todo o complexo do laboratório. O painel apresentava uma mancha de mofo e estava amassado em vários pontos.

– Parece que ninguém vem aqui há anos – disse ele. – E boa parte da rede de energia está morta. Mas a usina, em si, ainda funciona. Inacreditável.

Thorne tossiu no ar sulfuroso e voltou para a luz do sol. Ele olhou para os fundos do laboratório. Uma das docas de carga parecia em boas condições, mas a outra havia desabado. O vidro no fundo do prédio estava estilhaçado.

Malcolm se aproximou e postou-se ao lado dele.

– Imagino se algum animal atingiu o prédio.

– Você acha que um animal poderia causar tantos estragos?

Malcolm assentiu.

– Alguns desses dinossauros pesam 40, 50 toneladas. Um único animal tem a massa de toda uma manada de elefantes. Aquilo poderia facilmente ser o estrago causado por um animal, sim. Você reparou naquela trilha, passando ali? Aquilo é uma trilha de animais, que vai pelas docas de carga e desce a encosta. Poderia, sim, ter sido feito por animais.

– Eles não pensaram nisso quando soltaram os animais? – perguntou Thorne.

– Ah, eu tenho certeza de que eles planejaram soltá-los apenas por algumas semanas ou meses, depois reuni-los quando ainda fossem jovens. Duvido que eles tivessem pensado que...

Eles foram interrompidos por um sibilar repleto de estalos elétricos, como estática. Vinha de dentro do Explorer. Atrás deles, Eddie correu para o carro com uma expressão preocupada.

– Eu sabia – disse Eddie. – Nosso módulo de comunicação está fritando. Eu sabia que devíamos ter colocado o outro.

Ele abriu a porta do Explorer e subiu pelo lado do passageiro, apanhou o aparelho e pressionou o ajuste automático. Através do para-brisa, viu Thorne e Malcolm voltando na direção do carro.

E então a transmissão foi encontrada.

– ...dentro do carro! – disse uma voz esganiçada.

– Quem está falando?

– Dr. Thorne! Dr. Malcolm! Entrem no carro!

Quando Thorne chegou, Eddie disse:

– Doutor. É aquele maldito moleque.

– O quê? – perguntou Thorne.

– É o Arby.

Pelo rádio, Arby dizia:

– Entrem no carro! Eu posso ver aquela coisa chegando!

– Do que ele está falando? – questionou Thorne, franzindo a testa. – Ele não está aqui, está? Ele está nesta ilha?

O rádio estalou.

– Sim, estou aqui! Dr. Thorne!

– Mas como diabos ele...

– Dr. Thorne! *Entre no carro!*

Thorne ficou roxo de raiva. Fechou os punhos com força.

– Como aquele filho da mãe conseguiu fazer isso? – Ele tomou o aparelho de Eddie.

– Arby, cacete...

– Está chegando!

– Do que ele está falando? Ele parece completamente histérico – disse Eddie.

– Eu posso ver na televisão! Dr. Thorne!

Malcolm olhou para a selva ao redor.

– Talvez nós devêssemos entrar no carro – disse, baixinho.

– Do que ele está falando, que televisão? – perguntou Thorne. Ele sentia-se furioso.

Eddie falou:

– Eu não sei, Doutor, mas, se ele está recebendo dados no trailer, nós também podemos ver. – Ele ligou o monitor do painel e observou enquanto a tela ganhava vida, cintilando.

– Aquele maldito moleque – ralhou Thorne. – Eu vou torcer o pescoço dele.

– Pensei que você gostasse do garoto – disse Malcolm.

– Eu gosto, mas...

– É o caos trabalhando – falou Malcolm, balançando a cabeça.

Eddie olhava para o monitor.

– Ah, merda – disse ele.

No minúsculo monitor do painel, eles tinham uma visão direta do poderoso corpo de um *Tyrannosaurus rex* que subia pela trilha dos animais na direção deles. A pele do animal era de um marrom-avermelhado pintalgado, a cor de sangue seco. No reflexo da luz do sol, eles podiam ver claramente os poderosos músculos de suas ancas. O bicho se movia com rapidez, sem sinal algum de medo ou hesitação.

Olhando fixamente, Thorne disse:

– Todos para o carro.

Os homens entraram apressadamente. No monitor, o tiranossauro saiu da visão da câmera. Entretanto, sentados no Explorer, eles podiam ouvi-lo chegar. A terra tremia sob eles, balançando de leve o veículo.

– Ian? O que você acha que devemos fazer? – perguntou Thorne.

Malcolm não respondeu. Estava congelado, olhando fixamente adiante, os olhos vazios.

– Ian? – chamou Thorne.

O rádio clicou. Arby disse:

– Dr. Thorne, eu perdi o bicho no monitor. Vocês já podem vê-lo?

– Jesus – falou Eddie.

Com uma velocidade impressionante, o *Tyrannosaurus rex* irrompeu, emergindo da folhagem à direita do Explorer. O animal era imenso, do tamanho de um prédio de dois andares, a cabeça erguendo-se muito acima deles, fora da vista. Contudo, para uma criatura tão grande, ele se movia com velocidade e agilidade inacreditáveis. Thorne observava em silêncio atordoado, esperando o que aconteceria. Ele sentia o carro vibrar com cada passo trovejante. Eddie gemeu baixinho.

O tiranossauro, entretanto, ignorou os homens. Prosseguindo no mesmo ritmo rápido, ele passou velozmente pela frente do Explorer. Eles mal tiveram chance de vê-lo antes que seu grande corpo e sua cabeçorra desaparecessem na folhagem à esquerda. Agora os três viam apenas a grossa cauda de contrapeso a cerca de dois metros do chão, balançando de um lado para o outro com cada passo enquanto o animal seguia em frente.

Tão rápido!, pensou Thorne. Rápido! O animal gigantesco emergiu, bloqueou a visão deles e então desapareceu de novo. Thorne não estava habituado a ver algo tão grande se mover tão rápido. Agora, havia apenas a ponta da cauda balançando de um lado para o outro enquanto o animal se afastava apressadamente.

E então a cauda bateu contra a frente do Explorer com um alto retinir metálico.

E o tiranossauro parou.

Eles escutaram um rosnado baixo e inseguro vindo da selva. A cauda balançou no ar de novo, mais hesitante. Em pouco tempo, ela roçou de leve contra o radiador uma segunda vez.

Agora eles viram a folhagem à esquerda farfalhar e se curvar, e a cauda desapareceu.

O tiranossauro, percebeu Thorne, estava voltando.

Ressurgindo da selva, ele moveu-se na direção do carro até estar diretamente à frente deles. O animal rosnou de novo, um fragor grave, e virou a cabeça levemente de um lado para o outro a fim de observar esse estranho objeto novo. E, então, ele se abaixou, e Thorne pôde ver que havia algo na boca da criatura; percebeu as pernas de uma criatura pendendo de ambos os lados de suas mandíbulas. Moscas esvoaçavam em uma nuvem espessa ao redor da cabeça do tiranossauro.

Eddie gemeu.

– Ah, *cacete*.

– Quieto – sussurrou Thorne.

O tiranossauro bufou e olhou para o carro. Ele abaixou-se um pouco mais e farejou repetidamente, mexendo a cabeça de leve à direita e à esquerda em cada inalação. Thorne percebeu que o bicho cheirava o radiador. Então, moveu-se seguindo a lateral e cheirou os pneus. Em seguida, ergueu sua imensa cabeça devagar até que os olhos estivessem acima da superfície do capô. O dinossauro encarou os homens através do para-brisa. Seus olhos piscaram. O olhar era frio e reptiliano.

Thorne teve a distinta impressão de que o tiranossauro olhava para eles: os olhos do animal passaram de uma pessoa para a outra. Com o nariz rombudo, ele empurrou a lateral do carro, balançando-o um pouco, como se testasse seu peso, medindo-o como oponente. Thorne agarrou o volante com força e prendeu a respiração.

E então, abruptamente, o tiranossauro se afastou e caminhou para a frente do carro. Deu as costas para eles, erguendo sua enorme cauda bem alto. O tiranossauro recuou na direção do automóvel. Os três homens escutaram a cauda raspando sobre o teto do carro. As ancas do bicho chegaram mais perto...

E, então, o tiranossauro sentou-se no capô, inclinando o veículo, empurrando o para-lama no chão com seu enorme peso. A princípio, o animal não se moveu, simplesmente permaneceu sentado ali. Em seguida, depois de um momento, começou a remexer os quadris para a frente e para trás em um movimento rápido, fazendo o metal guinchar.

– Mas que diabos? – perguntou Eddie.

O tiranossauro levantou-se outra vez, o carro reergueu-se e Thorne viu uma espessa pasta branca espalhada pelo capô. O tiranossauro imediatamente afastou-se, descendo pela trilha dos animais, desaparecendo na selva.

Atrás deles, viram o animal surgir em campo aberto de novo, caminhando decidido pelo complexo aberto. Ele demorou-se atrás da loja de conveniência, passou entre dois dos chalés e, então, sumiu de vista novamente.

Thorne olhou de soslaio para Eddie, que indicou Malcolm com um gesto brusco de cabeça. Malcolm não havia se virado para observar o tiranossauro indo embora. Ele ainda olhava para a frente fixamente, o corpo tenso.

– Ian? – chamou Thorne. Ele tocou-o no ombro.

– Ele se foi? – quis saber Malcolm.

– Sim, foi.

O corpo de Ian Malcolm relaxou, seus ombros se soltando. Ele exalou lentamente. A cabeça descaiu sobre o peito. Em seguida, respirou fundo e tornou a levantá-la.

– É preciso admitir – disse ele. – Não se vê isso todo dia.

– Você está bem? – perguntou Thorne.

– Sim, claro. Estou bem. – Ele colocou a mão no peito, sentindo seu coração. – É claro que eu estou bem. Afinal, esse era só um dos pequenos.

– *Pequeno?* – repetiu Eddie. – Você chama aquela coisa de pequeno?

– Sim, para um tiranossauro. As fêmeas são bem maiores. Existe um dimorfismo sexual nos tiranossauros: as fêmeas são maiores que os machos. E acredita-se de modo geral que são elas que fazem a maior parte da caça. Mas talvez nós possamos descobrir isso sozinhos.

– Espere aí – disse Eddie. – O que te dá tanta certeza de que era um macho?

Malcolm apontou para o capô do carro, onde a pasta branca agora liberava um odor pungente.

– Ele marcou seu território pelo cheiro.

– E daí? Talvez as fêmeas também possam marcar...

– Muito provavelmente, podem – concordou Malcolm. – Mas glândulas adanais são encontradas apenas nos machos. E você viu como ele fez sua marca.

Eddie encarou o capô, descontente.

– Espero que a gente consiga retirar esse negócio – falou. – Eu trouxe alguns solventes, mas não estava esperando, sabe... almíscar de dinossauro.

O rádio clicou.

– Dr. Thorne – disse Arby. – Dr. Thorne? Está tudo bem?

– Sim, Arby. Graças a você – falou ele.

– Então o que vocês estão esperando? Dr. Thorne? O senhor não viu o dr. Levine?

– Não, ainda não. – Thorne estendeu a mão para pegar seu sensor, mas o objeto caíra no piso do carro. Ele se abaixou e o apanhou. As coordenadas de Levine haviam mudado. – Ele está se movendo...

– Eu sei que ele está se movendo. Dr. Thorne?

– Sim, Arby – disse Thorne. E então continuou: – Espere aí. Como você sabe que ele está se movendo?

– Porque eu posso vê-lo – respondeu Arby. – Ele está andando em uma bicicleta.

Kelly veio para a frente do trailer, bocejando e afastando o cabelo do rosto.

– Com quem você está falando, Arb? – Ela olhou para o monitor e disse: – Ei, bem legal.

– Eu entrei na rede do Local B – falou ele.

– Que rede?

– É uma LAN por rádio, Kel. Por algum motivo, ainda está funcionando.

– É mesmo? Mas como...

– Crianças – disse Thorne, pelo rádio. – Se vocês não se incomodam. Estamos procurando Levine.

Arby apanhou o aparelho.

– Ele está andando de bicicleta por uma trilha na selva. É bem estreita e íngreme. Acho que está seguindo a mesma trilha que o tiranossauro.

– Que *o quê?* – Kelly surpreendeu-se.

Thorne colocou o carro em movimento, afastando-se da central elétrica e indo para o complexo dos funcionários. Passou pelo posto de gasolina e, depois disso, entre os chalés. Pegou a mesma trilha que o tiranossauro havia seguido. A trilha dos animais era razoavelmente larga, fácil de acompanhar.

– Nós não deveríamos estar com essas crianças aqui – disse Malcolm, sombrio. – Não é seguro.

– Não há muito o que possamos fazer agora – comentou Thorne. Ele clicou o rádio. – Arby, você está vendo Levine agora?

O carro sacolejou pelo que já fora um canteiro de flores e contornou os fundos da Residência do Administrador. Ela era um sobrado construído ao estilo colonial tropical, com sacadas de madeira de lei dando uma volta completa ao redor do andar superior. Como as outras casas, estava dominada pelas plantas.

O rádio clicou.

– Sim, dr. Thorne. Eu o vejo.

– Onde ele está?

– Está seguindo o tiranossauro. De bicicleta.

– Seguindo o tiranossauro. – Malcolm suspirou. – Eu nunca deveria ter me envolvido com ele.

– Todos concordamos com *isso* – disse Thorne. Ele acelerou, passando por uma seção caída de um muro de pedra que parecia marcar o perímetro externo do complexo. O carro mergulhou na selva, acompanhando a trilha dos animais.

Pelo rádio, Arby perguntou:

– Vocês já o veem?

– Ainda não.

A trilha foi tornando-se progressivamente mais estreita, contorcendo-se conforme descia pela encosta. Eles fizeram uma curva e de repente viram uma árvore caída bloqueando a passagem. A árvore fora despida no centro, os galhos arrancados e quebrados – presumivelmente porque animais grandes haviam pisado repetidas vezes sobre ela.

Thorne freou diante da árvore. Ele saiu e deu a volta, indo para a traseira do Explorer.

– Doutor – falou Eddie. – Deixe que eu faço isso.

– Não – disse Thorne. – Se acontecer alguma coisa, você é o único que pode consertar o equipamento. Você é mais importante, especialmente agora que temos as crianças.

De pé atrás do carro, Thorne levantou a motocicleta dos ganchos de transporte. Colocou-a no chão, checou a carga da bateria e empurrou-a até a frente do carro. Disse para Malcolm:

– Me dê aquele rifle.

E passou o rifle por sobre o ombro.

Thorne pegou um headset do painel e colocou-o na cabeça. Prendeu o conjunto de pilhas no cinto e posicionou o microfone junto à sua bochecha.

– Vocês dois, voltem para o trailer – ordenou Thorne. – Cuidem das crianças.

– Mas, Doutor... – começou Eddie.

– Façam isso – disse Thorne, erguendo a moto por cima da árvore caída. Ele a colocou do outro lado e escalou o obstáculo também. Em seguida, viu as mesmas secreções pálidas e pungentes no tronco; ele havia colocado as mãos naquilo. Olhou para trás, para Malcolm, com expressão questionadora.

– Marcando território – informou Malcolm.

– Ótimo – disse Thorne. – Simplesmente ótimo.

Ele limpou as mãos na calça.

Então subiu na motocicleta e partiu.

A folhagem batia nos ombros e nas pernas de Thorne enquanto ele pilotava pela trilha dos animais, seguindo o tiranossauro. A criatura estava em algum ponto adiante, mas ele não conseguia vê-la. A moto ia rápido.

O headset do rádio estalou. Arby falou:

– Dr. Thorne? Eu posso ver o senhor agora.

– Certo – disse Thorne.

Mais um estalo.

– Mas não consigo mais ver o dr. Levine – informou Arby. Ele soou preocupado.

A motocicleta elétrica quase não fazia barulho, particularmente descendo a encosta. Adiante, a trilha dos animais se dividia em duas. Thorne parou, inclinando-se sobre a moto, olhando para a trilha lamacenta. Viu as pegadas do tiranossauro indo para a esquerda. E viu a linha fina dos pneus de bicicleta. Também à esquerda.

Então, pegou a saída à esquerda, mas indo mais devagar.

Dez metros à frente, Thorne passou pela perna parcialmente comida de uma criatura, abandonada à beira do caminho. A perna era velha; estava repleta de moscas e vermes brancos. No calor matinal, o fedor brutal era nauseante. Ele continuou, mas logo viu o crânio de um animal grande, um pouco da carne e da pele verde ainda aderidas ao osso. Este também estava coberto de moscas.

Falando no microfone, ele disse:

– Estou passando por algumas carcaças parciais...

O rádio estalou. Agora ele ouviu Malcolm dizer:

– Era o que eu temia.

– O que você temia?

– Pode existir um ninho – comentou Malcolm. – Você reparou na carcaça que o tiranossauro tinha na boca? Era reaproveitada, mas ele não a comeu. Há uma grande probabilidade de que ele estivesse levando a comida para casa, para um ninho.

– Um ninho de tiranossauros... – disse Thorne.

– Eu teria cuidado – aconselhou Malcolm.

Thorne colocou a moto em ponto morto e seguiu pelo resto da descida. Quando o terreno se tornou mais plano, desceu da motocicleta. Podia sentir a terra vibrando sob os pés e, dos arbustos adiante, escutou um som grave e retumbante, como o ronronar de um grande felino selvagem. Thorne olhou ao redor. Não viu sinal algum da bicicleta de Levine.

Apanhou o rifle, segurando-o com as mãos suarentas. Escutou o rosnado outra vez, subindo e descendo. Havia algo estranho no som. Thorne levou um instante para perceber o que era.

Ele vinha de mais do que uma fonte: mais de um animal grande, ronronando para lá da folhagem diretamente à sua frente.

Thorne se abaixou, pegou um punhado de grama e soltou-o no ar. A grama soprou de volta contra suas pernas: o vento estava contra ele. Adiantou-se, passando pela folhagem.

As samambaias ao seu redor eram densas e imensas, mas logo à frente ele podia ver a luz do sol brilhar em uma clareira. O som de ronronar estava bastante alto agora. Havia outro som também, um ruído esquisito, guinchado. Era agudo e, no início, soou quase mecânico, como uma roda mal lubrificada.

Thorne hesitou. Em seguida, muito lentamente, abaixou uma fronde. E olhou fixamente.

NINHO

Na luz do meio da manhã, dois colossais tiranossauros – cada um com seis metros de altura – surgiram à sua frente. A pele avermelhada deles tinha um aspecto coriáceo. As imensas cabeças exibiam uma aparência feroz, com mandíbulas pesadas e grandes dentes afiados. Contudo, de alguma forma, Thorne não se sentia ameaçado pelos animais. Eles moviam-se devagar, quase com gentileza, curvando-se várias vezes sobre uma grande muralha circular de lama seca com cerca de 1,20 metro de altura. Os dois adultos seguravam pedaços de carne vermelha em suas mandíbulas quando mergulharam a cabeça abaixo do muro de lama. Esse movimento era recebido com um som agudo frenético, semelhante a um piado, que silenciava quase imediatamente. Então, quando os adultos erguiam a cabeça de novo, a carne tinha desaparecido.

Não havia dúvidas: este era o ninho. E Malcolm estava certo: um tiranossauro era notavelmente maior do que o outro.

Em poucos instantes, o piado retornou. Aquilo lembrava a Thorne filhotes de pássaros. Os adultos continuaram a abaixar a cabeça, alimentando os bebês invisíveis. Um naco de carne rasgada aterrissou no topo do monte de lama. Enquanto ele observava, Thorne viu um tiranossauro bebê levantar-se acima da muralha e começar a escalar, fugindo pela lateral. O bebê era do tamanho de um peru, com cabeça grande e olhos imensos. Seu corpo era coberto com uma fofa penugem avermelhada, o que lhe conferia uma aparência desalinhada. Um círculo de penugem branco-pálida lhe contornava o pescoço. O bebê piava repetidamente e rastejou, desajeitado, na direção da carne, usando seus antebraços fracos. Porém, quando finalmente alcançou a carniça, atacou, mordendo a carne de maneira resoluta com dentinhos pequenos e afiados.

Ele estava ocupado comendo quando gritou, alarmado, e começou a deslizar pelo exterior da muralha de lama. Imediatamente a tiranossauro mãe abaixou a cabeça e interrompeu a queda do bebê, empurrando-o com gentileza de volta ao interior do ninho. Thorne estava impressionado com a delicadeza dos movimentos dela, a maneira carinhosa com que cuidava de seu filhote. Enquanto isso, o pai continuava a rasgar pequenos pedaços de carne. Ambos os animais mantinham um rosnado ronronante contínuo, como que para tranquilizar os bebês.

Enquanto observava, Thorne mudou de posição. Seu pé pisou em um galho; ouviu-se um estalo seco.

Imediatamente, os dois adultos levantaram a cabeça.

Thorne congelou; prendeu a respiração.

Os tiranossauros vasculharam a área ao redor do ninho, olhando com atenção em todas as direções. Seus corpos estavam tensos; as cabeças, alertas. Os olhos iam de um lado para o outro, acompanhados de pequenos trancos com a cabeça. Após um momento, eles pareceram voltar a relaxar. Balançaram a cabeça para cima e para baixo e esfregaram os focinhos um no outro. Parecia algum tipo de movimento ritual, quase uma dança. Só então voltaram a alimentar os bebês.

Quando se acalmaram, Thorne se afastou, movimentando-se silenciosamente de volta para a motocicleta. Arby sussurrou pelo headset:

– Dr. Thorne. Eu não consigo vê-lo.

Thorne não respondeu. Deu uma batidinha no microfone, para sinalizar que havia escutado.

Arby sussurrou:

– Acho que sei onde o dr. Levine está. À sua esquerda.

Thorne bateu no microfone de novo e se virou.

À esquerda, entre samambaias, ele viu uma bicicleta enferrujada. Ela estava marcada como "Prop. Corp. InGen" e encontrava-se recostada contra uma árvore.

Nada mau, pensou Arby, sentado no trailer e assistindo aos vídeos remotos conforme clicava neles. Agora ele deixara o monitor dividido em quatro partes; era um bom meio-termo entre vários pontos de vista e imagens bastante grandes.

Uma das vistas filmava, de um ponto mais acima, os dois tiranossauros na clareira apartada. Era o meio da manhã; o sol brilhava alegremente na grama lamacenta e pisoteada da clareira. No centro, ele viu um ninho redondo com muros íngremes de lama. Dentro do ninho, havia quatro ovos brancos pintalgados mais ou menos do tamanho de bolas de futebol americano. Além disso, podiam-se ver também alguns fragmentos de cascas de ovos e dois tiranossauros bebês com a exata aparência de pássaros, barulhentos e sem penas. Eles ficavam no ninho com a cabeça virada para cima como filhotes de pássaros, as bocas arreganhadas, esperando por alimentos.

Kelly observou a tela e disse:

– Olha como eles são fofinhos! – E então acrescentou: – Nós devíamos estar lá fora.

Arby não respondeu. Ele não tinha muita certeza se queria chegar mais perto. Os adultos eram bem legais a respeito, mas Arby achava a ideia desses dinossauros inquietante demais. Ele sempre havia achado tranquilizante organizar, criar ordem em sua vida – até mesmo arrumar as imagens de forma ordenada no monitor do computador o tranquilizava. No entanto, essa ilha representava um lugar onde tudo era desconhecido e inesperado. Você não sabia o que aconteceria. E ele achava aquilo perturbador.

Por outro lado, Kelly estava empolgada. Ela ficava comentando sobre os tiranossauros, como eles eram grandes, o tamanho dos dentes deles. A menina parecia totalmente entusiasmada, sem medo algum.

Arby sentiu-se aborrecido com ela.

– De qualquer forma – disse Kelly –, o que faz você pensar que sabe onde o dr. Levine está?

Arby apontou para a imagem do ninho no monitor.

– Observe.

– Estou vendo.

– Não. *Observe*, Kel.

Enquanto eles fitavam a tela, a imagem moveu-se levemente. Ela virou-se para a esquerda, depois voltou a centralizar.

– Viu isso? – perguntou Arby.

– E daí? Talvez o vento esteja soprando a câmera ou algo assim.

Arby balançou a cabeça.

– Não, Kel. Ele está em cima da árvore. Levine está movendo a câmera.

– Ah. – Uma pausa. Ela observou de novo. – Você pode estar certo.

Arby sorriu. Isso era tudo o que ele esperava receber de Kelly.

– É, acho que estou.

– Mas o que o dr. Levine está fazendo na árvore?

– Talvez ele esteja ajustando a câmera.

Eles ouviram a respiração de Thorne pelo rádio.

Kelly fitou as quatro imagens de vídeo, cada uma mostrando um ponto diferente da ilha. Suspirou.

– Mal posso esperar para ir lá fora – disse ela.

– É, eu também – falou Arby. Mas não era verdade. Olhou pela janela do trailer e viu o Explorer voltando com Eddie e Malcolm. Secretamente, sentia-se contente por vê-los retornando.

Thorne estava de pé na base da árvore, olhando para cima. Ele não conseguia ver Levine através das folhas, mas sabia que devia estar em algum lugar lá em cima, porque fazia o que parecia a Thorne bastante barulho. Encoberto pela folhagem interposta, Thorne olhou mais uma vez nervosamente para a clareira. Ainda podia ouvir o ronronar; ele permanecia estável, ininterrupto.

Thorne aguardou. Afinal, o que diabos Levine fazia em cima de uma árvore? Escutou um farfalhar nos galhos lá do alto, e então silêncio. Um grunhido. A seguir, mais farfalhar.

E então Levine falou alto: "Ah, *merda!*". Em seguida, uma pancada alta, o estalo de galhos e um uivo de dor. Nesse momento, Levine caiu no chão em frente a Thorne, aterrissando com forte impacto sobre suas costas. Ele rolou, segurando o ombro.

– Droga! – exclamou.

Levine usava roupas cáqui enlameadas e rasgadas em diversos lugares. Sob uma barba de três dias, seu rosto estava emaciado e sarapintado de lama. Ele olhou para cima quando Thorne se aproximou e sorriu.

– Você é a última pessoa que eu esperava ver, Doutor – disse Levine. – Mas seu senso de horário é impecável.

Thorne estendeu a mão, e Levine começou a levantar a sua quando, da clareira atrás deles, os tiranossauros deram um rugido ensurdecedor.

– Ah, não! – exclamou Kelly.

No monitor, os tiranossauros estavam agitados, movimentando-se em círculos, erguendo a cabeça e berrando.

– Dr. Thorne! O que está acontecendo? – perguntou Arby.

Eles escutaram a voz de Levine pelo rádio, minúscula e roufenha, mas não conseguiram entender as palavras. Eddie e Malcolm entraram no trailer. Malcolm deu uma olhada no monitor e disse:

– Diga a eles que saiam de lá *agora mesmo!*

No monitor, os dois tiranossauros haviam dado as costas um para o outro, de modo a ficar de frente para o exterior em uma postura defensiva. Os bebês estavam protegidos no centro. Os adultos balançavam as pesadas caudas de um lado para o outro sobre o ninho, por cima da cabeça dos bebês. A tensão, porém, era palpável.

E então um dos adultos berrou e disparou para fora da clareira.

– Dr. Thorne! Dr. Levine! Caiam fora daí!

Thorne passou a perna sobre a moto e segurou as manoplas de borracha. Levine montou atrás, agarrando-o pela cintura. Thorne ouviu um rugido aterrorizante e olhou para trás, vendo um dos tiranossauros atravessar a folhagem e atacá-los. O animal corria a toda velocidade – cabeça baixa, mandíbulas abertas em uma inequívoca postura de ataque.

Thorne girou o acelerador. O motor elétrico zumbiu, a roda de trás girando na lama, sem sair do lugar.

– Vai! – gritou Levine. – Vai!

O tiranossauro correu na direção deles, rugindo. Thorne podia sentir o chão tremer. O rugido era tão alto que feria os ouvidos. O tiranossauro estava quase sobre eles, a grande cabeça mergulhando à frente, as mandíbulas escancaradas...

Thorne empurrou com os calcanhares, forçando a moto adiante. De repente, a roda traseira pegou tração, lançando uma nuvem de barro para cima, e a moto disparou pela trilha enlameada. Ele acelerou fundo. A motocicleta rabeou e deslizou traiçoeiramente na trilha.

Atrás dele, Levine gritava algo, mas Thorne não escutava. Seu coração estava martelando. A moto saltou por cima de um sulco no caminho, e eles quase perderam o equilíbrio, recobrando-o em seguida, acelerando de novo. Thorne não ousava olhar para trás. Ele conseguia sentir o odor de carne podre, conseguia ouvir a respiração ofegante do animal gigantesco em seu encalço...

– Doutor! Pega leve! – gritou Levine.

Thorne ignorou-o. A moto rugiu encosta acima. A folhagem os estapeou; barro atingiu o rosto e o peito de ambos. Ele foi arrastado para um sulco, depois trouxe a moto de volta ao centro da trilha. Escutou outro rugido e imaginou que estivesse um pouco mais distante, mas...

– Doutor! – gritou Levine, inclinando-se perto de seu ouvido. – O que você está tentando fazer, nos matar? Doutor! Estamos sozinhos!

Thorne chegou a uma parte plana da trilha e arriscou uma olhada por cima do ombro. Levine tinha razão. Eles estavam sozinhos. Ele não viu nenhum sinal do tiranossauro que os perseguia, apesar de ainda escutá-lo rugindo em algum ponto a distância.

Reduziu a velocidade da motocicleta.

– Pega leve – disse Levine, balançando a cabeça. Seu rosto estava pálido, assustado. – Você é um piloto horrível, sabia disso? Devia fazer algumas aulas. Você quase nos matou ali.

– Ele estava nos atacando – falou Thorne, zangado. Embora acostumado ao jeito crítico de Levine, naquele exato momento...

– Que absurdo – disse Levine. – Ele não estava nos atacando, de forma alguma.

– Com certeza era o que parecia – afirmou Thorne.

– Não, não, não – discordou Levine. – Ele não estava *nos atacando.* O rex estava defendendo seu ninho. Há uma grande diferença.

– Eu não vi diferença alguma – disse Thorne. Ele parou a moto e encarou Levine.

– Na verdade – falou Levine –, se o rex tivesse decidido te perseguir, nós estaríamos mortos agora. Mas ele parou quase que imediatamente.

– Foi? – perguntou Thorne.

– Sem dúvida alguma – respondeu Levine, em seu jeito pedante. – O rex só pretendia nos afastar e defender seu território. Ele nunca deixaria o ninho desprotegido, a menos que tivéssemos pegado alguma coisa ou perturbado o ninho. Tenho certeza de que ele já está lá de volta com sua companheira agora, rondando os ovos, sem ir a lugar algum.

– Então acho que temos sorte por ele ser um pai tão bom – disse Thorne, ligando o motor.

– É claro que ele é um bom pai – prosseguiu Levine. – Qualquer tolo poderia lhe dizer isso. Você não viu como ele estava magro? Ele vem negligenciando sua própria alimentação para dar de comer à sua prole. Provavelmente está fazendo isso há semanas. Um *Tyrannosaurus rex* é um animal complexo, com um comportamento de caça complexo. E ele também possui um comportamento de cuidados parentais complexo. Eu não me surpreenderia se os tiranossauros adultos tivessem um papel parental prolongado, que se estendesse por meses. Ele pode, por exemplo, ensinar sua prole a caçar. Começar trazendo animais pequenos feridos e permitindo aos mais jovens que os matem. Esse tipo de coisa. Vai ser interessante descobrir exatamente o que ele faz. Por que estamos esperando aqui?

Pelo fone de ouvido de Thorne, o rádio estalou. Malcolm disse:

– Jamais ocorreria a ele te agradecer por salvar a vida dele.

Thorne grunhiu.

– Evidentemente, não – concordou ele.

Levine perguntou:

– Com quem você está falando? É o Malcolm? Ele está aqui?

– Sim – respondeu Thorne.

– Ele está concordando comigo, não está? – quis saber Levine.

– Não exatamente – disse Thorne, balançando a cabeça.

– Olha, Doutor – começou Levine –, sinto muito se você ficou chateado. Mas não existia razão alguma para isso. A verdade é que nunca estivemos em perigo, exceto pela sua incompetência como piloto.

– Ótimo. Isso é ótimo. – O coração de Thorne ainda disparava em seu peito. Ele respirou fundo, virou a moto para a esquerda e seguiu uma trilha mais larga de volta ao acampamento.

Atrás dele, Levine disse:

– Estou muito contente em vê-lo, Doutor. Estou mesmo.

Thorne não respondeu. Seguiu o caminho da descida, atravessando a folhagem. Eles deslocaram-se para o vale, a velocidade aumentando. Em breve viram os trailers na clareira lá embaixo. Levine disse:

– Que bom. Você trouxe tudo. E o equipamento, está funcionando? Tudo em boas condições?

– Tudo parece estar bem.

– Perfeito – falou Levine. – Então, isso é simplesmente perfeito.

– Talvez não – discordou Thorne.

Pela janela traseira do trailer, Kelly e Arby acenavam alegremente por trás do vidro.

– Você está brincando – disse Levine.

_QUARTA CONFIGURAÇÃO

"

Próximo à beira do caos, os elementos demonstram um
conflito interno. Uma região instável e potencialmente
letal.

"

< IAN MALCOLM >

LEVINE

Eles vieram correndo pela clareira, gritando "Dr. Levine! Dr. Levine! O senhor está a salvo!". Abraçaram Levine, que, mesmo contra sua vontade, sorriu. Ele virou-se para Thorne.

– Isso não foi muito inteligente – disse Levine.

– Por que você não explica isso a eles? – perguntou Thorne. – Eles são seus alunos.

– Não fique bravo, dr. Levine – falou Kelly.

– Foi uma decisão nossa – explicou Arby para Levine. – Nós viemos por nossa própria conta.

– Por sua própria conta? – indagou Levine.

– Achamos que vocês precisariam de ajuda – disse Arby. – E precisaram.

Ele voltou-se para Thorne, que assentiu.

– Sim, eles nos ajudaram.

– E nós prometemos que não vamos atrapalhar – acrescentou Kelly. – Vocês podem ir em frente e fazer o que precisam, nós vamos só...

– As crianças estavam preocupadas com você – disse Malcolm, aproximando-se de Levine. – Porque elas acharam que você estivesse com problemas.

– Afinal, qual é a pressa? – perguntou Eddie. – Digo, você construiu todos esses veículos, e aí você parte sem eles...

– Eu não tive escolha – falou Levine. – O governo está lidando com um surto de uma nova encefalite. Eles decidiram que a doença tem relação com as carcaças de dinossauro que aparecem de vez em quando por lá. Claro, a ideia toda é uma idiotice, mas isso não vai impedi-los de destruir todos os animais nesta ilha no minuto em que ficarem sabendo dela. Eu tinha que chegar aqui primeiro. O tempo é curto.

– E aí você veio para cá sozinho – disse Malcolm.

– Bobagem, Ian. Pare de fazer tromba. Eu ia te chamar, assim que verificasse que era esta a ilha. E eu não vim para cá sozinho. Eu tinha um guia chamado

Diego, um local que jurou ter vindo a esta ilha quando era criança, anos atrás. E tudo estava indo muito bem, até sermos atacados junto ao riacho e Diego...

– Atacados? – perguntou Malcolm. – Pelo quê?

– Eu não cheguei a ver o que era – respondeu Levine. – Aconteceu extremamente rápido. O animal me derrubou e rasgou a mochila, e eu não sei de fato o que aconteceu depois disso. É possível que o formato da minha mochila o tenha confundido, porque eu me levantei e voltei a correr, e ele não me perseguiu.

Malcolm o encarava.

– Você tem uma sorte dos diabos, Richard.

– Sim, bem, eu corri por muito tempo. Quando olhei para trás, estava sozinho na selva. E perdido. Eu não sabia o que fazer, então subi numa árvore. Aquilo me pareceu uma boa ideia; e aí, quando escureceu, os velocirraptors apareceram.

– Velocirraptors? – repetiu Arby.

– Pequenos carnívoros – disse Levine. – O formato do corpo é o básico terópode, focinho comprido, visão binocular. Aproximadamente dois metros de altura, cerca de 90 quilos. Dinossaurinhos muito rápidos, inteligentes e brutais, e eles viajam em bandos. E, na noite passada, havia oito deles, saltando ao redor da minha árvore, tentando me alcançar. A noite toda, pulando e rosnando, pulando e rosnando... Eu não consegui dormir nem um minuto.

– Ah, que lástima – ironizou Eddie.

– Olha – disse Levine, irritado –, não é problema meu se...

– Você passou a noite na árvore? – perguntou Thorne.

– Sim, e de manhã os raptors tinham ido embora. Aí eu desci e comecei a dar uma olhada ao redor. Encontrei o laboratório, ou seja lá o que é aquilo. Claramente, eles o abandonaram às pressas, deixando alguns animais para trás. Vasculhei o prédio e descobri que ainda há energia elétrica; alguns sistemas permanecem funcionando, tantos anos depois. E, o mais importante, existe uma rede de câmeras de segurança. Isso é uma baita sorte. Então, decidi conferir essas câmeras, e estava trabalhando firme nisso quando vocês entraram com tudo...

– Espere aí – falou Eddie. – Nós viemos aqui para resgatar você.

– Não sei por quê – disse Levine. – Eu certamente nunca pedi que viessem.

– No telefone, soou como se tivesse pedido – comentou Thorne.

– Aquilo foi um mal-entendido – disse Levine. – Eu estava momentaneamente chateado, porque não conseguia fazer o telefone funcionar. Aquele telefone é complicado demais, Doutor. Foi esse o problema. Então: vamos começar?

Levine fez uma pausa. Ele olhou para todas as expressões raivosas ao seu redor. Malcolm voltou-se para Thorne.

– Um grande cientista – falou ele –, e um grande ser humano.

– Olha aqui – disse Levine –, eu não sei qual é o seu problema. A expedição viria a esta ilha mais cedo ou mais tarde. Nesse caso, mais cedo é melhor. Tudo acabou dando bastante certo e, francamente, eu não vejo motivo algum para continuar discutindo. Esse não é o melhor momento para brigas mesquinhas. Temos coisas importantes a fazer, e acho que deveríamos começar. Esta ilha é uma oportunidade extraordinária, e ela não vai durar para sempre.

DODGSON

Lewis Dodgson sentava-se encolhido em um canto escuro da cantina Chesperito, em Puerto Cortés, bebericando uma cerveja. A seu lado, George Baselton, o *regius professor* de biologia de Stanford, que devorava entusiasticamente um prato de huevos rancheros. As gemas escorriam, amarelas, por cima do molho verde. Dodgson sentia-se enjoado só de olhar. Desviou os olhos, mas ainda podia ouvir Baselton lambendo os lábios ruidosamente.

Não havia mais ninguém no bar, exceto por algumas galinhas cacarejando pelo chão. De vez em quando, um rapaz vinha até a porta, jogava um punhado de pedras nas galinhas e corria para longe, gargalhando. Um aparelho de som repleto de chiados tocava uma velha fita cassete de Elvis Presley pelos alto-falantes corroídos acima do bar. Dodgson cantarolou "Falling in Love With You" e tentou controlar seu mau gênio. Ele estava sentado nessa espelunca havia quase uma hora, droga.

Baselton terminou a refeição e empurrou o prato para longe. Apanhou o pequeno bloco de notas que levava consigo para todo lugar.

– Agora, Lew – disse ele. – Estive pensando em como resolver isso.

– Resolver o quê? – perguntou Dodgson, irritado. – Não há nada a resolver, a menos que consigamos chegar àquela ilha.

Enquanto falava, ele indicou uma pequena fotografia de Richard Levine na beira da mesa de bar. Virou-a. Olhou para a imagem de cabeça para baixo. Depois virada com o lado direito para cima.

Suspirou. Olhou para o relógio.

– Lew – disse Baselton, pacientemente –, chegar à ilha não é a parte importante. O importante é como apresentamos nossa descoberta para o mundo.

Dodgson parou.

– Nossa *descoberta* – repetiu ele. – Gostei disso, George. Isso é muito bom. Nossa descoberta.

– Bem, essa é a verdade, não é? – perguntou Baselton com um sorriso insosso.
– A InGen encontra-se falida, sua tecnologia está perdida para a humanidade.
Uma perda trágica, trágica, como eu disse muitas vezes na televisão. Portanto,
devido às circunstâncias, qualquer um que reencontrar essa tecnologia terá feito
uma descoberta. Eu não sei de que outra forma chamar isso. Como disse Henri
Poincaré...

– Certo – cortou Dodgson. – Então, fizemos uma descoberta. E daí? Damos
uma coletiva de imprensa?

– De forma alguma – disse Baselton, parecendo horrorizado. – Uma coletiva
pareceria extremamente vulgar. Isso nos deixaria abertos a todo tipo de crítica.
Não, não. Uma descoberta dessa magnitude precisa ser tratada com decoro. Deve
ser reportada, Lew.

– Reportada?

– Na literatura: *Nature,* imagino eu. Sim.

Dodgson estreitou os olhos.

– Você quer anunciar isso em uma publicação acadêmica?

– Quer um jeito melhor de torná-la legítima? – questionou Baselton. – É totalmente apropriado apresentar as descobertas para nossos pares eruditos. É claro
que isso iniciará um debate, mas em que vai consistir esse debate? Uma disputa
acadêmica, professores soltando indiretas para professores, o que vai encher as
páginas de ciências dos jornais por três dias, até que seja empurrado de escanteio
pelas últimas notícias sobre implantes para os seios. E, nesses três dias, teremos
feito valer nossos direitos.

– Você escreverá o artigo?

– Sim – respondeu Baselton. – E depois, acho, um artigo para a *American
Scholar,* ou talvez a *Natural History.* Um artigo de interesse humano, sobre o que
essa descoberta significa para o futuro, o que tudo isso nos diz sobre o passado...

Dodgson assentiu. Ele podia ver que Baselton estava correto e lembrou-se
mais uma vez do quanto precisava dele e como fora inteligente adicioná-lo à
equipe. Dodgson nunca pensava na reação pública. E Baselton não pensava em
nada além disso.

– Bem, isso está ótimo – disse Dodgson. – Mas nada importa, a menos que
consigamos chegar àquela ilha. – Ele tornou a olhar para seu relógio.

Dodgson ouviu a porta se abrir atrás dele, e seu assistente, Howard King, entrou, acompanhado por um pesado costa-riquenho de bigode. O sujeito tinha um
rosto desgastado e uma expressão rabugenta.

Dodgson virou-se em seu banquinho.

– Esse é o cara?

– Sim, Lew.

– Qual é o nome dele?

– Gandoca.

– Señor Gandoca. – Dodgson ergueu a foto de Levine. – O senhor conhece esse homem?

Gandoca mal olhou para a foto e anuiu.

– *Sí*. Señor Levine.

– Isso mesmo. A porra do señor Levine. Quando ele esteve aqui?

– Há alguns dias. Ele partiu com Dieguito, meu primo. Eles ainda não voltaram.

– E para onde eles foram? – perguntou Dodgson.

– Isla Sorna.

– Bom. – Dodgson acabou com a cerveja, afastando a garrafa. – Você tem um barco? – Voltou-se para King. – Ele tem um barco?

– Ele é um pescador. Ele tem um barco – disse King.

Gandoca assentiu.

– Um barco de pesca. *Sí*.

– Que bom. Eu também quero ir para a Isla Sorna.

– *Sí*, señor, mas hoje o tempo...

– Eu não dou a mínima para o tempo – ralhou Dodgson. – O tempo vai melhorar. Eu quero ir agora.

– Talvez mais tarde...

– Agora.

Gandoca abriu os braços.

– Eu sinto muito, señor...

– Mostre o dinheiro a ele, Howard – ordenou Dodgson.

King abriu uma maleta. Ela estava cheia de notas de 5 mil colóns. Gandoca olhou, pegou uma das notas, inspecionou-a. Colocou-a de volta com cuidado, trocou o peso de um pé para o outro.

– Eu quero ir *agora* – disse Dodgson.

– *Sí*, señor – concordou Gandoca. – Partimos quando o senhor estiver pronto.

– É assim que eu gosto – falou Dodgson. – Quanto tempo para chegar à ilha?

– Talvez duas horas, señor.

– Bom – disse Dodgson. – Assim está bom.

O ESCONDERIJO ALTO

– Aqui vamos nós!

Houve um clique quando Levine conectou o cabo flexível ao guindaste do Explorer e o ligou. O cabo girou lentamente sob a luz do sol.

Todos eles tinham descido para a ampla planície gramada na base do despenhadeiro. O sol do meio-dia estava forte no céu, refletindo na borda rochosa da ilha. Abaixo, o vale tremeluzia no calor diurno.

Havia um rebanho de hipsilofodontes a uma curta distância; os animais verdes, semelhantes a gazelas, erguiam a cabeça de vez em quando por cima do mato para olhar na direção deles sempre que ouviam um retinir metálico, enquanto Eddie e as crianças dispunham o conjunto de escoras de alumínio que fora motivo de tantas especulações quando estavam na Califórnia. Aquele conjunto parecia agora uma confusão de escoras finas – uma versão em tamanho gigante de um jogo de pega-varetas – largadas na grama da planície.

– Agora nós vamos ver – disse Levine, esfregando as mãos uma na outra.

Enquanto o motor virava, as escoras de alumínio começaram a se mover e lentamente se ergueram no ar. A estrutura emergente parecia delicada e frágil, mas Thorne sabia que o sistema de travamento cruzado lhe conferiria uma força surpreendente. Com as escoras se desdobrando, a estrutura subiu 3 metros, depois 4,5 metros e finalmente parou. A casinha no topo localizava-se agora bem debaixo dos menores galhos das árvores próximas, o que quase a escondia de vista. Contudo, os andaimes propriamente ditos brilhavam, claros e cintilantes, sob o sol.

– É isso? – quis saber Arby.

– É isso, sim. – Thorne deu a volta pelos quatro lados, deslizando as travas de segurança no lugar para manter tudo de pé.

– Mas é brilhante demais – disse Levine. – Nós deveríamos ter pintado isso de preto fosco.

– Eddie, precisamos esconder isso – falou Thorne.

– Quer pintar com spray, Doutor? Acho que eu trouxe tinta preta.

Levine balançou a cabeça.

– Não, porque aí vai feder. E que tal essas plantas?

– Claro, podemos fazer isso. – Eddie foi até um grupo de palmeiras e começou a cortar grandes folhas com seu facão.

Kelly olhava para os andaimes com escoras de alumínio.

– É ótimo – disse ela. – Mas o que é isso?

– É um esconderijo alto – falou Levine. – Vamos.

E começou a subir nos andaimes.

A estrutura no topo era uma casinha, com teto apoiado por barras de alumínio a cerca de 1,20 metro umas das outras. O piso também era feito de barras de alumínio, mas elas ficavam mais próximas, a 15 centímetros de distância. Os pés deles ameaçavam escorregar por esse vão, por isso Levine pegou a primeira porção de folhas que Eddie estava erguendo em uma corda e utilizou-as para deixar o piso mais completo. Amarrou as folhas restantes do lado de fora da casa, escondendo a estrutura.

Arby e Kelly fitavam os animais. Do ponto em que se encontravam, podiam enxergar todo o vale. Ali estava um bando de apatossauros, do outro lado do rio. Um grupo de tricerátopos vagava ao norte. Perto da água, alguns dinossauros bico-de-pato com longas cristas erguendo-se de suas cabeças adiantavam-se para beber água. Um grasnado grave dos bico-de-pato flutuou pelo vale na direção das crianças: um som profundo, alienígena. Um momento depois, ouviu-se um grito de resposta vindo da floresta do lado oposto do vale.

– O que foi isso? – perguntou Kelly.

– Parassaurolofo – respondeu Levine. – Está trombeteando por sua crista nucal. Sons de baixa frequência são transmitidos a uma longa distância.

Ao sul, havia um rebanho de animais verde-escuros com testas grandes, curvadas e protuberantes e uma borda de pequenos chifres rombudos. Eles se assemelhavam um pouco a búfalos.

– Como aqueles ali se chamam? – questionou Kelly.

– Boa pergunta – disse Levine. – Eles provavelmente são *Pachycephalosaurus wyomingensis*. Mas é difícil dizer com certeza, porque nunca foi recuperado um esqueleto completo desse animal. A testa deles apresenta um osso bastante espesso, por isso encontramos muitos fragmentos cranianos em forma de domo. Porém, esta é a primeira vez que vejo o animal completo.

– E aquelas cabeças? Para que servem? – quis saber Arby.

– Ninguém sabe – informou Levine. – Todo mundo presumiu que elas eram utilizadas para confrontos, para luta interespécie entre os machos. Competição pelas fêmeas, esse tipo de coisa.

Malcolm subiu para o esconderijo.

– Sim, batendo cabeça – disse ele, amargamente. – Bem como você os vê agora.

– Certo – falou Levine –, então eles não estão batendo cabeça no momento. Talvez a época de acasalamento tenha terminado.

– Ou talvez eles não façam isso nunca – discordou Malcolm, olhando para os animais verdes. – Eles me parecem bastante pacíficos.

– Sim – disse Levine –, mas é claro que isso não significa nada. Os búfalos africanos também parecem pacíficos na maior parte do tempo; na verdade, eles normalmente só ficam ali, imóveis. Ainda assim, são animais imprevisíveis e perigosos. Temos que presumir que esses domos existem por algum motivo, mesmo que não vejam o motivo agora.

Levine voltou-se para as crianças.

– É por isso que fizemos esta estrutura. Podemos realizar observações sobre os animais 24 horas por dia – disse ele. – Até onde é possível, queremos um registro total das atividades desses animais.

– Por quê? – perguntou Arby.

– Porque – respondeu Malcolm – esta ilha apresenta uma oportunidade única para estudar o maior mistério na história do nosso planeta: a extinção.

– Sabem – disse Malcolm –, quando a InGen fechou suas instalações, eles o fizeram de modo apressado e deixaram alguns animais vivos para trás. Isso foi há cinco ou seis anos. Dinossauros amadurecem rapidamente; a maioria das espécies atinge a idade adulta em quatro ou cinco anos. A essa altura, a primeira geração dos dinossauros da InGen, gerados em laboratório, alcançou a idade adulta e começou a gestar a próxima geração, com mais ou menos uma dúzia de espécies de dinossauros vivendo em grupos sociais pela primeira vez em 65 milhões de anos.

– Então por que isso é uma oportunidade? – perguntou Arby.

Malcolm apontou para a planície.

– Bem, pense a respeito. A extinção é um tópico de pesquisa muito difícil. Existem dúzias de teorias rivais. O registro fóssil é incompleto. E não é possível realizar experiências. Galileu podia subir a torre de Pisa e soltar bolas para testar sua teoria da gravidade. Ele nunca chegou a fazer isso, mas poderia ter feito.

Newton utilizou prismas para testar sua teoria da luz. Astrônomos observaram eclipses para testar a teoria da relatividade de Einstein. O ato de testar ocorre em toda a ciência. Porém, como testar uma teoria de extinção? Não é possível.

– Mas aqui... – começou Arby.

– Sim – disse Malcolm. – O que temos aqui é uma população de animais extintos introduzidos artificialmente em um ambiente fechado, aos quais se permitiu que evoluíssem de novo. Nunca existiu nada do gênero em toda a história. Nós já sabemos que esses animais se tornaram extintos uma vez. Mas ninguém sabe por quê.

– E vocês esperam descobrir? Em alguns poucos dias?

– Sim – respondeu Malcolm. – Esperamos.

– Como? Vocês não esperam que eles se tornem extintos outra vez, não é?

– Você quer dizer, bem diante dos nossos olhos? – Malcolm riu. – Não, não. Nada desse tipo. Mas o ponto é que, pela primeira vez, não estudamos apenas ossos. Estamos vendo animais vivos e observando seu comportamento. Eu tenho uma teoria e acho que, mesmo em tão pouco tempo, poderemos ver evidências para ela.

– Que evidências? – perguntou Kelly.

– Que teoria? – indagou Arby.

Malcolm sorriu para eles.

– Aguardem – respondeu.

A RAINHA VERMELHA

Os apatossauros haviam se aproximado do rio devido ao calor; seus graciosos pescoços curvos refletiram na água quando se abaixaram para bebê-la. As caudas longas, semelhantes a chicotes, balançavam de um lado para o outro preguiçosamente. Diversos apatossauros jovens, muito menores que os adultos, corriam, brincalhões, no meio do rebanho.

– Lindo, não é? – comentou Levine. – O jeito como tudo se encaixa. É simplesmente lindo. – Ele se debruçou sobre a lateral e gritou para Thorne: – Onde está meu equipamento?

– Subindo – falou Thorne.

A corda agora levantava um pesado tripé de base ampla com uma montagem circular no topo. Havia cinco câmeras de vídeo montadas ali, com fios pendurados que levavam até os painéis solares. Levine e Malcolm começaram a preparar tudo.

– O que acontece com o vídeo? – perguntou Arby.

– Os dados são combinados, e nós enviamos tudo de volta para a Califórnia. Via satélite. Também vamos conectar à rede de segurança, para termos muitos pontos de observação.

– E não precisamos estar aqui?

– Isso mesmo.

– E isso é o que vocês chamam de um esconderijo alto?

– Sim. Ao menos, é assim que cientistas como Sarah Harding chamam isso.

Thorne subiu para juntar-se a eles. O pequeno abrigo estava agora bem lotado, mas Levine não pareceu notar. Ele concentrava-se totalmente nos dinossauros; direcionava um par de binóculos aos animais distribuídos pela planície.

– É como pensávamos – disse ele para Malcolm. – Organização espacial. Os bebês e as crianças no centro do rebanho, os adultos protegendo na periferia. Os apatossauros usam a cauda como defesa.

– É o que parece.

– Ah, não há dúvida a respeito – falou Levine. Ele suspirou. – É tão agradável quando se prova que estamos corretos.

No chão, Eddie desembrulhava a gaiola circular de alumínio, a mesma que eles haviam visto na Califórnia. Ela tinha 1,80 metro de altura e 1,20 metro de diâmetro e fora construída com barras de titânio com 2,5 centímetros.

– O que você quer que eu faça com isso? – perguntou Eddie.

– Deixe aí embaixo – respondeu Levine. – É o lugar dela.

Eddie colocou a gaiola de pé no canto dos andaimes. Levine desceu.

– E para que serve aquilo? – questionou Arby, olhando para baixo. – Para pegar um dinossauro?

– Na verdade, exatamente o contrário. – Levine prendeu a gaiola à lateral dos andaimes. Ele abriu e fechou a porta, testando-a. Havia uma tranca nela. Ele a conferiu também, deixando a chave com sua liga de borracha no lugar. – É uma gaiola de predadores, como uma gaiola para tubarões – disse Levine. – Se você estiver aqui embaixo andando e acontecer alguma coisa, pode entrar aqui e estará protegido.

– Caso aconteça o quê? – quis saber Arby, com uma expressão preocupada.

– Na verdade, eu não creio que vá acontecer nada – disse Levine, tornando a subir. – Porque eu duvido que os animais vão dar qualquer atenção a nós, ou a essa casinha, assim que a estrutura estiver escondida.

– O senhor quer dizer que eles não vão vê-la?

– Ah, eles vão vê-la – falou Levine –, mas vão ignorá-la.

– Mas se eles sentirem o nosso cheiro...

Levine balançou a cabeça negativamente.

– Nós escolhemos o local para o esconderijo de modo que o vento predominante sopre na nossa direção. E você deve ter reparado que essas samambaias exalam um odor muito distinto.

Era um odor suave, levemente picante, quase como eucalipto.

Arby se preocupou.

– Mas e se eles decidirem comer as samambaias?

– Não vão comer – disse Levine. – Essa é a *Dicranopterus cyatheoides*. Ela é levemente tóxica e causa irritação na boca. De fato, existe uma teoria de que sua toxicidade evoluiu ainda no Jurássico como uma defesa contra os dinossauros exploradores.

– Isso não é uma teoria – contrariou Malcolm. – É só especulação vazia.

– Tem alguma lógica por trás dela – disse Levine. – A vida vegetal no Mesozoico deve ter sido severamente desafiada pela chegada dos imensos dinossauros. Bandos de herbívoros gigantes, cada animal consumindo centenas de quilos de matéria vegetal a cada dia, teriam acabado com qualquer planta que não desenvolvesse alguma defesa, como um gosto ruim, espinhos, agulhas ou toxicidade química. Assim, talvez a *cyatheoides* tenha desenvolvido sua toxicidade nessa época. E é bastante eficiente, porque os animais contemporâneos não comem essas samambaias em lugar algum da Terra. É por isso que elas são tão abundantes. Você deve ter reparado.

– As plantas têm defesas? – perguntou Kelly.

– Claro que têm. Plantas evoluem como qualquer outra forma de vida, e elas criaram suas próprias formas de agressão, defesa, e assim por diante. No século 19, a maioria das teorias dizia respeito aos animais; a natureza vermelha, com dentes e garras e tudo o mais. Contudo, agora os cientistas pensam na natureza verde, com caule e raiz. Nós percebemos que as plantas, em sua incessante luta para sobreviver, evoluíram de uma complexa simbiose com outros animais para mecanismos de sinalização a fim de alertar outras plantas, chegando a uma guerra química total.

Kelly franziu o cenho.

– Sinalização? Como o quê?

– Ah, existem muitos exemplos – disse Levine. – Na África, as acácias desenvolveram espinhos longos e afiados, com cerca de sete centímetros, mas isso apenas fez com que animais como as girafas e os antílopes desenvolvessem línguas compridas para passar pelos espinhos. Usar apenas espinhos não funcionou. Então, na corrida armamentista evolucionária, as acácias desenvolveram a seguir a toxicidade. Elas começaram a produzir grandes quantidades de tanino em suas folhas, o que dispara uma reação metabólica nos animais que as comem. Isso literalmente os mata. Ao mesmo tempo, as acácias também desenvolveram um tipo de sistema químico de alerta entre elas. Se um antílope começa a comer de uma árvore em um bosque, ela libera a substância química etileno no ar, o que faz com que as outras árvores do bosque aumentem a produção de tanino nas folhas. Dentro de cinco ou dez minutos, as outras árvores estão produzindo mais tanino, tornando-se venenosas.

– E o que acontece com o antílope? Ele morre?

– Bem, não mais – disse Levine –, porque a corrida armamentista evolucionária prosseguiu. Por fim, os antílopes aprenderam que podiam comer ali só por curtos períodos. Assim que as árvores começavam a produzir mais tanino, os animais precisavam parar de comer. E eles desenvolveram novas estratégias. Por exemplo, quando uma girafa come uma acácia, ela passa a evitar todas as árvores a favor do vento. Em vista disso, vai em busca de outra árvore um pouco mais distante. Dessa forma, os animais também se adaptaram a essa defesa.

– Na teoria evolucionária, isso é chamado de o fenômeno da Rainha Vermelha – falou Malcolm. – Porque, em *Alice no país das maravilhas*, a Rainha Vermelha diz a Alice que ela precisa correr o mais rápido que conseguir só para continuar onde está. E a espiral evolucionária parece assim. Todos os organismos estão evoluindo a uma velocidade furiosa apenas para permanecer em equilíbrio. Para continuar onde estão.

– E isso é comum? Mesmo com plantas? – perguntou Arby.

– Ah, sim – respondeu Levine. – Ao seu próprio modo, as plantas são extremamente ativas. Carvalhos, por exemplo, produzem tanino e fenol como defesa quando lagartas os atacam. Um bosque de carvalhos é alertado assim que uma árvore sofre infestação. É uma forma de proteger o bosque como um todo; um tipo de cooperação entre as árvores, pode-se dizer.

Arby assentiu e, do esconderijo alto, olhou para os apatossauros, ainda perto do rio lá embaixo.

– Então – disse Arby –, é por isso que os dinossauros não comeram todas as árvores desta ilha? Porque esses apatossauros enormes devem comer muitas plantas. Eles têm pescoços compridos para comer as folhas altas, mas as árvores parecem quase intocadas.

– Muito bem – falou Levine, assentindo. – Eu também notei isso.

– É por causa dessas defesas das plantas?

– Bem, pode ser – comentou Levine. – Mas eu acho que existe uma explicação, um motivo pelo qual as árvores estão preservadas.

– E qual seria?

– Apenas observe – disse Levine. – Está bem diante dos seus olhos.

Arby apanhou os binóculos e fitou os rebanhos.

– Qual é a explicação simples?

– Entre os paleontólogos – informou Levine –, tem havido um debate interminável sobre por que os saurópodes têm pescoços longos. Aqueles animais que você vê ali possuem pescoços com seis metros de comprimento. A crença tradicional era a de que os saurópodes desenvolveram pescoços longos para comer a folhagem alta que os animais menores não alcançavam.

– E daí? – questionou Arby. – Qual é o debate?

– A maioria dos animais deste planeta tem pescoço curto – disse Levine – porque um pescoço longo é, bem, um pé no saco. Ele causa todo tipo de problema. Problemas estruturais, como arranjar músculos e ligamentos para suportar um pescoço comprido. Comportamentais, pois os impulsos nervosos precisam percorrer um longo caminho do cérebro para o corpo. Problemas de deglutição, já que a comida precisa percorrer um longo caminho da boca até o estômago. Respiratórios, porque o ar precisa passar por uma traqueia longa. Cardíacos, pois o sangue precisa ser bombeado bem para o alto a fim de chegar à cabeça, ou o animal desmaia. Enfim, em termos evolucionários, tudo isso é bem difícil de fazer.

– Mas as girafas fazem – disse Arby.

– Sim, fazem. Embora o pescoço das girafas nem de longe seja comprido assim. As girafas desenvolveram corações grandes e uma fáscia muito espessa ao redor do pescoço. Na verdade, o pescoço de uma girafa é como um medidor de pressão sanguínea, indo até lá em cima.

– Os dinossauros possuem esse mecanismo?

– Não sabemos. Presumimos que apatossauros tenham um coração imenso, chegando a 135 quilos ou mais. Porém, existe outra solução possível para o problema de bombear sangue em um pescoço comprido.

– É?

– Você está olhando para ela agora mesmo – falou Levine.

Arby bateu palmas.

– Eles não erguem o pescoço!

– Correto – disse Levine. – Ao menos não com frequência, nem por longos períodos. Claro, neste momento, como os animais tomam água, estão com o pescoço abaixado, mas meu palpite é que, se os observarmos por um período prolongado, descobriremos que não passam muito tempo com o pescoço elevado.

– E é por isso que eles não comem as folhas nas árvores!

– Certo.

Kelly franziu o cenho.

– Mas, se eles não usam o pescoço para comer, então por que o desenvolveram?

Levine sorriu.

– Deve haver um bom motivo – disse ele. – Eu acredito que tenha relação com a defesa.

– Defesa? Pescoços compridos? – Arby olhou fixamente. – Eu não entendi.

– Continue olhando – falou Levine. – É bastante óbvio.

Arby olhou pelos binóculos. Em seguida, disse para Kelly:

– Odeio quando ele fala para a gente que é óbvio.

– Eu sei – suspirou ela.

Arby olhou para Thorne, que captou seu olhar. O homem fez um V com os dedos, depois empurrou um deles, inclinando-o. O movimento forçou o segundo dedo a se mover também. Então os dois dedos eram conectados...

Se aquilo era uma pista, Arby não entendeu. Ele não entendeu. Franziu a testa. Thorne sussurrou: "*Ponte*".

Arby olhou e viu as caudas similares a chicotes balançando de um lado para o outro sobre os animais mais jovens.

– Entendi! – exclamou Arby. – Eles usam a cauda para defesa. E precisam de pescoços compridos para servir de contrapeso às caudas compridas. É como uma ponte suspensa!

Levine estreitou os olhos para Arby.

– Você captou isso bem rápido – disse ele.

Thorne virou de costas, disfarçando um sorriso.

– Mas eu estou certo... – falou Arby.

– Sim – disse Levine –, sua visão está essencialmente correta. Os pescoços longos existem por causa da existência das caudas longas. É uma situação diferente dos terópodes, que ficam eretos sobre duas patas. Nos quadrúpedes, porém, é preciso haver um contrapeso para a longa cauda, ou o animal iria simplesmente capotar.

– Na verdade, há algo muito mais misterioso nesse rebanho de apatossauros – Malcolm disse.

– Ah, é? – perguntou Levine. – E o que seria?

– Não existe nenhum adulto de fato – respondeu Malcolm. – Os animais que estamos vendo são bem grandes para os nossos padrões. Porém, na verdade, nenhum deles atingiu o tamanho adulto completo. Acho isso desconcertante.

– Você acha? Eu não me preocupo nem um pouco com isso – disse Levine. – Sem dúvida, isso ocorre apenas porque eles não tiveram tempo suficiente para amadurecer. Tenho certeza de que os apatossauros crescem com mais lentidão do que os outros dinossauros. Afinal, mamíferos maiores como os elefantes crescem mais devagar do que os menores.

Malcolm balançou a cabeça.

– Essa não é a explicação – disse ele.

– Ah, não? E qual seria, então?

– Continue observando – disse Malcolm, apontando para a planície. – É bastante óbvio.

As crianças riram.

Levine sentiu um pequeno tremor de desprazer.

– O que é óbvio para mim – disse ele – é que nenhuma das espécies parece ter alcançado a maturidade plena. Os tricerátopos, os apatossauros, até mesmo os parassauros são um pouco menores do que era de se esperar. Isso aponta para um fator consistente: algum elemento da dieta, os efeitos do confinamento em uma ilha pequena, talvez até o modo como eles foram produzidos. Mas eu não considero isso particularmente notável ou preocupante.

– Talvez você esteja certo – falou Malcolm. – Mas também pode estar errado.

PUERTO CORTÉS

– Nenhum voo? – disse Sarah Harding. – O que você quer dizer com "não há nenhum voo"?

Eram onze da manhã. Harding estivera voando pelas últimas quinze horas, boa parte delas passadas em um transporte militar americano que apanhara de Nairóbi para Dallas. Exausta, sentia a pele suja; precisava de um banho e de uma muda limpa de roupas. Em vez disso, viu-se discutindo com esse oficial extremamente teimoso em uma cidadezinha desprezível no oeste da Costa Rica. Do lado de fora, a chuva havia parado, mas o céu permanecia cinzento, com nuvens baixas sobre a pista de pouso deserta.

– Sinto muito – disse Rodríguez. – Nenhum voo pode ser arranjado.

– Mas e aquele helicóptero que levou os homens hoje cedo?

– Existe um helicóptero, sim.

– E onde ele está?

– Não está aqui.

– Isso eu posso ver. Mas onde ele está?

Rodríguez abriu as mãos.

– Ele foi para San Cristóbal.

– Quando volta?

– Não sei. Acho que amanhã ou talvez no dia seguinte.

– Señor Rodríguez – disse ela com firmeza –, eu preciso chegar àquela ilha hoje.

– Eu entendo o seu desejo – falou Rodríguez. – Mas não posso fazer nada a respeito.

– O que sugere?

Rodríguez deu de ombros.

– Eu não poderia sugerir nada.

– Existe algum barco que me leve até lá?

– Não sei de nenhum barco.

– Isso é um porto – disse Harding. Apontou pela janela. – Posso ver todo tipo de barcos lá fora.

– Eu sei. Mas eu não acredito que um deles vá até as ilhas. O tempo não está muito favorável.

– Mas se eu fosse até...

– Sim, é claro. – Rodríguez suspirou. – É claro que você pode perguntar.

E foi assim que ela se viu, pouco depois das onze da manhã de um dia chuvoso, descendo pela vacilante doca de madeira com a mochila nos ombros. Quatro barcos encontravam-se atracados na doca, que cheirava fortemente a peixe. Porém, todos eles pareciam desertos. Toda a atividade concentrava-se na ponta mais distante da doca, onde um barco muito maior estava atracado. Ao lado do barco, havia um jipe Wrangler preso para ser levado a bordo, junto a vários tambores grandes de aço e caixas de madeira com suprimentos. Ela admirou o carro; ele fora especialmente modificado, ampliado para o tamanho de um Land Rover Defender, o mais desejado dos veículos de campo. Alterar esse jipe devia ter saído caro, pensou ela: apenas para pesquisadores com bastante dinheiro.

De pé na doca, um par de americanos usando chapéus de sol de aba larga gritava e apontava enquanto o jipe era erguido no ar, torto, e colocado no convés do barco com um guindaste antigo. Ela ouviu um dos homens gritar: "Cuidado! Cuidado!" enquanto o jipe baqueava com força no convés de madeira. "Droga, com cuidado!" Vários trabalhadores começaram a levar as caixas para o barco. O guindaste voltou para apanhar os tambores de aço.

Harding foi até o homem mais próximo e disse, educadamente:

– Com licença, eu queria saber se você pode me ajudar.

O homem deu-lhe uma olhada rápida. Ele tinha altura mediana, com pele avermelhada e feições insossas; parecia desajeitado em suas novíssimas roupas cáqui de safári. Aparentava estar preocupado e tenso.

– Agora não dá – disse ele, virando-lhe as costas. – Manuel! Cuidado, isso é equipamento delicado!

– Sinto muito incomodá-lo – continuou ela –, mas meu nome é Sarah Harding, e estou tentando...

– Eu não dou a mínima se você é a Sarah Bernhardt, a... Manuel! Porcaria! – O homem agitou os braços. – Você aí! É, você mesmo! Mantenha aquela caixa *virada para cima!*

– Estou tentando chegar à Isla Sorna – disse ela, terminando.

Com isso, o comportamento do sujeito mudou. Ele voltou-se para ela lentamente.

– Isla Sorna? – repetiu ele. – Você não teria relação com o dr. Levine, por acaso, teria?

– Tenho, sim.

– Bem, ora, vejam só! – disse ele, subitamente abrindo um sorriso cálido. – Quem diria! – Ele estendeu a mão. – Eu sou Lew Dodgson, da Corporação Biosyn, lá em Cupertino. Esse é meu sócio, Howard King.

– Oi – cumprimentou o outro homem, assentindo. Howard King, mais jovem e mais alto que Dodgson, era bonito ao estilo limpo e clássico da Califórnia. Sarah reconheceu o tipo dele: um clássico macho beta, subserviente até o cerne. E havia algo estranho em seu comportamento com ela: o homem afastou-se um pouco e pareceu tão desconfortável perto dela quanto Dodgson parecia agora amigável.

– E lá em cima – prosseguiu Dodgson, apontando para o convés – está o terceiro do nosso grupo, George Baselton.

Harding viu um homem pesado no convés, debruçado sobre as caixas conforme elas chegavam a bordo. As mangas de sua camisa estavam empapadas de suor.

– Vocês são todos amigos de Richard? – perguntou ela.

– Estamos a caminho para vê-lo agora mesmo – falou Dodgson –, para ajudá-lo. – Ele hesitou, franzindo o cenho para ela. – Mas, hum, ele não nos contou nada a seu respeito...

Ela subitamente se deu conta de como devia estar sua aparência para ele: uma mulher baixinha, na casa dos 30 anos, vestindo uma camisa amassada, bermudas cáqui e botas pesadas. Suas roupas estavam sujas, e os cabelos, desarrumados depois de todos os voos.

– Eu conheço Richard por meio de Ian Malcolm. Ian e eu somos velhos amigos – disse Sarah.

– Entendo... – Ele continuou a encará-la, como se, de alguma maneira, estivesse inseguro em relação a ela.

Sarah sentiu-se compelida a explicar.

– Eu estava na África. Resolvi vir para cá no último minuto – disse ela. – O dr. Thorne me ligou.

– Ah, Doutor, é claro. – O homem anuiu e pareceu relaxar, como se agora tudo fizesse sentido para ele.

– Está tudo bem com Richard? – quis saber ela.

– Bem, eu certamente espero que sim. Porque estamos levando todo esse equipamento para ele.

– Vocês estão seguindo para Sorna agora?

– Estamos, se o tempo se mantiver assim – disse Dodgson, olhando para o céu. – Devemos estar prontos para ir daqui a cinco ou dez minutos. Sabe, se precisar de carona, você é bem-vinda para se juntar a nós – acrescentou ele alegremente. – Poderia nos fazer companhia. Onde estão suas coisas?

– Eu só tenho isto – respondeu ela, erguendo a pequena mochila.

– Viajando leve, hein? Bom, muito bom, srta. Harding. Bem-vinda ao grupo.

Ele parecia totalmente receptivo e simpático agora. Era uma mudança muito distinta de seu comportamento anterior. Todavia, Sarah notou que o homem bonito, King, continuava claramente constrangido. King voltou as costas a ela e fingiu estar muito ocupado, gritando aos trabalhadores que tomassem cuidado com a última caixa de madeira, marcada com "Corporação Biosyn" em letras pintadas em estêncil. Sarah teve a impressão de que o homem evitava olhar para ela. E ainda não tinha dado uma boa olhada no terceiro homem, no convés. Aquilo a fez hesitar.

– Tem certeza de que não tem problema...

– É claro que não tem problema! Ficaríamos muito contentes! – disse Dodgson. – Além disso, de que outro jeito você vai chegar lá? Não há aviões, e o helicóptero se foi.

– Eu sei, eu conferi...

– Bem, então você sabe. Se quiser chegar à ilha, é melhor vir conosco.

Ela olhou para o jipe no barco e disse:

– Acho que o Doutor já deve estar lá com seu equipamento.

Ao ouvir essa menção, o segundo homem, King, virou rapidamente a cabeça, alarmado. Mas Dodgson apenas assentiu com calma e falou:

– Sim, acho que sim. Ele partiu ontem à noite, acredito.

– Foi o que ele me disse.

– Certo. – Dodgson aquiesceu. – Então ele já está lá. Pelo menos, espero que esteja.

Do convés, surgiram gritos em espanhol e um capitão em um macacão cheio de graxa apareceu e olhou acima da amurada.

– Señor Dodgson, estamos prontos.

– Bom – disse Dodgson. – Excelente. Suba a bordo, srta. Harding. Vamos embora!

KING

Expelindo fumaça preta, o barco pesqueiro afastou-se do cais, dirigindo-se ao mar aberto. Howard King sentiu o ronco dos motores do barco sob seus pés, ouviu a madeira estalar. Escutava os gritos da tripulação em espanhol. King olhou para trás, para a cidadezinha de Puerto Cortés, uma confusão de casebres amontoados ao redor da beira da água. Torceu para que essa porcaria de barco aguentasse o mar – porque eles estavam bem no meio do nada.

E Dodgson pegava atalhos. Assumia riscos de novo.

Era a situação que King mais temia.

Howard King conhecia Lewis Dodgson havia quase dez anos, desde que se juntara à Biosyn como um jovem doutorando de Berkeley, um pesquisador promissor com a energia para conquistar o mundo. King desenvolvera sua tese de doutorado a respeito dos fatores de coagulação do sangue. Ele se juntara à Biosyn em uma época de muito interesse nesses fatores, que pareciam guardar o segredo para dissolver coágulos em pacientes com ataque cardíaco. Havia uma corrida entre empresas de biotecnologia para desenvolver um novo remédio que salvaria vidas e também faria uma fortuna.

De início, King trabalhou em uma substância promissora chamada Hemaggluttin V-5, ou HGV-5. Nos primeiros testes, ela dissolveu agregação de plaquetas a um grau impressionante. King se tornou o jovem pesquisador mais promissor da Biosyn. Sua foto foi apresentada com destaque no relatório anual. Ele tinha seu próprio laboratório e um orçamento de quase meio milhão de dólares para operar.

E então, sem aviso algum, o tapete foi puxado sob seus pés. Durante testes preliminares em pacientes humanos, o HGV-5 fracassou em dissolver coágulos tanto em pacientes com infarto do miocárdio quanto com embolia pulmonar. Pior, ele produziu efeitos colaterais severos: sangramento gastrointestinal, erupções cutâneas, problemas neurológicos. Após um paciente morrer devido a convulsões, a companhia impediu outros testes. Em semanas, King perdeu seu laboratório. Um pesquisador dinamarquês recém-chegado assumiu a pesquisa a partir dali; ele estava desenvolvendo um extrato da saliva da sanguessuga amarela da Sumatra que parecia mais promissor.

King passou para um laboratório menor, resolveu que estava cansado de fatores sanguíneos e voltou sua atenção para os analgésicos. Ele tinha um composto interessante, o isômero-L de uma proteína do sapo de chifres africano, que parecia ter efeitos narcóticos. Porém, perdera a antiga confiança e, quando a companhia revisou seu trabalho, concluiu que a pesquisa tinha sido insuficientemente documentada para merecer que se buscasse a aprovação da FDA para testes. Seu projeto do sapo de chifres foi sumariamente cancelado.

King estava então com 35 anos e fracassara duas vezes. Sua foto já não adornava mais o relatório anual. Corriam rumores de que a empresa provavelmente o demitiria quando chegasse a época de revisão de desempenho. Quando propôs um novo projeto de pesquisa, rejeitaram de imediato. Foi uma época sombria em sua vida.

E então Lewis Dodgson sugeriu um almoço.

Dodgson tinha uma reputação desagradável entre os pesquisadores, conhecido como "Mamãe Cuco" pelo modo como assumia o trabalho alheio e o apresentava, embonecado, como seu. Nos primeiros anos, King jamais seria visto com ele. Porém, agora, permitia a Dodgson que o levasse a um caro restaurante de frutos do mar em San Francisco.

– Pesquisa é difícil – disse Dodgson, com empatia.

– Eu que o diga – respondeu King.

– Difícil e *arriscada* – falou Dodgson. – O fato é que a pesquisa inovadora raramente se desenvolve. Mas a administração compreende? Não. Se a pesquisa fracassa, você que é o culpado. Não é justo.

– Nem me diga – concordou King.

– Mas é assim que as coisas são. – Dodgson deu de ombros e espetou a pata de um caranguejo de casca mole.

King não falou nada.

– Pessoalmente, eu não gosto de riscos – prosseguiu Dodgson. – E trabalho original é arriscado. A maioria das novas ideias é ruim, e a maioria do trabalho original fracassa. Essa é a realidade. Se você se sente compelido a fazer pesquisa original, pode esperar o fracasso. Se você trabalha em uma universidade onde o fracasso

é elogiado e o sucesso leva ao ostracismo, não há problemas. Mas na indústria...
não, não. O trabalho original na indústria não é uma escolha de carreira sábia. Só
vai te levar a problemas. Exatamente onde você se encontra agora, meu amigo.

– O que eu posso fazer?

– Bem – disse Dodgson. – Eu tenho minha própria versão do método científico. Eu a chamo de desenvolvimento de pesquisa focada. Se apenas algumas
poucas ideias serão boas, por que tentar descobri-las você mesmo? É difícil demais. Deixe que outras pessoas as encontrem, deixe que elas corram o risco, deixe
que elas busquem a assim chamada glória. Eu prefiro esperar e desenvolver ideias
que já se demonstrem promissoras. Pegar o que é bom e torná-lo melhor. Ou, ao
menos, diferente o bastante para que eu possa patenteá-lo. E, então, sou o dono
da ideia. Ela é minha.

King estava assombrado com a maneira direta como Dodgson admitia ser um
ladrão. Não parecia nem um pouco constrangido. King remexeu sua salada por
algum tempo.

– Por que você está me dizendo isso?

– Porque eu vejo algo em você – falou Dodgson. – Vejo ambição. Ambição
frustrada. E estou lhe dizendo, Howard, você não precisa ficar frustrado. Não precisa nem ser demitido pela companhia na próxima revisão de desempenho. Que é
exatamente o que vai acontecer. Qual a idade do seu filho?

– Quatro anos – disse King.

– Terrível ficar desempregado com uma família jovem. E não vai ser fácil conseguir outro emprego. Quem vai te dar uma chance agora? Aos 35, um pesquisador científico já deixou sua marca ou provavelmente não deixará uma. Não estou
dizendo que é correto, mas eles pensam assim.

King sabia que era assim que eles pensavam. Em toda empresa de biotecnologia da Califórnia.

– Mas, Howard – disse Dodgson, debruçando-se sobre a mesa e abaixando a
voz –, um mundo maravilhoso espera por você se escolher um modo diferente de
olhar para as coisas. Existe todo um outro jeito de viver sua vida. Eu acho mesmo
que você deveria considerar o que estou dizendo.

Duas semanas depois, King se tornou o assistente pessoal de Dodgson no
Departamento de Futuras Tendências Biogênicas, o modo como a Biosyn se
referia a seus esforços em espionagem industrial. E, nos anos que se seguiram,
King de novo subira rapidamente na Biosyn – dessa vez, porque Dodgson gostava dele.

Agora King tinha todos os acessórios do sucesso: um Porsche, uma hipoteca, um divórcio, um filho que só via nos finais de semana. Tudo porque provara ser o auxiliar perfeito, trabalhando longas horas, cuidando dos detalhes, mantendo seu acelerado chefe longe de encrencas. E, no processo, King viera a conhecer todos os lados de Dodgson: o carismático, o visionário e o lado sombrio e implacável. King dizia a si mesmo que podia cuidar do lado implacável, que podia mantê-lo sob controle, que, ao longo dos anos, aprendera a fazer isso.

Às vezes, entretanto, não tinha muita certeza.

Como agora.

Ali estavam eles, em um fétido e frágil barco pesqueiro, saindo de um vilarejo desolado na Costa Rica para o mar aberto, e, nesse momento tenso, Dodgson subitamente resolvera fazer algum tipo de jogo, encontrando essa mulher e decidindo levá-la junto.

King não sabia o que Dodgson pretendia, mas podia ver o intenso brilho que só vira algumas vezes nos olhos do homem, e era uma expressão que sempre o alarmava.

A mulher, Harding, encontrava-se agora no convés principal, de pé perto da proa. Ela olhava para o oceano. King viu Dodgson andando em volta do jipe e chamou-o, nervosamente.

– Escute – disse King –, precisamos conversar.

– Claro – concordou Dodgson, tranquilo. – O que você tem em mente?

E sorriu. Aquele sorriso charmoso.

HARDING

Sarah Harding fitou o céu cinzento e ameaçador. O barco balançava na elevada ondulação costeira. A tripulação corria para amarrar o jipe, que ameaçava repetidamente se soltar. Ela estava na proa, lutando contra o enjoo. No horizonte distante, logo à frente, começava a divisar a baixa linha negra que era o primeiro vislumbre que tinham da Isla Sorna.

Ela voltou-se e olhou para trás, vendo Dodgson e King juntos perto do corrimão a meio-navio, em uma conversa intensa. King parecia chateado, gesticulando rapidamente. Dodgson escutava e balançava a cabeça. Depois de um momento, ele colocou o braço no ombro de King. Parecia tentar acalmar o homem mais jovem. Ambos ignoravam a atividade em volta do jipe. O que era estranho, pensou ela, considerando o quanto estavam preocupados com o equipamento antes. Agora, pareciam nem ligar para ele.

Quanto ao terceiro sujeito, Baselton, é claro que ela o reconhecera e estava surpresa em encontrá-lo ali naquele pequeno barco pesqueiro. Baselton apertara sua mão de maneira superficial e desaparecera no convés inferior. Após o navio se afastar do cais, ele não mais reaparecera. Mas talvez também estivesse enjoado.

Enquanto continuava observando, viu Dodgson afastar-se de King e apressar-se para supervisionar a tripulação. Sozinho, King foi checar as faixas que batiam contra as caixas e os tambores no convés, mais perto da popa. As caixas em que se lia "Biosyn".

Harding nunca tinha ouvido falar na Corporação Biosyn. Perguntou-se qual seria a conexão de Ian e Richard com ela. Sempre que Ian estava por perto, ele fora crítico, até mesmo desdenhoso, em relação às empresas de biotecnologia. E esses homens pareciam ser amigos improváveis. Eles eram rígidos demais... *certinhos* demais.

Por outro lado, refletiu ela, Ian tinha mesmo amigos estranhos. Eles sempre apareciam de modo inesperado em seu apartamento: o calígrafo japonês, a trupe indonésia de gamelão, o malabarista de Las Vegas em um bolero brilhante, aquele astrólogo francês esquisito que achava que a Terra era oca... E ainda havia os amigos matemáticos. Eles eram *realmente* malucos. Ou foi o que pareceu a Sarah. Eles eram tão desvairados, tão amarrados a suas provas. Páginas e páginas de provas, às vezes centenas de folhas. Era tudo muito abstrato para ela. Sarah Harding gostava de tocar a terra, de ver os animais, de experimentar os sons e os cheiros. Aquilo era real para ela. Tudo o mais não passava de um punhado de teorias: possivelmente certas, possivelmente erradas.

As ondas começaram a arrebentar por cima da proa, e ela moveu-se um pouco na direção da popa a fim de não se molhar. Bocejou; não havia dormido muito nas últimas 24 horas. Dodgson terminou de trabalhar no jipe e veio até ela.

– Tudo certo? – perguntou Sarah.

– Ah, sim – respondeu Dodgson, sorrindo alegremente.

– Seu amigo King parecia chateado.

– Ele não gosta de barcos – disse Dodgson. Indicou as ondas com a cabeça. – Mas estamos indo mais rápido. Só mais uma hora, talvez um pouco mais, e atracamos.

– Diga-me, o que é a Corporação Biosyn? Eu nunca ouvi falar dela.

– É uma empresa pequena – falou Dodgson. – Nós fazemos o que são chamados de produtos biológicos voltados para o consumidor. Somos especializados em organismos recreativos e esportivos. Por exemplo, criamos novos tipos de truta e outros peixes para pesca. Estamos criando novos tipos de cães, animais de estimação menores para quem mora em apartamento. Esse tipo de coisa.

Exatamente o tipo de coisa que Ian odiava, pensou ela.

– De onde você conhece o Ian?

– Ah, nós nos conhecemos há muito tempo – respondeu Dodgson.

Ela notou a imprecisão.

– Quanto tempo?

– Desde os dias do parque.

– O parque – repetiu ela.

Ele assentiu.

– Ele chegou a te contar como feriu a perna?

– Não – respondeu ela. – Ele nunca falava a respeito. Só disse que tinha acontecido em um serviço de consultoria em que houve... Eu não sei. Algum problema. Era um parque?

– Sim, de certa forma – disse Dodgson, fitando o mar. Depois de um instante, ele deu de ombros. – Mas e você? De onde você o conhece?

– Ele foi um dos leitores da minha tese. Sou etóloga. Estudo grandes mamíferos no ecossistema da pradaria africana. África Oriental. Carnívoros, em particular.

– Carnívoros?

– Venho estudando hienas – falou ela. – Antes delas, leões.

– Faz muito tempo?

– Quase dez anos agora. Seis anos de maneira contínua, desde o meu doutorado.

– Interessante – disse Dodgson, assentindo. – E então você veio para cá da África?

– Sim, de Seronera. Na Tanzânia.

Dodgson balançou a cabeça vagamente. Olhou por cima do ombro dela na direção da ilha.

– E olha só. Parece que o tempo vai melhorar, afinal.

Ela virou-se e viu faixas de azul nas nuvens que se esgarçavam lá no alto. O sol tentava atravessá-las. O mar tornara-se mais calmo. E ela ficou surpresa ao ver a ilha muito mais próxima. Podia enxergar claramente os penhascos erguendo-se acima do mar. Eles eram de rocha vulcânica cinza-avermelhada, muito translúcida.

– Na Tanzânia – disse Dodgson –, você lidera uma equipe grande de pesquisa?

– Não. Eu trabalho sozinha.

– Nenhum estudante? – perguntou ele.

– Temo que não. Meu trabalho não é muito glamouroso. Os grandes carnívoros da savana na África são primariamente noturnos. Assim, minha pesquisa é, em sua maioria, conduzida à noite.

– Deve ser difícil para o seu marido.

– Ah, eu não sou casada – falou ela, dando de ombros.

– Estou surpreso – disse ele. – Afinal, uma mulher linda como você...

– Eu nunca tive tempo – cortou Sarah, rapidamente. Para mudar de assunto, perguntou: – Onde é que se atraca nessa ilha?

Dodgson virou-se para olhar. Eles encontravam-se agora perto o suficiente da ilha para ver as ondas batendo, altas e brancas, contra a base dos rochedos. Estavam a dois ou três quilômetros de distância.

– É uma ilha incomum – disse Dodgson. – Toda a região da América Central é vulcânica. Existem cerca de trinta vulcões ativos entre o México e a Colômbia. Todas essas ilhas perto do litoral já foram vulcões ativos, parte da cadeia central. Porém, ao contrário do continente, as ilhas agora estão adormecidas. Não entram em erupção há cerca de mil anos.

– Então estamos vendo o exterior de uma cratera?

– Exatamente. Os penhascos resultam da erosão da chuva, mas o mar também erode a base dos rochedos. Aquelas partes do rochedo que se veem daqui são o local onde o oceano penetrou por baixo, e áreas imensas da face do rochedo foram solapadas e se separaram, caindo diretamente no mar. É tudo rocha vulcânica macia.

– E então a gente atraca...

– Existem diversos lugares a barlavento onde o oceano abriu cavernas na rocha. E, em dois desses lugares, as cavernas têm rios fluindo do interior da ilha. Então são trafegáveis. – Ele apontou adiante. – Está vendo ali? Dá para ver agora uma das cavernas.

Sarah Harding notou uma abertura escura e irregular cortada na base no rochedo. Em toda a volta dela, as ondas batiam, erguendo penachos de água branca de 15 metros de altura no ar.

– Vocês vão levar este barco para aquela caverna ali?

– Se o tempo se mantiver firme, sim. – Dodgson deu-lhe as costas. – Não se preocupe, não é tão ruim quanto parece. Mas, enfim, você dizia... Sobre a África... Quando você saiu de lá?

– Logo depois que o Doutor ligou para mim. Ele disse que estava indo com Ian resgatar Richard e perguntou se eu queria vir.

– E o que você disse?

– Disse que ia pensar.

Dodgson franziu o cenho.

– Você não disse a eles que vinha?

– Não. Porque não tinha certeza se queria vir. Digo, eu estava ocupada. Tenho meu trabalho. E é um longo caminho.

– Para um ex-namorado – disse Dodgson, assentindo com empatia.

Ela suspirou.

– Bem. Você sabe. Ian.

– Sim, eu conheço Ian – falou Dodgson. – É uma peça rara.

– É um modo de descrevê-lo – disse ela.

Houve um silêncio desconfortável. Dodgson pigarreou.

– Estou confuso – comentou ele. – Para quem, exatamente, você disse que estava vindo para cá?

– Ninguém – respondeu ela. – Eu apenas embarquei no primeiro voo para cá e vim.

– Mas e sua universidade, seus colegas...

Ela encolheu os ombros.

– Não houve tempo. E, como eu disse, trabalho sozinha. – Ela tornou a olhar para a ilha. Os penhascos erguiam-se muito acima do barco. Eles localizavam-se a apenas algumas centenas de metros de distância. A caverna parecia muito maior agora, mas as ondas batiam alto dos dois lados. Ela balançou a cabeça. – Parece bem agitado.

– Não se preocupe – tranquilizou-a Dodgson. – Viu? O capitão já está indo para lá. Assim que chegarmos, estaremos perfeitamente a salvo. E então... Deve ser muito empolgante.

O barco subiu e desceu no mar, um movimento incerto. Ela agarrou a amurada. Ao lado dela, Dodgson sorriu.

– Está vendo o que quero dizer? Excitante, não é? – Ele parecia subitamente cheio de energia, quase agitado. Seu corpo ficou tenso; ele esfregou as mãos uma na outra. – Não precisa se preocupar, srta. Harding, não posso permitir que nada aconteça com...

Ela não sabia a que ele se referia, mas, antes que pudesse responder, a proa do barco mergulhou outra vez, levantando respingos, e ela tropeçou de leve. Dodgson dobrou-se com rapidez – aparentemente, para estabilizar Sarah –, mas, pelo jeito, algo saiu errado – seu corpo atingiu as pernas dela, depois as ergueu – e, em seguida, outra onda bateu sobre eles; Sarah sentiu seu corpo se torcer e gritou, agarrando-se à amurada. Porém tudo acontecia rápido demais, o mundo virou de ponta-cabeça e girou ao redor dela, sua cabeça bateu de novo na amurada e, então, ela desabava, caía pelo espaço. Viu a tinta se soltando no casco do barco que deslizou por ela, viu o oceano verde acelerar em sua direção; em seguida, chocou-se com o súbito frio cortante enquanto mergulhava no mar turbulento e agitado e afundou sob as ondas na escuridão.

O VALE

– Isso está indo extremamente bem – disse Levine, esfregando as mãos. – Excedendo minhas expectativas, devo dizer. Eu não poderia me sentir mais contente.

Ele estava de pé no esconderijo alto com Thorne, Eddie, Malcolm e as crianças, olhando para o vale lá embaixo. Todos suavam dentro da cabaninha de observação; o ar do meio do dia estava parado e quente. Ao redor deles, a clareira gramada encontrava-se deserta; a maioria dos dinossauros tinha ido para debaixo das árvores, para o frescor da sombra.

A exceção era o rebanho de apatossauros, que deixara as árvores para voltar ao rio, onde agora bebia água mais uma vez. Os imensos animais formavam um grupo bastante compacto ao redor da beira da água. Na mesma vizinhança, mas mais espalhados, estavam os parassaurolofos; esses dinossauros, um pouco menores, posicionavam-se perto do bando dos apatossauros.

Thorne enxugou o suor dos olhos e perguntou:

– Por que, exatamente, você está contente?

– Pelo que estamos vendo aqui – respondeu Malcolm. Ele olhou para o relógio e anotou algo em seu bloquinho. – Estamos conseguindo os dados pelos quais eu esperava. É muito empolgante.

Thorne bocejou, sonolento com o calor.

– Por que é empolgante? Os dinossauros estão bebendo água. Qual é a novidade?

– Bebendo *de novo* – Levine o corrigiu. – Pela segunda vez em uma hora. No meio do dia. Essa ingestão de líquidos sugere fortemente as estratégias termorregulatórias empregadas por essas criaturas enormes.

– Você quer dizer que eles bebem bastante água para se manterem resfriados – disse Thorne, sempre impaciente com as terminologias científicas.

– Sim. Claramente, é o que fazem. Bebem bastante. Mas, em meu ponto de vista, o retorno deles ao rio pode ter um significado completamente diferente.

– Que seria?

– Venha, venha – disse Levine, apontando. – Olhe para os rebanhos. Veja como eles se ordenam espacialmente. Estamos vendo algo que ninguém testemunhou antes, nem sequer suspeitou, para dinossauros. Nada menos que uma simbiose interespécie.

– Estamos?

– Sim – disse Levine. – Os apatossauros e os parassauros estão juntos. Eu os vi juntos ontem também. Aposto que estão sempre juntos, quando se encontram na planície aberta. Sem dúvida, você está se perguntando por quê.

– Sem dúvida – concordou Thorne.

– O motivo – disse Levine – é que os apatossauros são muito fortes, mas têm a vista fraca, enquanto os parassauros são menores, mas enxergam muito bem. Assim, as duas espécies se juntam porque fornecem uma defesa mútua. Do mesmo jeito que as zebras e os babuínos se juntam na planície africana. As zebras têm um ótimo olfato, e babuínos têm excelente visão. Juntos, eles são mais eficientes contra os predadores do que seriam sozinhos.

– E você acha que isso é verdadeiro com os dinossauros porque...

– É bastante óbvio – disse Levine. – Apenas observe o comportamento deles. Quando os dois rebanhos estão sozinhos, cada um se agrupa de forma muito compacta entre si. Porém, quando estão juntos, os parassauros se espalham, abandonando o antigo arranjo do bando, para formar um círculo exterior ao redor dos apatossauros. Exatamente como você os vê agora. Isso só pode significar que cada parassauro estará protegido pelo rebanho apatossauro. E vice-versa. Só pode ser uma defesa mútua contra predadores.

Enquanto eles observavam, um dos parassauros levantou a cabeça e olhou do outro lado do rio. Ele grasnou lamentosamente, um som comprido e musical. Todos os outros parassauros levantaram a cabeça e fitaram também. Os apatossauros continuaram a beber água, embora um ou dois adultos erguessem os longos pescoços.

No calor do meio do dia, os insetos zumbiam em torno deles.

– Então onde estão os predadores? – perguntou Thorne.

– Bem ali – respondeu Malcolm, apontando para um grupo de árvores do outro lado do rio, não distante da água.

Thorne olhou e não viu nada.

– Você não os vê?

– Não.

– Continue olhando. Eles são animais pequenos, parecidos com lagartos. Marrom-escuros. Raptors – disse ele.

Thorne deu de ombros. Ainda não via nada. De pé ao lado dele, Levine começou a comer uma barra de cereais. Preocupado em segurar os binóculos, soltou a embalagem no piso do esconderijo. Pedaços de papel flutuaram até o chão lá embaixo.

– Que tal esse negócio? – perguntou Arby.

– Bom. Meio açucarado.

– Tem mais algum? – quis saber ele.

Levine vasculhou os bolsos e deu-lhe uma. Arby partiu-a na metade e entregou a outra parte a Kelly. Em seguida, começou a abrir a sua, dobrando cuidadosamente o papel e colocando-o no bolso, com bastante organização.

– Vocês percebem, tudo isso é muito relevante – disse Malcolm – para a questão da extinção. Já está óbvio que a extinção dos dinossauros é um problema muito mais complexo do que qualquer um reconheceu.

– Está? – questionou Arby.

– Bem, considere – falou Malcolm. – Todas as teorias de extinção são baseadas no registro fóssil, mas ele não mostra o tipo de comportamento que presenciamos aqui. Não grava a complexidade dos grupos interagindo.

– Porque os fósseis são apenas ossos – disse Arby.

– Certo. E ossos não são comportamento. Quando se pensa a respeito, o registro fóssil assemelha-se a uma série de fotografias: momentos congelados do que, na verdade, é uma realidade em movimento permanente. Olhar para o registro fóssil é como folhear um álbum de fotos da família. Você sabe que o álbum não está completo. Sabe que a vida acontece entre as imagens. Mas não tem registro algum do que acontece entre elas, só as fotos. Então você as estuda, estuda muito. E, em pouco tempo, começa a pensar no álbum não como uma série de momentos, e sim como a realidade propriamente dita. E você começa a explicar tudo com base nesse álbum e se esquece da realidade subjacente.

– E a tendência – prosseguiu Malcolm – tem sido pensar em termos de eventos físicos. Presumir que algum evento físico externo causou as extinções. Um meteoro atinge a terra e muda o clima. Ou vulcões entram em erupção e alteram o clima. Ou um meteoro faz com que os vulcões entrem em erupção e mudem o clima. Ou a vegetação muda e as espécies morrem de fome e se tornam extintas. Ou surge uma nova doença e as espécies se tornam extintas. Ou surge uma nova planta e envenena todos os dinossauros. Em todos os casos, o que se imagina é algum evento externo. Mas o que ninguém imagina é que os animais em si podem ter mudado. Não em seus ossos, mas em seu comportamento. Contudo, quando se olha para animais como esses e se vê como o comportamento deles é intrincadamente inter-relacionado, percebe-se que uma mudança no comportamento de grupo poderia facilmente levar à extinção.

– Mas por que o comportamento de grupo muda? – perguntou Thorne. – Se não houver alguma catástrofe externa para forçar isso, por que o comportamento deveria mudar?

– Na verdade – respondeu Malcolm –, o comportamento está sempre mudando, o tempo todo. Nosso planeta é um ambiente dinâmico e ativo. O clima está mudando. A terra está mudando. Os continentes vagam. Oceanos sobem e descem. Montanhas se elevam e se acabam pela erosão. Os melhores organismos são aqueles que podem se adaptar com mais rapidez. Por isso é difícil ver como uma catástrofe que produz uma grande mudança poderia causar a extinção, já que, de qualquer forma, tanta mudança ocorre o tempo todo.

– Nesse caso – disse Thorne –, o que causa a extinção?

– Com certeza, não apenas a mudança rápida – disse Malcolm. – Os fatos nos dizem isso claramente.

– Que fatos?

– Após cada grande mudança ambiental, seguiu-se normalmente uma onda de extinções, mas não de imediato. As extinções só ocorriam milhares ou milhões de anos depois. Veja a última glaciação da América do Norte. As geleiras surgiram, o clima mudou de forma severa, mas os animais não morreram. Só depois que as geleiras retrocederam, quando era de se imaginar que as coisas fossem voltar ao normal, é que muitas espécies se tornaram extintas. Foi quando as girafas e os tigres e os mamutes desapareceram nesse continente. E esse é o padrão usual. É quase como se as espécies fossem enfraquecidas pela grande mudança, mas só morressem depois. É um fenômeno bastante conhecido.

– Isso é chamado de Enfraquecendo a Cabeça de Ponte – disse Levine.

– E qual é a explicação para isso?

Levine ficou em silêncio.

– Não existe uma explicação – disse Malcolm. – É um mistério paleontológico. Mas acredito que a teoria da complexidade pode nos dizer muito a respeito disso. Porque, se a noção da vida à beira do caos é verdadeira, então as grandes mudanças empurram os animais mais para perto desse limite. Isso desestabiliza todo tipo de comportamento. E, quando o ambiente retorna ao normal, não é de fato um retorno ao normal. Em termos evolucionários, é outra grande mudança e se torna demais para acompanhar. Acredito que novos comportamentos nas populações podem emergir de formas inesperadas e acho que sei por que os dinossauros...

– O que é aquilo? – perguntou Thorne.

Enquanto olhava para as árvores, viu um único dinossauro saltar à vista. Ele era um tanto esguio, ágil sobre as patas traseiras, equilibrando-se com uma cauda rígida. Tinha 1,80 metro de altura, era verde-amarronzado com faixas vermelho--escuras semelhantes às de um tigre.

– Aquilo – disse Malcolm – é um velocirraptor.

Thorne virou-se para Levine.

– É aquilo que te perseguiu em cima da árvore? Parece feio.

– Eficiente – falou Levine. – Aqueles animais são máquinas assassinas cons-truídas de forma brilhante. Pode-se argumentar que constituem os predadores mais eficientes na história do planeta. Aquele que acabou de sair é o animal alfa. Ele lidera o bando.

Thorne viu outro movimento embaixo das árvores.

– Tem mais.

– Ah, sim – disse Levine. – Esse grupo em particular é bem grande. – Ele apa-nhou os binóculos para ver melhor. – Eu gostaria de localizar o ninho deles. Não consegui encontrá-lo em lugar nenhum desta ilha. Claro, eles são discretos, mas mesmo assim...

Os parassauros todos gritavam a plenos pulmões, movendo-se mais para perto do rebanho apatossauro ao mesmo tempo. Contudo, os grandes apatossauros pa-reciam relativamente indiferentes; os adultos mais perto da água chegaram a virar de costas para o raptor que se aproximava.

– Eles não se importam? – perguntou Arby. – Não estão nem olhando para ele.

– Não se engane – disse Levine –, os apatossauros se importam, e muito. Eles podem parecer vacas gigantescas, mas não são nada do tipo. Aquelas caudas de chicote têm entre 9 e 12 metros de comprimento e pesam várias toneladas. Repare na velocidade com que conseguem balançá-las. Uma batida delas arrebentaria as costas de um atacante.

– Então virar de costas faz parte da defesa deles?

– Sem dúvida. E você pode ver agora como os pescoços compridos equilibram suas caudas.

As caudas dos adultos eram tão compridas que se estendiam até o outro lado do rio, na margem oposta. Conforme elas se agitavam de um lado para o outro e os parassauros berravam, o raptor líder virou-se no sentido contrário. Momentos depois, o bando inteiro começou a se afastar seguindo a borda das árvores, subindo a encosta.

– Parece que você está certo – falou Thorne. – As caudas os assustaram.

– Quantos você está vendo? – perguntou Levine.

– Não sei. De dez a doze. Posso ter perdido alguns.

– Catorze. – Malcolm rabiscou em seu bloquinho.

– Quer segui-los? – questionou Levine.

– Agora, não.

– Podíamos pegar o Explorer.

– Talvez mais tarde – disse Malcolm.

– Acho que precisamos saber onde é o ninho deles – opinou Levine. – É essencial, Ian, se vamos estabelecer relacionamentos entre predadores e presas. Nada é mais importante que isso. E esta é uma oportunidade perfeita para seguir...

– Talvez mais tarde – repetiu Malcolm. Ele conferiu o relógio de novo.

– É a centésima vez que você olha para seu relógio hoje – disse Thorne.

Malcolm encolheu os ombros.

– Está quase na hora do almoço – falou ele. – Aliás, e a Sarah? Ela não deveria estar chegando em breve?

– Sim. Imagino que vá aparecer a qualquer momento agora – disse Thorne.

Malcolm enxugou a testa.

– Está quente aqui em cima.

– Sim, está.

Eles escutaram o zumbido dos insetos ao sol e observaram os raptors se retirando.

– Sabe, estou pensando aqui – disse Malcolm. – Talvez nós devêssemos voltar.

– Voltar? – questionou Levine. – Agora? E as nossas observações? E as outras câmeras que queremos instalar e...

– Eu não sei, talvez fosse bom dar um tempo.

Levine o encarou, incrédulo. Ele não disse nada.

Thorne e as crianças olharam para Malcolm em silêncio.

– Bem, me parece – disse Malcolm – que, se a Sarah está vindo de tão longe, da África, para cá, nós deveríamos estar lá para recebê-la. – Ele deu de ombros. – Acho que é simples educação.

Thorne disse:

– Eu não havia me dado conta de que, hum...

– Não, não – falou Malcolm, rapidamente. – Não é nada do tipo. Eu só, hum...
Sabe, talvez ela nem venha. – De repente, ele pareceu inseguro. – Ela disse que
viria?

– Ela disse que pensaria a respeito.

Malcolm franziu a testa.

– Então ela está vindo. Se a Sarah disse isso, ela vem. Eu a conheço. Então, o
que vocês dizem, vamos voltar?

– Claro que não – respondeu Levine, olhando pelos binóculos. – Eu nem sonharia em sair daqui agora.

Malcolm virou-se.

– Doutor? Quer voltar?

– Claro – disse Thorne, enxugando a testa. – Está quente.

– Se eu conheço a Sarah – falou Malcolm, descendo pelos andaimes –, ela vai
aparecer nesta ilha com uma aparência *ótima*.

CAVERNA

Sarah lutou para subir, e sua cabeça emergiu na superfície, mas viu apenas água – grandes ondulações elevando-se 4,5 metros acima dela, de todos os lados. O poder do oceano era imenso. A maré arrastou-a para a frente, depois para trás, e ela foi incapaz de resistir. Não conseguia ver o barco em lugar nenhum, apenas o mar espumante por todos os lados. Não conseguia ver a ilha, apenas água. Apenas água. Lutou contra uma sensação de pânico esmagador.

Tentou chutar contra a corrente, mas suas botas pesavam como chumbo. Afundou de novo e lutou para voltar à superfície, ofegando por ar. Precisava tirar as botas de alguma forma. Encheu os pulmões e enfiou a cabeça debaixo da água, tentando soltar os laços. Seus pulmões ardiam enquanto ela se atrapalhava com os nós. O mar a levava para a frente e para trás, sem cessar.

Sarah tirou uma das botas, respirou fundo e mergulhou de novo. Seus dedos estavam enrijecidos pelo frio e pelo medo enquanto ela trabalhava na outra bota. Pareceu levar horas. Finalmente, suas pernas estavam livres e leves, e ela nadou como um cachorro, recuperando o fôlego. A ondulação ergueu-a bem alto, soltando-a em seguida. Ela não conseguia enxergar a ilha. O pânico tomou-a outra vez. Virou-se e sentiu as ondas levantando-a novamente. E então viu a ilha.

Os rochedos translúcidos estavam próximos, assustadoramente próximos. As ondas estrondavam ao fustigar contra as pedras. Ela não estava a mais de 50 metros do litoral; era arrastada inexoravelmente para a arrebentação. Na próxima elevação, viu a caverna, a uns 100 metros à direita. Tentou nadar para lá, mas foi inútil. Ela não tinha poder algum para se mover naquela arrebentação gigantesca. Sentia apenas a força do mar, levando-a aos rochedos.

O pânico fez seu coração disparar. Ela sabia que seria instantaneamente morta. Uma onda arrebentou em cima dela; Sarah engoliu água salgada e tossiu. Sua visão se tornou borrada. Ela sentiu náusea e um terror profundo, imenso.

Abaixou a cabeça e começou a nadar, um braço depois do outro, chutando com toda a força que possuía. Não tinha nenhuma impressão de movimento, apenas o puxão lateral da maré. Não ousava olhar para cima. Chutou com mais força. Quando ergueu a cabeça de novo para respirar, viu que havia se movido um pouco – não muito, mas um pouco – para o norte. Estava mais próxima da caverna.

Sentiu-se ao mesmo tempo encorajada e apavorada. Tinha tão pouca força! Os braços e as pernas doíam com o esforço. Os pulmões ardiam. Sua respiração vinha em ofegos curtos e espasmódicos. Tossiu de novo, respirou fundo, abaixou a cabeça e chutou, prosseguindo.

Mesmo com a cabeça na água, escutava o estrondo grave da arrebentação contra os rochedos. Chutou com todo o seu ímpeto. As correntes e a maré a moviam para a direita e para a esquerda, para a frente e para trás. Era inútil. Ainda assim, entretanto, ela tentou.

Gradualmente, a dor em seus músculos tornou-se estável e imprecisa. Sarah sentia que havia vivido com essa dor a vida toda. Já não reparava mais nela. Seguia chutando, alheia a tudo.

Quando sentiu a arrebentação levantá-la de novo, ergueu a cabeça para respirar. Espantou-se ao ver que a caverna estava bem próxima. Mais algumas braçadas e ela seria levada lá para dentro. Pensou que a corrente talvez fosse menos severa ao redor da caverna. Porém, não era; dos dois lados da abertura, as ondas colidiam, altas, subindo pelos paredões de rocha e caindo de volta. O barco não estava em nenhum ponto visível.

Ela voltou a abaixar a cabeça, chutando adiante e usando as últimas reservas de energia. Podia sentir seu corpo todo enfraquecendo. Não conseguiria durar muito mais. Sabia que era carregada na direção dos penhascos. Escutava o estrondo da arrebentação mais alto agora e chutou de novo; de repente, uma ondulação imensa a arrastou, levantando-a, carregando-a para os rochedos. Ela não tinha forças para resistir. Ergueu a cabeça a fim de olhar e viu escuridão, uma escuridão retinta.

Em sua exaustão e dor, percebeu que havia chegado à caverna. Ela fora arrastada para dentro da caverna! O estrépito agora era oco, reverberando. Estava escuro demais para ver as paredes nas laterais. A corrente era intensa, arrastando-a cada vez mais para o interior. Sarah ofegou e tentou nadar, sem sucesso. Seu corpo raspou contra a rocha; ela sentiu um momento de dor lancinante e a seguir foi arrastada mais para o fundo da caverna. Contudo, havia uma diferença. Ela viu uma luz suave no teto, e a água ao seu redor parecia cintilar. A maré diminuíra. Ela achou mais fácil manter a cabeça acima da água. Viu uma luz forte adiante, quente e brilhante – o final da caverna.

E então, espantosamente, foi carregada até o final e emergiu na luz do sol a céu aberto. Encontrou-se no meio de um rio enlameado e largo, cercado por folhagem verde e densa. O ar estava quente e parado; ela ouviu os gritos distantes de pássaros da selva.

Adiante, depois de uma curva no rio, viu a popa do barco de Dodgson, já atracado à margem. Não conseguiu ver nenhuma pessoa e não queria vê-las.

Reunindo sua força remanescente, nadou na direção da margem e agarrou-se a uma porção de raízes de mangue que crescia, espessa, junto à beira da água. Fraca demais para se segurar, Sarah prendeu um braço ao redor de uma raiz e deitou-se de barriga para cima na corrente suave, olhando para o céu, ofegante. Não sabia quanto tempo se passara, mas finalmente se sentiu forte o bastante para se arrastar, um braço após o outro, ao longo das raízes de mangues na beira da água, até chegar a um intervalo estreito na folhagem, levando a uma área de praia enlameada mais além. Enquanto se arrastava para fora da água e subia pela margem escorregadia, notou várias pegadas, um tanto grandes, de animais na lama. Elas eram pegadas curiosas, com três dedos, cada um terminando em uma garra grande...

Abaixou-se para examinar mais de perto e, então, sentiu a terra vibrando, tremendo sob suas mãos. Uma sombra enorme caiu sobre ela; Sarah ergueu a cabeça, chocada, ao ver a barriga encouraçada e pálida de um animal imenso. Estava fraca demais para reagir, até mesmo para erguer a cabeça.

A última coisa que viu foi uma descomunal pata coriácea aterrissando a seu lado, esguichando na lama, e o som suave de uma bufada. E então, súbita e abruptamente, a exaustão a dominou, e Sarah Harding desabou, caindo de costas. Seus olhos se fecharam, e ela perdeu a consciência.

DODGSON

Alguns metros acima da margem do rio, Lewis Dodgson subiu no jipe Wrangler modificado sob medida e fechou a porta. Ao lado dele, no banco do passageiro, Howard King retorcia as mãos.

– Como você pôde fazer aquilo com ela? – perguntou King.

– Fazer o quê? – quis saber George Baselton, do banco de trás.

Dodgson não respondeu. Virou a chave na ignição. O motor roncou, ganhando vida. Ele engatou a tração nas quatro rodas e subiu pela encosta, entrando na selva e distanciando-se do barco na margem do rio.

– Como você pôde? – repetiu King, agitado. – Quero dizer, meu Deus.

– O que aconteceu foi um acidente – disse Dodgson.

– Um acidente? Um *acidente*?

– Isso mesmo, um acidente – falou Dodgson calmamente. – Ela caiu da amurada.

– Eu não vi nada – disse Baselton.

King balançava a cabeça.

– Jesus, e se alguém vier investigar e...

– E se vierem? – ralhou Dodgson, interrompendo-o. – Estávamos em um mar agitado, a mulher estava de pé junto à proa, uma onda grande nos atingiu e ela foi arrastada para o mar. Ela não sabia nadar muito bem. Nós demos a volta e a procuramos, mas não havia nenhuma esperança. Um acidente muito infeliz. Então, com o que você está preocupado?

– Com o que eu estou preocupado?

– Sim, Howard. Exatamente que porra está te preocupando?

– Eu *vi*, pelo amor de Deus...

– Não viu, não – disse Dodgson.

– Eu não vi nada – repetiu Baselton. – Estava lá embaixo o tempo todo.

– Que bom para você – falou Howard King. – Mas e se houver uma investigação?

O jipe sacolejava pela trilha de lama, adentrando cada vez mais na floresta.

– Não vai haver – disse Dodgson. – Ela saiu da África com pressa e não contou a ninguém aonde estava indo.

– Como você sabe? – choramingou King.

– Porque ela *me disse*, Howard. É por isso que eu sei. Agora pegue o mapa e pare de choramingar. Você sabia como seria quando se juntou a mim.

– Eu não sabia que você mataria alguém, pelo amor de Deus.

– Howard – disse Dodgson com um suspiro. – Nada vai acontecer. Pegue o mapa.

– Como você sabe? – perguntou King.

– Porque eu sei o que estou fazendo – respondeu Dodgson. – Por isso. Ao contrário de Malcolm e de Thorne, que estão em algum lugar desta ilha, enrolando, fazendo sabe-se lá o que nesta selva de merda.

A menção aos outros causou uma nova preocupação. Inquieto, King disse:

– Talvez a gente encontre com eles...

– Não, Howard, não vamos encontrá-los. Eles nunca vão saber que estamos aqui. Vamos ficar nesta ilha apenas por quatro horas, lembra? Atracar à uma. De volta ao barco às cinco. De volta ao porto às sete. De volta a San Francisco à meia-noite. *Bam.* Feito. *Finito.* E finalmente, depois de todos esses anos, terei o que deveria ter conseguido há muito tempo.

– Embriões de dinossauros – falou Baselton.

– Embriões? – perguntou King, surpreso.

– Ah, eu não estou mais interessado em embriões – disse Dodgson. – Anos atrás, eu tentei conseguir embriões congelados, mas não há razão para me incomodar com embriões agora. Eu quero ovos fertilizados. E, em quatro horas, eu terei um de cada espécie nesta ilha.

– Como você vai conseguir isso em quatro horas?

– Porque eu já tenho a localização exata de cada local de reprodução dos dinossauros. O mapa, Howard.

King abriu o mapa. Era um grande mapa topográfico da ilha, com 60 por 90 centímetros, mostrando elevações do terreno em contornos azuis. Em diversos pontos das planícies nos vales, havia densos círculos concêntricos em vermelho. Em alguns lugares, grupos de círculos.

– O que é isso? – perguntou King.

– Por que você não lê o que diz aí? – questionou Dodgson.

King virou o mapa e olhou para a legenda.

– "Dados Sigma Landsat/Nordstat espectros mistos vsfr/faslr/iff-vr." E aí um monte de números. Não, espere. São datas.

– Correto – afirmou Dodgson. – Datas.

– Datas de passagem? Esse é um mapa sumário, combinando os dados de diversas passagens de satélites?

– Correto.

King franziu o cenho.

– E parece ser... o espectro visível, o radar de abertura falsa, e... o que mais?

– Infravermelho. VR térmica de banda larga. – Dodgson sorriu. – Eu fiz isso tudo em mais ou menos duas horas. Baixei todos os dados do satélite, resumi tudo e obtive as respostas que procurava.

– Entendi – disse King. – Esses círculos vermelhos são assinaturas infravermelhas!

– Sim – assentiu Dodgson. – Grandes animais deixam grandes assinaturas. Eu obtive tudo das passagens de satélite por cima desta ilha nos últimos anos e mapeei a localização das fontes de calor. E as localizações se sobrepõem entre uma passagem e outra, formando essas marcas vermelhas concêntricas. O que significa que os animais tendem a se localizar nesses pontos em particular. Por quê? – Ele voltou-se para King. – Porque esses são os locais dos ninhos.

– Sim. Devem ser – concordou Baselton.

– Talvez seja onde eles se alimentam – opinou King.

Dodgson balançou a cabeça, irritado.

– Obviamente, esses círculos não podem ser pontos de alimentação.

– Por que não?

– Porque esses animais têm em média 20 toneladas cada um, é por isso. Você tem um rebanho de dinossauros de 20 toneladas e está falando de uma biomassa combinada de mais de 200 mil quilos movendo-se pela floresta. Essa quantidade de animais grandes vai comer muita matéria vegetal ao longo de um dia. E o único jeito de eles conseguirem fazer isso é se movimentando. Certo?

– Acho que sim...

– Você acha que sim? Olhe à sua volta, Howard. Está vendo alguma parte da floresta sem vegetação? Não, não está. Eles comem algumas folhas das árvores e seguem adiante. Confie em mim, esses animais precisam se movimentar para comer. Eles, entretanto, não movem os locais de seus ninhos. Então esses círculos vermelhos devem ser os locais deles. – Dodgson olhou para o mapa rapidamente.

– E, a menos que eu esteja enganado, o primeiro dos ninhos é logo depois desta subida, descendo a encosta do outro lado.

O jipe rabeou em uma poça de lama e seguiu em frente, guinando encosta acima.

CHAMADOS DE ACASALAMENTO

Richard Levine estava no esconderijo alto, fitando os rebanhos pelos binóculos. Malcolm voltara ao trailer com os outros, deixando Levine sozinho. Na verdade, ele sentiu-se aliviado por ver o outro partir. Levine ficava muito contente em observar esses animais extraordinários e estava ciente de que Malcolm não compartilhava seu entusiasmo ilimitado. De fato, Malcolm sempre parecia ter outras considerações em mente e era notavelmente impaciente com o ato de observar: ele desejava analisar os dados, mas não queria ser a pessoa a obtê-los.

É claro que, entre cientistas, aquilo representava uma diferença muito conhecida entre as personalidades. A física era o exemplo perfeito. Os experimentalistas e os teóricos viviam em mundos totalmente diferentes, passando trabalhos de um lado para o outro, mas compartilhando poucas coisas em comum. Era quase como se fossem disciplinas diferentes.

E, para Levine e Malcolm, a diferença em suas abordagens se tornou clara logo de início, nos dias de Santa Fé. Ambos se interessavam pela extinção, porém Malcolm abordava o assunto de forma ampla, de um ponto de vista puramente matemático. Seu distanciamento e suas fórmulas inexoráveis fascinavam Levine, e os dois começaram uma conversa informal durante almoços frequentes: Levine ensinava paleontologia a Malcolm, que ensinava a Levine matemática não linear. Eles começaram a chegar a algumas conclusões hesitantes, que ambos julgaram empolgantes. Entretanto, também começaram a discordar. Mais de uma vez, foi-lhes pedido que deixassem o restaurante em que estavam; eles saíam então para o calor da Guadelupe Street e caminhavam até o rio, ainda gritando um com o outro, enquanto turistas atravessavam a rua, desviando deles.

No final, as diferenças chegaram à personalidade dos dois. Malcolm considerava Levine pedante e minucioso, preocupado com detalhes mesquinhos. Levine nunca via o quadro geral. Nunca olhava para as consequências dos próprios atos.

Por sua vez, Levine não hesitava em chamar Malcolm de soberbo e distante, indiferente aos detalhes.

– Deus está nos detalhes – Levine relembrou a Malcolm uma vez.

– Talvez o seu Deus – ele disparou de volta. – O meu, não. O meu está no *processo.*

De pé no esconderijo alto, Levine pensou que aquela resposta era exatamente o que se poderia esperar de um matemático. Levine estava bem satisfeito com o fato de que detalhes constituíam tudo, ao menos em biologia, e que a falha mais comum em seus colegas de ciências biológicas resultava da atenção insuficiente aos detalhes.

Pessoalmente, Levine vivia pelos detalhes e jamais poderia abrir mão deles. Como o animal que atacara a ele e a Diego. Levine pensava nele com frequência, revirando os fatos várias vezes, revivendo os eventos. Havia algo preocupante, alguma impressão que ele não conseguia compreender direito.

O animal atacara rapidamente, e Levine havia sentido que o bicho tinha a forma básica terópode – patas posteriores, cauda rígida, crânio grande, o de sempre –, porém, no breve relance que tivera da criatura, parecia haver uma peculiaridade ao redor das órbitas que o fazia pensar no *Carnotaurus sastrei.* Da formação Gorro Frigo, na Argentina. E, além disso, a pele era extremamente incomum: parecia algum tipo de verde-vivo pintalgado, mas havia algo a respeito dela...

Ele deu de ombros. A ideia inquietante foi para o fundo de sua mente, mas ele não conseguia entender. Simplesmente não conseguia.

Com relutância, Levine voltou sua atenção para o rebanho de parassauros que vagava pelo rio junto dos apatossauros. Escutou enquanto os parassauros emitiam seus chamados distintos e graves de trombeta. Reparou que com frequência essa espécie fazia um som curto, algo como um ronco grasnado. Às vezes, vários animais emitiam esse som de uma só vez, ou quase ao mesmo tempo; assim, parecia um jeito sonoro de indicar ao rebanho onde estavam todos os membros. Havia também uma chamada muito mais longa e mais dramática. Esse som era feito de modo raro e apenas pelos dois maiores animais do rebanho, que erguiam a cabeça e trombeteavam alta e longamente. Mas o que aquele som significava?

De pé sob o sol quente, Levine decidiu realizar uma pequena experiência. Colocou as mãos em concha ao redor da boca e imitou o berro trombeteado do parassauro. Não foi uma imitação muito boa, mas de imediato o líder deles olhou para cima, virando a cabeça para um lado e para o outro. Em seguida, emitiu um grito baixo, respondendo a Levine.

Levine emitiu outro chamado.

De novo, o parassauro respondeu.

Levine ficou contente com a resposta e anotou isso em seu caderno. Contudo, quando ergueu a cabeça outra vez, surpreendeu-se ao notar que o rebanho de parassauros se afastava dos apatossauros. Eles se reuniram, formaram uma fila única e começaram a caminhar diretamente para o esconderijo alto.

Levine começou a suar.

O que ele havia feito? Em algum canto bizarro de sua mente, perguntou-se se imitara um chamado de acasalamento. Aquilo era tudo de que ele precisava, atrair um dinossauro tarado. Quem sabia como esses animais se comportavam durante o acasalamento? Com uma ansiedade cada vez maior, observou as criaturas marcharem adiante. Levine provavelmente devia chamar Malcolm e pedir seu conselho. Porém, quando pensou a respeito, percebeu que, ao imitar aquele grito, ele havia interferido no ambiente, introduzindo uma nova variável. Ele tinha feito exatamente o que dissera a Thorne que não pretendia fazer. Agiu sem pensar, claro. E certamente não fora muito importante no esquema geral das coisas, mas Malcolm com certeza iria infernizá-lo por causa disso.

Levine abaixou os binóculos e olhou fixamente. Um trombetear grave reverberou pelo ar, tão alto que doía os ouvidos. O chão começou a tremer, balançando o esconderijo alto precariamente para a frente e para trás.

Meu Deus, pensou ele. *Estão vindo atrás de mim.* Debruçou-se e, com dedos atrapalhados, procurou pelo rádio em sua mochila.

PROBLEMAS DA EVOLUÇÃO

No trailer, Thorne tirou as refeições reidratadas do micro-ondas e distribuiu os pratos ao redor da mesinha. Todos desembrulharam seu prato e começaram a comer. Malcolm espetou o garfo na comida.

– O que é esse negócio?

– Peito de frango cozido com ervas – disse Thorne.

Malcolm comeu um pedaço e balançou a cabeça.

– A tecnologia não é maravilhosa? – comentou ele. – Eles conseguem fazer tudo ter o mesmo gosto de papelão.

Malcolm olhou para as duas crianças sentadas à sua frente, comendo com entusiasmo. Kelly olhou para ele e gesticulou com o garfo para os livros presos em uma prateleira ao lado da mesa.

– Tem uma coisa que eu não entendo.

– Só uma? – questionou Malcolm.

– Toda essa conversa de evolução – falou ela. – Darwin escreveu seu livro há muito tempo, certo?

– Darwin publicou *A origem das espécies* em 1859 – disse Malcolm.

– E, a essa altura, todo mundo acredita nele, não é?

– Acho que é justo dizer que todo cientista no mundo concorda que a evolução é uma característica da vida na Terra – disse Malcolm. – E que nós descendemos de ancestrais animais. Sim.

– Certo – falou Kelly. – Então, qual é a grande polêmica disso agora?

Malcolm sorriu.

– A polêmica – respondeu ele – é que todo mundo concorda que a evolução ocorre, mas ninguém compreende como ela funciona. Existem grandes problemas com a teoria. E cada vez mais cientistas admitem isso.

• • •

Malcolm afastou seu prato.

– Você precisa rastrear a teoria – disse ele – até um pouco mais de cem anos atrás. Comece com o barão Georges Cuvier: o mais famoso anatomista de sua era, morando no centro intelectual do mundo, Paris. Por volta de 1800, as pessoas começaram a desenterrar ossos antigos, e Cuvier percebeu que eles pertenciam a animais que não mais se encontravam no mundo. Isso era um problema, porque, nessa época, as pessoas acreditavam que todas as espécies animais já criadas ainda estavam vivas. A ideia parecia razoável porque se pensava que a Terra existisse apenas há alguns milhares de anos. E porque Deus, que criara todos os animais, jamais deixaria alguma de suas criações se tornar extinta. Portanto, todos concordavam que a extinção era impossível. Cuvier estudou os ossos desenterrados à exaustão, mas acabou concluindo que, com ou sem Deus, muitos animais haviam se tornado extintos – resultado, pensou ele, de catástrofes mundiais, como o dilúvio de Noé.

– Certo...

– Então Cuvier relutantemente veio a crer na extinção – disse Malcolm –, mas nunca aceitou a evolução. Em sua mente, a evolução não ocorria. Alguns animais morriam e outros sobreviviam, mas nenhum evoluía. Em seu ponto de vista, animais não mudavam. E aí apareceu Darwin, que disse que os animais evoluíam, sim, e que os ossos desenterrados eram, na verdade, os predecessores extintos dos animais viventes. As implicações da ideia de Darwin aborreceram muita gente. Eles não gostavam de pensar na modificação das criações de Deus e não gostavam de pensar em macacos nas suas árvores genealógicas. Era constrangedor e ofensivo. O debate foi feroz. No entanto, Darwin havia reunido uma tremenda quantidade de dados factuais; ele apresentou um caso esmagador. Assim, gradualmente a ideia de evolução proposta por ele foi aceita pelos cientistas e pelo mundo. Mas a questão permaneceu: como a evolução acontece? Para isso, Darwin não tinha uma boa resposta.

– Seleção natural – disse Arby.

– Sim, essa foi a explicação de Darwin. O ambiente exerce pressão que favorece certos animais, e eles se reproduzem com mais frequência nas gerações subsequentes, e é assim que a evolução acontece. Porém, conforme muita gente notou, a seleção natural não é realmente uma explicação. É apenas uma definição: se um animal é bem-sucedido, ele deve ter sido selecionado para isso. Mas o que no animal foi favorecido? E como a seleção natural funciona na verdade? Darwin não fazia ideia. Assim como nenhuma outra pessoa por outros cinquenta anos.

– Mas são os genes – falou Kelly.

– Certo – disse Malcolm. – Tudo bem. Chegamos ao século 20. O trabalho de Mendel com as plantas é redescoberto. Fischer e Wright fazem estudos populacionais. Em pouco tempo, sabemos que os genes controlam a hereditariedade, o que quer que os genes sejam. Lembrem-se, ao longo da primeira metade do século, durante duas guerras mundiais, ninguém fazia a menor ideia do que era um gene. Depois de Watson e Crick em 1953, sabíamos que os genes eram nucleotídeos arranjados em uma dupla hélice. Ótimo. E sabíamos sobre as mutações. Dessa forma, no final do século 20, temos uma teoria de seleção natural segundo a qual as mutações ocorrem espontaneamente nos genes, o ambiente favorece as mutações que são benéficas e é desse processo de seleção que a evolução ocorre. É simples e direto. Deus não está envolvido. Nenhum princípio elevado de organização está envolvido. No final, a evolução apenas resulta de um punhado de mutações que sobrevivem ou não. Certo?

– Certo – concordou Arby.

– Mas existem problemas nessa ideia – disse Malcolm. – Em primeiro lugar, há um problema de tempo. Uma única bactéria, a primeira forma de vida, tem duas mil enzimas. Os cientistas estimaram quanto tempo levaria para reunir aleatoriamente essas enzimas de uma sopa primordial. As estimativas variam de 40 bilhões de anos a 100 bilhões de anos. Assim, as chances de que seja apenas o acaso parecem baixas. Particularmente porque sabemos que as bactérias, na verdade, surgiram apenas 400 bilhões de anos após o início da Terra. A vida surgiu bastante rápido, motivo pelo qual alguns cientistas decidiram que a vida na Terra deve ter origem extraterrestre. Embora eu ache que isso é apenas fugir do assunto.

– Certo...

– Em segundo lugar, existe o problema da coordenação. Se você acredita na teoria atual, então toda a maravilhosa complexidade da vida não passa da acumulação de eventos casuais; um punhado de acidentes genéticos enfileirados. No entanto, quando olhamos atentamente para os animais, parece que muitos elementos devem ter evoluído de maneira simultânea. Veja os morcegos, que possuem o biossonar e navegam pelo som. Para fazer isso, vários fatores tiveram que evoluir. Os morcegos precisam de um aparato especializado para emitir sons, precisam de ouvidos especializados para escutar ecos, precisam de cérebros especializados para interpretar os sons e precisam de corpos especializados para mergulhar e investir e pegar insetos. Se todos esses fatores não evoluírem simultaneamente, não existe nenhuma vantagem. E pensar que tudo isso acontece por pura sorte é como imaginar que um furacão pode atingir um lixão e montar as partes de um avião 747, fazendo-o funcionar. É bem difícil de acreditar.

– Certo – disse Thorne. – Eu concordo.

– Próximo problema. A evolução nem sempre age como uma força cega deveria agir. Certos nichos ambientais não são preenchidos. Certas plantas não são devoradas. E certos animais não evoluem muito. Tubarões não mudam há 160 milhões de anos. Gambás não mudam desde que os dinossauros se tornaram extintos, há 65 milhões de anos. Os ambientes desses animais mudaram de modo absurdo, mas os animais permaneceram quase iguais. Não exatamente iguais, mas quase. Em outras palavras, parece que eles não responderam a seus ambientes.

– Talvez ainda estejam bem adaptados – comentou Arby.

– Talvez. Ou talvez esteja acontecendo alguma outra coisa que nós não compreendemos.

– Como o quê?

– Como outras regras que influenciam o resultado.

– Está dizendo que a evolução é dirigida? – perguntou Thorne.

– Não – respondeu Malcolm. – Isso é Criacionismo e está errado. Pura e simplesmente errado. Porém, estou dizendo que a seleção natural agindo sobre genes provavelmente não é a história toda. É simples demais. Outras forças também estão em ação. A molécula da hemoglobina constitui uma proteína que é dobrada como um sanduíche em volta de um átomo central de ferro que se vincula a oxigênio. A hemoglobina se expande e contrai quando captura ou libera oxigênio, como um minúsculo pulmão molecular. Agora, nós sabemos a sequência de aminoácidos que formam a hemoglobina. Mas não sabemos como dobrá-la. Felizmente, não precisamos saber isso, porque, se você forma a molécula, ela se dobra sozinha. Ela se organiza por conta própria. E o que se percebe é que, repetidas vezes, as coisas vivas parecem ter uma característica auto-organizadora. As proteínas se dobram. As enzimas interagem. As células se arranjam a fim de formar órgãos e os órgãos se arranjam para formar um indivíduo coerente. Os indivíduos se organizam para formar uma população. E as populações se organizam para formar uma biosfera coerente. Pela teoria da complexidade, começamos a ter uma impressão de como essa auto-organização pode ocorrer, e o que ela significa. E isso implica uma mudança muito grande em como vemos a evolução.

– Mas – disse Arby –, no final, a evolução ainda deve ser o resultado do ambiente agindo sobre os genes.

– Eu acho que isso não é o bastante, Arb – disse Malcolm. – Acho que há mais fatores envolvidos; acho que precisa haver, até para explicar como nossa própria espécie surgiu.

– Cerca de três milhões de anos atrás – disse Malcolm –, alguns macacos africanos que até então viviam nas árvores desceram para o chão. Não havia nada de especial nesses macacos. Seus cérebros eram pequenos, e eles não eram espertos. Não tinham garras ou dentes afiados para usar como armas. Não eram particularmente fortes ou rápidos. Com certeza, não conseguiam enfrentar um leopardo. Mas, pelo fato de os macacos serem baixos, começaram a ficar de pé sobre as patas traseiras para enxergar acima do alto capim africano. Foi assim que começou. Apenas alguns macacos comuns, olhando por cima do mato.

"Conforme o tempo passou, os macacos ficavam de pé por períodos cada vez mais longos. Aquilo deixava suas mãos livres para realizar tarefas. Como todos os símios, eles utilizavam ferramentas. Os chimpanzés, por exemplo, usam galhos para caçar cupins. Esse tipo de coisa. Com o passar do tempo, nossos ancestrais símios desenvolveram ferramentas mais complexas. Aquilo estimulou o crescimento de seus cérebros em tamanho e complexidade, o que deu início a uma espiral: mais ferramentas complexas geraram cérebros mais complexos, que geraram ferramentas mais complexas. E nossos cérebros literalmente explodiram em termos evolucionários. Nossos cérebros mais que dobraram de tamanho em cerca de um milhão de anos. E isso nos causou problemas."

– Como o quê?

– Como nascer, por exemplo. Cérebros grandes não passam pelo canal vaginal, o que significa que tanto a mãe quanto o filho morrem no parto. Isso não é bom. Qual é a resposta evolucionária? Fazer os bebês humanos nascerem bem no início do desenvolvimento, quando o cérebro ainda é pequeno o bastante para passar pela pélvis. O cérebro de uma criança humana dobra de tamanho durante o primeiro ano de vida. Essa representa uma boa solução para o problema do nascimento, mas cria outros. Isso significa que as crianças humanas serão indefesas por muito tempo após o nascimento. Os bebês de muitos mamíferos podem andar minutos após o parto. Outros andam em alguns dias ou semanas. Bebês humanos, todavia, não andam por um ano. Não podem se alimentar por conta própria por ainda mais tempo. Então, um dos custos do cérebro grande foi a necessidade de nossos ancestrais desenvolverem novas e estáveis organizações sociais para permitir cuidar de uma criança por longo prazo, por vários anos. Essas crianças de cérebro grande e totalmente indefesas mudaram a sociedade. Mas essa não constitui a consequência mais importante.

– Não?

– Não. Nascer em um estágio imaturo significa que os bebês humanos têm cérebros ainda em formação. Eles não chegam com muitos comportamentos embutidos, naturais. Instintivamente, um bebê recém-nascido pode sugar e agarrar, mas isso é tudo. O comportamento complexo humano não é nem um pouco instintivo. Assim, as sociedades humanas precisaram desenvolver a educação a fim de treinar os cérebros de suas crianças. Para ensiná-las a agir. Toda sociedade humana despende energia e tempo tremendos ensinando a suas crianças o jeito certo de se comportar. Se você olhar para uma sociedade mais simples em alguma floresta tropical, descobrirá que toda criança nasce com uma rede de adultos responsáveis por ajudar a educá-la. Não apenas os pais, mas tias e tios e avós e os anciões da tribo. Alguns ensinam à criança o modo de caçar ou apanhar comida ou tecer; alguns ensinam sobre sexo ou guerra. As responsabilidades, entretanto, são definidas claramente e, se uma criança não tiver, digamos, a irmã ou o irmão da mãe para realizar um trabalho específico nos ensinamentos, as pessoas se reúnem e apontam um substituto. Porque educar crianças é, em primeiro lugar e em certo sentido, a razão pela qual a sociedade existe. É a coisa mais importante que acontece e é o auge de todas as ferramentas e estruturas linguísticas e sociais desenvolvidas. Por fim, alguns milhões de anos depois, temos crianças usando computadores.

"Agora, se essa imagem faz sentido, onde age a seleção natural? Ela age no corpo, aumentando o cérebro? Ou na sequência de desenvolvimento, empurrando as crianças para o mundo mais cedo? Ou no comportamento social, provocando a cooperação e o cuidado com as crianças? Ou em tudo isso ao mesmo tempo: nos corpos, no desenvolvimento e no comportamento social?"

– Em todo lugar ao mesmo tempo – disse Arby.

– Eu acho que sim – concordou Malcolm. – Mas pode também haver partes dessa história que acontecem automaticamente, como resultado da auto-organização. Por exemplo, bebês de todas as espécies têm uma aparência característica. Olhos grandes, cabeças grandes, rostos pequenos, movimentos descoordenados. Isso ocorre em crianças, filhotes de cachorros e de pássaros. E parece que esse fato faz com que adultos de todas as espécies ajam com mais ternura com eles. Em certo sentido, pode-se dizer que a aparência dos bebês parece auto-organizar o comportamento dos adultos. E, em nosso caso, isso é muito bom.

– O que isso tem a ver com a extinção dos dinossauros? – perguntou Thorne.

– Os princípios auto-organizadores podem agir para o bem ou para o mal. Da mesma forma que a auto-organização é capaz de coordenar mudanças, também pode levar uma população ao declínio e fazer com que ela perca suas vantagens. Nesta ilha, minha esperança é que vejamos adaptações auto-organizadas no comportamento dos dinossauros reais e que isso nos esclareça por que eles se tornaram extintos. Na verdade, tenho quase certeza de que já sabemos isso.

O rádio clicou.

– Bravo! – disse Levine pelo aparelho. – Eu não poderia ter dito de maneira melhor. Mas talvez seja bom você ver isto. Os parassauros estão fazendo algo muito interessante, Ian.

– O que é?

– Venha ver.

– Crianças – disse Malcolm –, fiquem por aqui e observem os monitores.

Ele apertou o botão do rádio.

– Richard? Estamos a caminho.

PARASSAUROS

Richard Levine agarrou o corrimão do esconderijo alto e assistiu, tenso. Logo à frente, começando a aparecer por cima de uma suave elevação, ele viu a magnífica cabeça de um *Parasaurolophus walkeri*. O crânio do hadrossauro bico-de-pato tinha 90 centímetros de comprimento, mas acrescida a isso ainda havia a longa crista de chifres que se estendia para trás no ar.

Conforme o animal se aproximava, Levine pôde ver as manchas verdes na cabeça dele. Viu o pescoço longo e poderoso, o corpo pesado com a barriga verde-clara. O parassaurolofo tinha 3,60 metros de altura e o tamanho aproximado de um elefante grande. Sua cabeça chegava quase ao piso do esconderijo alto. O animal movia-se continuamente na direção de Levine, os passos retumbando no chão. Momentos depois, ele viu uma segunda cabeça aparecer na elevação – em seguida, uma terceira e uma quarta. Os animais trombeteavam e caminhavam em fila única na direção de Levine.

Em instantes, o animal líder encontrava-se ao lado do esconderijo. Levine prendeu a respiração enquanto ele passava. O animal o encarou, o grande olho castanho girando para observá-lo. Lambeu os lábios com a língua roxo-escura. O esconderijo tremeu com os passos do dinossauro. E, então, ele já tinha passado, continuando para a floresta. Pouco tempo depois, o segundo animal também passou.

O terceiro animal roçou contra a estrutura, balançando-a de leve. Mas o dinossauro não pareceu perceber; continuou em frente, inabalável. Assim como os outros. Um por um, eles desapareceram na densa folhagem atrás do esconderijo alto. A terra parou de vibrar. Foi quando Levine viu a trilha dos animais, passando ao lado do esconderijo alto e entrando na selva.

Ele suspirou.

Seu corpo lentamente relaxou. Então, apanhou os binóculos e respirou fundo, acalmando-se. Seu pânico se desvaneceu aos poucos. Ele começou a se sentir melhor.

E então pensou: o que os animais estavam fazendo? Para onde iam? Considerando agora, o comportamento dos parassauros parecia extremamente estranho. Eles tinham mantido um grupo defensivo enquanto se alimentavam, mas em algum movimento haviam mudado para uma fila única, o que rompia com o padrão usual do rebanho e deixava cada animal vulnerável aos predadores. Ainda assim, o comportamento era claramente organizado. O movimento em fila única devia servir a algum propósito.

Mas qual?

Agora que estavam no interior da selva, os animais começaram a fazer ruídos curtos de trombeta. Mais uma vez, Levine tinha a impressão de que esse era algum tipo de vocalização para verificar a posição. Talvez para os membros manterem um registro um do outro enquanto se moviam pela selva, enquanto mudavam de lugar.

Mas por que eles estavam mudando de lugar?

Para onde estavam indo? O que estavam fazendo?

Levine certamente não podia dizer dali, de pé no esconderijo alto. Hesitou, ouvindo-os. E então, em um momento decisivo, passou a perna por cima do corrimão e rapidamente desceu pelos andaimes.

CALOR

Ela sentiu calor e umidade. Algo áspero como lixa roçou contra seu rosto. Aconteceu de novo, a aspereza contra sua bochecha. Sarah Harding tossiu. Algo pingou em seu pescoço. Ela sentiu um cheiro esquisito, meio adocicado, como cerveja africana choca. Houve um sibilar profundo. Em seguida, o roçar começou de novo, vindo do pescoço e subindo até a bochecha.

Lentamente, Sarah abriu os olhos e encarou a face de um cavalo. O olho grande e indiferente de um cavalo olhava para ela, com cílios suaves. O cavalo a lambia. Era quase agradável, pensou ela, quase tranquilizante. Ficar deitada de costas na lama, com um cavalo...

Não era um cavalo.

Sarah notou, de repente, que a cabeça era estreita demais, o focinho muito afilado, as proporções todas erradas. Virou-se para olhar e viu que era uma cabeça pequena, levando a um pescoço surpreendentemente grosso e um corpo pesado...

Ela deu um pulo, ajoelhando-se apressada.

– Ah, meu Deus!

Seu movimento súbito assustou o grande animal, que fungou, alarmado, e afastou-se devagar. Ele deu alguns passos pela margem lamacenta e, então, virou-se, olhando para ela com repreensão.

Contudo, Sarah agora podia vê-lo: cabeça pequena, pescoço grosso, enorme corpo pesado, com uma fileira dupla de placas pentagonais seguindo a crista das costas. Uma cauda se arrastando, com espigões nela.

Harding piscou.

Não era possível.

Confuso e atordoado, seu cérebro atrapalhou-se buscando o nome dessa criatura, e ele lhe veio diretamente de sua infância.

Estegossauro.

Era uma porcaria de um estegossauro.

Espantada, sua mente retornou ao quarto de hospital ofuscantemente branco, à sua visita a Ian Malcolm enquanto ele delirava e resmungava os nomes de diversos dinossauros. Ela sempre tivera suas suspeitas. Entretanto, mesmo agora, confrontada com um estegossauro vivo, sua reação imediata foi de que aquilo devia ser algum truque. Sarah estreitou os olhos para o animal, procurando pela costura na fantasia, as juntas mecânicas sob a pele. Mas ela não tinha costura, e o animal se movia de um jeito integrado e orgânico. Os olhos piscavam devagar. E então o estegossauro deu-lhe as costas, foi até a beira da água e começou a beber com a língua larga e áspera.

A língua era azul-escura.

Como podia ser? Azul-escuro do sangue venoso? Será que ele era de sangue frio? Não. Esse animal se movia de modo muito fluido; ele tinha a segurança – e a indiferença – de uma criatura de sangue quente. Lagartos e répteis sempre pareciam prestar atenção à temperatura dos arredores. Essa criatura, de forma alguma, comportava-se assim. O animal ficou na sombra e bebeu a água fria, indiferente a tudo.

Ela olhou para a própria camisa, viu a saliva espumosa escorrendo do pescoço. Aquilo tinha babado nela. Tocou a substância com os dedos. Estava quente.

Ele tinha, sim, sangue quente.

Um estegossauro.

Ela olhou fixamente.

A pele do animal tinha uma textura rugosa, mas não possuía escamas como um réptil. Assemelhava-se mais à pele de um rinoceronte, pensou ela. Ou de um javali. Exceto por ser totalmente sem pelos nem cerdas.

O estegossauro movia-se devagar. Ele tinha um ar tranquilo, até estúpido. E provavelmente era estúpido mesmo, pensou ela, olhando outra vez para a cabeça da criatura. O crânio era bem menor do que o de um cavalo. Pequeno demais para o peso do corpo.

Sarah se levantou e gemeu. Seu corpo doía. Cada membro e músculo estavam doloridos. Suas pernas tremiam. Ela tomou fôlego.

A alguns metros, o estegossauro fez uma pausa e olhou para ela de relance, absorvendo sua nova posição ereta. Como Harding não se mexeu, o animal tornou-se novamente indiferente e voltou a beber água.

– Eu posso com isso? – falou ela.

Sarah olhou para o relógio. Eram 13h30, o sol ainda alto no céu. Não podia usar o sol para se localizar, e a tarde estava muito quente. Resolveu que era melhor começar a caminhar e tentar encontrar Malcolm e Thorne. Descalça, movendo-se com rigidez, os músculos doloridos, ela partiu para a selva, afastando-se do rio.

Depois de caminhar por meia hora, Sarah estava sedenta, mas havia se treinado para permanecer sem água por longos períodos na savana africana. Prosseguiu, indiferente ao próprio desconforto. Quando se aproximou do topo de um espinhaço, chegou a uma trilha de animais, uma ampla senda lamacenta pela selva. Era mais fácil andar pela trilha, e ela a seguia havia cerca de quinze minutos quando ouviu um guincho excitado de algum ponto adiante. Aquilo lembrava o som de cães, e ela procedeu com cautela.

Momentos depois, houve um barulho de queda na vegetação rasteira vindo de várias direções ao mesmo tempo, e de repente um animal semelhante a um lagarto verde-escuro com cerca de 1,20 metro de altura surgiu da folhagem a uma velocidade incrível, gritou e saltou por cima dela. Sarah se abaixou por instinto e mal teve tempo de se recuperar antes que um segundo animal aparecesse e passasse correndo por ela. Em instantes, um bando de animais corria por todos os lados, guinchando de medo, e, então, um deles esbarrou nela e a derrubou. Sarah caiu na lama enquanto outros animais saltavam e se batiam ao seu redor.

Poucos metros adiante na trilha, viu uma árvore grande com galhos baixos. Agiu sem pensar, levantando-se de um salto, agarrando o galho e balançando-se para cima dele. Atingiu a segurança justamente quando um novo dinossauro, este com patas terminando em garras afiadas, correu pela lama debaixo dela, perseguindo as criaturinhas verdes em fuga. Enquanto esse animal se afastava, Sarah vislumbrou um corpo escuro, com 1,80 metro de altura e faixas avermelhadas como um tigre. Logo depois, surgiu um segundo animal tigrado e, então, um terceiro – um bando de predadores, sibilando e rosnando enquanto perseguiam os dinossauros verdes.

Em decorrência de seus anos em campo, Harding se viu automaticamente contando os animais que passavam por ela. Pelas suas contas, havia nove predadores tigrados, e aquilo, de imediato, atiçou seu interesse. Não fazia sentido, pensou. Assim que o último dos predadores se foi, ela voltou ao chão e apressou-se a segui-los. Ocorreu-lhe que talvez isso fosse tolice, mas sua curiosidade a dominou.

Ela acompanhou os dinossauros tigrados na subida da encosta, mas, antes mesmo de alcançar a crista, podia afirmar, pelos rosnados e rugidos, que eles já tinham capturado um animal. Na crista, olhou para baixo e viu a matança.

No entanto, aquilo não se parecia com nenhuma matança que ela já tivesse visto na África. Na planície de Seronera, um local de matança apresentava sua própria organização, bastante previsível, e de certo modo quase imponente. Os maiores predadores, leões ou hienas, ficavam mais perto da carcaça, comendo com os filhotes. Mais distantes, aguardando a sua vez, ficavam os abutres e os marabus, e, ainda mais longe, os chacais e outros pequenos carniceiros circulavam, cautelosos. Depois que os grandes predadores terminavam, os animais menores se aproximavam. Animais diferentes comiam partes diferentes dos corpos: hienas e abutres comiam ossos; chacais limpavam a carcaça. Esse era o padrão de qualquer caçada, e, como resultado, havia pouquíssimas brigas e disputas ao redor da comida.

Aqui, contudo, ela presenciou um pandemônio – um frenesi de alimentação. O animal caído estava coberto de forma grosseira por predadores tigrados, todos furiosamente arrancando a carne da carcaça, com pausas frequentes para rosnar e lutar uns com os outros. Suas lutas eram abertamente violentas – um predador mordeu o animal mais próximo, infligindo-lhe um profundo ferimento no flanco. Imediatamente, vários outros predadores atacaram o mesmo animal, que se afastou mancando, sibilando e sangrando, gravemente ferido. Uma vez na periferia, o animal ferido retaliou mordendo a cauda de outra criatura, causando de novo um ferimento grave.

Um jovem com mais ou menos metade do tamanho dos outros ficava tentando abrir caminho, querendo uma mordida da carcaça, mas os adultos não davam espaço para ele. Em vez disso, rosnavam e ameaçavam, furiosos. O jovem era frequentemente obrigado a saltar para trás com agilidade, mantendo distância das presas afiadas dos adultos. Harding não viu nenhum bebê. Essa era uma sociedade de adultos brutais.

Enquanto observava os grandes predadores, as cabeças e os corpos manchados de sangue, ela reparou no padrão entrecruzado de cicatrizes em suas ancas e seus pescoços. Esses eram obviamente animais rápidos e inteligentes; todavia, lutavam sem cessar. Seria essa a forma como sua organização social evoluíra? Se fosse, seria um evento raro.

Animais de muitas espécies lutavam por comida, território e sexo, mas essas lutas de modo geral envolviam uma exibição e agressão ritual; ferimentos sérios eram raros. Havia exceções, claro. Quando hipopótamos machos lutavam para assumir o controle de um harém, era frequente que os outros machos fossem feridos gravemente. Porém, de qualquer forma, nada se equiparava ao que ela via agora.

Enquanto observava, o animal ferido na periferia da matança se esgueirou adiante e mordeu outro adulto, que rosnou e saltou sobre ele, rasgando-o com a longa garra em sua pata. Em um instante, o predador machucado foi eviscerado, espirais de intestino pálido deslizando por um amplo talho. O animal caiu no chão uivando; imediatamente três adultos se afastaram da carcaça e saltaram no corpo que acabava de cair, começando a rasgar a carne do animal com intensidade voraz.

Harding fechou os olhos e afastou-se. Este era um mundo diferente, que ela não compreendia de forma alguma. Atordoada, desceu a encosta, movendo-se em silêncio e com cuidado para longe da matança.

BARULHO

O Ford Explorer resvalava adiante em silêncio pela trilha na selva. Eles seguiam uma trilha de animais no cume acima do vale, descendo na direção do esconderijo alto no vale logo abaixo.

Thorne dirigia. Ele disse a Malcolm:

– Você estava dizendo mais cedo que sabia por que os animais haviam se tornado extintos...

– Bem, eu tenho praticamente certeza de que sei – falou Malcolm. – A situação básica é bem simples. – Ele remexeu-se no assento. – Os dinossauros surgiram no Triássico, cerca de 228 milhões de anos atrás. Eles se proliferaram durante os períodos que se seguiram, o Jurássico e o Cretáceo. Foram a forma de vida dominante no planeta por mais ou menos 150 milhões de anos, o que é um tempo bem longo.

– Considerando-se que estamos aqui há apenas três milhões – comentou Eddie.

– Não vamos contar vantagem – disse Malcolm. – Alguns macacos frágeis estão aqui há três milhões de anos. Nós não. Seres humanos reconhecíveis estão neste planeta há apenas 35 mil anos – falou ele. – Esse é o período que se passou desde que nossos ancestrais pintaram cavernas na França e na Espanha, desenhando imagens de animais para invocar o sucesso na caçada. Trinta e cinco mil anos. Na história da Terra, isso não é nada. Nós acabamos de chegar.

– Certo...

– E, é claro, há 35 mil anos, nós já causávamos a extinção de espécies. Os homens das cavernas caçaram tanto que os animais se tornaram extintos em diversos continentes. Costumava haver leões e tigres na Europa. Havia girafas e rinocerontes em Los Angeles. Diabos, há dez mil anos, os ancestrais dos nativos americanos caçaram o mamute lanoso até a extinção. Isso não é nada novo, essa tendência humana...

– Ian.

– Bem, é um fato, embora os cabeças de vento modernos achem que é tudo novidade...

– Ian, você estava falando sobre os dinossauros.

– Certo. Dinossauros. Enfim, durante 150 milhões de anos neste planeta, os dinossauros foram tão bem-sucedidos que, no Cretáceo, havia 21 grupos principais deles. Alguns grupos como os camarassauros e fabrossauros haviam morrido. Entretanto, a maioria esmagadora dos grupos de dinossauros ainda estava viva. E então, de repente, cerca de 65 milhões de anos atrás, cada um desses grupos se tornou extinto. E apenas os pássaros permaneceram. Então, a pergunta é... O que foi isso?

– Pensei que você soubesse – respondeu Thorne.

– Não. Perguntei o que foi esse som. Você escutou?

– Não – disse Thorne.

– Pare o carro – ordenou Malcolm.

Thorne parou o carro e desligou o motor. Eles abriram as janelas e sentiram o calor abafado do meio do dia. Não havia quase brisa nenhuma. Prestaram atenção por algum tempo.

Thorne deu de ombros.

– Não ouço nada. O que você acha que...

– Ssshhh – disse Malcolm. Então, colocou a mão em concha ao redor da orelha e pôs a cabeça para fora da janela, escutando com atenção. Depois de um momento, voltou para dentro. – Eu poderia jurar que escutei um motor.

– Um motor? Você quer dizer, um motor de combustão interna?

– Isso. – Ele apontou para o leste. – Soou como se viesse daquela direção.

Eles prestaram atenção de novo, mas não ouviram nada.

Thorne balançou a cabeça.

– Não posso imaginar um motor a gasolina aqui, Ian. Não há gasolina para movimentar um deles.

O rádio clicou.

– Dr. Malcolm? – Era Arby, no trailer.

– Sim, Arby.

– Quem mais está aqui? Na ilha?

– O que você quer dizer?

– Ligue o seu monitor.

Thorne ligou o monitor do painel. Captou a vista de uma das câmeras de segurança. Ela mirava o vale a leste, estreito e íngreme. Eles viram a ladeira de uma encosta, escura sob as árvores. Um galho bloqueava boa parte do ângulo. Mas a vista estava parada, silenciosa. Não havia sinal algum de atividade.

– O que você viu, Arby?

– Apenas olhe.

No meio das folhas, Thorne viu um traço de cáqui, depois outro. Percebeu que era uma pessoa, meio caminhando e meio deslizando pela descida escarpada da selva na direção do chão lá embaixo. Uma estrutura compacta, cabelos curtos e escuros.

– Ora, quem diria – disse Malcolm, sorrindo.

– Você sabe quem é?

– Sim, claro. É a Sarah.

– Bem, é melhor irmos buscá-la. – Thorne apanhou o rádio e apertou o botão. – Richard – chamou ele.

Não houve resposta.

– Richard? Está escutando?

Nenhuma resposta.

Malcolm suspirou.

– Ótimo. Não responde. Provavelmente resolveu sair para uma caminhada. Perseguindo sua pesquisa...

– É disso que eu tenho medo – falou Thorne. – Eddie, solte a motocicleta e vá ver o que o Levine está fazendo agora. Leve um Lindstradt com você. Nós vamos buscar a Sarah.

TRILHA

Levine seguiu a trilha dos animais, adentrando mais profundamente na escuridão da selva. Os parassauros estavam em algum ponto adiante, fazendo bastante barulho enquanto pisoteavam as samambaias e palmeiras no chão da selva. Ao menos agora ele entendia por que os animais haviam formado uma fila única: não existia outro modo prático para se mover pela densa vegetação da floresta tropical.

As vocalizações deles nunca paravam, mas Levine reparou que elas assumiam um caráter diferente: mais agudo, mais excitado. Apressou-se adiante, passando pelas folhas molhadas de palmeira mais altas que ele, seguindo a trilha bem marcada. Enquanto ouvia os gritos dos animais à frente, também começou a notar um odor distinto, pungente e agridoce. Tinha a sensação de que o cheiro se tornava mais forte.

No entanto, lá adiante, algo estava acontecendo, não havia dúvida sobre isso. As vocalizações dos parassauros agora eram curtas, quase como latidos. Ele sentiu uma agitação nelas. Porém, o que poderia agitar um animal com 3,50 metros de altura e 9 de comprimento?

Sua curiosidade falou mais alto. Levine começou a correr pela selva, afastando as palmeiras, saltando sobre árvores caídas. Na folhagem adiante, escutou um sibilar, uma espécie de borrifo e então um dos parassauros deu um berro longo e grave.

Eddie guiou a motocicleta até o esconderijo alto e parou. Levine havia partido. Ele olhou para o chão ao redor do esconderijo e viu muitas pegadas profundas de animais no chão. Elas eram grandes, com cerca de meio metro de diâmetro, e pareciam seguir na direção da floresta atrás do esconderijo.

Ele observou o chão e notou também pegadas frescas de bota. Elas tinham as características da Asolo; percebeu que eram as de Levine. Em alguns pontos, as marcas das botas obstruíam as bordas das pegadas animais, o que significava que elas tinham sido feitas depois. As pegadas das botas também levavam para a floresta.

Eddie Carr xingou. A última coisa que queria era entrar naquela selva. A própria ideia já lhe causava calafrios. Mas que escolha ele tinha? Precisava trazer Levine de volta. Aquele cara, pensou, estava começando a se mostrar um problema de verdade. Eddie soltou o rifle e colocou-o lateralmente apoiado no guidão da moto. Então girou as manoplas e, em silêncio, a moto moveu-se adiante, entrando na escuridão.

Com o coração martelando de entusiasmo, Levine ultrapassou a última das grandes palmeiras. Parou de forma abrupta. Logo à sua frente, a cauda de um parassauro balançava de um lado para o outro acima de sua cabeça. Os quadris do animal estavam virados para ele. Um forte jato de urina jorrava do púbis posterior, respingando no chão lá embaixo. Levine pulou para trás, evitando o jato. Além do animal mais próximo, ele viu uma clareira na selva, aberta após inúmeros animais pisotearem a área. Os parassauros haviam se postado em diversas posições dentro dessa clareira, e todos urinavam juntos.

Então aqueles animais tinham um lugar certo para suas necessidades, pensou ele. Isso era fascinante e totalmente inesperado.

Muitos animais contemporâneos, incluindo rinocerontes e cervos, preferiam se aliviar em lugares particulares. E muitas vezes a ação dos rebanhos era coordenada. Em geral esse comportamento significava um modo de marcar território. Entretanto, qualquer que fosse a razão, ninguém jamais suspeitou que dinossauros agissem assim.

Enquanto Levine observava, os parassauros terminaram de urinar e cada um se moveu alguns metros para o lado. Então eles defecaram, também em uníssono. Cada parassauro produziu um monte alto de excremento cor de palha. Sons baixos acompanharam cada animal do grupo – junto com uma enorme quantidade de flatos, cheirando a metano.

Atrás dele, uma voz sussurrou:

– *Muito* legal.

Ele virou-se e viu Eddie Carr sentado na motocicleta. Ele abanava a mão diante do rosto.

– Peido de dino – disse ele. – Melhor não riscar um fósforo aqui, senão tudo explode...

– Sssshhhh – chiou Levine, zangado, balançando a cabeça. Ele voltou-se para os parassauros. Esse não era o momento para um jovem tolo e vulgar interromper. Vários animais abaixaram a cabeça e começaram a lamber as poças de urina. Sem dúvida, queriam recuperar nutrientes perdidos, pensou ele. Talvez sal. Ou talvez hormônios. Ou talvez fosse algo sazonal. Ou talvez...

Levine deus alguns passos adiante.

Eles sabiam tão pouco sobre essas criaturas. Nem sequer sabiam os fatos mais básicos sobre a vida deles – como comiam, como eliminavam dejetos, como dormiam e procriavam. Todo um mundo de comportamentos intrincados e interligados que se desenvolveram nesses animais há muito desaparecidos. Compreendê-los agora podia representar o trabalho de uma vida para dúzias de cientistas. Mas aquilo provavelmente jamais aconteceria. Tudo que ele podia esperar eram algumas conjecturas, algumas deduções simples que mal deslizavam sobre a superfície da complexidade da vida daqueles bichos.

Os parassauros trombetearam e adentraram ainda mais na floresta. Levine moveu-se adiante para segui-los.

– Dr. Levine – disse Eddie, baixinho. – Suba na moto. *Agora.*

Levine o ignorou; porém, conforme os grandes animais partiam, ele viu dúzias de pequenos dinossauros verdes saltarem, chilreando, para a clareira. Percebeu logo o que eram: *Procompsognathus triassicus.* Pequeno carniceiro, encontrado por Fraas em 1913, na Baviera. Levine fitou, fascinado. É claro que ele conhecia bem o animal, mas apenas pelas reconstruções, porque não havia nenhum esqueleto completo do *Procompsognathus* em lugar algum do mundo. Ostrom havia realizado os estudos mais completos, mas ele precisara trabalhar com um esqueleto muito esmagado e fragmentado. Faltavam a cauda, o pescoço e as patas nos animais que Ostrom descreveu. Ainda assim, aqui estavam os procompsógnatos, totalmente formados e ativos, saltando por ali como galinhas. Enquanto observava, os comps começaram a comer os excrementos frescos e tomar o que havia sobrado da urina. Levine franziu a testa. Seria aquilo parte do comportamento comum do carniceiro?

Levine não tinha certeza...

Ele deu um passo adiante para observar mais de perto.

– Dr. Levine! – murmurou Eddie.

Era interessante que os comps comessem apenas os excrementos recentes, não os restos secos que estavam em todo lugar na clareira. Seja lá que nutrientes eles obtivessem do excremento, só deviam estar presentes nos mais frescos. Isso sugeria uma proteína ou hormônio que se degradava com o tempo. Ele provavelmente deveria obter uma amostra fresca para análise. Levou a mão ao bolso da camisa e retirou de lá um saquinho plástico. Movimentou-se junto aos comps, que pareciam indiferentes à sua presença.

Agachou-se perto da pilha de excrementos mais próxima e lentamente estendeu a mão.

– *Dr. Levine!*

Ele olhou para trás, aborrecido, e naquele momento um dos comps saltou e mordeu sua mão. Outro saltou em seu ombro e mordeu-lhe a orelha. Levine gritou e se levantou. Os comps saltaram para o chão e fugiram.

– Droga! – exclamou ele.

Eddie aproximou-se na moto.

– Já chega – disse ele. – Suba na porcaria da moto. Estamos saindo daqui.

NINHO

O jipe Wrangler vermelho parou. Logo adiante, a trilha dos animais que eles vinham seguindo continuava pela folhagem até uma clareira. A trilha era ampla e lamacenta, achatada por profundas pegadas de animais grandes. Eles podiam vê-las na lama.

Da clareira, ouviram um grasnado grave, como o som de gansos muito grandes.

– Certo. Me dê a caixa – disse Dodgson.

King não respondeu.

– Que caixa? – perguntou Baselton.

Sem tirar os olhos da clareira, Dodgson respondeu:

– Tem uma caixa preta no banco ao seu lado e um pacote de baterias. Passe tudo para mim.

Baselton grunhiu.

– É pesado.

– É por causa dos cones magnéticos.

Dodgson estendeu a mão para trás e pegou a caixa, feita de metal anodizado preto. Tinha o tamanho de uma caixa de sapatos, mas terminava em um cone aberto. Debaixo dela, havia um punho de pistola montado. Dodgson prendeu um pacote de baterias a seu cinto e ligou-o à caixa. Então a apanhou, segurando pelo punho de pistola. Havia um botão na parte de trás, de frente para ele, e um disco graduado.

– As baterias estão carregadas? – perguntou Dodgson.

– Sim, estão – respondeu King.

– Certo – disse Dodgson. – Eu vou primeiro e entro na área do ninho. Ajusto a caixa e me livro dos animais. Vocês dois seguem atrás de mim e, assim que os animais se forem, cada um pega um ovo do ninho. Em seguida, vocês voltam e trazem os ovos para o carro. Eu volto por último. Então nós vamos embora. Entenderam?

– Certo – concordou Baselton.

– Certo – disse King. – Esses dinossauros são de que tipo?

– Não tenho a menor ideia – disse Dodgson, descendo do carro. – E não faz nenhuma diferença. Só siga o procedimento.

Ele fechou a porta com suavidade.

Os outros saíram do carro em silêncio e começaram a se movimentar adiante, descendo pela trilha molhada. Seus pés respingavam lama. O som vindo da clareira continuava. Para Dodgson, parecia haver muitos animais.

Ele afastou as últimas samambaias e os viu.

Era um grande ninho, com talvez quatro ou cinco montes baixos de terra cobertos de folhas. Os montes tinham em torno de dois metros de largura e um de profundidade. Havia vinte adultos de cor bege ao redor deles – todo um rebanho de dinossauros cercando o local dos ninhos. E os adultos eram grandes, com nove metros de comprimento e três de altura, todos grasnando e fungando.

– Ah, meu Deus – disse Baselton, olhando fixamente.

Dodgson balançou a cabeça.

– Eles são maiassauros – murmurou. – Isso vai ser mamão com açúcar.

Os maiassauros foram denominados pelo paleontólogo Jack Horner. Antes de Horner, os cientistas presumiam que os dinossauros abandonavam seus ovos, como a maioria dos répteis faz. Essas presunções encaixavam-se com a antiga imagem que se tinha dos dinossauros como criaturas reptilianas de sangue frio. Do mesmo modo que os répteis, julgava-se que eles fossem solitários; murais em paredes de museus raramente mostravam mais de um exemplar de cada espécie – um brontossauro aqui, um estegossauro ou tricerátopo ali, vagando pelos pântanos. Mas as escavações de Horner nos descampados de Montana forneceram evidências claras e inequívocas de que ao menos uma espécie de hadrossauro havia se engajado em ninhos complexos e apresentava comportamento parental. Horner incorporou esse comportamento no nome que deu a essas criaturas: maiassauro significava "lagarto boa mãe".

Observando-os agora, Dodgson podia ver que os maiassauros eram, de fato, pais atenciosos; os grandes adultos davam voltas ao redor dos ninhos, movendo-se com cuidado para pisar do lado de fora dos montes rasos de terra. Os maiassauros bege eram dinossauros bico-de-pato; tinham uma cabeça grande que terminava em um focinho largo e achatado, muito semelhante ao bico de um pato.

Eles pegavam bocados de grama e os soltavam nos ovos dentro dos montes. Dodgson sabia que isso era um modo de regular a temperatura dos ovos. Se os imensos animais se sentassem nos ovos, eles os esmagariam. Assim, em vez disso, colocavam uma camada de grama por cima dos ovos, o que prendia o calor e os mantinha a uma temperatura mais constante. Os animais trabalhavam continuamente.

– Eles são enormes – disse Baselton.

– Não passam de vacas supercrescidas – falou Dodgson. Embora os maiassauros fossem grandes, eram herbívoros e tinham os modos dóceis e levemente estúpidos das vacas. – Prontos? Aqui vamos nós.

Ele ergueu a caixa como uma arma e deu um passo adiante, tornando-se visível.

Dodgson esperava uma grande reação quando os maiassauros o vissem, mas não houve nada. Eles mal pareceram reparar no homem. Um ou dois adultos olharam, fitaram-no com os olhos estúpidos e depois desviaram o olhar. Os animais continuaram a soltar grama sobre os ovos, que eram de um branco-pálido, esféricos e tinham quase 60 centímetros de comprimento. Cada um apresentava o dobro do tamanho de um ovo de avestruz. Semelhante a uma bola de praia pequena. Nenhum animal havia eclodido ainda.

King e Baselton o seguiram, posicionando-se ao seu lado na clareira. Os maiassauros ainda os ignoravam.

– Incrível – falou Baselton.

– Ótimo para nós – disse Dodgson. E ligou a caixa.

Um berro contínuo e agudo encheu a clareira. Os maiassauros imediatamente se viraram para a origem do som, grasnando e erguendo a cabeça. Pareciam agitados, confusos. Dodgson girou o disco, e o berro se tornou mais agudo, ensurdecedor.

Os maiassauros balançaram a cabeça e afastaram-se do som doloroso. Amontoaram-se na ponta mais distante da clareira. Vários animais urinaram, assustados. Alguns deles dirigiram-se mais para dentro da folhagem, abandonando o ninho. Embora agitados, continuaram longe.

– Vão, agora – disse Dodgson.

King entrou no ninho mais próximo e grunhiu ao apanhar um ovo. Seus braços mal conseguiam dar a volta na imensa esfera. Os maiassauros grasnaram para ele, mas nenhum dos adultos avançou. Então Baselton entrou no ninho, pegou um ovo e seguiu King de volta para o carro.

Dodgson caminhou de costas, segurando a caixa na direção dos adultos. Na beira da clareira, desligou o som.

No mesmo instante, os maiassauros voltaram, grasnando alto e repetidamente. Porém, conforme voltavam aos ninhos, parecia que os adultos já haviam se esquecido do que acabara de acontecer. Em poucos momentos, eles pararam de grasnar e voltaram a depositar grama em cima dos ovos. Ignoraram Dodgson enquanto ele partia, voltando pela trilha dos animais.

Bichos estúpidos, pensou Dodgson, indo para o carro. Baselton e King colocavam os ovos em grandes contêineres de isopor na traseira e encaixavam os pacotes de espuma cuidadosamente ao redor deles. Ambos sorriam como crianças.

– Aquilo foi incrível!

– Ótimo! Fantástico!

– O que eu falei? – perguntou Dodgson. – Nada demais. – Ele olhou para o relógio. – Nesse ritmo, vamos terminar em menos de quatro horas.

Ele sentou-se atrás do volante e ligou o motor. Baselton foi para o banco traseiro. King sentou-se no lado do passageiro e pegou o mapa.

– Próximo – disse Dodgson.

O ESCONDERIJO ALTO

– Estou lhe dizendo, está tudo bem – falou Levine, irritado. Ele suava no calor sufocante sob o teto de alumínio do esconderijo alto. – Olha, não chegou nem a romper a pele.

Ele estendeu o braço. Em sua mão, havia um semicírculo vermelho onde o comp pressionara os dentes, mas isso era tudo.

Ao lado dele, Eddie disse:

– É, bem, sua orelha está sangrando um pouco.

– Eu não sinto nada. Não pode ser muito ruim.

– Não, não é tão ruim – comentou Eddie, abrindo o kit de primeiros socorros. – Mas é melhor eu limpar isso.

– Eu prefiro – falou Levine – prosseguir com minhas observações.

Os dinossauros estavam a menos de 500 metros dele, que conseguia vê-los bem. No ar parado do meio do dia, Levine era capaz de escutar a respiração deles.

Ele podia escutar a respiração deles.

Ou ao menos poderia, se o jovem o deixasse em paz.

– Olha – disse Levine –, eu sei o que estou fazendo aqui. Você chegou no final de um experimento muito interessante e bem-sucedido. Eu atraí os dinossauros para mim, imitando o chamado deles.

– Atraiu? – perguntou Eddie.

– Sim. Para começo de conversa, foi isso que os levou para dentro da floresta. Então eu não acho que precise da sua assistência...

– O negócio – falou Eddie – é que caiu um pouco daquela porcaria de dinossauro na sua orelha e tem algumas rupturas na pele. Eu vou só limpar para você. – Ele ensopou um curativo de gaze com desinfetante. – Pode arder um pouco.

– Eu não ligo, eu tenho outras... Ai!

– Pare de se mexer – disse Eddie. – Vai levar apenas um segundo.

– É absolutamente desnecessário.

– Se você apenas ficar quieto, já termino. Pronto.

Ele retirou a gaze. Levine viu nela uma mancha marrom e uma leve faixa vermelha. Como suspeitava, o ferimento era trivial. Ergueu a mão e tocou a orelha. Não doía nem um pouco.

Levine estreitou os olhos para a planície enquanto Eddie fechava o estojo de primeiros socorros.

– Credo, está quente aqui – reclamou Eddie.

– Sim – concordou Levine, dando de ombros.

– Sarah Harding chegou, e eu acho que eles a levaram para o trailer. Você quer voltar agora?

– Não imagino por que voltaria – disse Levine.

– Pensei que talvez você quisesse dar um oi ou algo assim – falou Eddie.

– Meu trabalho está aqui – afirmou Levine. Ele virou-se de costas, levando os binóculos aos olhos.

– Então – disse Eddie –, você não quer voltar?

– Nem sonharia com isso – respondeu Levine, olhando fixamente pelos binóculos. – Nem em um milhão de anos. Nem em 65 milhões de anos.

TRAILER

Kelly Curtis ouviu o som do chuveiro. Ela não podia acreditar. Fitava as roupas enlameadas jogadas descuidadamente na cama. Bermudas e uma camisa de manga curta cáqui.

As roupas de Sarah Harding, de verdade.

Ela não podia evitar. Kelly estendeu a mão e as tocou. Reparou como o tecido estava gasto e esgarçado. Os botões tinham sido pregados de novo; não combinavam entre si. E havia algumas faixas avermelhadas perto do bolso que ela julgou serem manchas de sangue. A menina estendeu a mão e tocou o tecido...

– Kelly?

Sarah a chamava, do chuveiro.

Ela se lembrou do meu nome.

– Sim? – disse Kelly, a voz traindo seu nervosismo.

– Tem algum xampu?

– Vou procurar, dra. Harding – respondeu Kelly, abrindo gavetas apressadamente. Os homens tinham ido para o compartimento vizinho, deixando-a sozinha com Sarah enquanto ela se banhava. Kelly procurou desesperadamente, abrindo as gavetas e tornando a fechá-las com força.

– Ouça – disse Sarah –, está tudo bem se você não encontrar.

– Estou procurando...

– Tem algum detergente líquido?

Kelly fez uma pausa. Havia uma garrafa verde de plástico na pia.

– Sim, dra. Harding, mas...

– Dê para mim. É tudo a mesma coisa. Eu não ligo. – A mão dela apareceu pela cortina do chuveiro. Kelly entregou-lhe o detergente. – E meu nome é Sarah.

– Tudo bem, dra. Harding.

– Sarah.

– Tudo bem, Sarah.

Sarah Harding era uma pessoa comum. Muito informal e normal.

Extasiada, Kelly sentou-se no banco da cozinha e esperou, balançando os pés, caso a dra. Harding – Sarah – precisasse de alguma outra coisa. Escutou Sarah cantarolando "I'm Gonna Wash That Man Right Out of My Hair". Depois de alguns momentos, o chuveiro foi desligado e a mão dela surgiu, apanhando a toalha do gancho. Então ela saiu, enrolada na toalha.

Sarah passou os dedos pelos cabelos curtos, o que pareceu ser toda a atenção que dava à sua aparência.

– Agora me sinto melhor. Menina, isto é um trailer de campo de luxo. O Doutor realmente fez um ótimo trabalho.

– Sim – disse ela. – É legal.

Sarah sorriu para Kelly.

– Quantos anos você tem, Kelly?

– Treze.

– Está em que série, oitava?

– Sétima.

– Sétima série – disse Sarah, pensativa.

– O dr. Malcolm deixou algumas roupas para você. Ele disse que achava que iriam servir.

Kelly apontou para uma bermuda e uma camiseta limpas.

– De quem são?

– Acho que do Eddie.

Sarah as levantou.

– Pode funcionar. – Ela as levou para o canto, para a área dos dormitórios, e começou a se vestir. – O que você vai fazer quando crescer? – perguntou.

– Não sei – respondeu Kelly.

– Essa é uma resposta muito boa.

– É? – A mãe de Kelly estava sempre a empurrando para arrumar um trabalho de meio período, para decidir o que fazer da vida.

– Sim – disse Sarah. – Ninguém esperto sabe o que quer fazer até chegar aos 20 ou 30 anos.

– Ah.

– O que você gosta de estudar?

– Na verdade, hum, eu gosto de matemática – falou ela, com uma voz meio culpada.

Sarah deve ter percebido seu tom, porque perguntou:

– E o que tem de errado com isso?

– Bem, meninas não são boas nisso. Digo, sabe como é.

– Não, eu não sei. – A voz de Sarah era inexpressiva.

Kelly sentiu-se em pânico. Ela estava se sentindo muito próxima de Sarah Harding, mas agora percebia que isso se dissolvia, como se ela tivesse dado a resposta errada a uma professora desaprovadora. Decidiu não falar mais nada. Esperou em silêncio.

Depois de um instante, Sarah saiu de novo, vestindo as roupas largas de Eddie. Ela se sentou e começou a calçar um par de botas. Harding se movimentava de um jeito muito normal, muito prática.

– O que você quis dizer com "meninas não são boas em matemática"?

– Bem, é o que todo mundo diz.

– Todo mundo quem?

– Meus professores.

Sarah suspirou.

– Ótimo – disse ela, balançando a cabeça. – Seus professores...

– E as outras crianças me chamam de crânio. Coisas assim. Sabe como é. – Kelly despejou tudo. Não acreditava que estava dizendo tudo isso a Sarah Harding, que ela mal conhecia, exceto por artigos e fotos, mas ali estava ela, contando todas essas informações pessoais. Tudo que a perturbava.

Sarah apenas sorriu alegremente.

– Bem, se elas dizem isso, você deve ser muito boa em matemática, hein?

– Acho que sim.

Ela sorriu.

– Isso é maravilhoso, Kelly.

– Mas o negócio é que os meninos não gostam de meninas espertas demais.

As sobrancelhas de Sarah se ergueram.

– Ah, é?

– Bem, é o que todo mundo diz...

– Quem, por exemplo?

– Minha mãe, por exemplo.

– Aham. E ela provavelmente sabe do que está falando.

– Não sei – admitiu Kelly. – Na verdade, minha mãe só namora cretinos.

– Então ela poderia estar errada? – perguntou Sarah, olhando para Kelly enquanto amarrava os cadarços.

– Acho que sim.

– Bem, segundo minha experiência, alguns homens gostam de mulheres inteligentes, outros não. É como tudo no mundo. – Ela se levantou. – Você já ouviu falar de George Schaller?

– Claro. Ele estudou pandas.

– Isso. Pandas, e, antes disso, leopardos-das-neves e leões e gorilas. Ele é o pesquisador de animais mais importante do século 20. E sabe como ele trabalha?

Kelly balançou a cabeça negando.

– Antes de ir para o campo, George lê tudo o que já foi escrito sobre o animal que estudará. Livros populares, relatos em jornal, trabalhos científicos, tudo. Aí vai e observa o animal por si mesmo. E você sabe o que ele geralmente descobre?

Ela balançou a cabeça, sem confiar em si mesma para responder.

– Que quase tudo o que foi escrito ou dito está errado. Como o gorila. George estudou gorilas da montanha dez anos antes de Diane Fossey sequer pensar nisso. E ele descobriu que o que se acreditava a respeito desses animais era exagerado, ou mal-entendido, ou simplesmente fantasia: como a ideia de que não se podia levar mulheres em expedições para observar gorilas, porque os animais as estuprariam. Errado. Simplesmente... tudo... errado.

Sarah acabou de amarrar os cadarços e levantou-se.

– Então, Kelly, mesmo tão nova, tem algo que você pode aprender agora mesmo. Durante toda a sua vida, as pessoas vão te dizer coisas. E, na maioria do tempo, provavelmente 95% do tempo, o que elas lhe dirão estará errado.

Kelly não disse nada. Sentiu-se estranhamente desanimada ao escutar isso.

– É um fato da vida – disse Sarah. – Os seres humanos são repletos de desinformação. Por isso é difícil saber em que acreditar. Eu sei como você se sente.

– Sabe?

– Claro. Minha mãe me dizia que eu nunca seria nada. – Ela sorriu. – E alguns professores me diziam a mesma coisa.

– É mesmo? – Não parecia possível.

– Ah, sim – respondeu Sarah. – Na verdade...

Da outra seção do trailer, elas escutaram Malcolm dizer:

– Não! Não! Aqueles idiotas! Eles podem estragar tudo!

Sarah imediatamente se virou e foi para a outra seção. Kelly levantou-se com rapidez e correu atrás dela.

Os homens estavam agrupados em torno do monitor. Todos falavam juntos e pareciam aborrecidos.

– Isso é terrível – dizia Malcolm. – Terrível!

– Aquilo ali é um jipe? – perguntou Thorne.

– Eles tinham um jipe vermelho – disse Harding, aproximando-se para olhar.

– Então é Dodgson – afirmou Malcolm. – Droga!

– O que ele está fazendo aqui?

– Eu posso adivinhar.

Kelly abriu caminho para dar uma olhada. Na tela, viu folhagem e vislumbres intermitentes de um veículo vermelho e preto.

– Onde eles estão agora? – Malcolm perguntou a Arby.

– Acho que no vale leste – respondeu Arby. – Perto de onde encontramos o dr. Levine.

O rádio clicou. A voz de Levine indagou:

– Vocês querem dizer que há outras pessoas na ilha agora?

– Sim, Richard.

– Bem, é melhor ir impedi-los, antes que eles estraguem tudo.

– Eu sei. Você quer voltar?

– Apenas se houver um motivo convincente. Me informe se surgir algum. – E seu rádio clicou, desligando.

Harding encarou a tela, observando o jipe.

– São eles, sim – falou ela. – Esse é o seu amigo Dodgson.

– Ele não é meu amigo – disse Malcolm. Em seguida, levantou-se, fazendo uma careta de dor por causa da perna. – Vamos. Precisamos impedir esses safados. Não há tempo a perder.

NINHO

O jipe Wrangler vermelho parou suavemente. Logo à sua frente, havia uma densa muralha de folhagem. No entanto, do outro lado eles podiam ver a luz do sol, vinda da clareira um pouco mais adiante.

Dodgson ficou sentado em silêncio dentro do carro, escutando. King virou-se para ele, prestes a falar algo, mas o homem ergueu a mão em um gesto para ele se manter quieto.

Neste momento, ouviu claramente: um rosnado grave e contínuo, quase um ronronar. Vinha um pouco depois da folhagem à frente. Soava como o maior felino selvagem que ele já escutara. E, de forma intermitente, ele sentia uma leve vibração – quase nada, mas o suficiente para fazer as chaves do carro tilintarem contra a coluna da direção. Ao sentir aquela vibração, lentamente se deu conta: *aquilo estava caminhando.*

Algo muito grande. Caminhando.

Ao lado dele, King olhava de modo fixo adiante, embasbacado, o queixo caído. Dodgson deu uma rápida espiada em Baselton, lá atrás; o professor agarrava o banco com dedos brancos de tensão enquanto escutava o som.

Uma sombra movimentou-se pelas samambaias logo à frente, e, a julgar por ela, o animal tinha seis metros de altura e doze de comprimento. Andava ereto sobre as patas traseiras e o corpo era grande, o pescoço, curto, e a cabeça, enorme.

Um tiranossauro.

Dodgson hesitou, encarando a sombra. Seu coração martelava no peito. Ele cogitou passar para o ninho seguinte, mas confiava que a caixa também funcionaria ali. Então, disse:

– Vamos acabar logo com isso. Dê-me a caixa.

Baselton a entregou a ele do mesmo jeito que fizera antes.

– Carga? – perguntou Dodgson.

– As baterias estão carregadas – respondeu King.

– Certo – disse ele. – Aqui vamos nós. Exatamente como antes. Eu vou primeiro, vocês dois me seguem e trazem os ovos até o carro. Prontos?

– Pronto – informou Baselton.

King não respondeu. Ele ainda olhava a sombra fixamente.

– Que tipo de dinossauro é esse?

– Esse é um tiranossauro.

– Ah, Jesus – disse King.

– Um tiranossauro? – questionou Baselton.

– Não importa o que ele é – falou Dodgson, irritado. – Apenas sigam o plano como antes. Todos prontos?

– Só um minuto – disse Baselton.

– E se não funcionar? – perguntou King.

– Nós já sabemos que funciona – respondeu Dodgson.

– Recentemente foi relatado um fato bastante curioso sobre tiranossauros – disse Baselton. – Um paleontólogo chamado Roxton realizou um estudo sobre o crânio do tiranossauro e concluiu que o cérebro deles era semelhante ao dos sapos, apesar de, é claro, muito maior. O que implica que seu sistema nervoso era adaptado apenas ao movimento. Eles não conseguem te ver se você ficar parado. Objetos imóveis tornam-se invisíveis para eles.

– Tem certeza disso? – indagou King.

Baselton respondeu:

– O relatório dele dizia isso. E faz todo o sentido. Não se pode esquecer que os dinossauros, apesar de todo o seu tamanho, tinham intelectos muito primitivos. É bastante lógico que um tiranossauro tenha o equipamento mental de um sapo.

– Não vejo por que estamos com tanta pressa – disse King, nervoso. Ele ainda olhava adiante. – Esse é bem maior do que os outros.

– E daí? – questionou Dodgson. – Você ouviu o que George disse. É só um sapo gigante. Vamos acabar logo com isso. Saiam do carro, porra. E não batam as portas.

George Baselton sentira-se muito bem, muito entendido, ao se lembrar daquele artigo obscuro nos jornais. Estivera no papel que costumava representar, fornecendo informação a pessoas que não dispunham dela. Agora que se aproximava do ninho, sentiu-se atônito ao reparar que seus joelhos tinham começado a tremer. As pernas pareciam de borracha. Ele sempre pensou que isso fosse apenas uma figura de linguagem, mas ficou alarmado ao perceber que podia ser literalmente verdade. Mordeu o lábio e se forçou a recobrar o controle. Não demonstraria medo, disse a si mesmo. Era o mestre dessa situação.

Dodgson já se movimentava para a frente, segurando a caixa preta como uma arma na mão. Baselton olhou para King, mortalmente pálido e suando. Ele parecia à beira do colapso e se movia devagar. Baselton caminhava ao lado dele, certificando-se de que o homem estava bem.

À frente deles, Dodgson deu uma última olhada para trás e acenou para Baselton e King o alcançarem. Olhou feio para os dois e atravessou a folhagem, entrando na clareira.

Baselton viu o tiranossauro. Não – havia dois deles! Estavam de pé dos dois lados de um monte de terra, ambos adultos, seis metros de altura sobre as patas traseiras, poderosos, vermelho-escuros, com mandíbulas grandes e cruéis. Como os maiassauros, os animais fitaram Dodgson por um momento, um olhar estúpido, quase espantado por ver um intruso. E então os tiranossauros rugiram em fúria. Um bramido incrível, ruidoso, de fazer o ar vibrar.

Dodgson ergueu a caixa, apontando-a para os animais. De imediato, um berro contínuo e agudo preencheu a clareira.

Os tiranossauros rugiram em resposta e abaixaram as cabeças, estendendo o pescoço adiante, fechando as mandíbulas com estrondo e preparando-se para atacar. Eles eram imensos – e nem um pouco afetados pelo som. Começaram a dar a volta no monte, indo na direção de Dodgson. A terra tremia conforme os animais se moviam.

– Ah, cacete – disse King.

Dodgson, porém, permaneceu calmo. Girou o disco seletor. Baselton colocou as mãos por cima das orelhas. O berro tornou-se mais alto, mais agudo, ensurdecedor, incrivelmente doloroso. A resposta foi imediata: os tiranossauros recuaram como se tivessem recebido um golpe físico. Abaixaram a cabeça. Piscaram rapidamente. O som pareceu vibrar no ar. Eles rugiram outra vez, mas agora o som foi mais fraco, sem convicção. Um grito terrível veio de dentro do ninho de lama.

Dodgson seguiu em frente, apontando a caixa no ar bem na direção dos animais. Os tiranossauros recuaram, olhando para o ninho e depois para Dodgson. Balançaram a cabeça de um lado para o outro com rapidez, como se tentassem limpar os ouvidos. Dodgson calmamente ajustou o seletor. O som tornou-se mais agudo. Agora era excruciante.

Ele começou a escalar o monte de lama do ninho. Baselton e King o seguiram aos tropeções. Baselton viu-se olhando para um ninho com quatro ovos brancos pintalgados e dois jovens bebês que se pareciam, por mais incrível que fosse, com perus magros e superdesenvolvidos. Enfim, com algum tipo de filhote de pássaro gigante.

Os dois tiranossauros localizavam-se na ponta mais distante da clareira, afastados pelo som. Como os maiassauros, em sua agitação, eles urinaram, bateram com as patas, mas não se aproximaram.

Acima do berro ensurdecedor, Dodgson gritou:

– Peguem os ovos!

Em um estupor, King caiu dentro do ninho, agarrando o ovo mais próximo. Suas mãos trêmulas o atrapalharam; o ovo lançou-se no ar; ele tornou a apanhá-lo e pendeu para trás. Pisou na perna de um dos bebês, que gritou de dor e medo.

Com isso, os pais tentaram se adiantar de novo, atraídos pelos gritos do filhote. King rapidamente saiu do ninho, abaixando-se para passar pela folhagem. Baselton observou-o passar.

– George! – gritou Dodgson, ainda mirando a caixa nos tiranossauros. – Pegue o outro ovo!

Baselton voltou-se para ver os tiranossauros adultos, observando sua agitação e sua raiva, assistindo a suas mandíbulas abrindo-se e fechando-se, e teve a súbita sensação de que, com ou sem som, esses animais não permitiriam a mais ninguém entrar no ninho. King dera sorte, mas Baselton não teria o mesmo destino, ele podia sentir e...

– George! *Agora!*

– Eu não posso! – exclamou Baselton.

– Seu bosta! Idiota! – Mantendo a arma no alto, Dodgson começou a descer no ninho ele mesmo. No entanto, assim que começou a fazer isso, girou o corpo... e o plugue da bateria soltou-se da caixa.

O som morreu de repente.

Na clareira, fez-se silêncio.

Baselton gemeu.

Os tiranossauros chacoalharam a cabeça uma última vez e rugiram.

Baselton viu Dodgson ficar rigidamente imóvel, o corpo congelado. Baselton também se imobilizou. De alguma forma, ele forçou o corpo a permanecer onde estava. Forçou os joelhos a parar de tremer. Prendeu a respiração.

E esperou.

Na ponta mais distante da clareira, os tiranossauros começaram a se mover na direção dele.

• • •

– O que eles estão fazendo? – gritou Arby, no trailer. Ele estava tão perto do monitor que seu nariz quase tocava a tela. – Ficaram doidos? Eles estão simplesmente parados lá.

Ao lado dele, Kelly não disse nada. Observava a tela em silêncio.

– Ainda quer estar lá fora agora, Kel? – perguntou Arby.

– Cala a boca – respondeu ela.

– Não, eles não ficaram doidos – disse Malcolm pelo rádio, enquanto fitava o monitor do painel. O Explorer descia pela trilha, seguindo para o setor mais oriental da ilha. Thorne dirigia. Sarah e Malcolm estavam no banco traseiro.

Sarah disse:

– Ele deveria estar tentando consertar sua máquina sonora. Eles realmente vão apenas ficar parados ali?

– Sim – falou Malcolm.

– Por quê?

– Porque estão mal informados – disse Malcolm.

DODGSON

Dodgson assistiu enquanto o tiranossauro líder vinha em sua direção. Para animais tão grandes, eles eram cautelosos. Apenas um dos dois pais aproximou-se deles, e, embora ele pausasse para urrar várias vezes no caminho, parecia estranhamente hesitante, como se perplexo pelo fato de os homens permanecerem ali. Ou talvez ele não pudesse vê-los. Talvez ele e Baselton tivessem desaparecido da visão dos animais.

O outro tiranossauro permaneceu a distância, mantendo-se na direção do lado oposto do ninho. Ele balançava e abaixava a cabeça, agitado.

Agitado, mas não em modo de ataque.

É claro, os urros do dinossauro que se aproximava eram aterrorizantes, de gelar o sangue. Dodgson não ousou olhar para Baselton, a apenas alguns metros dali. Baselton provavelmente mijava nas calças naquele momento. Desde que ele não se vire e corra, tudo bem, pensou Dodgson. Se ele corresse, seria um homem morto. Se ficasse parado, tudo daria certo.

Completamente imóvel, mantendo seu corpo rígido, Dodgson segurava a caixa anodizada na mão esquerda, na linha da cintura, perto da fivela do cinto. Com a direita, devagar, muito devagar, começou a puxar o fio desconectado. Em poucos instantes, sentiria o plugue nas mãos e o encaixaria de volta na caixa.

Nesse ínterim, não desviou os olhos do tiranossauro que se aproximava. Sentia o chão balançar sob os pés. Escutou os gritos do filhote que King pisoteara. Aqueles gritos pareciam incomodar os adultos, agitando-os.

Não importava. Só mais alguns segundos e ele religaria o fio. E então...

O tiranossauro estava bem perto agora. Dodgson podia farejar o odor pútrido do carnívoro. O animal rugiu, e ele sentiu o hálito quente. O bicho estava bem perto de Baselton. Dodgson virou a cabeça um mínimo para observar.

Baselton estava totalmente imóvel. O tiranossauro aproximou-se e abaixou a cabeça enorme. Fungou para Baselton. Ergueu a cabeça de novo, como se perplexo.

Ele realmente não consegue enxergar, pensou Dodgson.

O tiranossauro urrou, um som feroz. De algum jeito, Baselton permaneceu imóvel. O tiranossauro curvou-se, abaixando a cabeçorra outra vez. As mandíbulas se abriram e se fecharam. Baselton olhava adiante fixamente, sem piscar. Com as narinas enormes e alargadas, o dinossauro o farejou, uma longa inalação barulhenta que balançou as pernas da calça de Baselton.

E então o tiranossauro cutucou o homem de leve com o focinho. Naquele momento, Dodgson compreendeu que o animal podia, sim, vê-los, e então o bicho agitou a cabeça de lado, atingindo Baselton pela lateral e derrubando-o no chão com facilidade. Baselton gritou quando a grande pata do tiranossauro desceu, prendendo-o ao chão. Ergueu os braços e gritou "Seu filho da puta!" no mesmo instante em que a cabeça do bicho desceu com as mandíbulas arreganhadas, fechando-se sobre ele. O movimento foi gentil, quase delicado, mas, no momento seguinte, a cabeça ergueu-se de repente, rasgando o corpo do homem, e Dodgson ouviu um grito e viu algo pequeno e frouxo pendendo das mandíbulas do tiranossauro; percebeu que era o braço do outro homem. A mão de Baselton balançou livremente, a pulseira de metal de seu relógio cintilando sob o imenso olho do tiranossauro.

Baselton gritava, um som contínuo e indistinto; ao ouvir aquilo, Dodgson começou a suar, tonto. Aí se virou e correu na direção do carro, na direção da segurança, na direção de qualquer coisa.

Ele correu.

Kelly e Arby desviaram o olhar do monitor no mesmo momento. Kelly sentia-se enjoada. Não podia assistir àquilo. Pelo rádio, entretanto, eles ainda conseguiam ouvir os minúsculos gritos do homem caído de costas enquanto o tiranossauro o despedaçava.

– Desligue isso – disse Kelly.

Um instante depois, o som parou.

Kelly suspirou e deixou os ombros descaírem.

– Obrigada – agradeceu ela.

– Eu não fiz nada – falou Arby.

A menina espiou a tela e rapidamente olhou para o outro lado. O tiranossauro dilacerava algo vermelho. Ela estremeceu.

O trailer estava silencioso. Kelly escutou o tique-taque dos contadores eletrônicos e o ruído abafado das bombas de água debaixo do piso. Do lado de fora, havia o leve som do vento murmurando contra o mato alto. Kelly, de repente, sentiu-se muito sozinha e muito isolada naquela ilha.

– Arby – disse ela –, o que nós vamos fazer?

O menino não respondeu.

Em vez disso, correu para o banheiro.

– Eu sabia! – disse Malcolm, mirando fixamente o monitor do painel. – Eu sabia que isso iria acontecer. Eles tentaram roubar ovos. Agora olha só, os tiranossauros estão indo embora! Os dois! – Ele ligou o transmissor do rádio. – Arby. Kelly. Vocês estão aí?

– Não podemos falar – disse Kelly.

O Explorer prosseguiu pela encosta, indo para a área do ninho dos tiranossauros. Thorne dirigia segurando o volante com força, sombrio.

– Mas que porcaria! Droga.

– Kelly, está me ouvindo? Não podemos ver o que está acontecendo lá embaixo. Os tiranossauros abandonaram o ninho! Kelly? O que está havendo?

Dodgson correu para o jipe. O pacote de baterias caiu de seu cinto enquanto corria, mas ele não se importou. Adiante, no jipe, viu King à espera, tenso e pálido.

Dodgson foi para trás do volante e deu partida no motor. Os tiranossauros rugiram.

– Cadê o Baselton? – perguntou King.

– Ele não escapou – disse Dodgson.

– O que você quer dizer com isso?

– *Quero dizer que ele não escapou, porra!* – gritou Dodgson e engatou a marcha. O jipe disparou, sacolejando encosta acima. Eles ouviram os tiranossauros urrando atrás deles.

King segurava o ovo, olhando para trás.

– Talvez devêssemos nos livrar disto – comentou ele.

– Não ouse, cacete! – vociferou Dodgson.

King começou a abrir a janela.

– Talvez ele só queira o ovo de volta.

– Não – disse Dodgson. – Não! – Ele estendeu o braço para o banco do passageiro, lutando com King enquanto dirigia. A trilha era estreita, com raízes profundas. O jipe seguia aos trancos.

Subitamente, um dos tiranossauros emergiu das árvores na estrada à frente. O animal postou-se ali, rosnando e bloqueando a passagem.

– Ah, Cristo – disse Dodgson, pisando no freio. O carro derrapou de maneira agoniante na trilha enlameada e conseguiu parar.

O tiranossauro moveu-se pesadamente na direção deles, berrando.

– Dê meia-volta! – gritou King. – Dê meia-volta!

Dodgson, porém, não fez isso. Engatou marcha a ré e começou a recuar pela trilha. Dirigia com rapidez e a estrada era estreita.

– Você é maluco! – disse King. – Vai matar nós dois!

Dodgson bateu em King.

– Cala a merda da sua boca! – gritou ele.

Era necessária toda a sua atenção para manobrar o carro de volta pela trilha sinuosa. Mesmo indo o mais rápido que podia, ele tinha certeza de que o tiranossauro seria mais veloz. Não funcionaria. Eles estavam em uma porra de um jipe com uma porra de um teto de tecido e seriam mortos e...

– Não! – gritou King.

Atrás deles, Dodgson viu o segundo tiranossauro, disparando estrada acima na direção do jipe. Olhou adiante e viu o primeiro tiranossauro aproximando-se. Estavam encurralados.

Ele girou o volante, em pânico, e o carro saiu da estrada, espatifando-se contra a densa vegetação rasteira e as árvores em volta. Ele sentiu um impacto violento. Em seguida, a traseira do carro descaiu de maneira nauseante, e ele se deu conta de que as rodas traseiras estavam penduradas na beira de um penhasco. Acelerou em frenesi, mas os pneus giraram no ar. Era inútil. E lentamente o carro afundou para trás, cada vez mais fundo na folhagem tão densa que ele não conseguia enxergar através dela. Mas soube que estavam suspensos no ar. A seu lado, King soluçava. Ele escutou os tiranossauros urrando, muito próximos agora.

Dodgson abriu a porta e saltou no espaço. Mergulhou pela folhagem, caiu, atingiu o tronco de uma árvore e desabou por uma encosta íngreme na selva. Em algum ponto do caminho, sentiu uma dor aguda na testa e viu estrelas por um breve instante antes de a escuridão o envolver e ele perder a consciência.

DECISÃO

Eles se encontravam dentro do Explorer, no topo da margem que se elevava sobre o vale oriental coberto pela selva. As janelas estavam abertas. Escutavam os urros dos tiranossauros, conforme os imensos animais passavam esmagando a vegetação rasteira.

– Os dois abandonaram o ninho – disse Thorne.

– É. Aqueles caras devem ter pegado alguma coisa. – Malcolm suspirou.

Ficaram em silêncio por um tempo, prestando atenção aos sons.

Ouviram um zumbido suave e então Eddie encostou ao lado deles, na motocicleta.

– Pensei que vocês poderiam precisar de ajuda. Vão descer lá?

Malcolm balançou a cabeça.

– Não, de jeito nenhum. É perigoso demais. Não sabemos onde eles estão.

Sarah Harding disse:

– Por que Dodgson ficou simplesmente parado daquele jeito? Não é assim que se age perto de predadores. Se você for pego perto de leões, tem que fazer bastante barulho, agitar as mãos, jogar coisas neles. Tentar assustá-los para que se afastem. Você não pode apenas ficar ali parado.

– Ele provavelmente leu a pesquisa errada – disse Malcolm, balançando a cabeça. – Há uma teoria por aí de que os tiranossauros só veem movimento. Um cara chamado Roxton fez moldes dos crânios de rex e concluiu que os tiranossauros tinham o cérebro de um sapo.

O rádio estalou.

– Roxton é um idiota. Ele não sabe o bastante de anatomia nem para fazer sexo com sua esposa. Aquela pesquisa era uma piada – disse Levine.

– Que pesquisa? – perguntou Thorne.

O rádio tornou a estalar.

– Roxton – falou Levine – acreditava que tiranossauros tinham um sistema visual semelhante ao dos anfíbios, como um sapo. Um sapo vê movimento, mas não enxerga algo imóvel. Porém, é virtualmente impossível que um predador como o tiranossauro tivesse um sistema visual que funcionasse assim. Virtualmente impossível. Porque a defesa mais comum das presas é congelar. Um gamo ou algo assim, quando se sente em perigo, congela. Um predador deve ser capaz de enxergá-los mesmo assim. E é claro que um tiranossauro enxergava.

Pelo rádio, Levine fungou, desdenhoso.

– É como aquela outra teoria idiota proposta por Grant alguns anos atrás, segundo a qual um tiranossauro poderia ficar confuso com uma tempestade forte já que não era adaptado a climas úmidos. Isso também é absurdo. O Cretáceo não era particularmente seco. E, de qualquer forma, tiranossauros são animais norte-americanos. Eles só foram encontrados nos Estados Unidos ou no Canadá. O *Tyrannosaurus rex* viveu nas margens do grande mar interno, a leste das Montanhas Rochosas. Há muitas tempestades nas encostas das montanhas. Tenho certeza de que os tiranossauros viram bastante chuva e evoluíram para lidar com isso.

– Então existe algum motivo pelo qual um tiranossauro não fosse atacar alguém? – perguntou Malcolm.

– Sim, é claro. O mais óbvio – respondeu Levine.

– Que é...?

– Se ele não estivesse com fome. Se ele tivesse acabado de comer outro animal. Qualquer coisa maior do que um bode resolveria a fome dele por horas. Não, não. O tiranossauro enxerga muito bem, parado ou em movimento.

Eles escutaram os urros vindos do vale abaixo. Viram movimento na vegetação rasteira a cerca de um quilômetro ao norte. Mais urros. Os dois rex pareciam responder um ao outro.

– O que estamos portando? – perguntou Sarah Harding.

– Três Lindstradts. Totalmente carregados – respondeu Thorne.

– Certo – disse ela. – Vamos lá.

O rádio estalou.

– Eu não estou aí – disse Levine pelo aparelho –, mas certamente aconselharia esperar.

– Para o inferno com essa espera – disse Malcolm. – Sarah tem razão. Vamos descer lá e ver o tamanho do estrago.

– O enterro é seu – falou Levine.

• • •

Arby voltou ao monitor enxugando o queixo. Ele ainda estava meio esverdeado.

– O que eles estão fazendo agora?

– Dr. Malcolm e os outros estão indo para o ninho.

– Está brincando comigo? – perguntou ele, alarmado.

– Não se preocupe – falou Kelly. – Sarah pode dar conta disso.

– É o que você espera – disse Arby.

NINHO

Eles estacionaram o Explorer pouco antes da clareira. Eddie estacionou a moto e a apoiou contra o tronco de uma árvore, esperando enquanto os outros saíam do veículo.

Sarah Harding sentiu o odor familiar e azedo de carne podre e excremento que sempre marcava o local de um ninho de carnívoros. No calor vespertino, aquilo era levemente nauseante. Moscas zumbiam no ar parado. Harding apanhou um dos rifles e pendurou-o sobre o ombro. Ela olhou para os três homens. Todos estavam muito imóveis, tensos, parados. O rosto de Malcolm tornara-se pálido, em especial ao redor dos lábios. Aquilo a lembrou da vez em que Coffmann, seu antigo professor, visitou-a na África. Coffmann era um daqueles tipos beberrões *à la* Hemingway, com pencas de casos em casa e montes de histórias sobre suas aventuras com os orangotangos na Sumatra e os lêmures de cauda anelada em Madagascar. Assim, ela o levou para o local de uma matança na savana. Ele desmaiou de imediato. O homem pesava mais de 90 quilos, e Sarah teve de arrastá-lo pelo colarinho enquanto os leões os rodeavam e rosnavam para ela. Fora uma boa lição para Sarah.

Nesse momento, ela aproximou-se dos três homens e sussurrou:

– Se algum de vocês tiver qualquer receio a respeito disso, não vá. Apenas espere aqui. Eu não quero me preocupar com vocês. Posso fazer isso sozinha.

Ela começou a se afastar.

– Tem certeza...

– Sim. Agora mantenham silêncio.

Ela dirigiu-se à clareira. Malcolm e os outros apressaram-se para acompanhá-la. Ela afastou as folhas de palmeiras e saiu para a área descoberta. Os tiranossauros estavam distantes e o cone de lama encontrava-se deserto. À direita, viu um sapato, com um pouco de carne dilacerada aparecendo acima da meia rasgada. Aquilo era tudo que havia sobrado de Baselton.

Do interior do ninho, ouviu um guincho lamentoso e agudo. Harding escalou o monte de lama, com Malcolm lutando para segui-la. Viu dois bebês tiranossauros ali, choramingando. Perto havia três ovos grandes. Eles viram pegadas profundas na lama por todo canto.

– Eles pegaram um dos ovos – disse Malcolm. – Droga.

– Você não queria que nada perturbasse seu pequeno ecossistema?

Malcolm deu um sorriso torto.

– É. Estava torcendo por isso.

– Que pena – falou ela, movendo-se rapidamente pela borda do fosso. Ela abaixou-se, olhando para os filhotes de tiranossauro. Um dos bebês se acovardava, o pescoço coberto de penugem encolhendo-se para junto do corpo. O segundo, contudo, comportava-se de modo completamente diferente. Ele não se moveu quando eles se aproximaram; em vez disso, continuou deitado de lado, respirando de maneira superficial, os olhos vidrados.

– Esse aqui foi ferido – disse ela.

Levine estava de pé no esconderijo alto. Ele pressionou o fone no ouvido e falou no microfone perto de sua bochecha.

– Preciso de uma descrição – disse ele.

Thorne respondeu:

– Há dois deles, mais ou menos meio metro de altura, pesando talvez 20 quilos. Do tamanho aproximado de pequenos casuares. Olhos grandes. Focinhos curtos. Cor marrom-clara. E há um anel de penugem ao redor do pescoço deles.

– Eles conseguem ficar de pé?

– Hum... se podem, não é muito bem. Eles ficam meio que caindo o tempo todo. Guinchando bastante.

– Então são bebês mesmo – disse Levine, assentindo. – Provavelmente têm apenas alguns dias de vida. Nunca estiveram fora do ninho. Eu teria muito cuidado.

– Por quê?

– Com uma cria tão recente – comentou Levine –, os pais não ficarão longe por muito tempo.

Harding chegou mais perto do bebê ferido. Ainda choramingando, o filhote tentou rastejar na direção dela, arrastando seu corpo de maneira desajeitada. Uma perna curvava-se em um ângulo estranho.

– Acho que a perna esquerda está ferida.

Eddie se aproximou, posicionando-se ao lado dela para ver.

– Está quebrada?

– Provavelmente, mas...

– Ei! – exclamou Eddie. O filhote havia dado um impulso adiante e fechado as mandíbulas ao redor do tornozelo da bota dele. Eddie puxou o pé, arrastando o bebê, que se manteve agarrado com força. – Ei! Me solta!

Eddie ergueu a perna, balançando-a de um lado para o outro, mas o filhote se recusou a soltar. Ele puxou por mais um instante e parou. Agora o bebê estava apenas deitado no chão, respirando com dificuldade, as mandíbulas ainda travadas ao redor da bota de Eddie.

– Credo – disse ele.

– Rapazinho agressivo, não é? – comentou Sarah. – Desde o nascimento...

Eddie olhou para baixo, para os dentes minúsculos e afiados como navalhas. Eles não haviam penetrado no couro. O bebê se mantinha ali com firmeza. Com a coronha do rifle, ele cutucou a cabeça do filhote duas vezes. Sem efeito nenhum. O bebê jazia no chão respirando de maneira superficial. Os grandes olhos piscaram lentamente ao fitar Eddie, mas o bichinho não soltou sua presa.

Eles ouviram o rugir distante dos pais, em algum ponto ao norte.

– Vamos sair daqui – disse Malcolm. – Já vimos o que viemos ver. Temos que descobrir aonde Dodgson foi.

– Eu acho que vi um rastro na trilha. Eles devem ter saído por ali – falou Thorne.

– É melhor darmos uma olhada.

Todos começaram a voltar para o carro.

– Espere um minuto – disse Eddie, olhando para seu pé. – O que eu vou fazer com o bebê?

– Atire nele – falou Malcolm, olhando para trás.

– Você diz, matá-lo?

– É uma perna quebrada, Eddie. Ele vai morrer de qualquer forma – disse Sarah.

– Sim, mas...

Thorne avisou:

– Estamos voltando pela trilha, Eddie, e, se não encontrarmos Dodgson, vamos pegar a estrada da cordilheira e voltar para o laboratório. De lá, voltamos para o trailer.

– Certo, Doutor. Estou logo atrás de vocês. – Eddie ergueu o rifle, revirando-o nas mãos.

– Faça isso agora – instruiu Sarah, entrando no Explorer. – Porque você não vai querer estar aqui quando a mamãe e o papai voltarem.

A RUÍNA DOS APOSTADORES

Dirigindo pela trilha acima, Malcolm fitava o monitor do painel enquanto a imagem passava de uma câmera para a outra. Ele procurava por Dodgson e o resto de sua turma.

Pelo rádio, Levine perguntou:

– Qual o tamanho do prejuízo?

– Eles levaram um ovo – disse Malcolm. – E nós tivemos que atirar em um dos bebês.

– Então, uma perda de dois. De uma cria total de quantos, seis?

– Isso mesmo.

– Francamente, eu diria que o estrago não foi grande – falou Levine. – Desde que vocês impeçam essa gente de fazer mais estragos.

– Estamos procurando por eles agora – informou Malcolm, taciturno.

Harding disse:

– Era de se esperar que isso acontecesse, Ian. Você sabe que não dá para observar os animais sem mudar nada. É uma impossibilidade científica.

– Claro que é – disse Malcolm. – Essa é a maior descoberta científica do século 20. Não se pode estudar algo sem alterá-lo.

Desde Galileu, os cientistas tinham adotado o ponto de vista de que eram observadores objetivos do mundo natural. Aquilo estava implícito em cada aspecto de seu comportamento, até na forma como escreviam seus trabalhos científicos, registrando coisas como "foi observado...". Como se ninguém tivesse observado o fato. Por trezentos anos, essa característica impessoal representou o selo da ciência. A ciência é objetiva, e o observador não teve qualquer influência nos resultados que ele ou ela descrevia.

Essa objetividade tornava a ciência diferente das ciências humana e religiosa – campos em que o ponto de vista do observador era integral, em que o observador estava ligado de maneira inextricável aos resultados observados.

Todavia, no século 20, essa diferença desapareceu. A objetividade científica se foi mesmo nos níveis mais fundamentais. Os físicos agora sabiam que não é possível medir sequer uma partícula subatômica sem afetá-la de maneira impactante. Quando se colocam instrumentos para medir a posição de uma partícula, altera-se sua velocidade. Quando se mede sua velocidade, altera-se sua posição. Essa verdade básica se tornou o princípio da incerteza de Heisenberg: seja lá qual for o fato que você estudar, você também o terá alterado. No final, tornou-se claro que todos os cientistas integravam um universo participativo que não permitia a ninguém ser um mero observador.

– Eu sei que a objetividade é impossível – disse Malcolm, impaciente. – Não estou preocupado com isso.

– Então com que você está preocupado?

– Estou preocupado com a Ruína dos Apostadores – falou Malcolm, encarando o monitor.

A Ruína dos Apostadores era um fenômeno notório e muito debatido que trazia consequências importantes tanto para a evolução quanto para a vida cotidiana.

– Digamos que você seja uma apostadora – começou ele. – E está apostando em um jogo de cara ou coroa. Toda vez que a moeda dá cara, você ganha um dólar. Toda vez que a moeda dá coroa, você perde um dólar.

– Certo...

– Com o tempo, o que acontece?

Harding encolheu os ombros.

– As chances de cair cara ou coroa são iguais. Então, talvez eu ganhe, talvez eu perca. Mas, no final, vou sair com zero.

– Infelizmente, não – disse Malcolm. – Se você apostar por tempo suficiente, sempre vai perder. O apostador sempre sai arruinado. É por isso que os cassinos se mantêm funcionando. Porém a pergunta é: o que acontece ao longo do tempo? O que ocorre no período antes de o apostador estar finalmente arruinado?

– Certo – falou ela. – O que acontece?

– Se você tabelar a sorte do apostador ao longo do tempo, o que vai descobrir é que o apostador ganha por um período ou perde por um período. Em outras palavras, tudo no mundo funciona em marés. É um fenômeno real, e você o vê em todo lugar: no clima, nas enchentes dos rios, no beisebol, no ritmo cardíaco, nos mercados de ações. Assim que as coisas dão errado, elas tendem a continuar dando errado. Como o velho ditado de que as desgraças nunca vêm sozinhas. A teoria da complexidade nos diz que a sabedoria popular está correta. As coisas ruins se agrupam. Elas vão para a merda juntas. Esse é o mundo real.

– Então o que você está dizendo? Que as coisas estão indo para a merda agora?

– Pode ser, graças ao Dodgson – disse Malcolm, franzindo a testa para o monitor. – E o que aconteceu com aqueles safados, afinal?

KING

Há um zumbido, como o som de uma abelha distante. Howard King estava vagamente ciente dele enquanto recobrava aos poucos a consciência. Abriu os olhos e viu o para-brisa de um carro e os galhos de árvores mais além.

O zumbido tornou-se mais alto.

King não sabia onde estava. Não conseguia se lembrar de como chegara até ali, o que havia acontecido. Sentia dor nos ombros e nos quadris. A testa latejava. Ele tentou se lembrar, mas a dor o distraiu, impedindo-o de pensar com clareza. A última imagem de que se recordava era o tiranossauro diante dele na estrada. Aquela era a última coisa. Aí Dodgson olhara para trás e...

King virou a cabeça e gritou quando uma dor súbita e aguda subiu-lhe do pescoço ao crânio. A dor o fez ofegar, tirou seu fôlego. Ele fechou os olhos, fazendo uma careta. Em seguida, tornou a abri-los lentamente.

Dodgson não estava no carro. A porta do motorista encontrava-se escancarada, uma sombra pintalgada sobre seu painel. As chaves permaneciam na ignição.

Dodgson sumira.

Havia um fio de sangue na parte de cima do volante. A caixa preta estava no piso, junto à alavanca do câmbio. A porta aberta do motorista estalou de leve, movendo-se um pouco.

A distância, King ouviu o zumbido de novo, como uma abelha gigante. Então percebeu que era um som mecânico. Algo mecânico.

Aquilo o fez pensar no barco. Quanto tempo o barco esperaria no rio? Que horas seriam, afinal? Olhou para o relógio. O cristal estava trincado, os ponteiros fixos em 13h54.

Ele escutou o zumbido de novo. Estava se aproximando.

Com um esforço, empurrou-se para longe do banco e na direção do painel. Raios de uma dor elétrica dispararam por sua coluna, mas rapidamente começaram a diminuir. Ele respirou fundo.

Estou bem, pensou. Pelo menos, ainda estou aqui.

King olhou para a porta aberta do motorista sob a luz do sol que ainda estava alto. Provavelmente continuava de tarde. Quando o barco partiria? Às quatro? Às cinco? Ele não conseguia mais se lembrar. Porém, tinha certeza de que aqueles pescadores hispânicos não se demorariam por ali quando começasse a escurecer. Eles deixariam a ilha.

E Howard King queria estar no barco quando eles se fossem. Era a única coisa que ele queria no mundo. Com uma careta de dor, ergueu-se e dolorosamente passou para o banco do motorista. Ajeitou-se, respirou fundo e então se inclinou para olhar pela porta aberta.

O carro estava pendurado sobre o vazio, sustentado pelas árvores. Ele viu uma encosta íngreme coberta por selva, precipitando-se debaixo dele. A distância até o chão devia ser de oito ou nove metros. Estava escuro sob a copa das árvores. Ele ficou tonto só de olhar lá embaixo. Viu samambaias espalhadas de modo esparso e algumas rochas escuras. Girou o corpo para enxergar melhor.

E então o viu.

Dodgson estava caído de costas, a cabeça para baixo, na encosta da colina. Seu corpo estava contorcido, braços e pernas lançados em posições desajeitadas. Ele não se movia. King não conseguia vê-lo muito bem na densa folhagem da encosta, mas Dodgson parecia morto.

O zumbido subitamente tornou-se muito alto, elevando-se com rapidez, e King olhou adiante e viu, através da folhagem que bloqueava o para-brisa, um carro passando por ali, a não mais que dez metros dele. Um carro!

Em seguida, o veículo desapareceu. Pelo som, pensou ele, era um carro elétrico. Logo, devia ser Malcolm.

Howard King ficou, de certa forma, encorajado ao pensar que outras pessoas estavam naquela ilha. Sentiu uma nova força, a despeito da dor em seu corpo. Estendeu o braço e girou a chave na ignição. O motor roncou.

Engatou a marcha no carro e gentilmente pisou no acelerador.

As rodas de trás giraram. Ele engatou a tração dianteira. De repente, o jipe deu um salto à frente, movendo-se através dos galhos. Um instante depois, estava na estrada.

E então King se lembrou daquela estrada. À direita, ela levava para o ninho dos tiranossauros. O carro de Malcolm tinha ido para a esquerda.

Virou para a esquerda e subiu pela estrada. Tentava recordar como retornar ao rio, de volta para o barco. Ele lembrava-se vagamente de que havia uma bifurcação em Y na estrada no topo da colina. Resolveu que alcançaria essa junção, desceria pela encosta e daria o fora de lá.

Esse era seu único objetivo.

Dar no pé daquela ilha antes que fosse tarde demais.

MÁS NOTÍCIAS

O Explorer parou no topo da encosta, e Thorne entrou na estrada da cordilheira. Essa via se curvava de um lado para o outro, adentrando a face rochosa do penhasco. Em muitos pontos, a queda era escarpada, mas eles tinham uma visão completa da ilha. No final, chegaram a um lugar de onde conseguiam ver todo o vale. Podiam divisar o esconderijo alto à esquerda e, perto dele, a clareira com os dois trailers. Mais à direita, localizava-se o complexo do laboratório e, um pouco depois, o dos funcionários.

– Não estou vendo Dodgson em lugar nenhum – disse Malcolm, infeliz. – Aonde ele pode ter ido?

Thorne apertou o botão do rádio.

– Arby?

– Sim, Doutor.

– Você pode vê-los daí?

– Não, mas... – ele hesitou.

– O quê?

– Vocês não querem voltar agora? É incrível!

– O que é incrível? – perguntou Thorne.

– Eddie – disse Arby. – Ele acabou de chegar. E trouxe o bebê com ele.

Malcolm inclinou-se à frente.

– Ele trouxe o *quê*?

_QUINTA CONFIGURAÇÃO

"

À beira do caos, resultados inesperados ocorrem. O risco à sobrevivência é grande.

"

< IAN MALCOLM >

BEBÊ

No trailer, todos estavam amontoados ao redor da mesa onde o filhote de *Tyrannosaurus rex* agora jazia inconsciente em uma bandeja de aço inoxidável, os grandes olhos fechados, o focinho enfiado no plástico ovalado transparente de uma máscara de oxigênio. A máscara encaixava-se de modo quase perfeito ao focinho arredondado do bebê. O oxigênio sibilava suavemente.

– Eu não podia apenas deixá-lo lá – disse Eddie. – E achei que poderíamos arrumar a perna dele...

– Mas, Eddie... – falou Malcolm, balançando a cabeça.

– Então eu o enchi de morfina do kit de primeiros socorros e o trouxe para cá. Viu? A máscara de oxigênio se encaixa quase certinho nele.

– Eddie – disse Malcolm –, essa foi a coisa errada a se fazer.

– Por quê? Ele está bem. Nós o ajeitamos e o levamos de volta.

– Mas você está interferindo no sistema – afirmou Malcolm.

O rádio estalou.

– Isso foi extremamente imprudente – observou Levine pelo aparelho. – Extremamente.

– Obrigado, Richard – disse Thorne.

– Eu me oponho por completo a levar qualquer animal para o trailer.

– Agora é tarde demais para se preocupar com isso – disse Sarah Harding. Ela havia se adiantado, aproximando-se do bebê, e começara a prender eletrodos cardíacos ao peito do animal; eles ouviram o som de sua pulsação. Estava muito rápida, a mais de 150 batidas por minuto. – Quanta morfina você deu a ele?

– Nossa – disse Eddie. – Eu só... sabe como é. A seringa toda.

– Quanto é isso? Dez cc's?

– Acho que sim. Talvez vinte.

Malcolm olhou para Harding.

– Quanto tempo até o efeito passar?

– Não faço ideia – respondeu ela. – Eu já sedei leões e chacais em campo, quando os etiquetei. Com esses animais, há uma correlação grosseira entre a dose e o peso do corpo. No entanto, com animais jovens, é imprevisível. Talvez alguns minutos, talvez algumas horas. E eu não sei nada sobre filhotes de tiranossauro. Basicamente, é uma função do metabolismo, e este aqui parece ser rápido, semelhante ao dos pássaros. O coração está batendo muito rápido. Tudo o que posso dizer é: vamos tirá-lo daqui o mais rápido possível.

Harding apanhou o pequeno transdutor de ultrassom e colocou-o junto à perna do filhote. Ela olhou por sobre o ombro para o monitor. Kelly e Arby bloqueavam sua visão.

– Por favor, nos deem um pouco de espaço aqui – disse ela, e eles se afastaram. – Não temos muito tempo. Por favor.

Conforme os dois recuaram, Sarah viu os contornos da perna e dos ossos em verde e branco. Eram surpreendentemente parecidos com os de uma ave grande, pensou ela. Um abutre ou uma cegonha. Ela movimentou o transdutor.

– Certo... aqui estão os metatarsos... e aqui estão a tíbia e a fíbula, os dois ossos da parte inferior da perna...

– Por que os ossos têm sombras assim diferentes? – perguntou Arby.

As pernas tinham algumas seções densas e brancas dentro de contornos verde-claros.

– Porque é um bebê – disse Harding. – As pernas dele ainda são, na maior parte, cartilagem, com pouquíssimos ossos calcificados. Eu diria que este bebê provavelmente não anda ainda; ao menos, não muito bem. Ali. Olhe para a patela... É possível ver o suprimento de sangue para a cápsula articular...

– Como você sabe tanto de anatomia? – perguntou Kelly.

– Eu preciso saber. Passo bastante tempo analisando a espectometria de predadores – respondeu ela. – Examinando pedaços de ossos deixados para trás e descobrindo quais animais foram comidos. Para fazer isso, é preciso conhecer anatomia comparativa muito bem. – Ela passou o transdutor ao longo da perna do filhote. – E meu pai era veterinário.

Malcolm ergueu a cabeça rapidamente.

– Seu pai era veterinário?

– Sim. No zoológico de San Diego. Ele era um especialista em pássaros. Mas eu não vejo... Você pode ampliar isso?

Arby tocou um interruptor. A imagem dobrou de tamanho.

– Ah. Certo. Tudo bem. Ali está. Conseguem ver?

– Não.

– No meio da fíbula. Viram? Uma fina linha preta. Aquilo é uma fratura, logo acima da epífise.

– Aquela linha fina ali? – perguntou Arby.

– Aquela linhazinha significa a morte para este bebê – disse Sarah. – A fíbula não vai ficar reta após a cura, então a articulação do tornozelo não conseguirá fazer o pivô quando ele se levantar sobre as patas traseiras. O filhote não será capaz de correr e provavelmente nem vai andar. Ele ficará aleijado e um predador o apanhará antes que ele ultrapasse algumas semanas de idade.

– Mas nós podemos consertar isso – disse Eddie.

– Certo – falou Sarah. – O que você usaria como gesso?

– Diesterase – respondeu Eddie. – Eu trouxe um quilo em tubos de 100 cc. Trouxe um monte para servir como cola. Esse negócio é uma resina de polímeros; quando solidifica, é dura como aço.

– Ótimo – disse Harding. – Isso também vai matá-lo.

– Vai?

– Ele está *crescendo*, Eddie. Em poucas semanas, estará muito maior. Precisamos de alguma coisa que seja rígida, mas biodegradável – falou ela. – Algo que vá se desgastar ou soltar sozinho dentro de três a cinco semanas, quando a perna dele estiver curada. O que você tem?

Eddie franziu a testa.

– Não sei.

– Bem, não temos muito tempo – disse Harding.

Eddie perguntou:

– Doutor? Isso parece uma daquelas suas famosas perguntas de teste. Como fazer um gesso para dinossauros apenas com cotonetes e supercola.

– Eu sei – falou Thorne. A ironia da situação não havia lhe escapado. Ele dera problemas como esse para seus estudantes de engenharia por três décadas. Agora ele mesmo enfrentava um desafio semelhante.

– Talvez possamos degradar a resina, misturá-la com algo como açúcar refinado – opinou Eddie.

Thorne balançou a cabeça.

– Os grupos hidróxi da sacarose tornarão a resina friável. Ela vai endurecer, mas se despedaçará como vidro assim que o animal se mover.

– E se misturarmos a resina com um pano que tenha sido embebido em açúcar?

– Você diz, fazer com que as bactérias deteriorem o tecido?

– Isso.

– E aí o gesso quebra?

– Isso.

Thorne deu de ombros.

– Pode funcionar – falou ele. – Mas, sem testar, não temos como saber por quanto tempo o gesso vai durar. Talvez alguns dias, talvez alguns meses.

– É tempo demais – disse Sarah. – Este animal está crescendo velozmente. Se o crescimento for restringido, ele vai acabar aleijado pelo gesso.

– O que precisamos – informou Eddie – é de uma resina orgânica que forme um aglutinante que se degrade. Como uma goma.

– Goma de mascar? – perguntou Arby. – Porque eu tenho bastante...

– Não, eu estava pensando em outro tipo de goma. Quimicamente falando, a resina diesterase...

– Nunca vamos resolver isso quimicamente – disse Thorne. – Não temos os suprimentos.

– E o que mais podemos fazer? Não temos escolha a não ser...

– E se vocês fizerem algo que seja diferente em direções diferentes? – sugeriu Arby. – Forte em um sentido e fraco em outro?

– Não dá – respondeu Eddie. – É uma resina homogênea. É tudo a mesma coisa, uma cola melequenta azul que fica dura como pedra quando seca, e...

– Não, espere um pouco – interrompeu Thorne, voltando-se para o menino. – Como assim, Arby?

– Bem – falou Arby –, Sarah disse que a perna está crescendo. Isso significa que ela ficará mais comprida, o que não importa para um gesso, e mais grossa, o que importa, porque aí o gesso vai começar a apertar a perna. Mas, se vocês fizerem o gesso fraco no sentido do diâmetro...

– Ele tem razão – disse Thorne. – Podemos resolver isso estruturalmente.

– Como? – questionou Eddie.

– É só embutir uma rachadura fina. Talvez usando papel-alumínio. Trouxemos um pouco, para a cozinha.

– Isso seria fraco demais – disse Eddie.

– Não se o cobrirmos com uma camada de resina. – Thorne voltou-se para Sarah. – O que podemos fazer é criar um gesso muito forte para estresse vertical, mas fraco para estresse lateral. É um problema simples de engenharia. O bebê pode andar por aí com seu gesso, e tudo vai dar certo, desde que o esforço seja vertical. Porém, quando sua perna crescer, ela vai estourar a rachadura e o gesso cairá sozinho.

– Sim – concordou Arby.

– Isso é difícil de fazer? – perguntou ela.

– Não, deve ser bem fácil. Basta envolver a perna com papel-alumínio e cobri-lo com resina.

– E o que vai prender o papel-alumínio enquanto você o cobre? – indagou Eddie.

– Chiclete? – perguntou Arby.

– Isso mesmo – disse Thorne, sorrindo.

Naquele momento, o bebê rex se mexeu, as pernas contraindo-se. Ele ergueu a cabeça, a máscara de oxigênio caindo de lado, e emitiu um guincho baixo e débil.

– Rápido – falou Sarah, segurando a cabeça dele. – Mais morfina.

Malcolm já estava com uma seringa pronta. Ele a espetou no pescoço do animal.

– Só cinco cc's agora – disse Sarah.

– Qual o problema em dar mais e mantê-lo apagado por mais tempo?

– Ele está em choque pelo ferimento, Ian. Você pode matá-lo com morfina demais. Pode causar uma parada respiratória nele. As glândulas adrenais provavelmente estão estressadas também.

– Se é que ele tem adrenais – falou Malcolm. – Um *Tyrannosaurus rex* tem algum hormônio? A verdade é que nós não sabemos nada a respeito desses animais.

O rádio estalou e Levine disse:

– Fale por si mesmo, Ian. Na verdade, suspeito que vamos descobrir que dinossauros possuem hormônios, sim. Existem motivos convincentes para imaginar que eles possuam. Já que vocês se deram ao trabalho, equivocado, de pegar o bebê, podiam muito bem retirar algumas amostras de sangue. Enquanto isso, Doutor, você poderia atender ao telefone?

Malcolm suspirou.

– Esse cara – disse ele – está começando a me dar nos nervos.

Thorne atravessou o trailer até chegar ao módulo de comunicações, quase na frente do veículo. O pedido de Levine era estranho; havia um sistema de microfones perfeitamente funcional em todo o trailer. Mas Levine sabia disso; ele mesmo projetara o sistema.

Thorne apanhou o telefone.

– Sim?

– Doutor, vou direto ao ponto – disse Levine. – Levar o bebê ao trailer foi um erro. É procurar por problemas.

– Que tipo de problemas?

– Nós não sabemos, e esse é exatamente o ponto. Não quero alarmar ninguém. Mas por que você não traz as crianças aqui para o esconderijo alto por algum tempo? E por que você e Eddie não vêm também?

– Você está me dizendo para dar o fora daqui. Acha mesmo que é necessário?

– Em uma palavra, sim – disse Levine. – Acho.

Enquanto a morfina era injetada no bebê, ele deu um suspiro sibilante e desabou de volta à bandeja de aço. Sarah ajustou a máscara de oxigênio ao redor da cara dele. Olhou de novo para o monitor, conferindo o ritmo cardíaco, mas outra vez Arby e Kelly bloqueavam-lhe a visão.

Thorne aproximou-se e bateu palmas.

– Certo, crianças! Passeio de campo! Vamos nos mexer.

– Agora? Mas nós queremos ver o bebê... – protestou Arby.

– Não, não – disse Thorne. – O dr. Malcolm e a dra. Harding precisam de espaço para trabalhar. Este é o momento para um passeio de campo até o esconderijo alto. Podemos observar os dinossauros pelo resto da tarde.

– Mas, Doutor...

– Não discuta. Aqui, estamos apenas atrapalhando e nós vamos sair – disse Thorne. – Eddie, você vem também. Deixe os dois pombinhos realizarem o trabalho deles.

Em poucos momentos, os quatro se foram. A porta do trailer se fechou após a saída. Sarah Harding ouviu o suave ronco do Explorer conforme eles se afastavam. Debruçada sobre o filhote, ajustando a máscara de oxigênio, ela repetiu:

– Pombinhos?

Malcolm deu de ombros.

– Levine...

– Isso foi uma ideia de Levine? Tirar todo mundo daqui?

– Provavelmente.

– Ele sabe de alguma coisa que a gente não sabe?

Malcolm riu.

– Tenho certeza de que ele acha que sim.

– Bem, vamos começar com o gesso – disse ela. – Quero terminar rápido e levar esse filhote de volta para casa.

O ESCONDERIJO ALTO

O sol havia desaparecido atrás das nuvens baixas no momento em que eles chegaram ao esconderijo alto. Todo o vale estava banhado em um suave esplendor avermelhado quando Eddie estacionou o Explorer sob os andaimes de alumínio e todos subiram até o pequeno abrigo. Levine estava lá, com os binóculos nos olhos. Não pareceu feliz em vê-los.

– Parem de se mexer tanto – disse ele, irritado.

Do abrigo, eles tinham uma vista magnífica do vale. Em algum ponto ao norte, um trovão ressoou. O ar esfriava e transmitia uma sensação elétrica.

– Vai haver uma tempestade? – perguntou Kelly.

– Parece que sim – respondeu Thorne.

Arby olhou para o teto de metal do abrigo, em dúvida.

– Por quanto tempo vamos ficar aqui?

– Um tempinho – disse Thorne. – Este é o nosso único dia aqui. Os helicópteros nos levarão embora amanhã cedo. Pensei que vocês, crianças, mereciam uma chance de ver os dinossauros no campo mais uma vez.

Arby fitou-o, os olhos estreitados.

– Esse é o verdadeiro motivo?

– Eu sei – disse Kelly em um tom de quem conhecia tudo.

– Sabe, é? O quê?

– O dr. Malcolm quer ficar sozinho com a Sarah, estúpido.

– Por quê?

– Eles são velhos amigos – falou Kelly.

– E daí? A gente só ia olhar.

– Não – disse Kelly. – Sabe, eles são *velhos amigos*.

– Eu sei do que você está falando – respondeu Arby. – Não sou burro.

– Parem com isso – ralhou Levine, olhando pelos binóculos. – Vocês estão perdendo as coisas interessantes.

– O que é interessante?

– Aqueles tricerátopos, lá no rio. Algo os está incomodando.

O rebanho de tricerátopos estivera bebendo água no rio de forma pacífica, mas agora começava a fazer barulho. Para animais tão enormes, suas vocalizações eram incongruentemente agudas: eles soavam como cachorros ganindo.

Arby virou-se para observar.

– Tem algo nas árvores – disse ele –, do outro lado do rio.

Havia traços de movimento debaixo das árvores.

O rebanho de tricerátopos moveu-se, começando a recuar na direção um do outro até formar um tipo de roseta, os chifres curvados apontados para fora contra a ameaça invisível. O único e solitário bebê encontrava-se no centro, ganindo de medo. Um dos animais, presumivelmente sua mãe, virou-se e o afagou. Depois disso, o bebê ficou em silêncio.

– Estou vendo – falou Kelly, olhando fixamente as árvores. – São os raptors. Bem ali.

Os tricerátopos encararam os raptors, os adultos emitindo sons semelhantes a latidos enquanto balançavam os chifres para cima e para baixo. Eles criaram algo como uma barreira de lanças em movimento. Havia um inconfundível senso de coordenação, de defesa coletiva contra predadores.

Levine sorria, feliz.

– Nunca houve evidência alguma disso – falou, subitamente alegre. – De fato, a maioria dos paleontólogos não acredita que isso ocorra.

– Não acredita que ocorra o quê? – quis saber Arby.

– Esse tipo de comportamento coletivo de defesa. Especialmente com os tricerátopos; eles se parecem um pouco com rinocerontes, por isso se presumiu que fossem solitários como eles. Mas agora vemos que... Ah, sim.

De debaixo das árvores, um único velocirraptor se tornou visível com um salto. Ele movia-se rapidamente sobre as patas traseiras, equilibrando-se com uma cauda rígida.

O bando vociferou de modo barulhento ao surgimento do raptor. Os outros raptors continuaram escondidos sob as árvores. O único que estava à vista movimentou-se lentamente em semicírculo ao redor do rebanho, penetrando na água do lado mais distante. Ele atravessou o rio nadando com facilidade e saiu na outra margem. Encontrava-se agora 45 metros rio acima do rebanho de tricerátopos, que girou para apresentar uma frente unida. Toda a atenção deles estava focada naquele único velocirraptor.

Lentamente, outros velocirraptors começaram a se esgueirar de seu esconderijo. Eles moviam-se abaixados, os corpos escondidos no mato alto.

– Nossa – disse Arby. – Eles estão caçando.

– Em bando – acrescentou Levine, anuindo. Apanhou um pedaço de uma embalagem de doce do piso do abrigo e o soltou, observando-o flutuar ao vento. – O bando principal está a favor do vento, de modo que os tricerátopos não conseguem farejá-lo. – Ele levou os binóculos aos olhos de novo. – Acho que estamos prestes a ver uma matança.

Eles assistiram enquanto os raptors fechavam o cerco ao redor do rebanho. E então, de repente, explodiu um relâmpago na orla da ilha, iluminando brilhantemente o fundo do vale. Um dos raptors no cerco ergueu-se, surpreso. Sua cabeça tornou-se brevemente visível acima do mato.

De imediato, o rebanho dos tricerátopos voltou a girar, reagrupando-se para enfrentar a nova ameaça. Todos os raptors pararam, como se reconsiderassem o plano.

– O que houve? – perguntou Arby. – Por que eles estão parando?

– Eles estão encrencados.

– Por quê?

– Olhe para os raptors. O bando principal ainda está do outro lado do rio. Eles estão longe demais para montar um ataque.

– Quer dizer que eles estão desistindo? Já?

– Parece que sim – respondeu Levine.

Um por um, os raptors na grama alta ergueram a cabeça, desvendando suas posições. Conforme cada novo predador aparecia, os tricerátopos vociferavam alto. Os raptors pareciam saber que a situação era irremediável. Eles esgueiraram-se para longe, movendo-se na direção das árvores. Vendo-os recuar, os tricerátopos uivaram ainda mais alto.

E então o único raptor perto da margem do rio atacou. Ele moveu-se com uma velocidade incrível, espantosa, disparando como um guepardo pelos 45 metros que o separavam do rebanho. Os tricerátopos adultos não tiveram tempo para se reagrupar. O bebê estava exposto. Ele ganiu de susto ao ver o animal que se aproximava.

O velocirraptor saltou no ar, erguendo as duas patas traseiras. Outro raio estalou, e, na luz cintilante, eles viram as duas garras curvas elevadas no ar. No último momento, o adulto mais próximo virou-se, girando a cabeça com o grande chifre e a ampla crista óssea, e derrubou o raptor com um golpe de relance, jogando o animal esparramado na margem enlameada. Imediatamente o tricerátopo adulto lançou-se adiante, a cabeça erguida. Quando alcançou o velocirraptor, parou de maneira abrupta e balançou a cabeça para baixo, descendo os chifres até o animal caído. O raptor, entretanto, foi ligeiro; sibilando, levantou-se de um salto e os chifres do tricerátopo rasgaram a lama, inofensivos. O raptor girou de lado e chutou o focinho do adulto, tirando-lhe sangue com a grande garra curva. O adulto berrou, mas, a essa altura, já havia mais dois adultos partindo para o ataque, enquanto os outros permaneciam para trás, protegendo o bebê. O raptor afastou-se aos tropeços, voltando para o mato.

– Uau! – exclamou Arby. – Isso foi incrível!

O REBANHO

King soltou um longo suspiro de alívio ao chegar à junção em Y na estrada e guiou o jipe vermelho à esquerda, entrando em uma ampla estrada de terra. Ele logo a reconheceu: era a estrada da cordilheira que levava de volta ao barco. Olhando à esquerda, pôde ver lá embaixo o vale oriental. O barco ainda estava lá! Tudo certo! Deu um grito e pisou fundo no acelerador, o alívio a inundá-lo. No convés, ele podia ver os pescadores hispânicos olhando para o céu. Mesmo com a tempestade ameaçadora, eles não pareciam se preparar para partir. Provavelmente esperavam por Dodgson.

Bem, pensou ele, isso era bom. King estaria lá em alguns minutos. Depois de abrir caminho pela selva densa, ele finalmente podia ver com clareza onde estava. A estrada da cordilheira era alta, seguindo a crista de uma das cadeias vulcânicas. Quase não havia folhagem ali em cima e, conforme a estrada se curvava e retorcia, era possível ver a ilha toda. A leste, ele podia ver a ravina lá embaixo e o barco ancorado. A oeste, conseguia divisar o laboratório e os trailers gêmeos de Malcolm estacionados perto da margem mais distante da clareira.

Eles nem chegaram a descobrir o que diabos Malcolm fazia ali, pensou ele. Não que isso importasse agora. King estava saindo daquela ilha. Essa era a única coisa que importava. Quase podia sentir o convés sob os pés. Talvez um dos pescadores até tivesse uma cerveja. Uma boa cerveja gelada enquanto eles desciam pelo rio e saíam da ilha amaldiçoada. Ele brindaria a Dodgson, era isso que iria fazer.

Talvez eu tome duas cervejas, pensou ele.

King fez uma curva e viu um rebanho muito compacto de animais na estrada. Eles eram algum tipo de dinossauro verde, com cerca de 1,20 metro de altura, cabeça grande abaulada e adornada com vários pequenos chifres. Eles lhe lembravam búfalos d'água, só que verdes. Porém, havia muitos deles. Ele freou de repente; o carro derrapou até parar.

Os dinossauros olharam para o carro, mas não se mexeram. O rebanho simplesmente ficou ali, contente e preguiçoso. King aguardou, batucando os dedos no volante. Quando nada aconteceu, apertou a buzina e piscou os faróis.

Os animais apenas o encararam.

Eram criaturinhas engraçadas, com aquela curva pronunciada na testa e todos aqueles pequenos chifres ao redor dela. Eles apenas o fitavam com um olhar bovino e estúpido. King engatou a marcha e seguiu em frente devagar, esperando abrir caminho entre os animais. Eles não se afastaram. Finalmente, seu para-choque empurrou o animal mais próximo, que grunhiu, deu alguns passos para trás, abaixou a cabeça e bateu-a contra a frente do carro com força, ressoando com um tinido metálico.

Deus do céu, pensou ele. Se não tomasse cuidado, aquilo poderia furar o radiador. Tornou a parar o carro e aguardou, o motor ligado. Os animais sossegaram de novo.

Vários deles deitaram-se na estrada. Ele não podia passar por cima dos animais. Olhou para o rio mais adiante e viu o barco a não mais que meio quilômetro de distância. Não percebera que estava tão perto. Enquanto observava, notou que os pescadores estavam bastante ocupados no convés. Eles se preparavam para partir!

Para o inferno com essa espera, pensou ele. King abriu a porta e saiu do carro, deixando-o no meio da estrada. De imediato os animais se puseram de pé e o mais próximo o atacou. Ele estava com a porta aberta; o animal colidiu contra ela, fechando-a com um solavanco e causando um amassado profundo no metal. King correu até a margem da encosta e descobriu que estava no topo de uma descida vertical íngreme com mais de 30 metros de queda. Ele jamais conseguiria descer, não ali, pelo menos. Mais adiante, o declive não parecia tão escarpado. Entretanto, agora havia mais animais atacando-o. Ele não tinha escolha. Deu a volta por trás do carro às pressas, no mesmo instante em que outro animal atingia um farol traseiro, despedaçando o plástico.

Um terceiro animal atacou diretamente a traseira do carro. King subiu no estepe enquanto o animal fustigava o para-choque. O impacto o derrubou de lá, e ele caiu no chão, rolando, enquanto os bichos fungavam ao redor dele. Após se levantar, correu para o lado oposto da estrada, onde havia uma pequena elevação; escalou-a, escondendo-se na folhagem. Os animais não o perseguiram. Não que isso o ajudasse muito, afinal, ele estava do lado errado da estrada!

De algum jeito, precisava voltar para o outro lado.

Subiu ao topo da elevação e começou a descer, xingando com seus botões. Resolveu abrir caminho até uns cem metros de onde estava, ultrapassando o ponto em que se localizavam os animais agressivos, e então atravessar a estrada. Se ele conseguisse fazer isso, conseguiria chegar ao barco.

Quase de imediato, a densa selva o cercou. King tropeçou, rolou por uma encosta enlameada e, quando conseguiu ficar de pé, não tinha mais certeza de por onde ir. Encontrava-se no fundo de uma ravina, e as palmeiras tinham três metros de altura e eram muito espessas. Ele não conseguia enxergar mais do que alguns metros em qualquer direção. Em um momento de pânico, percebeu que não sabia para onde ir. Seguiu adiante, passando pelas folhas molhadas, torcendo para se orientar.

As crianças ainda espiavam por cima do corrimão, fitando os raptors indo embora. Thorne puxou Levine de lado e disse, baixinho:

– Por que você queria que nós viéssemos para cá?

– Só uma precaução – respondeu Levine. – Levar o bebê para o trailer é procurar encrenca.

– Que tipo de encrenca?

Levine encolheu os ombros.

– Não sabemos neste momento. Mas, em geral, os pais não gostam quando seus bebês são levados embora. E esse bebê tem pais bem grandes.

Do outro lado do abrigo, Arby falou:

– Olhem! Olhem!

– O que é?

– É um homem.

Ofegando, King emergiu da selva e saiu em uma planície. Finalmente, podia enxergar onde estava! Fez uma pausa, ensopado e enlameado, para se orientar.

Sentiu-se desapontado ao descobrir que não estava perto do barco. Na verdade, ainda parecia estar do lado errado da estrada. Localizava-se de frente a uma ampla planície gramada, com um rio atravessando-a. A planície encontrava-se, na maior parte, deserta, embora houvesse vários dinossauros mais abaixo, junto à margem. Eles eram daqueles chifrudos: tricerátopos. E pareciam um pouco agitados. Os adultos erguiam e abaixavam a cabeça, emitindo sons parecidos com latidos.

Obviamente, precisaria seguir o rio até chegar ao barco. Mas teria de ser cuidadoso para passar por aqueles tricerátopos. Enfiou a mão no bolso e tirou de lá uma barra de chocolate. Abriu a embalagem enquanto observava os tricerátopos, desejando que fossem embora. Quanto tempo ele levaria para alcançar o barco? Aquela era a única questão em sua mente. Resolveu se mover, com ou sem tricerátopos. Começou a caminhar pela grama alta.

Foi quando escutou um sibilar reptiliano. Vinha da grama, em algum ponto à sua esquerda. E sentiu um cheiro, um odor pútrido peculiar. Fez uma pausa, esperando. A barra de chocolate já não tinha um gosto tão bom, não mais.

E então, de trás dele, escutou água espirrando. O ruído veio do rio.

King virou-se para olhar.

– É um daqueles homens do jipe – disse Arby, de pé no esconderijo alto. – Mas por que ele está esperando?

De sua perspectiva vantajosa, eles podiam ver as silhuetas escuras dos raptors movendo-se pelo mato do outro lado do rio. Nesse momento, dois dos animais se adiantaram, espirrando água. Indo na direção do homem.

– Ah, não – disse Arby.

King viu dois lagartos escuros e listrados atravessando o rio. Eles caminhavam sobre as patas traseiras com um movimento meio saltitante. Os corpos refletiam na correnteza do rio. Os bichos fecharam as longas mandíbulas e sibilaram para King, ameaçadores.

Ele olhou mais para cima e viu outro lagarto atravessando e ainda outro depois dele. Esses outros animais já estavam na água mais profunda e tinham começado a nadar.

Howard King afastou-se do rio, dirigindo-se mais para o interior do mato alto. Então se virou e correu. O mato atingia o meio do seu peito e ele corria muito, ofegando, quando de repente a cabeça de outro lagarto se elevou diante dele, sibilando e rosnando. King desviou, mudando de direção, mas, sem aviso, o lagarto mais próximo saltou no ar, e pulou tão alto que seu corpo saiu totalmente do mato; ele pôde ver o animal inteiro voando pelo ar, as duas patas traseiras erguidas no ataque. Vislumbrou garras curvas, semelhantes a adagas.

King virou-se de novo, e o animal gritou ao aterrissar no chão atrás dele e rolar para longe no mato. King continuou correndo. Ele era impulsionado pelo medo mais puro. Atrás de si, podia ouvir o bicho rosnando. Correu com tudo que tinha; mais adiante, havia 20 metros de clareira gramada, e aí a selva recomeçava. Ele viu árvores – árvores grandes. Podia subir em uma e escapar.

À esquerda, viu outro lagarto atravessando a clareira em um movimento diagonal para chegar até ele. King só podia ver a cabeça do bicho acima do mato. O lagarto parecia se movimentar incrivelmente rápido. Pensou: *eu não vou conseguir.* Mas tentaria.

Arquejando, os pulmões queimando, ele disparou para as árvores. Só mais dez metros agora. Seus braços subiam e desciam, as pernas bambeavam. A respiração vinha em ofegos entrecortados.

E então algo pesado o atingiu por trás, forçando-o para o chão. King sentiu uma dor lancinante em suas costas e soube que eram as garras; elas se enterravam em sua carne enquanto ele era derrubado. Atingiu o chão com força e tentou rolar, mas o animal em suas costas segurou firme e ele não conseguiu se mover. Estava preso de barriga para baixo, ouvindo o rosnado do animal atrás de si. A dor em suas costas era excruciante, estonteante.

Então, sentiu o hálito quente do animal em sua nuca e o escutou fungar, e seu terror atingiu o ponto extremo. Em seguida, algo como um esgotamento, uma sonolência profunda e muito bem-vinda o dominou. Tudo se tornou mais lento. Como que em um sonho, King podia ver todas as folhas de relva no chão diante de seu rosto. Ele as viu com uma lânguida intensidade e quase não se incomodou com a dor aguda em seu pescoço ou com o fato de seu pescoço estar dentro das mandíbulas quentes do animal. Aquilo parecia acontecer com outra pessoa. Ele estava a muitos quilômetros dali. Teve um momento de surpresa quando sentiu os ossos de seu pescoço estalando alto...

E então a escuridão.

Nada.

– Não olhem – disse Thorne, desviando o olhar de Arby na balaustrada do esconderijo alto. Ele puxou o menino na direção do seu peito, mas Arby o afastou de novo, impaciente, querendo assistir ao que acontecia. Thorne estendeu a mão para Kelly, mas ela se afastou dele e fitou a planície.

– Não olhem – Thorne repetia. – Não olhem.

As crianças assistiram em silêncio.

Levine focou os binóculos na matança. Havia agora cinco raptors rosnando ao redor do corpo do homem, dilacerando violentamente a carcaça. Enquanto observava, um dos animais ergueu a cabeça de repente, rasgando um pedaço de camisa ensopada de sangue, a ponta do colarinho esfarrapada. Outro balançava a cabeça do homem em suas mandíbulas antes de finalmente a soltar no chão. Um trovão estrondou e um raio lampejou no céu distante. Escurecia e Levine estava com dificuldades para ver de fato o que acontecia. Mas se tornou claro que, qualquer que fosse a organização hierárquica que eles adotavam para caçar, tudo era abandonado na matança.

Ali, era cada animal por si; os raptors em frenesi saltavam e abaixavam a cabeça enquanto desfaziam o corpo em pedaços, e havia muitas mordidas e brigas entre eles. Um animal aproximou-se com algo marrom pendendo das mandíbulas. O bicho assumiu uma expressão esquisita enquanto mastigava. Depois, deu as costas para o resto do bando e segurou o objeto marrom cuidadosamente com os antebraços. Na escuridão crescente, Levine demorou um momento para reconhecer o que o animal fazia: estava comendo uma barra de chocolate. E parecia gostar.

O raptor voltou para onde estava e enterrou o longo focinho na carcaça sangrenta outra vez. Do outro lado da planície, outros raptors corriam para se juntar ao banquete, meio correndo, meio saltando em grandes pulos. Rosnando e furiosos, lançavam-se na contenda.

Levine abaixou os binóculos e olhou para as duas crianças. Elas fitavam a matança com calma e em silêncio.

DODGSON

Dodgson foi despertado por um chilrear ruidoso como o som de uma centena de passarinhos. Parecia vir de todo lugar em volta dele. Lentamente percebeu que se encontrava caído de costas em um declive úmido. Tentou se mover, mas seu corpo estava dolorido e pesado. Algum tipo de peso pressionava-lhe as pernas, a barriga, os braços. O peso em seu peito dificultava a respiração.

E ele também se sentia sonolento, incrivelmente sonolento. Não queria no mundo nada além de voltar a dormir. Dodgson começou a cair na inconsciência, mas algo puxava sua mão. Puxava seus dedos, um por um. Como se o trouxesse de volta à consciência. Trazendo-o de volta devagar, bem devagar.

Dodgson abriu os olhos.

Havia um pequeno dinossauro verde de pé ao lado de sua mão. Ele se abaixou e mordeu o dedo de Dodgson com as pequenas mandíbulas, puxando a carne. Os dedos do homem sangravam; pequenos nacos de carne já haviam sido arrancados.

Ele puxou a mão, surpreso, e subitamente o chilrear se tornou mais alto. Então, virou-se e notou que esses pequenos dinossauros o cercavam; eles também estavam sobre seu peito e suas pernas. Eram do tamanho de galinhas e o bicavam como galinhas, mordidas rápidas e bruscas na barriga, nas coxas, na virilha...

Revoltado, Dodgson levantou-se, espalhando os lagartos que se afastaram saltitando e chilreando, aborrecidos. Os animaizinhos recuaram alguns metros e pararam. Eles se voltaram e o fitaram, sem demonstrar sinal de medo algum. Ao contrário: pareciam estar esperando.

Foi quando Dodgson se deu conta do que eles eram. Procompsógnatos. Comps. Carniceiros.

Deus do céu, pensou ele. *Eles acharam que eu estava morto.*

Cambaleou para trás, quase perdendo o equilíbrio. Sentiu dor e uma onda de tontura. Os pequenos animais chilrearam, observando cada movimento do homem.

– Vão embora – disse ele, acenando com a mão. – Deem o fora daqui.

Eles não foram. Permaneceram ali, inclinando a cabeça para um lado, quase que zombando dele, e esperaram.

Dodgson inclinou a cabeça e olhou para si mesmo. A camisa e a calça estavam rasgadas em centenas de lugares. Sangue escorria de centenas de minúsculos ferimentos por baixo das roupas. Sentiu uma onda de tontura e colocou as mãos nos joelhos. Respirou fundo e viu seu sangue pingar no chão coberto por folhas.

Cristo, pensou. Respirou fundo de novo.

Como não se movia, os animais começaram a se aproximar aos poucos. Ele se levantou, e eles recuaram. No entanto, um instante depois, começaram a se adiantar outra vez.

Um chegou perto. Dodgson chutou-o cruelmente, fazendo o pequeno corpo voar pelo ar. O animal guinchou em alarme, porém aterrissou como um gato, de pé e ileso.

Os outros permaneceram onde estavam.

Esperando.

Dodgson olhou ao redor, percebendo que escurecia. Olhou para o relógio: 18h40. Ele tinha apenas mais alguns minutos de luz do dia. Debaixo da copa das árvores, já estava bem escuro.

Precisava chegar a um lugar seguro, e logo. Conferiu a bússola na pulseira do relógio e dirigiu-se para o sul. Tinha uma certeza razoável de que o rio ficava ao sul. Precisava voltar para o barco. Ele estaria a salvo lá.

Quando começou a andar, os comps chilrearam e o seguiram. Eles se mantinham a um metro e meio ou dois de distância, fazendo bastante ruído enquanto pulavam e esmagavam a folhagem baixa. Havia dúzias deles, percebeu. Conforme a escuridão caía, os olhos dos animais cintilavam verde-claros.

O corpo dele era uma massa de dores. Cada passo doía. Seu equilíbrio não estava nada bom. Ele perdia sangue e se sentia muito, muito sonolento. Jamais conseguiria percorrer o caminho todo até o rio. Não conseguiria andar mais do que 200 metros. Tropeçou em uma raiz e caiu. Levantou-se devagar, a terra agarrando-se a suas roupas empapadas de sangue.

Olhou para os olhos verdes atrás de si e forçou-se a prosseguir. Conseguia caminhar um pouco mais, pensou. E então, logo à frente, viu uma luz através da folhagem. Seria o barco? Moveu-se mais depressa, escutando os comps atrás de si.

Atravessou a folhagem e notou um pequeno galpão, como um depósito de ferramentas ou uma guarita, feito de concreto e coberto por um telhado de zinco. O local tinha uma janela quadrada, por onde a luz exterior penetrava. Dodgson caiu de novo, ajoelhou-se e se arrastou o resto do caminho até o galpão. Alcançando a porta, levantou-se apoiado na maçaneta e girou-a.

Por dentro, o galpão estava vazio. Alguns canos saíam do piso. Em algum momento do passado, eles estiveram conectados ao maquinário, mas ele tinha sumido; restavam apenas os pontos enferrujados onde os canos haviam sido presos ao chão de concreto.

Em um canto do recinto, via-se uma luz elétrica. Montado nela, um timer para que acendesse à noite. Essa era a luz que ele vira. Havia eletricidade na ilha? Como? Ele não se importava. Entrou no galpão aos tropeções, fechou a porta atrás de si com firmeza e desabou no concreto descoberto. Através das vidraças sujas, viu os comps do lado de fora, batendo contra o vidro e saltando, frustrados. Ele estava a salvo, por enquanto.

Dodgson precisava prosseguir, é claro. Tinha, de alguma forma, que dar o fora daquela merda de ilha. Mas não agora, pensou.

Mais tarde.

Ele se preocuparia com tudo mais tarde.

Pousou a bochecha no piso úmido de concreto e dormiu.

Sarah envolveu a perna machucada do bebê com o papel-alumínio. O filhote permanecia inconsciente, mas respirava com facilidade e estava imóvel. Seu corpo relaxara. O oxigênio sibilava baixinho.

Ela terminou de esculpir o alumínio no formato da perna, com 15 centímetros de comprimento. Usando um pincel pequeno, começou a pintar a resina por cima desse molde para imobilizar a perna.

– Quantos raptors existem aqui? – perguntou ela. – Eu não pude contar com certeza quando os vi. Pensei que fossem nove.

– Acho que há outros – disse Malcolm. – Creio que onze ou doze no total.

– Doze? – surpreendeu-se Sarah, olhando para ele. – Nesta ilhazinha?

– Sim.

A resina tinha um odor penetrante, como cola. Ela a espalhou de maneira uniforme no alumínio.

– Você sabe o que eu estou pensando – disse Sarah.

– Sim – respondeu ele. – São muitos.

– É demais, Ian. – Ela trabalhava consistentemente. – Não faz sentido. Na África, predadores ativos, como leões, vivem muito espalhados. Há um leão para cada 10 quilômetros quadrados. Às vezes, até 15 quilômetros quadrados. Isso é tudo o que a ecologia consegue sustentar. Em uma ilha como esta, não deveria haver mais do que cinco raptors. Segure isso.

– Sim. Mas não se esqueça, as presas aqui são enormes... Alguns desses animais têm 20 ou 30 toneladas.

– Não estou convencida de que isso seja um fator – disse Sarah –, mas, apenas para manter a discussão, vamos aceitar que seja. Eu dobraria a estimativa e lhe daria dez raptors para a ilha. Mas você me disse que há doze. E também existem outros predadores grandes. Como os tiranossauros...

– Sim, existem.

– É demais – disse ela, balançando a cabeça.

– Há uma grande densidade de animais aqui – falou Malcolm.

– Não grande o suficiente – discordou ela. – Em geral, os estudos sobre predadores, sejam eles tigres na Índia ou leões na África, parecem demonstrar que é possível sustentar um predador para cada duzentos animais a serem predados. Isso significa que, para sustentar 25 predadores aqui, é preciso pelo menos 5 mil presas nesta ilha. Vocês têm algo nesse nível?

– Não.

– Quantos animais no total você acha que a ilha tem?

Ele deu de ombros.

– Algumas centenas. Quinhentos, no máximo.

– Então seu número está errado em uma ordem de magnitude, Ian. Segure isso e eu vou pegar a lâmpada.

Ela girou a lâmpada de calor sobre o bebê a fim de endurecer a resina. Ajustou a máscara de oxigênio sobre o focinho do filhote.

– A ilha não pode sustentar todos esses predadores – disse ela. – E, ainda assim, eles estão aqui.

– O que poderia explicar isso? – perguntou ele.

Sarah balançou a cabeça.

– Tem que haver uma fonte de comida que não conhecemos.

– Você diz, uma fonte artificial? – indagou Malcolm. – Acho que não existe, não.

– Não – disse ela. – Fontes artificiais de comida deixam os animais mansos. E esses animais não são mansos. A única outra possibilidade em que posso pensar é que exista uma taxa de mortalidade diferencial entre as presas. Se elas crescem muito rápido ou morrem jovens, então isso deve representar um suprimento de comida maior do que o esperado.

– Eu reparei que os animais maiores parecem pequenos. É como se eles não conseguissem alcançar a maturidade. Talvez estejam sendo mortos antes – disse Malcolm.

– Talvez – concordou ela. – Mas, se há uma taxa de mortalidade diferencial grande o bastante para sustentar essa população, deveríamos encontrar evidência de carcaças e montes de esqueletos de animais mortos. Você encontrou algo assim?

Malcolm balançou a cabeça.

– Não. De fato, agora que você mencionou, notei que não vi nenhum esqueleto.

– Nem eu. – Ela afastou a lâmpada. – Há algo esquisito nesta ilha, Ian.

– Eu sei – concordou Malcolm.

– Sabe?

– Sim – disse ele. – Suspeitei desde o início.

O trovão rugiu. Do esconderijo alto, a planície lá embaixo estava escura e silenciosa, exceto pelo rosnado distante dos raptors.

– Talvez devêssemos voltar – disse Eddie, ansioso.

– Por quê? – perguntou Levine. Ele havia passado a utilizar os óculos de visão noturna, contente consigo mesmo por ter pensado em trazê-los. Através deles, o mundo era um misto de sombras verde-claras. Viu claramente os raptors no local da matança, o mato alto pisoteado e sangrento por toda a área. A carcaça há muito fora finalizada, apesar de ainda ser possível escutar o estalar dos ossos enquanto os animais os mastigavam.

– Eu só acho que, agora que anoiteceu, nós estaríamos mais seguros no trailer – comentou Eddie.

– Por quê? – indagou Levine.

– Bem, ele é reforçado, é forte e bastante seguro. Tem tudo de que precisamos. Eu apenas acho que deveríamos estar lá. Digo, você não está planejando ficar aqui fora a noite toda, está?

– Não – respondeu Levine. – O que você pensa que eu sou, algum fanático? Eddie grunhiu.

– Mas vamos ficar mais um pouco – disse Levine.

Eddie voltou-se para Thorne.

– Doutor? O que você diz? Vai começar a chover em breve.

– Só mais um pouco – falou Thorne. – Aí voltamos todos juntos.

– Existem dinossauros nesta ilha há cinco anos, talvez mais – disse Malcolm –, porém nenhum tinha aparecido em outro lugar. De repente, no ano passado, carcaças de animais mortos começaram a surgir nas praias da Costa Rica e, segundo os registros, também em ilhas do Pacífico.

– Carregadas pelas correntes?

– Presumivelmente. Mas a pergunta é: por que agora? Por que de repente, após cinco anos? Algo mudou, mas não sabemos... Espere um minuto.

Ele afastou-se da mesa e foi para o computador. Voltou-se para a tela.

– O que você está fazendo? – perguntou ela.

– Arby conseguiu nos conectar à antiga rede – disse ele –, e ela ainda guarda todos os arquivos de pesquisa dos anos 1980. – Ele moveu o mouse pela tela. – Nós não demos uma olhada neles...

Ele viu o menu aparecer, mostrando arquivos de trabalho e de pesquisa. Começou a rolar pelas telas de texto.

– Anos atrás, eles enfrentaram problemas com alguma doença – disse ele. – Havia muitas notas a respeito disso no laboratório.

– Que tipo de doença?

– Eles não sabiam – falou Malcolm.

– Na natureza, existem algumas doenças de efeito muito lento – comentou Sarah. – Podem levar cinco ou dez anos para surgir. Causadas por vírus ou príons. Sabe, fragmentos de proteínas, como paraplexia enzoótica ou a doença da vaca louca.

– Sim – disse Malcolm –, mas essas doenças só surgem após a ingestão de alimentos contaminados.

Houve um silêncio.

– O que você acha que eles davam para os bichos comerem naquela época? – perguntou ela. – Porque, se eu criasse bebês dinossauros, eu me perguntaria o que eles comem. Leite, acho, mas...

– Leite, sim – disse Malcolm, lendo as telas. – Nas primeiras seis semanas, leite de cabra.

– É a escolha mais lógica – falou ela. – Leite de cabra é o que eles sempre usam nos zoológicos porque é bastante hipoalergênico. Mas e depois?

– Me dê um minuto aqui – pediu Malcolm.

Harding segurava a perna do filhote na mão, esperando a resina endurecer. Ela olhou para a tala e cheirou-a. Ainda tinha um odor forte.

– Espero que dê certo – disse. – Às vezes, se há um cheiro distinto, os animais não permitem aos filhotes que voltem. Mas talvez isso se dissipe depois que o composto endureça. Quanto tempo se passou?

Malcolm olhou para o relógio.

– Dez minutos. Mais dez minutos e estará pronto.

– Eu gostaria de levar este carinha de volta para o ninho – comentou Sarah.

O trovão estrepitou. Eles olharam pela janela para a noite negra.

– Provavelmente está tarde demais para devolvê-lo esta noite – disse Malcolm. Ele ainda digitava, fitando a tela.

– Então... O que é que eles davam para os animais comerem? Certo. No período de 1988 a 1989... os herbívoros recebiam matéria vegetal macerada de forma organizada, três vezes por dia... e os carnívoros recebiam...

Ele parou.

– O que os carnívoros recebiam?

– Parece que um extrato moído de proteína animal...

– Vindo de quê? A fonte comum é peru ou galinha com a adição de alguns antibióticos.

– Sarah – disse ele. – Eles usaram extrato de ovelha.

– Não – falou ela. – Eles não fariam isso.

– Fizeram, sim. Vinha do fornecedor deles, que usava carne de ovelha moída.

– Você está brincando – disse ela.

– Temo que não – Malcolm respondeu. – Agora, deixe-me ver se eu consigo encontrar...

Um alarme suave disparou. No painel da parede acima dele, uma luz vermelha começou a piscar. Um instante depois, as luzes exteriores acima do trailer se acenderam, banhando a clareira gramada ao redor deles em uma claridade ofuscante de halogênio.

– O que foi isso? – perguntou Harding.

– Os sensores. Algo os disparou. – Malcolm afastou-se do computador e espiou pela janela. Não viu nada além de grama alta e das árvores escuras no perímetro. Tudo estava quieto, parado.

Sarah, ainda concentrada no bebê, indagou:

– O que houve?

– Não sei. Não vejo nada.

– Mas algo disparou os sensores?

– Acho que sim.

– Vento?

– Não está ventando – disse ele.

No esconderijo alto, Kelly exclamou:

– Ei, olhem!

Thorne virou-se. De onde estavam no vale podiam enxergar ao norte do esconderijo alto, logo atrás deles, os dois trailers acima na clareira gramada.

As luzes exteriores dos trailers haviam se acendido.

Thorne desprendeu o rádio de seu cinto.

– Ian? Você está aí?

Um estalo momentâneo:

– Estou aqui, Doutor.

– O que está havendo?

– Não sei – respondeu Malcolm. – As luzes do perímetro simplesmente se acenderam. Acho que o sensor foi ativado. Mas não conseguimos ver nada lá fora.

– O ar está esfriando bem rápido agora. Podem ter sido correntes de convecção – opinou Eddie.

– Ian? Está tudo bem? – perguntou Thorne.

– Sim, tudo bem. Não se preocupe.

– Eu sempre achei que tínhamos deixado a sensibilidade alta demais. Deve ser só isso – disse Eddie.

Levine franziu a testa e não falou nada.

Sarah terminou o trabalho com o bebê, embrulhou-o em um cobertor e gentilmente o prendeu à cama com faixas de tecido. Ela se aproximou e colocou-se ao lado de Malcolm, olhando pela janela.

– O que você acha?

Malcolm encolheu os ombros.

– Eddie disse que o sistema é sensível demais.

– E é?

– Não sei. Nunca foi testado. – Ele examinou as árvores na margem da clareira, procurando por qualquer movimento. E então achou ter ouvido um fungar, quase um rosnado. Pareceu ser respondido de algum ponto atrás dele. Dirigiu-se ao outro lado do trailer a fim de olhar para as árvores do lado oposto.

Malcolm e Harding olhavam para fora, tentando enxergar algo na noite. Ele prendeu a respiração, tenso. Depois de um momento, Harding suspirou.

– Eu não vejo nada, Ian.

– É, eu também não.

– Deve ter sido um alarme falso.

Nesse instante, ele sentiu a vibração, um som abafado e profundamente ressonante vindo do chão e que subia até eles pelo piso do trailer. Olhou para Sarah. Os olhos dela se arregalaram.

Malcolm sabia o que era aquilo. A vibração veio de novo, inconfundível agora.

Sarah fitou pela janela. Então, sussurrou:

– Ian, *estou vendo*.

Malcolm se virou e juntou-se a ela. Ela apontava pela janela na direção das árvores mais próximas.

– O quê?

E então ele viu a cabeçorra emergir da folhagem no meio de uma árvore, lentamente girando de um lado para o outro, como se escutasse. Era um *Tyrannosaurus rex* adulto.

– Ian – murmurou ela. – Olha, tem dois deles.

À direita, ele viu um segundo animal sair de trás das árvores. Era maior, a fêmea do casal. Os animais rosnaram, um ronco grave na noite. Eles afloraram lentamente da cobertura das árvores, saindo para a clareira. Piscaram sob a luz implacável.

– Aqueles são os pais?

– Não sei. Acho que sim.

Ele olhou para o bebê. Ainda estava inconsciente, a respiração estável, o cobertor subindo e descendo com regularidade.

– O que eles estão fazendo aqui? – perguntou ela.

– Não sei.

Os animais permaneciam na margem da clareira perto da cobertura das árvores. Pareciam hesitantes, à espera.

– Será que estão procurando pelo bebê? – comentou ela.

– Sarah, por favor.

– Estou falando sério.

– Isso é ridículo.

– Por quê? Eles devem tê-lo rastreado até aqui.

Os tiranossauros levantaram a cabeça, movendo as mandíbulas. Em seguida, viraram a cabeça para a esquerda e a direita em arcos lentos. Repetiram o movimento, depois deram um passo adiante, na direção do trailer.

– Sarah – disse ele. – Estamos a quilômetros do ninho. Não há nenhuma maneira de eles o rastrearem.

– Como você sabe?

– Sarah...

– Você mesmo disse que não sabemos nada sobre esses animais. Não sabemos nada sobre a fisiologia, a bioquímica, o sistema nervoso, o comportamento deles. E também não sabemos nada a respeito de seu equipamento sensorial.

– Sim, mas...

– Eles são *predadores,* Ian. Com uma boa visão, bom olfato e audição.

– Presumo que sim.

– Mas não sabemos o que mais – disse Sarah.

– Como assim, o que mais? – perguntou Malcolm.

– Ian. Existem *outras* modalidades sensoriais. As cobras sentem infravermelho. Os morcegos têm ecolocalização. Pássaros e tartarugas possuem sensores magnéticos; eles podem detectar o campo magnético da terra, o modo pelo qual migram. Dinossauros podem ter outras modalidades sensoriais que nós nem imaginamos.

– Sarah, isso é ridículo.

– É? Então me diga você. O que eles estão fazendo lá fora?

No exterior, perto das árvores, os tiranossauros haviam ficado em silêncio. Eles já não rosnavam, mas ainda movimentavam a cabeça de um lado para o outro em arcos lentos, virando para a esquerda e a direita.

Malcolm franziu o cenho.

– Parece que... eles estão dando uma olhada em volta...

– Diretamente para as luzes brilhantes? Não, Ian. Elas estão cegando os dois.

Assim que ela falou, Malcolm percebeu que Sarah tinha razão. As cabeças, entretanto, ainda se moviam de um lado para o outro daquela forma regular.

– Então o que eles estão fazendo? Farejando?

– Não. As cabeças estão erguidas. As narinas não se movem.

– Escutando?

Ela assentiu.

– Possivelmente.

– Tentando ouvir o quê?

– Talvez o bebê.

Ele olhou de novo para ela.

– Sarah. O bebê está desacordado.

– Eu sei.

– Ele não está emitindo ruído algum.

– Não que nós possamos ouvir. – Ela encarou os tiranossauros. – Mas eles estão fazendo *algo*, Ian. Esse comportamento que estamos vendo tem um significado. Só não sabemos qual.

Do esconderijo alto, Levine mirava a clareira pelos óculos de visão noturna. Ele viu os dois tiranossauros de pé na margem da floresta. Eles moviam a cabeça de uma maneira esquisita, sincronizada.

Deram alguns passos hesitantes em direção ao trailer, ergueram a cabeça, viraram para a esquerda e a direita e então pareceram finalmente se resolver. Os animais caminharam com rapidez, quase agressividade, atravessando a clareira.

Pelo rádio, ouviram Malcolm dizer:

– São as luzes! As luzes estão atraindo os dois para cá.

Um instante depois, as luzes exteriores foram desligadas e a clareira mergulhou na escuridão. Todos apertaram os olhos, tentando enxergar. Ouviram Malcolm dizer:

– Isso resolveu.

Thorne perguntou para Levine:

– O que você está vendo?

– Nada.

– O que eles estão fazendo?

– Estão só de pé, parados.

Pelos óculos de visão noturna, viu que os tiranossauros haviam feito uma pausa, como se confusos com a mudança na luz. Até mesmo a distância ele podia escutar seus rosnados, mas os animais estavam inquietos. Balançavam a cabeça para cima e para baixo e fechavam as mandíbulas com um estalo. Mas não chegaram mais perto.

– O que é? – perguntou Kelly.

– Eles estão esperando – disse Levine. – Pelo menos, por enquanto.

Levine tinha a distinta impressão de que os tiranossauros sentiam-se inseguros. O trailer devia representar uma mudança grande e assustadora em seu ambiente. Talvez eles lhe dessem as costas, pensou, e fossem embora. Apesar do enorme tamanho, eles eram animais cautelosos, quase tímidos.

Eles tornaram a rosnar. E então Levine os viu se adiantando, em direção ao trailer apagado.

– Ian, o que a gente faz?

– E eu lá sei? – sussurrou Malcolm.

Eles estavam agachados um ao lado do outro no corredor, tentando ficar fora do campo de visão das janelas. Os tiranossauros se aproximaram implacavelmente. Eles podiam sentir cada passo agora como uma vibração – dois animais de 10 toneladas movendo-se até eles.

– Estão vindo diretamente para cá!

– Eu notei – disse ele.

O primeiro animal alcançou o trailer, chegando tão perto que o corpo bloqueou toda a janela. Tudo o que Malcolm via eram suas pernas poderosamente musculosas e a parte de baixo da barriga. A cabeça estava muito acima deles, fora da vista.

Então o segundo tiranossauro chegou pelo lado oposto. Os dois começaram a cercar o trailer, rosnando e fungando. Passos pesados chacoalhavam o piso sob eles. Ambos sentiram o odor pungente de predador. Um dos tiranossauros roçou contra a lateral do trailer, e eles ouviram um arranhão da carne escamosa contra o metal.

Malcolm sentiu um pânico súbito. Foi o cheiro que disparou a reação, o cheiro que o fez, de repente, lembrar-se da outra vez, de antes. Começou a suar. Olhou para Sarah e viu que ela estava concentrada, observando os movimentos dos animais.

– Isso não é comportamento de caça – murmurou ela.

– Não sei – disse Malcolm. – Talvez seja. Eles não são leões, sabe.

Um dos tiranossauros urrou na noite, um som apavorante, de perfurar os tímpanos.

– Não estão caçando – falou ela. – Eles estão *procurando*, Ian.

No instante seguinte, o segundo tiranossauro rugiu em resposta. E então a cabeçorra desceu e espiou pela janela diante deles. Malcolm se abaixou, colando o corpo ao piso do trailer, e Sarah desabou em cima do matemático. Seu sapato pressionou a orelha dele.

– Vai dar tudo certo, Sarah.

Do lado de fora, eles escutaram os tiranossauros fungando e rosnando.

– Você podia ir um pouco mais para lá? – murmurou Malcolm.

Ela se encolheu para um lado e ele se levantou devagar, examinando cautelosamente acima das almofadas dos assentos. Teve um relance do grande olho do rex mirando-o fixamente. O olho girava na órbita. Ele viu as mandíbulas se abrirem e se fecharem. O hálito quente do animal embaçou o vidro.

A cabeça do tiranossauro virou para o outro lado, afastando-se do trailer, e por um momento Malcolm respirou com mais facilidade. No entanto, a cabeça retornou logo em seguida, atingindo o trailer com um baque pesado e balançando-o intensamente.

– Não se preocupe, Sarah. O trailer é bem forte.

– Nem posso dizer como fico aliviada ao ouvir isso – murmurou ela.

Do lado oposto, o outro rex berrou e atingiu o trailer com o focinho. A suspensão estalou com o impacto.

Os dois tiranossauros, então, começaram a bater no trailer com um ritmo alternado dos dois lados. Malcolm e Harding eram lançados de lá para cá. Sarah tentou se estabilizar, mas foi derrubada no impacto seguinte. O piso inclinava-se loucamente a cada golpe. O equipamento do laboratório voou das mesas. Vidro se espatifou.

E então, abruptamente, os golpes pararam. Fez-se silêncio.

Grunhindo, Malcolm apoiou-se em um joelho. Espiando pela janela, viu as ancas de um dos tiranossauros, que se movia adiante.

– O que fazer? – sussurrou ele.

O rádio estalou.

– Ian, vocês estão aí? Ian! – exclamou Thorne.

– Pelo amor de Deus, desliga isso – sussurrou Sarah.

Malcolm estendeu a mão para o cinto, cochichou "Estamos bem" e desligou o rádio com um clique.

Sarah rastejava de quatro pelo trailer, indo até o laboratório biológico. Ele a seguiu e viu o grande tiranossauro olhando pela janela para o bebê amarrado. O animal emitiu um grunhido baixo.

E então fez uma pausa, olhando para a janela.

Grunhiu de novo.

– *Ela quer o bebê dela, Ian* – sussurrou Sarah.

– Bem, Deus sabe que, por mim, pode levar – disse Malcolm. Eles estavam encolhidos no chão, tentando se esconder de vista.

– Como vamos levá-lo para ela?

– Não sei. Talvez empurrá-lo porta afora?

– Não quero que eles pisem no filhote – disse Sarah.

– *Quem se importa?* – perguntou Malcolm.

O tiranossauro na janela emitiu uma série de grunhidos suaves seguida por um rosnado longo e ameaçador. Era a grande fêmea.

– Sarah...

Mas ela já estava de pé, encarando o tiranossauro. De imediato começou a falar, sua voz suave, tranquilizadora.

– Está tudo bem... Tudo certo agora... O bebê está bem... Eu só vou soltar essas faixas aqui... Você pode ficar olhando...

A cabeça do lado de fora da janela era tão imensa que preenchia toda a moldura do vidro. Sarah viu os potentes músculos do pescoço contraindo-se sob a pele. As mandíbulas moveram-se levemente. Suas mãos tremiam enquanto ela soltava as faixas.

– Isso mesmo... Seu bebê está bem... Viu, está tudo bem...

Agachado junto aos pés dela, Malcolm sussurrou:

– O que é que você está fazendo?

Ela não alterou o tom suave e tranquilizante.

– Eu sei que parece loucura... Mas funciona com os leões... Às vezes... Aí está... Seu bebê está livre...

Sarah desembrulhou o cobertor e retirou a máscara de oxigênio, falando calmamente o tempo todo.

– Agora... tudo o que precisamos fazer... – Ela ergueu o bebê em suas mãos. – É levá-lo até você...

Subitamente, a cabeça da fêmea recuou e atingiu o vidro de lado, despedaçando-o em uma teia branca com um estalo alto. Sarah não conseguia mais enxergar por ali, mas viu uma sombra se movimentar e então o segundo impacto soltou o vidro. Ela largou o bebê na bandeja e saltou para trás enquanto a cabeça abria caminho, entrando vários metros no trailer. Fios de sangue escorriam pelo focinho do animal em virtude dos cacos de vidro. Porém, após a violência inicial, a fêmea parou e se tornou delicada em seus movimentos. Farejou o bebê, começando pela cabeça e descendo devagar pelo corpo. Farejou o gesso improvisado também e lambeu-o rapidamente. Por fim, pousou a mandíbula inferior no peito do filhote. Permaneceu daquele jeito por um longo tempo, sem se mover. Apenas os olhos piscavam lentamente, encarando Sarah.

Malcolm, caído no chão, viu sangue pingando da beira do balcão. Começou a se levantar, mas Sarah empurrou a cabeça dele de volta para baixo com a mão. E cochichou:

– Sssshh.

– O que está acontecendo?

– Ela está sentindo a pulsação.

A fêmea grunhiu, abriu a boca e com gentileza segurou o filhote entre as mandíbulas. Em seguida, recuou devagar, saindo pela vidraça estilhaçada e carregando o bebê para fora.

Ela colocou o filhote no chão, fora do campo de visão deles. Depois se abaixou, a cabeça desaparecendo de vista.

– Ele acordou? O bebê está acordado? – Malcolm cochichou.

– Ssssshhh!

Ouviu-se um ruído repetitivo vindo do exterior do trailer. Era intercalado com rosnados suaves e guturais. Malcolm viu Sarah inclinar-se à frente, tentando enxergar pela janela.

– O que está havendo? – sussurrou ele.

– Ela está lambendo o filhote. E empurrando-o com o focinho.

– E?

– Só isso. Ela só fica fazendo isso.

– E o bebê?

– Nada. Ele fica rolando, como se estivesse morto. Quanta morfina nós demos para ele da última vez?

– Não sei – respondeu Malcolm. – Como eu poderia saber?

Ele continuou no chão, escutando as lambidas e os rosnados. E, finalmente, após o que pareceu uma eternidade, escutou um guincho suave e agudo.

– Ele está acordando! Ian! O bebê está acordando!

Malcolm rastejou de joelhos e olhou pela janela a tempo de flagrar o adulto carregando o bebê em suas mandíbulas, caminhando para o perímetro da clareira.

– O que ela está fazendo?

– Acho que o levando de volta.

O segundo adulto entrou no campo de visão deles, seguindo o primeiro. Malcolm e Sarah observaram os dois tiranossauros afastando-se do trailer e atravessando a clareira.

Os ombros de Malcolm tombaram.

– Essa foi por pouco – disse ele.

– Sim, foi mesmo. – Ela suspirou e limpou sangue de seu antebraço.

No esconderijo alto, Thorne apertou o botão do rádio.

– Ian! Você está aí? Ian!

– Talvez eles tenham desligado o rádio – falou Kelly.

Uma leve chuva começou a cair, tamborilando no teto de metal da barraca. Levine fitava pelos óculos de visão noturna na direção da encosta. Um relâmpago caiu, e Thorne perguntou:

– Você consegue ver o que os animais estão fazendo?

– Eu consigo – respondeu Eddie. – Parece... parece que eles estão *indo embora*. Todos começaram a comemorar.

Só Levine permaneceu em silêncio, observando pelos binóculos. Thorne virou-se para ele.

– É isso mesmo, Richard? Está tudo bem?

– Na verdade, acho que não – comentou Levine. – Temo que tenhamos cometido um erro grave.

. . .

Malcolm observou os tiranossauros retirando-se através da vidraça estilhaçada. Ao lado dele, Sarah não dizia nada. Ela não desviava os olhos dos animais.

A chuva começara a cair; água pingava dos cacos de vidro. O trovão rumorejava a distância e raios caíam agressivamente, iluminando os animais gigantes enquanto eles se afastavam.

Na árvore enorme mais próxima, ambos pararam e depositaram o bebê no chão.

– Por que eles estão fazendo isso? – perguntou Sarah. – Eles deveriam estar voltando para o ninho.

– Não sei, talvez estejam...

– Talvez o bebê esteja morto – disse ela.

Mas não; no clarão do relâmpago seguinte, eles puderam ver o filhote se mexendo. Ainda estava vivo. Ouviam seus guinchos agudos enquanto um dos adultos apanhou o bebê em suas mandíbulas e colocou-o gentilmente em uma junção dos galhos mais altos de uma árvore.

– Ah, não – disse Sarah, balançando a cabeça. – Isso está errado, Ian. Está tudo errado.

A fêmea ficou com o filhote por alguns momentos, arrumando-o, posicionando-o. E então se virou, abriu as mandíbulas e rugiu.

O tiranossauro macho rugiu em resposta.

E então os dois animais dispararam para o trailer a toda velocidade, correndo pela clareira na direção deles.

– Ah, meu Deus – disse Sarah.

– Se segura, Sarah! – gritou Malcolm. – Isso vai ser bem ruim!

O impacto foi estonteante, lançando ambos de lado pelo ar. Sarah gritou enquanto rolava para longe. Malcolm bateu a cabeça e caiu no chão, vendo estrelas. Debaixo dele, o trailer sacudiu sobre a suspensão com um barulho metálico. Os tiranossauros rugiram e se jogaram contra ele outra vez.

Ele a ouviu gritar "Ian! Ian!", e então o trailer desabou de lado. Malcolm virou-se de costas; utensílios de vidro e equipamentos do laboratório se espatifaram ao redor dele. Quando pôde olhar para cima, tudo estava torto. Logo acima dele se encontrava a janela que o tiranossauro estilhaçara. A chuva caía no rosto de Malcolm. Um raio piscou e ele viu a cabeçorra olhando para ele e rosnando. Escutou o arranhar áspero das garras do tiranossauro na lateral metálica do trailer, e em seguida o bicho desapareceu. Um momento depois, ouviu ambos urrando enquanto empurravam o trailer pelo chão.

– Sarah! – gritou ele.

E então a viu, em algum lugar atrás dele, no exato momento em que o mundo começou a girar loucamente outra vez e o trailer virou de cabeça para baixo com um estrondo. Agora o veículo estava de ponta-cabeça; Malcolm começou a rastejar pelo teto, tentando alcançar Sarah. Olhou para o equipamento do laboratório preso aos balcões, acima de sua cabeça. Líquido pingava sobre ele, vindo de uma dúzia de fontes diferentes. Algo ferroou seu ombro. Ele escutou um chiado e percebeu que se tratava de algum ácido.

Na escuridão à frente dele, Sarah gemia. Outro relâmpago reluziu e Malcolm a viu, caída perto da junção sanfonada que conectava os dois trailers. Aquela junção fora tão retorcida que estava quase fechada, o que devia significar que o segundo trailer ainda se encontrava na posição correta. Era uma loucura. Tudo estava uma loucura.

Do lado de fora, os tiranossauros rugiram e ele escutou uma explosão abafada. Os animais mordiam os pneus. Pensou: uma pena eles não terem mordido o cabo da bateria. Aquilo lhes daria uma bela surpresa.

De repente, os tiranossauros bateram de novo no trailer, derrubando-o de lado na clareira. Assim que o movimento cessou, atacaram de novo. O trailer guinou para a lateral.

A essa altura, Malcolm havia alcançado Sarah. Ela jogou os braços ao redor dele.

– Ian – disse ela. Todo o lado esquerdo de seu rosto estava escuro. Quando outro relâmpago lampejou, ele viu que sangue o cobria.

– Você está bem?

– Estou – respondeu ela. Com as costas da mão, limpou o sangue em seu olho. – Você consegue ver o que é isso?

Em outro clarão de raio, ele viu o cintilar de um grande caco de vidro enterrado perto do início dos cabelos dela. Arrancou-o e pressionou a mão contra a súbita golfada de sangue. Eles estavam na cozinha; Malcolm estendeu a mão para o fogão e apanhou um pano de prato. Segurou-o contra a cabeça dela e viu o tecido escurecer.

– Está doendo?

– Não, tudo bem.

– Eu acho que não é muito grave – disse ele. Lá fora, os tiranossauros rugiram na noite.

– O que eles estão fazendo? – perguntou ela, com a voz fraca.

Os tiranossauros se jogaram contra o trailer de novo. Com o impacto, o trailer pareceu se mover muito mais do que antes, deslizando de lado – e para baixo.

Deslizando para baixo.

– Eles estão nos empurrando – disse ele.

– Para onde, Ian?

– Para a margem da clareira. – Os tiranossauros golpearam outra vez e o trailer andou mais um pouco. – Estão nos empurrando para o despenhadeiro.

O despenhadeiro tinha 150 metros de altura e era rocha pura, até o vale lá embaixo.

Eles jamais sobreviveriam à queda.

Ela segurou o pano de prato com a própria mão, afastando a dele.

– Faça alguma coisa.

– Certo – disse ele.

Ian afastou-se dela, segurando-se contra o próximo impacto. Não sabia o que fazer. Não tinha a menor ideia do que fazer. O trailer encontrava-se de cabeça para baixo e tudo estava uma loucura. Seu ombro queimava, e ele podia sentir o ácido comendo sua camisa. Ou talvez sua carne. Aquilo ardia muito. Todo o trailer estava escuro, toda a energia, desligada, havia vidro por toda parte e ele...

Toda a energia estava desligada.

Malcolm começou a se levantar, mas o impacto seguinte o jogou de lado e ele caiu de mau jeito, batendo a cabeça contra o refrigerador. A porta se abriu e caixas de leite frio e garrafas de vidro desabaram sobre ele. Porém, não havia luz no refrigerador.

Toda a energia estava desligada.

Caído de costas, Malcolm olhou pela janela e viu a grande pata de um tiranossauro sobre a grama. Um relâmpago iluminou a pata que se erguia para chutar, e imediatamente o trailer se moveu de novo, deslizando com facilidade agora, o metal rangendo e, em seguida, inclinando-se para baixo.

– Ah, merda – disse ele.

– Ian...

Mas era tarde demais; todo o trailer gemia e estalava em um protesto metálico, e então Malcolm viu a parte da frente afundar enquanto o trailer deslizava pelo despenhadeiro. Começou devagar e foi ganhando velocidade, o teto em que eles estavam deitados caindo, tudo caindo, Sarah caindo, agarrando-se a ele enquanto despencava, e os tiranossauros rugindo, triunfantes.

Vamos cair no despenhadeiro, pensou ele.

Sem saber o que fazer, ele agarrou a porta do refrigerador, segurando-se com tenacidade. A porta estava fria e escorregadia por causa da umidade. O trailer inclinou-se e caiu, o metal estalando alto. Malcolm sentiu as mãos escorregando no esmalte branco, escorregando... escorregando... e então perdeu o apoio e caiu, desabando impotente para a ponta mais distante do trailer. Ele viu o banco do motorista acelerando em sua direção, mas, antes de chegar lá, atingiu algo no escuro, sentiu um momento de dor lancinante e se curvou.

Então, lentamente, gentilmente, tudo ao seu redor escureceu.

A chuva batia contra o teto da cabana e escorria em uma camada contínua pelas laterais. Levine limpou as lentes dos óculos, depois os levou novamente aos olhos. Fitou os despenhadeiros na escuridão.

– O que foi? O que aconteceu? – perguntou Arby.

– Não sei dizer – respondeu Levine. Era difícil ver qualquer coisa naquele aguaceiro. Momentos antes, eles tinham assistido, horrorizados, enquanto os dois tiranossauros empurravam o trailer para a queda. Os grandes animais fizeram isso com facilidade: Levine estimava que os tiranossauros tivessem uma massa combinada de 20 toneladas, e o trailer pesava apenas cerca de duas. Após virarem o veículo de lado, ele deslizou com facilidade pela grama molhada conforme os animais o empurravam com a barriga e chutavam com os poderosos músculos das pernas.

– Por que eles estão fazendo aquilo? – Thorne perguntou a Levine, de pé ao seu lado.

– Suspeito que nós tenhamos alterado o território que eles percebem como deles – respondeu Levine.

– Como é que isso funciona?

– Você precisa se lembrar de com o que estamos lidando aqui – disse Levine. – Os tiranossauros podem demonstrar um comportamento complexo, mas a maioria dele é instintivo. É um comportamento irrefletido, embutido. E a territorialidade faz parte desse instinto. Os tiranossauros marcam o território, defendem o território. Não é algo refletido – eles não têm cérebros muito grandes –, mas agem por instinto. Todo comportamento instintivo tem gatilhos, ações que disparam esse comportamento. E eu temo que, ao mover o bebê, nós tenhamos redefinido o território deles e incluído a clareira onde o bebê foi encontrado. Portanto, agora eles vão defender seu território, expulsando os trailers.

Nesse momento, à luz de um raio, todos viram o que acontecia. O primeiro trailer havia caído no despenhadeiro. Estava pendurado de cabeça para baixo no vazio, ainda conectado pela junção sanfonada ao segundo trailer na clareira lá em cima.

– Aquela junção não vai aguentar! – gritou Eddie. – Não por muito tempo!

No clarão dos raios, eles viram os tiranossauros na clareira lá no alto. Metodicamente, eles agora empurravam o segundo trailer para a queda.

Thorne voltou-se para Eddie.

– Eu vou para lá! – disse ele.

– Vou com você! – falou Eddie.

– Não! Fique com as crianças!

– Mas você precisa...

– Fique com as crianças! Não podemos deixá-las sozinhas!

– Mas o Levine pode...

– Não, você fica! – ordenou Thorne. E já descia pelos andaimes, escorregadios em virtude do aguaceiro, para o Explorer lá embaixo. Viu Kelly e Arby olhando para ele. Entrou no carro, ligou a ignição. Pensava na distância até a clareira. Eram cinco quilômetros, talvez mais. Mesmo dirigindo rápido, levaria sete ou oito minutos até chegar lá.

E, a essa altura, seria tarde demais. Ele jamais conseguiria chegar a tempo. Mas tinha de tentar.

Sarah Harding ouviu um estalo ritmado e abriu os olhos.

Tudo estava escuro; ela estava desorientada. Então um relâmpago piscou e ela fitou diretamente o vale lá embaixo – 150 metros abaixo. A visão balançava com suavidade de um lado para o outro.

Sarah olhava pelo para-brisa do trailer, pendurado na lateral do despenhadeiro. Eles não estavam mais caindo. Contudo, encontravam-se pendurados de maneira precária no vazio.

Ela mesma estava deitada por cima do banco do motorista, que havia se soltado de seu lugar de origem e estilhaçado um painel de controle na parede; fios soltos pendiam dali e os indicadores do painel piscavam.

Sarah não conseguia enxergar direito por causa do sangue em seu olho esquerdo. Puxou a barra de sua camisa e rasgou duas faixas de tecido. Dobrou uma para fazer uma compressa e pressionou-a contra o corte em sua testa. Depois amarrou a segunda faixa ao redor da cabeça para manter a compressa no lugar. Ela cerrou os dentes até a dor intensa passar.

De algum ponto acima dela, vinha um baque, uma vibração. Sarah se virou e olhou diretamente para cima. Viu toda a extensão do trailer suspenso na vertical. Malcolm estava três metros acima dela, dobrado ao redor de uma mesa de laboratório, sem se mover.

– Ian – disse ela.

Ele não respondeu. Não se mexeu.

O trailer estremeceu de novo, estalando sob um impacto surdo. E então Harding se deu conta do que estava acontecendo. O primeiro trailer pendia da face do precipício, balançando solto no vazio. Porém, ainda se encontrava conectado ao segundo trailer, na clareira lá em cima. O primeiro se dependurava agora na junção sanfonada. E os tiranossauros lá no alto empurravam nesse momento o segundo veículo para o precipício.

– Ian – chamou ela. – Ian.

Ela apressou-se a ficar de pé, ignorando a dor no corpo. Sentiu uma onda de tontura e imaginou quanto sangue tinha perdido. Começou a escalar, subindo primeiro na parte de trás do banco do motorista, estendendo as mãos para a mesa do laboratório mais próxima. Ela se puxou para cima até alcançar uma maçaneta montada na parede. O trailer balançava sob ela.

Da maçaneta, conseguiu se segurar na porta do refrigerador, passando os dedos em uma prateleira aramada. Testou seu apoio e ela aguentou; então, Sarah apoiou todo o seu peso ali. Ergueu a perna até colocar o pé no refrigerador. Depois balançou o corpo ainda mais para cima, até estar de pé e alcançar o puxador do forno.

Era como escalar uma montanha, mas em uma porcaria de uma cozinha, pensou ela.

Logo estava ao lado de Malcolm. Um relâmpago tornou a luzir, e ela viu o rosto maltratado dele. Malcolm gemeu. Ela rastejou até ele, tentando ver a gravidade de seus ferimentos.

– Ian – disse.

Os olhos dele estavam fechados.

– Desculpe.

– Não tem importância.

– Eu coloquei você nessa.

– Ian. Você consegue se mexer? Está bem?

Ele grunhiu.

– Minha perna.

– Ian. Precisamos fazer alguma coisa.

Da clareira acima deles, Sarah escutou o rugido dos tiranossauros. Para ela, era como se estivessem rugindo por toda a sua vida. O trailer guinou e balançou; as pernas dela escorregaram para fora do refrigerador e ela agora se pendurava no vazio, segurando-se na porta do forno. A extremidade do trailer estava seis metros mais abaixo.

O puxador não suportaria o peso dela, ela sabia. Não por muito tempo.

Harding balançou as pernas, chutando loucamente, até tocar algo sólido. Apalpou com os pés e então pisou. Olhando para trás, viu que estava de pé na lateral da pia de aço inoxidável. Mexeu o pé e a torneira abriu, ensopando-lhe os pés.

Os tiranossauros urraram, golpeando forte. O trailer moveu-se mais para fora, balançando.

– Ian. Não temos muito tempo. Precisamos fazer alguma coisa.

Ele ergueu a cabeça, fitando-a com olhos vidrados. O relâmpago voltou a cintilar. Seus lábios se moveram.

– Energia – disse ele.

– O que tem ela?

– A energia está desligada.

Ela não sabia do que ele falava. É claro que a energia estava desligada. Em seguida, lembrou-se: ele desligara a energia mais cedo, no momento em que os tiranossauros se aproximavam. A luz os incomodara antes; talvez os incomodasse de novo.

– Você quer que eu religue a energia?

Ele assentiu muito de leve.

– Sim. Religue.

– Como, Ian? – Ela olhou em volta na escuridão.

– Tem um painel.

– Onde?

Ele não respondeu. Sarah estendeu a mão, chacoalhando o ombro dele.

– Ian, onde está o painel?

Ele apontou para baixo.

Sarah olhou para baixo e viu os fios soltos no painel.

– Não posso. Está quebrado.

– Em cima...

Ela mal conseguia ouvi-lo. Vagamente, lembrava-se de que havia outro painel de controle logo na entrada do segundo trailer. Se ela conseguisse entrar, poderia religar a energia.

– Certo, Ian – disse ela. – Vou fazer isso.

Ela prosseguiu, indo cada vez mais alto. O piso do trailer estava agora nove metros abaixo dela. Os tiranossauros rugiram e voltaram a chutar. Sarah balançou no vazio. E seguiu em frente.

Pretendia passar pela conexão sanfonada para o segundo trailer, mas, quando se aproximou do topo, viu que era impossível. No clarão inclemente de um raio, percebeu que a conexão estava tão contorcida que se fechara.

Ela estava presa dentro do primeiro trailer.

Escutou os tiranossauros urrando e batendo no segundo trailer lá em cima.

– Ian!

Ela olhou para baixo. Ele não se mexia.

Pendurada ali, deu-se conta, com uma sensação nauseante, de que estava derrotada. Mais um ou dois chutes, e tudo se acabaria. Eles cairiam. Não havia nada que pudessem fazer. Não restava mais tempo. Ela estava pendurada, suspensa na escuridão, a energia, desligada, e não havia nada...

Ou havia? Ela escutou um zumbido elétrico não muito distante na escuridão. Existiria um painel ali, daquele lado do trailer? Será que eles o tinham projetado para ter painéis dos dois lados?

Pendurada perto do teto do trailer, os ombros e antebraços queimando pelo esforço, olhou ao redor em busca de um segundo painel de energia. Sarah encontrava-se perto da extremidade do trailer. Se havia um painel, ele devia estar por ali. Onde, porém? No lampejo de um relâmpago, ela olhou por cima de um ombro, depois do outro.

Não viu painel algum.

Seus braços doíam.

– Ian, por favor...

Nenhum painel.

Não era possível. Ela ainda ouvia aquele zumbido. Tinha de existir um painel. Ela só não o encontrava. Tinha de haver um painel. Ela balançou de um lado para o outro, e o raio tornou a cintilar, lançando sombras ensandecidas; então, finalmente, ela o viu.

Localizava-se a apenas 15 centímetros de sua cabeça. Estava de cabeça para baixo, mas ela podia ver todos os botões e interruptores. Eles encontravam-se apagados agora. Se ela conseguisse descobrir qual era o correto...

Ah, para o inferno com isso.

Soltou a mão direita e, segurando-se apenas com a esquerda, apertou todos os botões que conseguiu tocar no painel. Imediatamente o trailer começou a se acender, todas as luzes interiores ligando-se.

Ela continuou apertando os botões, um depois do outro. Alguns deram curto--circuito, soltando centelhas e fumaça.

Sarah continuou apertando os outros.

De repente, o monitor lateral ligou, a meros centímetros do rosto dela, exibindo um vídeo borrado. Em seguida, ele entrou em foco. Apesar de Sarah estar olhando para a imagem de lado, podia ver os tiranossauros na clareira, de pé sobre o segundo trailer, os antebraços tocando-o, as pernas poderosas chutando e empurrando. Ela apertou mais botões. O último tinha uma capa protetora prateada; Sarah abriu a capa e pressionou aquele também.

No monitor, viu os tiranossauros sumirem em uma repentina explosão de centelhas incandescentes e escutou-os rugindo, furiosos. E então o monitor de vídeo se apagou e houve uma explosão de centelhas ao redor de Harding, fazendo suas mãos e o rosto arderem; em seguida, tudo no trailer se apagou e se tornou escuro de novo.

Fez-se silêncio por um longo momento.

E então, inexoravelmente, os golpes recomeçaram.

THORNE

Os limpadores de para-brisa iam e vinham. Thorne fazia as curvas com velocidade, apesar do aguaceiro que caía. Ele olhou para o relógio. Dois minutos haviam se passado, talvez três.

Talvez mais. Ele não tinha certeza.

A estrada era uma trilha enlameada, escorregadia e perigosa. Ele espalhou água de poças profundas, segurando a respiração a cada vez que isso ocorria. O carro fora impermeabilizado na oficina, mas, com essas coisas, nunca se sabe. Cada poça era outro teste. Até aquele momento, tudo bem.

Três minutos passados.

No mínimo três.

Após uma curva, a estrada se abriu e, em um clarão de relâmpago, ele viu uma poça profunda adiante. Acelerou para atravessá-la, o carro lançando colunas de água das janelas laterais. E então ele tinha passado, ainda seguindo em frente. Ainda seguindo! Enquanto subia por uma encosta, viu os indicadores do painel balançando loucamente e percebeu que o chiado que escutara significava um curto-circuito fatal. Ocorreu uma explosão sob o capô e uma fumaça acre subiu do radiador. O carro estava morto.

Quatro minutos.

Ele permaneceu sentado no carro, escutando a chuva bater no teto de metal. Girou a chave na ignição. Nada aconteceu.

Morto.

A chuva caía em pancadas pelo para-brisa. Ele recostou-se no assento, suspirou e fitou a estrada diante de si. O rádio estalou no banco ao lado dele.

– Doutor? Você está chegando lá?

Thorne olhou para a estrada, tentando adivinhar onde estava. Estimou que devia faltar cerca de dois quilômetros para alcançar o trailer na clareira, talvez até mais. Longe demais para tentar chegar a pé. Ele praguejou e socou o banco.

– Não, Eddie. Eu tive um curto.

– O quê?

– Eddie, o carro morreu. Eu estou...

Thorne se interrompeu.

Ele notara algo.

Do outro lado da curva à frente dele, viu um suave brilho vermelho piscando. Estreitou os olhos, tentando se certificar. Sim, seus olhos não o enganavam. Estava ali, sim: uma luz vermelha piscando.

– Doutor? Você está aí? – perguntou Eddie.

Thorne não respondeu; pegou o rádio e o rifle Lindstradt, desceu do carro e, abaixando a cabeça para se proteger da chuva, começou a subir a encosta correndo até a junção com a estrada da cordilheira. Após a curva, ele viu o jipe vermelho parado no meio da estrada da cordilheira, o pisca-pisca ligado. Um dos faróis estava quebrado, em um branco cintilante.

Ele correu adiante, tentando enxergar o interior do veículo. Sob o lampejo de um raio, pôde ver que não havia ninguém dirigindo. A porta do motorista nem sequer estava fechada; a lateral apresentava um amassado grande. Thorne entrou no carro, estendendo o braço para a lateral do volante... e, sim, as chaves estavam lá! Ele deu partida na ignição. O motor ganhou vida com um ronco.

Então, engatou a marcha, virou o carro na direção que desejava e subiu a cordilheira em direção à clareira. Depois de apenas mais algumas curvas, viu o teto verde do laboratório e virou à esquerda, os faróis atravessando a clareira gramada e iluminando os dinossauros que empurravam o trailer.

Confrontados por essas novas luzes, os tiranossauros se viraram simultaneamente e urraram para o jipe de Thorne. Eles abandonaram o trailer e atacaram. Thorne colocou o jipe em marcha à ré e já recuava freneticamente antes de se dar conta de que os animais não estavam se aproximando dele.

Em vez disso, atravessaram a clareira correndo em diagonal, indo para uma árvore perto de Thorne. Embaixo da árvore, fizeram uma pausa, as cabeças voltadas para o alto. Thorne abaixou os faróis e aguardou. Agora via os animais apenas de forma intermitente, conforme os raios caíam. Em um dos clarões, viu-os retirando o bebê da árvore. Depois os viu afagando o filhote. Obviamente, sua chegada súbita os deixara ansiosos a respeito do filhote.

No lampejo seguinte, os tiranossauros haviam desaparecido. A clareira encontrava-se vazia. Será que tinham ido embora mesmo? Ou estariam apenas se escondendo? Ele abriu a janela e colocou a cabeça para fora, na chuva. Foi nesse instante que ouviu um guincho contínuo, estranho e baixo. Soava como o grito prolongado de um animal, mas era estável demais, contínuo demais. Enquanto escutava, entendeu tratar-se de outra coisa. Era metal.

Thorne acendeu os faróis novamente e dirigiu devagar adiante. Os tiranossauros tinham ido embora. Nos fachos de luz pálida, viu o segundo trailer.

Com um guincho metálico contínuo, o veículo deslizava lentamente pela grama molhada, em direção à beira do abismo.

– O que ele está fazendo agora? – gritou Kelly, por cima da chuva.

– Está dirigindo – disse Levine, olhando pelos óculos. Do esconderijo alto, eles podiam ver os faróis de Thorne atravessando a clareira. – Está guiando até o trailer. E está...

– Está o quê? – perguntou Kelly. – O que ele está fazendo agora?

– Dando voltas em torno de uma árvore – disse Levine. – Uma árvore grande perto da clareira.

– Por quê?

– Ele deve estar passando o cabo do guindaste ao redor da árvore – disse Eddie. – É a única razão possível.

Houve um momento de silêncio.

– O que ele está fazendo agora? – quis saber Arby.

– Ele saiu do jipe. Agora está correndo até o trailer.

Na lama, Thorne apoiava-se nas mãos e nos joelhos, segurando o grande gancho do guincho do jipe nas mãos. O trailer deslizava para longe dele, mas Thorne ainda conseguiu rastejar por baixo do veículo e engatar o gancho ao redor do eixo traseiro. Ele retirou os dedos no momento em que o gancho bateu contra a cobertura do freio e rolou o corpo para longe. Recém-preso, o trailer saltou de lado na grama, os pneus descendo sobre o ponto onde o corpo de Thorne estivera havia apenas alguns instantes.

O cabo de metal do gancho estava bem esticado. Toda a parte de baixo do trailer estalou em protesto.

Mas o cabo resistiu.

Thorne arrastou-se de debaixo do trailer e semicerrou os olhos sob a chuva, fitando o veículo. Olhou cuidadosamente para as rodas do jipe a fim de ver se elas se moviam. Não. Com o cabo envolto em torno da árvore, o peso do jipe era o suficiente para servir como ponto de equilíbrio e segurar o segundo trailer na beira do precipício.

Ele voltou para o jipe, entrou e puxou o freio de mão. Escutou Eddie chamando:

– Doutor. Doutor.

– Estou aqui, Eddie.

– Você conseguiu parar o trailer?

– Sim. Não está mais se movendo.

O rádio estalou.

– Isso é ótimo. Mas escute, Doutor. Você sabe que aquela conexão é apenas uma rede de cinco milímetros por cima de barras de aço inoxidável. Nós nunca pretendemos que ela...

– Eu sei, Eddie. Estou trabalhando nisso. – Thorne voltou a sair do carro. Ele correu rapidamente pela chuva até o trailer.

Abrindo a porta lateral, entrou. O interior estava um breu. Ele não conseguia ver absolutamente nada. Tudo se encontrava revirado. Seus pés esmagavam vidro. Todas as janelas estavam despedaçadas. Segurou o rádio.

– Eddie!

– Sim, Doutor.

– Eu preciso de corda. – Ele sabia que Eddie tinha todo tipo de suprimento escondido.

– Doutor...

– Apenas me diga onde está.

– Está no outro trailer, Doutor.

Thorne trombou contra uma mesa na escuridão.

– Ótimo.

– Pode haver um pouco de fio de náilon no armário de ferramentas – disse Eddie. – Mas eu não sei quanto.

Ele não soava muito esperançoso. Thorne abriu caminho pelo trailer e chegou aos gabinetes na parede. Eles estavam travados. Puxou-os na escuridão, depois os abandonou. O armário de ferramentas localizava-se logo depois. Talvez pudesse haver alguma corda ali. E, naquele momento, ele precisava de corda.

TRAILER

Sarah Harding, ainda pendurada no topo do trailer pelos braços, olhou para a conexão sanfonada retorcida que levava ao segundo trailer. Os golpes repetitivos dos dinossauros tinham parado, e o outro trailer não estava mais se mexendo. Porém, agora ela sentia uma água fria pingando em seu rosto. E sabia o que isso significava.

A conexão sanfonada começava a vazar.

Ela olhou para cima e viu que um rasgo começara a se abrir na rede, revelando as bobinas de aço que formavam a conexão. Embora pequeno naquele momento, logo se ampliaria. E, conforme a rede se partisse, o aço começaria a se desenrolar, a se estender e por fim se partiria.

Eles tinham apenas alguns minutos antes que o trailer suspenso se libertasse e caísse lá embaixo.

Sarah desceu até Malcolm, segurando-se para se manter ao lado dele.

– Ian.

– Eu sei – disse ele, balançando a cabeça.

– Ian, nós temos que sair daqui. – Ela o agarrou por debaixo das axilas e o puxou até ele ficar de pé. – E você vai comigo.

Ian balançou a cabeça, derrotado. Sarah já tinha visto aquele gesto antes em sua vida, aquele balançar fútil, a desistência. Odiava vê-lo. Harding jamais desistia. Nunca.

Malcolm grunhiu.

– Eu não consigo...

– Você tem que conseguir – disse ela.

– Sarah...

– Não quero ouvir, Ian. Não há o que dizer. Agora vamos. – Ela o puxou e Ian grunhiu, mas endireitou o corpo. Sarah puxou com força e retirou-o da mesa. Um raio caiu e ele pareceu encontrar um pouco de energia. Conseguiu ficar de pé na borda do banco de frente para a mesa. Estava instável, mas de pé.

– O que fazer?

– Não sei, mas vamos dar o fora daqui... Tem alguma corda aqui?

Ele assentiu, débil.

– Onde?

Malcolm apontou diretamente para baixo, na direção da frente do trailer, agora pendendo no vazio.

– Lá embaixo. Sob o painel.

– Venha.

Ela se debruçou e abriu as pernas de modo a se apoiar contra o chão, do lado oposto de onde se encontrava. Sarah parecia um alpinista em uma chaminé. Seis metros abaixo dela, o painel.

– Certo, Ian. Vamos lá.

– Eu não consigo, Sarah. É sério – disse Malcolm.

– Então se apoie em mim. Eu te carrego.

– Mas...

– Agora, droga!

Malcolm se ergueu e agarrou-se a um encaixe na parede, o braço tremendo. Arrastava a perna direita. E então Sarah sentiu o peso dele sobre ela, repentino e sólido, quase a derrubando. Os braços de Ian se prenderam ao redor do pescoço de Sarah, sufocando-a. Ela ofegou, estendeu os dois braços para trás, agarrou as coxas dele e o ergueu, enquanto ele tentava ajustar melhor os braços em torno do pescoço da amiga. Finalmente, ela conseguiu respirar.

– Desculpe – disse ele.

– Tudo bem – falou Sarah. – Aqui vamos nós.

Ela começou a abrir caminho pelo corredor vertical, agarrando-se ao que podia. Em alguns lugares, havia apoios para as mãos, e, quando não encontrava nenhum, segurava-se em puxadores de gavetas, pernas de mesas, trincos de janelas, até mesmo no carpete do piso, os dedos rasgando o tecido. Em certo ponto, o carpete se soltou em uma faixa comprida, e Sarah escorregou antes de abrir um pouco mais as pernas para impedir a queda. Pendurado atrás dela, Malcolm chiava; os braços em volta do pescoço de Sarah tremiam.

– Você é bem forte – disse Ian.

– Mas ainda feminina – complementou ela, implacável.

Ela estava a apenas três metros do painel do veículo. A um metro e meio. Encontrou um ponto de apoio na parede e agarrou-se ali, as pernas balançando.

Os pés tocaram o volante. Ela se abaixou, depositando Malcolm sobre o painel. Ele recostou-se, ofegante.

O trailer estalava e balançava. Sarah vasculhou debaixo do painel, encontrou uma caixa de ferramentas, abriu-a. Ferramentas de metal caíram de lá, tilintando. E ela encontrou uma corda. Náilon, 1,5 centímetro de espessura, 15 metros ou mais.

Levantou-se, olhando pelo para-brisa para o fundo do vale, mais de uma centena de metros lá embaixo. Logo a seu lado, viu a porta do motorista. Girou a maçaneta e abriu-a com um empurrão. Ela bateu na superfície exterior do trailer, e Sarah sentiu a chuva em seu rosto.

Inclinou-se para fora e olhou para cima pela lateral do trailer. Viu as placas lisas de metal sem nenhuma maçaneta. Embaixo do trailer, contudo, devia haver eixos e caixas e outras coisas em que se apoiar. Agarrando o metal molhado da maçaneta, debruçou-se, tentando ver o chassi do trailer. Ouviu um estalo metálico e escutou alguém dizer "Finalmente!", e então uma silhueta encorpada de repente se agigantou diante dela. Era Thorne, pendurando-se no chassi.

– Pelo amor de Deus – disse Thorne. – O que vocês estão esperando, um convite por escrito? Vamos!

– É o Ian – falou ela. – Ele está ferido.

Típico, pensou Kelly, olhando para Arby no esconderijo alto. Quando as coisas se tornavam difíceis, o amigo simplesmente não conseguia dar conta. Emoção demais, tensão demais, e ele ficava todo trêmulo e esquisito. Arby tinha dado as costas ao precipício havia muito tempo e agora olhava para o outro lado do abrigo, na direção do rio. Quase como se nada estivesse acontecendo. Típico.

Kelly voltou-se para Levine.

– O que está havendo agora? – indagou.

– Thorne acabou de entrar – respondeu Levine, olhando pelos óculos.

– Ele entrou? O senhor diz, no trailer?

– Sim. E agora... alguém está saindo.

– Quem?

– Acho que a Sarah. Ela está retirando todo mundo.

Kelly se esforçou, tentando enxergar na noite. A chuva havia quase parado; era apenas uma leve garoa agora. Do outro lado do vale, o trailer ainda balançava, solto no espaço. Ela pensou ter visto uma silhueta agarrada ao chassi. No entanto, não tinha certeza.

– O que ela está fazendo?

– Escalando.

– Sozinha?

– Sim – disse Levine. – Sozinha.

Sarah Harding saiu pela porta, torcendo o corpo na chuva. Não olhou para baixo. Sabia que o vale encontrava-se a 150 metros abaixo dela. Podia sentir o trailer oscilando. Estava com a corda jogada ao redor do ombro. Deu a volta com cautela, abaixou a perna e se sustentou sobre a caixa de câmbio. Apalpou com a mão e agarrou um cabo. Balançou-se até lá.

De dentro do trailer, Thorne falava com ela.

– Nós nunca vamos levar o Malcolm lá para cima sem uma corda – disse ele. – Você consegue subir?

Um relâmpago estalou. Ela olhou diretamente para o chassi do trailer, acima, reluzindo com a água da chuva. Viu o cintilar escorregadio da graxa. Depois a escuridão de novo.

– Sarah, você consegue?

– Sim – respondeu ela. Estendeu o braço e começou a escalar.

No esconderijo alto, Kelly perguntava:

– Onde ela está? O que está havendo? Ela está bem?

Levine observava pelos óculos.

– Ela está escalando – disse ele.

Arby ouvia as vozes deles a distância. Estava de costas, olhando para o rio na planície escura. Esperava pacientemente pelo próximo clarão de relâmpago. Esperava para ver se era verdade o que vira antes.

Sarah não sabia como, porém, escorregando e deslizando, de algum jeito chegou ao topo do penhasco e se jogou por cima dele. Não havia tempo a perder; desenrolou a corda e rastejou por baixo do segundo trailer. Deu a volta com a corda em torno de um suporte de metal e rapidamente a amarrou com um nó. Em seguida, voltou à borda do penhasco e jogou a corda para baixo.

– Doutor! – gritou ela.

• • •

De pé na porta do trailer, Thorne apanhou a corda e amarrou-a em volta de Malcolm, que grunhiu.

– Vamos – disse Thorne. Ele pôs os braços ao redor de Malcolm e balançou os dois para fora, até ambos estarem de pé sobre a caixa de câmbio.

– Jesus Cristo – falou Malcolm, olhando para cima. Porém, Sarah já puxava a corda, que se tornava apertada.

– É só usar os braços – disse Thorne. Malcolm começou a se elevar; em alguns momentos, encontrava-se três metros acima de Thorne. Sarah estava lá em cima do penhasco, mas ele não podia vê-la; o corpo de Ian bloqueava sua visão. Thorne começou a subir, as pernas lutando em busca de apoio. O chassi do trailer estava escorregadio. Ele pensou: eu devia tê-lo feito antiderrapante. Mas quem é que pensava em fazer o chassi de um veículo antiderrapante?

Em sua mente, viu a conexão sanfonada rasgando-se... rasgando devagar... abrindo-se cada vez mais...

Escalou pouco a pouco. Mão após mão. Pé após pé.

Um raio lampejou, e ele percebeu que estavam perto do topo.

Sarah encontrava-se de pé na beira do precipício, estendendo a mão para Malcolm lá embaixo. Ele se puxava para cima com os braços; as pernas oscilavam, frouxas e soltas. Mas ainda prosseguia. Mais alguns metros... Sarah agarrou Malcolm pelo colarinho da camisa e o arrastou pelo resto do caminho. Ele caiu de lado, saindo da visão da amiga.

Thorne continuava subindo. Os pés escorregavam. Os braços doíam.

Ele subia.

Sarah estendia o braço para ele.

– Venha, Doutor – disse ela.

A mão dela estava estendida.

Os dedos esticando-se para ele.

Com um ruído metálico, a rede se rasgou na conexão e o trailer caiu três metros, as bobinas abrindo-se.

Thorne subiu mais rápido. Olhando para Sarah lá em cima.

A mão dela ainda se estendia.

– Você consegue...

Ele subiu, fechando os olhos, apenas escalando, segurando a corda, agarrando-a apertado. Os braços doíam, os ombros doíam, e a corda parecia se encolher nas mãos. Ele a envolveu ao redor do punho, tentando se segurar. No entanto, no último momento, começou a escorregar, e então sentiu uma dor forte no couro cabeludo.

– Desculpe por isso – disse Sarah, puxando-o pelo cabelo. A dor foi intensa, mas ele não se importou; mal reparou, porque agora estava ao lado da conexão sanfonada, vendo as bobinas se soltarem como um espartilho apertado e o trailer se afundar ainda mais. Sarah, porém, ainda o puxava, ela era imensamente forte, e então os dedos de Thorne tocaram a grama molhada e ele estava do outro lado. A salvo.

Abaixo deles, uma série de ruídos metálicos ressoou – *whang! Whang! Whang!* – conforme as barras aneladas de metal se partiam, uma após a outra, e, com um gemido final, o trailer perdeu toda a conexão e desabou pela face do precipício, tornando-se cada vez menor, até bater nas rochas lá embaixo. No clarão de um raio, assemelhava-se a um saco de papel amassado.

Thorne virou-se e olhou para Sarah.

– Obrigado – disse.

Sarah sentou-se pesadamente no chão ao lado dele. Sangue escorria de sua cabeça com a atadura. Ela abriu os dedos e soltou um punhado do cabelo grisalho do homem, o qual caiu em um montinho úmido na grama.

– Uma noite dos diabos – disse ela.

O ESCONDERIJO ALTO

Observando pelos óculos de visão noturna, Levine disse:

– Eles conseguiram!

– Todos? – perguntou Kelly.

– Sim! Eles conseguiram!

Kelly começou a pular e comemorar.

Arby se virou e tirou os óculos da mão de Levine.

– Ei! – exclamou Levine. – Espere um pouco...

– Eu preciso deles – disse Arby. Ele se virou de costas outra vez e olhou para a planície escura. Por um momento, não pôde ver nada, apenas um borrão verde. Seus dedos encontraram o botão de foco, ele girou-o rapidamente e a imagem se tornou clara.

– O que diabos é tão importante? – perguntou Levine, irritado. – Isso é um equipamento caro...

Nesse momento, todos ouviram o rosnado. Estava se aproximando.

Em tons pálidos de verde-luminoso, Arby viu os raptors claramente. Havia doze deles, movendo-se em grupo pelo mato, vindo na direção do esconderijo alto. Um animal estava alguns metros adiante e parecia o líder, mas era difícil discernir qualquer organização no bando. Os raptors estavam todos rosnando e lambendo o sangue dos focinhos, limpando a cara com os antebraços terminados em garras – uma postura estranhamente inteligente, quase humana. Vistos pelos óculos de visão noturna, os olhos verde-claros deles cintilavam.

Os animais pareciam não ter notado o esconderijo alto. Nunca olhavam para ele. Mas certamente caminhavam para essa direção.

Os óculos foram arrancados das mãos de Arby de modo abrupto.

– Com licença – disse Levine. – Acho melhor eu cuidar disso.

– O senhor nem saberia a respeito se não fosse por mim – falou Arby.

– Fique quieto – ralhou Levine. Ele levou os óculos aos olhos, arrumou o foco e suspirou com o que viu. Doze animais, a cerca de vinte metros dali.

– Eles estão nos vendo? – perguntou Eddie num tom baixo.

– Não. E, como estamos contra o vento para eles, não podem sentir nosso cheiro. Meu palpite é que eles estão seguindo a trilha dos animais que passa aqui pelo esconderijo. Se ficarmos quietos, vão passar direto por nós.

O rádio de Eddie estalou. Ele se apressou a desligá-lo.

Todos fitavam a planície. A noite agora estava calma e parada. Não chovia mais e a lua atravessava as nuvens cada vez mais delgadas. Eles viram vagamente os animais que se aproximavam, sombras contra a grama prateada.

– Eles conseguem subir aqui? – cochichou Eddie.

– Não sei como poderiam – murmurou Levine. – Estamos quase seis metros acima do chão. Creio que ficaremos bem.

– Mas você disse que eles podem subir em árvores.

– Sssshh. Isso não é uma árvore. Agora, todo mundo deitado e *quieto*.

Malcolm fez uma careta de dor quando Thorne o colocou sobre uma mesa no segundo trailer.

– Parece que eu não tenho muita sorte nessas expedições, não é?

– Não mesmo – concordou Sarah. – Descanse, Ian.

Thorne segurava uma lanterna enquanto ela cortava a perna da calça de Malcolm. Além de ter perdido muito sangue, havia um corte profundo na perna direita dele.

– Temos um kit médico? – perguntou Sarah.

– Acho que tem um lá fora, onde guardamos a moto – respondeu Thorne.

– Pegue-o.

Thorne saiu para apanhar o kit. Malcolm e Harding ficaram sozinhos no trailer. Ela posicionou a luz sobre o ferimento, examinando-o com atenção.

– Qual a gravidade? – quis saber Malcolm.

– Podia ser pior – disse ela, despreocupada. – Você vai sobreviver.

Na verdade, a ferida era profunda, chegando quase ao osso. De alguma forma, não havia atingido a artéria; isso fora uma sorte. Mas o corte estava imundo – ela viu graxa e pedaços de folhas enfiados no músculo vermelho e rasgado. Precisaria limpá-lo, porém esperaria a morfina fazer efeito.

– Sarah – disse Malcolm –, eu te devo minha vida.

– Deixe para lá, Malcolm.

– Não, não, é verdade.

– Ian – falou ela, fitando-o. – Essa sinceridade não combina com você.

– Vai passar – disse ele, dando um sorrisinho. Sarah sabia que ele sentia dores. Thorne voltou com o kit médico; ela encheu a seringa, bateu para retirar as bolhas e injetou o conteúdo no ombro de Malcolm.

Ele grunhiu.

– Ai! Quanto você me deu?

– Um monte.

– Por quê?

– Porque eu tenho que limpar o ferimento, Ian. E você não vai gostar nada disso.

Malcolm suspirou. Virou-se para Thorne.

– Sempre tem alguma coisa, não é? Vá em frente, Sarah. Faça o pior que puder.

Levine observou a aproximação dos raptors pelos óculos noturnos. Os animais moviam-se em grupo, com o andar saltitante característico. Ele assistia, torcendo para ver alguma organização no bando, alguma estrutura, algum sinal de uma hierarquia de dominância. Velocirraptors eram inteligentes e fazia sentido que se organizassem de forma hierárquica, o que se traduziria em sua configuração espacial. Entretanto, ele não conseguia ver nada. As criaturas eram como um bando de saqueadores, informes, sibilando e ameaçando morder uns aos outros.

Perto de Levine no esconderijo alto, Eddie e as crianças estavam agachados. Eddie mantinha os braços em torno de Arby e Kelly, reconfortando-os. O menino encontrava-se especialmente apavorado. A menina parecia bem. Mais calma.

Levine não entendia por que alguém sentiria medo. Eles estavam perfeitamente seguros ali no alto. Ele observava o bando que se aproximava com o distanciamento de um acadêmico, tentando discernir um padrão nos movimentos rápidos dos bichos.

Não havia dúvida de que eles estavam seguindo a trilha dos animais. O caminho combinava perfeitamente com o dos paras mais cedo: subindo do rio para a suave colina, acompanhando os fundos do esconderijo alto. Os raptors não prestavam atenção alguma ao esconderijo em si. Pareciam interagir principalmente uns com os outros.

Os animais contornaram a lateral da estrutura e estavam prestes a continuar em frente quando o animal mais próximo parou. Permaneceu atrás do bando, farejando o ar. Então se debruçou e começou a enfiar o focinho pelo mato ao redor da área embaixo do esconderijo.

O que ele está fazendo?, Levine perguntou a si mesmo.

O raptor solitário rosnou. Continuou a cutucar a grama. Em seguida se levantou com algo na mão, algo preso entre as garras afiadas. Levine apertou os olhos, tentando enxergar.

Era um pedaço da embalagem de uma barra de chocolate.

O raptor olhou para o esconderijo alto lá em cima, os olhos brilhando. Fitou Levine diretamente. E rosnou.

MALCOLM

– Está se sentindo bem? – quis saber Thorne.

– Cada vez melhor – respondeu Malcolm. Ele suspirou. Seu corpo relaxou. – Sabe, as pessoas gostam de morfina quando há motivo.

Sarah Harding ajustou a tala de plástico inflável ao redor da perna de Malcolm e perguntou para Thorne:

– Quanto tempo até o helicóptero vir?

Ele olhou para o relógio.

– Menos de cinco horas. Amanhã, ao amanhecer.

– É uma certeza?

– Sim, absoluta.

Harding assentiu.

– Certo. Ele vai ficar bem.

– Eu estou bem – falou Malcolm em uma voz sonhadora. – Só estou triste pelo fato de a experiência terminar. E foi uma experiência tão boa! Tão elegante. Tão única. Darwin nunca soube.

Harding disse para Thorne:

– Eu vou limpar isso agora. Segure essa perna para mim. – Mais alto, ela perguntou: – O que Darwin não soube, Ian?

– Que a vida é um sistema complexo – respondeu ele –, e tudo que acompanha esse fato. Adaptação à paisagem. Caminhadas adaptativas. Redes booleanas. Comportamento auto-organizacional. Pobre homem. Ai! O que você está fazendo aí?

– Conte para a gente – falou Harding, debruçada sobre o ferimento. – Darwin não fazia ideia...

– De que a vida é um sistema complexo – completou Malcolm. – Ninguém percebe. Digo, um único óvulo fertilizado tem cem mil genes que agem de maneira coordenada, ligando-se e desligando-se em momentos específicos para transformar aquela única célula em uma criatura viva completa. Aquela única célula começa a se dividir, mas as células subsequentes são diferentes. Elas se especializam. Algumas são nervos. Algumas são vísceras. Algumas são membros. Cada conjunto de células começa a seguir seu próprio programa, desenvolvendo-se, interagindo. Até que haja 250 tipos diferentes de células, todos se desenvolvendo juntos, exatamente no tempo certo. E, quando o organismo precisa de um sistema circulatório, o coração começa a pulsar. Quando os hormônios se tornam necessários, as glândulas adrenais começam a produzi-los. Semana após semana, esse desenvolvimento inimaginavelmente complexo procede de maneira perfeita, perfeita. É incrível. Nenhuma atividade humana sequer se aproxima disso.

"Quero dizer, você já construiu uma casa? Uma casa, em comparação, é simples. E, mesmo assim, os pedreiros constroem as escadas de modo errado, montam a pia invertida, o azulejista não aparece quando deveria aparecer. Todo tipo de coisa dá errado. E, ainda assim, a mosca que pousa no almoço do pedreiro é perfeita. Ai! Calma aí."

– Desculpe – falou ela, continuando a limpar a ferida.

– Mas o ponto aqui – disse Malcolm – é que esse intrincado processo de desenvolvimento na célula constitui algo que mal conseguimos descrever, quanto mais compreender. Você percebe os limites do nosso entendimento? Matematicamente, podemos descrever duas coisas interagindo, como dois planetas no espaço. Três coisas interagindo, três planetas no espaço, bem, isso já se torna um problema. Quatro ou cinco coisas interagindo, nós não conseguimos descrever. E, dentro da célula, existem *100 mil coisas* interagindo. É preciso jogar a toalha. É tão complexo... afinal, como é sequer possível que a vida aconteça? Algumas pessoas acham que a resposta baseia-se no fato de que as formas vivas organizam a si mesmas. A vida cria sua própria ordem, do modo que a cristalização cria ordem. Algumas pessoas pensam que a vida se cristaliza na existência, e assim a complexidade é administrada.

"Porque, se você não sabe nada de química física, olharia para um cristal e faria todas as mesmas perguntas. Você veria aquelas lindas hastes, as facetas geométricas perfeitas e poderia perguntar: quem está controlando este processo? Como o cristal acaba formado de modo tão perfeito e tão parecido com os outros cristais? Mas, no final, o cristal representa apenas a maneira como as forças moleculares se arranjam no formato sólido. Ninguém as controla. Isso acontece por conta própria. Fazer muitas perguntas sobre um cristal significa que você não compreende a natureza fundamental dos processos que levaram à criação dele.

"Então talvez as formas de vida sejam um tipo de cristalização. Talvez a vida simplesmente aconteça. E talvez, como os cristais, exista uma ordem característica das coisas vivas, gerada por seus elementos interativos. Certo. Bem, uma das coisas que os cristais nos ensinam é que a ordem pode surgir bem rápido. Em um minuto, você tem um líquido, com todas as moléculas movendo-se aleatoriamente. No minuto seguinte, forma-se um cristal e todas as moléculas são travadas na ordem. Certo?"

– Certo...

– Certo. Então. Pense na interação das formas de vida no planeta para formar um ecossistema. Isso é ainda mais complexo que apenas um animal. Todos os arranjos são muito complicados. Como a iúca. Você sabe da iúca?

– Me conte.

– A iúca depende de uma mariposa específica que reúne pólen em uma bola e a carrega para uma planta diferente, não uma flor diferente na mesma planta, onde ela esfrega a bola na planta, fertilizando-a. Só aí a mariposa deposita seus ovos. A iúca não sobrevive sem a mariposa. A mariposa não sobrevive sem a planta. Interações complexas assim fazem pensar que talvez o comportamento também seja um tipo de cristalização.

– Está falando de modo metafórico? – perguntou Harding.

– Estou falando de toda a ordem do mundo natural – respondeu Malcolm. – E como talvez ela possa emergir rapidamente por meio da cristalização. Porque animais complexos podem desenvolver seu comportamento com rapidez. Mudanças podem ocorrer com muita velocidade. Os seres humanos estão transformando o planeta, e ninguém sabe se é um desenvolvimento perigoso ou não. Então esses processos comportamentais podem ocorrer ainda mais rápido do que normalmente pensamos que a evolução ocorra. Em dez mil anos, os seres humanos passaram da caça à agricultura, às cidades, ao ciberespaço. O comportamento está evoluindo aos gritos e pode não ser adaptativo. Ninguém sabe. Embora eu, pessoalmente, ache que o ciberespaço signifique o final da nossa espécie.

– Ah, é? E por quê?

– Porque ele significa o fim da inovação – disse Malcolm. – Essa ideia de que o mundo todo está conectado é a morte em massa. Todo biólogo sabe que grupos pequenos e isolados se desenvolvem mais rápido. Você coloca mil pássaros em uma ilha no oceano e eles vão se desenvolver bem rápido. Se colocar dez mil pássaros em um grande continente, a evolução deles se torna mais lenta. Agora, para nossa própria espécie, a evolução ocorre principalmente por meio do nosso comportamento. Nós inovamos os comportamentos a fim de nos adaptar. E todo mundo sabe que a inovação só ocorre em grupos pequenos. Coloque três pessoas em um comitê e talvez consiga fazer algo. Dez pessoas e isso fica mais difícil. Trinta pessoas e nada acontece. Trinta milhões, torna-se impossível. Esse é o efeito da mídia de massa: ela impede que qualquer coisa aconteça. A mídia de massa sufoca a diversidade. Torna todo lugar igual. Bangkok ou Tóquio ou Londres: há um McDonald's em uma esquina, uma Benetton na outra e uma Gap do outro lado da rua. As diferenças regionais desaparecem. Todas as diferenças desaparecem. Em um mundo dominado pela mídia de massa, há menos de tudo, exceto os dez livros, discos, filmes e ideias mais vendidos. As pessoas se preocupam em perder a diversidade de espécies na floresta tropical. No entanto, o que dizer da diversidade intelectual, nosso recurso mais necessário? Ela desaparece com mais rapidez do que as árvores. Porém, ainda não percebemos isso, então agora estamos planejando juntar 5 bilhões de pessoas no ciberespaço. E isso vai congelar toda a espécie. Tudo vai parar de repente. Todos vão pensar a mesma coisa, ao mesmo tempo. Uniformidade global. Ai, isso dói. Você já acabou?

– Quase – falou Harding. – Aguente firme.

– E, acredite em mim, vai ser rápido. Se você mapear sistemas complexos em uma paisagem de adaptação, descobrirá que o comportamento pode se mover tão rápido que a adaptação cai de maneira acelerada. Isso não requer asteroides, doenças, nem nada demais. É apenas o comportamento que emerge de repente e acaba sendo fatal às criaturas que o adotam. Minha ideia era a de que os dinossauros, sendo criaturas complexas, podiam ter passado por algumas dessas mudanças comportamentais. E isso os levou à extinção.

– O quê, todos eles?

– Tudo o que é necessário são alguns – disse Malcolm. – Algum dinossauro cria raízes nos pântanos ao redor do mar interno, altera a circulação de água e destrói a ecologia vegetal de que vinte outras espécies dependem. Bang! Elas se acabaram. Isso causa outros deslocamentos. Um predador morre, e sua presa cresce sem controle. O ecossistema se torna desequilibrado. Mais coisas dão errado. Mais espécies morrem. E, de repente, acabou. Pode ter ocorrido assim.

– Apenas comportamento...

– Sim – concordou Malcolm. – Enfim, essa era a ideia. E eu tinha esse pensamento bacana de que nós poderíamos comprová-la... Mas agora acabou. Temos que dar o fora daqui. É melhor você avisar os outros.

Thorne ligou o rádio com um clique.

– Eddie? É o Doutor.

Não houve resposta.

– Eddie?

O rádio estalou. E então eles escutaram um barulho que no início soou como estática. Um momento se passou antes que eles se dessem conta de que era um grito humano agudo.

O ESCONDERIJO ALTO

O primeiro raptor sibilou enquanto começava a subir, retinindo contra o esconderijo alto, balançando a estrutura. Suas garras rasparam contra o metal, e ele voltou a cair. Eddie ficou espantado com a altura que a criatura alcançava em seus pulos – o animal conseguia saltar 2,5 metros para cima, várias vezes, sem nenhum esforço aparente. Seus saltos atraíram os outros animais, que lentamente voltaram para rodear o esconderijo.

Logo o local estava cercado por raptors rosnando e saltando. A estrutura oscilava de um lado para o outro conforme os animais batiam contra ela, tentavam se segurar e voltavam a cair. Porém, ainda pior, Levine viu que *eles estavam aprendendo.* Alguns já começavam a usar os antebraços musculosos para se agarrar à estrutura, mantendo-se ali enquanto as pernas buscavam apoio. Um dos raptors chegou a poucos metros do pequeno abrigo antes de finalmente cair para trás. As quedas nunca pareciam ferir os animais. Eles se erguiam de um salto no mesmo instante e voltavam a pular.

Eddie e as crianças levantaram-se, apressados.

– Vão para trás! Não olhem para lá! – disse Levine.

E empurrou as crianças para o centro do abrigo.

Eddie debruçou-se sobre a mochila e segurou um sinalizador incandescente. Ele o arrebentou e jogou por cima da amurada; dois dos raptors caíram. O sinalizador chiou no chão molhado, lançando sombras vermelhas e maldosas. Os raptors, no entanto, continuaram se aproximando. Eddie puxou uma das barras de alumínio do piso e se debruçou na amurada brandindo a barra como um porrete.

Um dos raptors já subira o suficiente para dardejar adiante, as mandíbulas escancaradas, tentando pegar o pescoço de Eddie. Surpreso, o homem gritou e recuou a cabeça; o raptor o perdeu por pouco, mas suas mandíbulas se fecharam na camisa de Eddie. Em seguida, o raptor caiu, as mandíbulas travadas, e seu peso puxou Eddie para cima da amurada.

Ele gritou "Me ajudem! Me ajudem!" enquanto começava a cair por cima do corrimão; Levine pôs os braços ao redor dele, arrastando-o de volta. Olhou por cima do ombro de Eddie para o raptor, que agora balançava, solto no espaço, sibilando furiosamente enquanto ainda se segurava na camisa. Eddie golpeou o raptor no focinho com a barra, mas o animal estava firme como um buldogue. Eddie encontrava-se precariamente dobrado sobre a amurada; podia cair a qualquer momento.

Ele enfiou a barra no olho do bicho, e, de repente, o raptor o soltou. Os dois homens caíram para dentro do abrigo. Quando se levantaram, viram raptors subindo pelas laterais do esconderijo. Conforme apareciam na amurada, Eddie os atacava com a barra, derrubando-os de volta.

– Depressa! – gritou para as crianças. – Para cima do teto! Depressa!

Kelly começou a subir em um dos suportes, puxando-se em seguida com facilidade para cima do teto. Arby ficou ali parado, com uma expressão vazia. Ela olhou para baixo e disse:

– Vem, Arby!

O menino estava congelado, os olhos arregalados de medo. Levine correu para ajudá-lo e o levantou. Eddie agitava a barra em arcos amplos, o metal batendo contra os raptors.

Um dos animais apanhou a barra entre as mandíbulas e puxou com força. Eddie perdeu o equilíbrio, girou e caiu de costas, desabando pela lateral. Ele gritou "Nãããão!" enquanto caía. De imediato, todos os animais pularam para o chão. Eles ouviram Eddie gritando na noite. Os raptors rosnaram.

Levine estava apavorado. Ainda segurava Arby nos braços, empurrando-o para o teto lá em cima.

– Vá – ele ficava dizendo. – Vá. Vá.

Do teto, Kelly incentivava:

– Você consegue, Arb.

O menino agarrou o teto, puxando-se para cima, as pernas agitando-se em pânico. Atingiu a boca de Levine com um chute, e o homem o soltou. Ele viu o menino escorregar e cair de volta no chão.

– Ah, Cristo – disse Levine. – Ah, Cristo.

Thorne estava debaixo do trailer, soltando o cabo. Após soltá-lo, rastejou de novo para fora e correu em direção ao jipe. Escutou o zumbido de um motor e viu que Sarah montara na motocicleta e já saía em disparada, um rifle Lindstradt jogado sobre o ombro.

Ele foi para trás do volante, ligou o motor e aguardou pacientemente enquanto o cabo era recolhido, o gancho deslizando pela grama. Aquilo pareceu levar uma eternidade. Agora o cabo serpenteava ao redor da árvore. Thorne aguardou. Olhou e viu a luz da moto de Sarah atravessando a folhagem e indo para baixo, em direção ao esconderijo alto.

Finalmente o motor do guincho parou. Thorne engatou a marcha no carro e partiu às pressas da clareira. O rádio estalou.

– Ian – disse ele.

– Não se preocupe comigo – falou Malcolm, a voz distraída. – Estou ótimo.

Kelly estava deitada sobre o teto inclinado da barraca, olhando pela lateral. Ela viu Arby cair no chão, do lado oposto a Eddie na estrutura. A queda pareceu ter um forte impacto. Mas ela não sabia o que acontecera com ele, porque se virou a fim de se segurar ao teto molhado e, quando tornou a olhar, Arby tinha desaparecido.

Desaparecido.

Sarah Harding pilotou depressa na estrada enlameada no meio da selva. Ela não tinha certeza de onde estava, mas pensou que, ao seguir o terreno para baixo, acabaria saindo na planície. Ao menos, essa era sua esperança.

Ela acelerou, chegou a uma curva e subitamente viu uma árvore enorme bloqueando a estrada. Freou, girou a moto e voltou à estrada. Um pouco mais acima, viu os faróis de Thorne virando à direita. Então, seguiu o jipe, acelerando sua máquina na noite.

Levine encontrava-se de pé no meio do esconderijo alto, congelado de terror. Os raptors não pulavam mais, nem tentavam escalar a estrutura. Ele os ouviu no chão lá embaixo, rosnando. Escutou o estalar de ossos. O menino não fez ruído algum.

Um suor frio brotou em seu corpo todo.

E então ele ouviu Arby gritar:

– Para trás! Vão para trás!

Do teto, Kelly se contorceu tentando ver o outro lado. Na pouca luz que restava do sinalizador, viu que Arby estava dentro da gaiola. Ele tinha conseguido fechar a porta e estendia a mão por entre as barras para virar a chave na tranca. Havia três raptors perto dele; todos saltaram adiante ao ver a mão do menino, que a recolheu rapidamente. Ele gritou: "Para trás!". Os raptors começaram a morder a gaiola, virando a cabeça de lado para roer as barras. Um dos animais prendeu a mandíbula inferior na tira de elástico enrolada que pendia da chave. O raptor puxou a cabeça para trás, esticando o elástico, e de repente a chave escapou da fechadura, batendo contra o pescoço dele.

O raptor guinchou, surpreso, e deu um passo para trás. O elástico agora dava uma volta apertada em torno da mandíbula inferior do animal, a chave cintilando na luz. O raptor arranhou o objeto com os antebraços tentando se livrar do elástico, mas ele estava preso ao redor dos curvos dentes do fundo e os esforços do animal apenas faziam o elástico estalar contra a pele dele. Logo o bicho desistiu e começou a esfregar o focinho na terra, tentando arrancar a chave.

Enquanto isso, os outros velocirraptors conseguiram soltar a gaiola da superestrutura e derrubá-la no chão. Abaixaram a cabeça, atacando Arby por trás das barras. Quando perceberam que aquilo não funcionaria, chutaram e pisotearam a gaiola várias vezes. Mais animais juntaram-se a eles. Em pouco tempo, sete raptors amontoavam-se em cima da gaiola. Eles a chutaram e rolaram-na para longe do esconderijo. Seus corpos bloqueavam a vista de Arby para Kelly.

Ela ouviu um ruído leve e ergueu os olhos, vislumbrando dois faróis a distância. Era um carro.

Alguém estava vindo.

Arby encontrava-se no inferno. Dentro da gaiola, estava cercado por silhuetas escuras que rosnavam. Os raptors não conseguiam enfiar as bocarras pelos espaços entre as barras, mas a saliva quente deles pingava sobre Arby e, quando eles chutavam, as garras atravessavam, cortando os braços e ombros do menino enquanto ele rolava. Seu corpo estava contundido. Sua cabeça doía por bater contra as barras. Seu corpo era um pandemônio giratório apavorante. Ele só tinha certeza de uma coisa: os raptors o rolavam para longe do esconderijo.

Conforme o carro se aproximou, Levine foi até a amurada e olhou para baixo. Sob a luz vermelha do sinalizador, viu três raptors arrastando o que sobrava do corpo de Eddie para a selva. Eles paravam com frequência para brigar pelos restos, um ameaçando morder o outro, mas, ainda assim, conseguiram levá-lo embora.

Nesse momento, Levine viu que outro grupo de raptors chutava e empurrava a gaiola. Eles a arrastavam pela trilha dos animais e na direção da floresta.

Agora já conseguia ouvir o ronco do motor do jipe enquanto o carro se aproximava. Divisou a silhueta de Thorne atrás do volante.

Torceu para que ele tivesse uma arma. Levine queria matar cada um desses malditos animais. Queria matar todos eles.

Do teto, Kelly observou os raptors chutando a gaiola e rolando-a para longe. Um dos animais ficou para trás, girando em círculos sem parar, como um cão frustrado. Foi quando ela viu que era o raptor que tinha prendido a mandíbula no elástico. A chave ainda pendia junto a sua bochecha, cintilando à luz vermelha. O raptor chacoalhava a cabeça para cima e para baixo, tentando se libertar.

O jipe surgiu rugindo, e o raptor pareceu confuso pelo súbito clarão dos faróis. Thorne acelerou, tentando atingi-lo com o carro. O animal virou e fugiu para a planície.

Kelly apressou-se a deixar o teto e descer.

Thorne abriu a porta enquanto Levine saltava para dentro do carro.

– Eles pegaram o menino – disse Levine, apontando para a trilha.

Kelly ainda descia e gritava:

– Esperem!

– Volte lá para cima. A Sarah está vindo! Nós vamos buscar o Arby! – disse Thorne.

– Mas...

– Não podemos perdê-los de vista! – Thorne acelerou o carro e começou a descer pela trilha dos animais, perseguindo os raptors.

No trailer, Ian Malcolm escutava as vozes gritando pelo rádio. Ouvia o pânico, a confusão.

Ruído negro, pensou ele. Tudo indo para o inferno de uma vez só.

Cem mil coisas interagindo.

Ele suspirou e fechou os olhos.

Thorne pisou fundo. A selva era densa ao redor deles. A trilha adiante começou a se estreitar, as grandes palmeiras aproximando-se, batendo contra o carro.

– Nós vamos conseguir chegar lá? – perguntou ele.

– É larga o suficiente – respondeu Levine. – Eu caminhei aqui hoje cedo. Os paras usam essa trilha.

– Como isso pôde acontecer? – questionou Thorne. – A gaiola estava presa aos andaimes.

– Eu não sei – disse Levine. – Ela se separou.

– Como? *Como?*

– Eu não vi. Aconteceu muita coisa.

– E Eddie? – quis saber Thorne, sombrio.

– Foi rápido – falou Levine.

O jipe mergulhou na selva, sacolejando com força na trilha dos animais; eles bateram a cabeça no teto de tecido. Thorne dirigia de forma imprudente. Adiante, os raptors moviam-se depressa; ele mal podia ver o último dos animais correndo na escuridão lá na frente.

– Eles não quiseram me escutar! – gritou Kelly assim que Sarah chegou com a motocicleta.

– Sobre o quê?

– O raptor pegou a chave! Arby está trancado na gaiola, e o raptor pegou a chave!

– Onde? – perguntou Sarah.

– Lá! – respondeu ela, apontando para o outro lado da clareira. Sob a luz da lua, elas mal podiam ver a silhueta do raptor em fuga. – Nós precisamos da chave!

– Suba aqui – disse Sarah, soltando o rifle. Kelly montou atrás dela na moto, e Sarah colocou o rifle nas mãos da menina. – Você sabe atirar?

– Não. Digo, eu nunca...

– Você sabe pilotar uma moto?

– Não, eu...

– Então você tem que atirar – falou Sarah. – Olha só, o gatilho é aqui. Certo? E isso aqui é a trava de segurança. Você deve virá-la, desse jeito. Tudo bem? Vai ser uma corrida difícil, então não solte a trava até chegarmos perto.

– Perto de quê?

Mas Sarah não a ouviu. Ela acelerou o motor, e a moto disparou, partindo para dentro da planície na busca do raptor. Kelly passou um braço ao redor de Sarah e tentou se segurar.

O jipe chacoalhava pela trilha na selva, espalhando a água de poças enlameadas.

– Eu não me lembro de ser tão difícil – disse Levine, agarrando-se ao apoio de braço. – Talvez você devesse ir mais devagar...

– Nem pensar – falou Thorne. – Se os perdermos de vista, acabou. Não sabemos onde fica o ninho dos raptors. E nessa selva, à noite... ah, inferno.

Adiante, os raptors abandonavam a trilha, partindo para a vegetação rasteira. A gaiola sumira. Thorne não podia ver o terreno muito bem, mas parecia uma descida íngreme, quase vertical.

– Você não pode fazer isso – falou Levine. – É escarpada demais.

– Eu preciso fazer – disse Thorne.

– Não seja maluco – ralhou Levine. – Nós perdemos o garoto, Doutor. É uma pena, mas nós o perdemos.

Thorne encarou Levine.

– Ele não desistiu de você – disse ele. – E nós não vamos desistir dele.

Thorne girou o volante e guiou o jipe para a beira do precipício. A frente do carro caiu de modo nauseante, ganhou velocidade e começou uma descida árdua.

– Merda! – gritou Levine. – Você vai matar a todos nós!

– Segure aí!

Sacolejando, eles desceram, mergulhando na escuridão.

_SEXTA CONFIGURAÇÃO

"

A ordem entra em colapso em regiões simultâneas.

A sobrevivência agora é improvável para os indivíduos

e grupos.

"

< IAN MALCOLM >

PERSEGUIÇÃO

A motocicleta corria pela planície relvada. Kelly agarrava-se a Sarah com uma das mãos e segurava o rifle com a outra; a arma era pesada e seu braço ficava cansado. A moto disparava pelo terreno. O vento soprava o cabelo dela ao redor do rosto.

– Segure-se! – gritou Sarah.

A lua atravessou as nuvens, e a grama diante delas tornou-se prateada sob o luar. O raptor estava a cerca de 40 metros à frente delas, mal se mantendo ao alcance do farol da moto. Elas ganhavam terreno continuamente. Kelly não viu outros animais na planície, exceto pelo rebanho de apatossauros muito longe.

Elas chegaram mais perto do raptor. O animal era veloz; a cauda rígida, mal visível acima da grama alta. Sarah colocou a moto em um ângulo à direita conforme elas emparelhavam com o raptor. As duas chegavam mais perto aos poucos. Ela recostou-se para trás, a boca próxima ao ouvido de Kelly.

– Prepare-se! – gritou ela.

– O que eu faço?

Elas corriam paralelamente ao raptor, já perto da cauda dele. Sarah acelerou, ultrapassando as pernas do animal e movendo-se na direção da cabeça.

– O pescoço! – gritou ela. – Atire no pescoço dele!

– Onde?

– Em qualquer lugar! No pescoço!

Kelly atrapalhou-se com a arma.

– Agora?

– Não! Espere! Espere!

O raptor entrou em pânico quando a motocicleta se aproximou. E aumentou sua velocidade.

Kelly tentava encontrar a trava de segurança. A arma saltava em sua mão. Tudo saltava. Seus dedos tocaram a trava de segurança, escorregaram. Ela tentou alcançá-la de novo. Teria de usar as duas mãos, e isso significava soltar Sarah...

– Prepare-se! – gritou Sarah.

– Mas eu não consigo...

– Agora! Atire! Agora!

Sarah deu uma guinada com a moto, posicionando-se ao lado do raptor. Elas estavam agora a apenas um metro de distância. Kelly podia sentir o cheiro do animal. Ele virou a cabeça e estalou as mandíbulas, ameaçador. Kelly disparou. A arma deu um tranco em suas mãos; ela se agarrou a Sarah outra vez. O raptor continuou correndo.

– O que aconteceu?

– Você errou!

Kelly balançou a cabeça.

– Deixa para lá! – gritou Sarah. – Você consegue! Eu vou chegar mais perto!

Ela virou a moto na direção do raptor novamente, aproximando-se. Contudo, dessa vez foi diferente: conforme elas emparelhavam com o animal, ele de repente as atacou, batendo nelas com a cabeça. Sarah gritou e virou a moto para longe, aumentando o espaço entre eles.

– Safados espertos, não é? – gritou ela. – Sem segundas chances!

O raptor as perseguiu por um momento e, em seguida, virou-se de repente, mudando de direção e afastando-se para atravessar a planície.

– Está indo para o rio! – gritou Kelly.

Sarah acelerou, e a moto deu um salto adiante.

– Qual a profundidade?

Kelly não respondeu.

– A profundidade!

– Eu não sei! – gritou Kelly. Ela estava tentando se lembrar da aparência dos raptors quando eles atravessaram o rio. Parecia se lembrar deles nadando. Aquilo significava que o rio deveria ter pelo menos...

– Mais do que um metro? – perguntou Sarah.

– Sim!

– Péssimo!

Elas estavam agora dez metros atrás do raptor e ficando cada vez mais para trás. O animal adentrara uma área marcada com cicadáceas bennettitales espessas. Os troncos ásperos arranharam as duas. O terreno era irregular; a moto pulava e saltava sobre os montículos.

– Não consigo enxergar! – gritou Sarah. – Segure-se!

Ela guinou à esquerda, afastando-se do raptor e dirigindo-se para o rio.

– O que você está fazendo? – perguntou Kelly.

– Temos que interceptá-lo!

Guinchando, um bando de pássaros assustados se ergueu diante delas. Sarah pilotou em meio às asas batendo, e Kelly abaixou a cabeça. O rifle bateu em sua mão.

– Cuidado aí! – gritou Sarah.

– O que aconteceu?

– Ele disparou!

– Quantos tiros eu ainda tenho?

– Mais dois! Faça valer a pena!

O rio estava logo à frente, cintilando sob o luar. Elas emergiram da grama para a margem enlameada. Sarah girou, a motocicleta derrapou, escorregou e disparou. Kelly caiu sobre a lama fria, Sarah aterrissando por cima dela. Imediatamente Sarah se levantou de um salto e correu para a moto, gritando:

– Vamos!

Tonta, Kelly a seguiu. O rifle em suas mãos estava coberto de lama. Ela se perguntou se ele ainda funcionaria. Sarah já se encontrava na moto, acelerando o motor e acenando para que Kelly se aproximasse. A menina montou, e Sarah subiu pela margem do rio.

O raptor estava a 20 metros delas. Aproximando-se da água.

– Ele está escapando!

O jipe de Thorne desabou pela encosta, descontrolado. Palmeiras batiam contra o para-brisa; eles não conseguiam enxergar nada, porém sentiam o quanto a inclinação era íngreme. O jipe derrapou de lado. Levine gritou.

Thorne agarrou o volante e tentou voltar o carro à posição original. Tocou o freio; o jipe se endireitou e continuou a descida. Surgiu um vão entre as palmeiras – ele viu um campo cheio de rochas negras surgindo logo à frente deles. Os raptors escalavam as rochas. Talvez se ele virasse à esquerda...

– Não! – gritou Levine. – Não!

– Segure-se! – berrou Thorne, girando o volante. O carro perdeu tração e deslizou para baixo. Eles bateram contra a primeira rocha, esmagando um farol. O veículo levantou-se e caiu com um estrondo. Thorne pensou ter acabado com a transmissão, mas, de alguma forma, o carro ainda se movia, descendo pela encosta, desviando-se para a esquerda. O segundo farol bateu em um galho de árvore. Eles prosseguiram no escuro, passando por outra camada de palmeiras, e então, abruptamente, atingiram o nível do chão com um impacto.

Os pneus do jipe giraram sobre a terra macia.

Thorne parou o carro.

Silêncio.

Eles espiaram pelas janelas, tentando enxergar onde estavam. Todavia, em virtude da escuridão, era difícil ver qualquer coisa. Eles pareciam estar no fundo de um escoadouro profundo, com uma cobertura de árvores no alto.

– Recortes pluviais – disse Levine. – Acho que estamos em um leito seco.

Conforme seus olhos se ajustavam, Thorne viu que Levine tinha razão. Os raptors corriam pelo centro do leito seco, contornado por grandes rochas de ambos os lados. O leito em si, entretanto, era arenoso e grande o suficiente para a passagem do carro. Fachos de luar apareciam aqui e ali. Tornou-se mais fácil enxergar.

Os raptors, porém, haviam sumido. Ele parou o carro, abriu a janela e prestou atenção. Podia ouvi-los sibilando e rosnando. O som parecia vir da esquerda distante.

Thorne engatou a marcha e deixou o leito seco, movendo-se entre samambaias e pinheiros ocasionais.

– Você acha que o menino sobreviveu àquele morro? – perguntou Levine.

– Não sei – respondeu Thorne. – Não consigo nem imaginar.

Ele dirigia adiante lentamente. Chegaram a um vão entre as árvores e viram uma clareira onde as samambaias tinham sido pisoteadas até o chão. Além da clareira, viram as margens do rio, o luar brilhando sobre a água. De alguma forma, eles haviam alcançado o rio.

Entretanto, foi a clareira em si que prendeu a atenção deles. Naquele amplo espaço aberto, eles viram imensos esqueletos pálidos de vários apatossauros. As costelas gigantes, arcos de osso desbotado, brilhavam sob a luz prateada. A silhueta escura de uma carcaça parcialmente comida jazia de lado no meio da clareira, nuvens de moscas zumbindo acima dela na noite.

– Que lugar é este? – perguntou Thorne. – Parece um cemitério.

– Sim – disse Levine. – Mas não é.

Os raptors estavam todos agrupados de um lado, lutando pelos restos da carcaça de Eddie. Do lado oposto da clareira, eles viram três montes baixos de lama; as muretas estavam quebradas em muitos pontos. Dentro dos ninhos, viram fragmentos esmagados de cascas de ovos. Havia um forte odor de decomposição.

Levine inclinou-se à frente, olhando fixamente.

– Este é o ninho dos raptors – disse ele.

• • •

Na escuridão do trailer, Malcolm sentou-se com uma careta. Pegou o rádio.

– Vocês o encontraram? Encontraram o ninho?

O rádio estalou.

– Sim, acho que encontramos – respondeu Levine.

– Descreva-o – disse Malcolm.

Levine falava baixinho, relatando características, estimando dimensões. Para ele, o ninho dos velocirraptors pareceu desleixado, descuidado, malfeito. Ele se surpreendeu, pois ninhos de dinossauros normalmente passavam um senso inconfundível de ordem. Levine vira isso várias vezes, em locais de fósseis indo de Montana até a Mongólia. Os ovos no ninho eram arranjados em círculos concêntricos e asseados. Com frequência havia mais de trinta ovos em apenas um ninho, sugerindo que várias fêmeas cooperavam para compartilhar um único monte de lama. Muitos fósseis adultos eram encontrados próximos dali, indicando que os dinossauros cuidavam dos ovos de forma coletiva. Em algumas escavações, era possível até ter uma noção do arranjo espacial, com os ninhos no centro, os adultos movendo-se cuidadosamente ao redor deles, de modo a não perturbar os ovos chocando. Nessa estrutura rígida, os dinossauros lembravam seus descendentes, os pássaros, que também exibiam padrões precisos de cortejo, acasalamento e construção de ninho.

Os velocirraptors, no entanto, comportavam-se de maneira diferente. Havia uma sensação de caos e desordem na cena diante dele: ninhos malformados; adultos em disputa; poucos animais jovens e adolescentes; as cascas de ovos esmagadas; os montes arrebentados e pisoteados. Nesse momento, ao redor dos montes, Levine viu ossinhos pequenos espalhados, que presumiu serem os restos dos recém-nascidos. Não viu bebês vivos em nenhum ponto da clareira. Havia três adolescentes, mas esses animais mais jovens eram forçados a lutar por si mesmos e já exibiam muitas cicatrizes nos corpos. Eles pareciam magros, subnutridos. Remexendo ao redor da periferia da carcaça, eram cautelosos, recuando sempre que um dos adultos os ameaçava.

– E os apatossauros? – indagou Malcolm. – E as carcaças?

Levine contou quatro no total. Em diversos estágios de decomposição.

– Você precisa contar para a Sarah – disse Malcolm.

Todavia, Levine se perguntava a respeito de outra coisa: ele pensava, em primeiro lugar, como aquelas carcaças grandes tinham chegado ali. Os animais não haviam morrido naquele local por acidente; com certeza todos teriam evitado esse ninho. Não poderiam ter sido atraídos para lá e eram grandes demais para ser carregados. Então, como chegaram ali? Alguma ideia agitava-se no fundo de sua mente, algum pensamento óbvio que ele não estava...

– Eles levaram o Arby – disse Malcolm.

– Sim – confirmou Levine. – Levaram.

Ele fitou o ninho, tentando entender. E então Thorne o cutucou.

– Ali está a gaiola – disse ele, apontando. No lado mais distante da clareira, caída no chão e parcialmente escondida atrás da folhagem, Levine viu o brilho das barras de alumínio. Porém, não conseguiu ver Arby.

– Bem mais para lá – falou Levine.

Os raptors ignoravam a gaiola, ainda lutando pela carcaça de Eddie. Thorne apanhou um rifle Lindstradt e abriu o pacote de cartuchos. Viu seis dardos.

– Não é o bastante – disse, fechando o pacote. Havia pelo menos dez raptors na clareira.

Levine vasculhou o banco traseiro e encontrou sua mochila, que tinha caído no chão. Abriu o zíper e retirou dali um cilindro prateado do tamanho de uma garrafa grande de refrigerante. Nele, via-se um crânio e ossos cruzados pintados. Debaixo dessa imagem, lia-se: CUIDADO TÓXICO METACOLINA (MIVACÚRIO).

– O que é isso? – perguntou Thorne.

– Algo que eles fizeram lá em Los Alamos – respondeu Levine. – É um neutralizante local não letal. Libera um aerossol colinesterase de curta duração. Paralisa todas as formas de vida por até três minutos. Vai derrubar os raptors.

– Mas e o menino? – questionou Thorne. – Você não pode usar isso. Vai paralisar *o menino*.

Levine apontou.

– Se jogarmos o cilindro à direita da gaiola, o gás será soprado na direção contrária a ele e a favor dos raptors.

– Ou não – disse Thorne. – E ele pode se ferir gravemente.

Levine assentiu. Guardou o cilindro de volta na mochila, depois se sentou, olhando para a frente, fitando os velocirraptors.

– Então – falou Levine. – O que fazemos agora?

Thorne olhou para a gaiola de alumínio parcialmente escondida pelas samambaias. Nesse momento, viu algo que o fez se endireitar no banco: a gaiola se moveu de leve, as barras mudando de posição sob o luar.

– Você viu aquilo? – perguntou Levine.

– Eu vou tirar aquele menino de lá – disse Thorne.

– Mas como?

– À moda antiga.

Ele saiu do carro.

Sarah acelerou, correndo com a motocicleta pelas margens barrentas do rio. O raptor estava logo adiante, correndo em diagonal na direção delas, indo para o rio.

– Vai! – gritou Kelly. – Vai!

O raptor as viu e mudou de rumo, abrindo um pouco mais seu ângulo adiante. Tentava se distanciar delas, mas a moto era muito mais rápida nas margens desimpedidas. Elas alcançaram o animal, flanqueando-o, e então Sarah deixou as margens, voltando para a planície coberta de relva. O raptor foi para a direita, mais para o interior da planície, afastando-se do rio.

– Você conseguiu! – gritou Kelly.

Sarah manteve a velocidade, aproximando-se lentamente do animal. Ele parecia ter desistido do rio e agora estava sem plano algum. Apenas corria na planície. Elas chegavam cada vez mais perto, de maneira contínua e inexorável. Kelly estava empolgada. Tentou limpar a lama do rifle, preparando-se para atirar de novo.

– Droga! – gritou Sarah.

– O quê?

– Olha!

Kelly inclinou-se adiante, fitando por cima do ombro de Sarah. Logo à frente, viu o rebanho de apatossauros. Elas estavam a apenas 50 metros do primeiro animal gigantesco, que berrou e girou, subitamente assustado. Os corpos deles eram verde-acinzentados sob o luar.

O raptor zuniu diretamente no sentido do rebanho.

– Ele acha que vai nos perder ali! – Sarah acelerou a moto, aproximando-se. – Acerte-o agora! Agora!

Kelly mirou e atirou. A arma deu um tranco. Mas o raptor continuou correndo.

– Errei!

À frente deles, os apatossauros se viravam, as grandes pernas pisoteando o chão. As caudas pesadas chicoteavam pelo ar. Entretanto, eles eram lentos demais para se afastar. O raptor disparou adiante, indo diretamente para baixo dos grandes apatossauros.

– O que vamos fazer? – gritou Kelly.

– Não temos escolha! – respondeu Sarah. Ela ficou paralela ao raptor no momento em que eles penetraram na sombra, correndo debaixo do primeiro animal. Kelly vislumbrou a curva da barriga do bicho, pendendo um metro acima dela. As pernas tinham a espessura de troncos de árvores, pisoteando e virando-se.

O raptor continuava correndo, embrenhando-se entre as pernas em movimento. Sarah guinou e o seguiu. Acima deles, os animais urraram e se viraram, urrando de novo. Elas estavam debaixo de outra barriga, depois livres sob o luar, em seguida na sombra de novo. Agora se encontravam no meio do rebanho. Era como estar em uma floresta com árvores que se moviam.

Logo à frente, uma grande perna desceu com um impacto que fez o chão tremer. A moto chacoalhou quando Sarah girou à esquerda; elas rasparam contra a pele do animal.

– Segure-se! – gritou ela, guinando mais uma vez e seguindo o raptor. Acima delas, os apatossauros berravam e se movimentavam. O raptor se abaixou e virou, e então se libertou, correndo para o final do rebanho.

– Merda! – disse Sarah, girando a moto. Uma cauda chicoteou baixo, passando bem perto delas, e então as duas também estavam livres, novamente perseguindo o velocirraptor.

A motocicleta disparou pela planície gramada.

– Última chance! – gritou Sarah. – Atire!

Kelly ergueu o rifle. Sarah pilotava rápido, chegando bem perto do raptor em fuga. O animal virou-se para atingi-la, mas ela manteve sua posição, dando-lhe um soco forte na cabeça.

– Agora!

Kelly enfiou o cano contra a carne do pescoço dele e apertou o gatilho. A arma deu um tranco forte para trás, acertando-o na barriga.

O raptor continuou a correr.

– Não! – gritou ela. – Não!

Foi quando subitamente o animal caiu, rolando pela relva, e então Sarah girou a moto e parou. O raptor estava a cinco metros delas, agitando-se na grama. Ele rosnou e ganiu. Depois ficou em silêncio.

Sarah pegou o rifle, abriu o pacote de cartuchos. Kelly viu mais cinco dardos.

– Pensei que aquele fosse o último – falou ela.

– Eu menti – disse Sarah. – Espere aqui.

Kelly ficou junto à moto enquanto Sarah adiantava-se com cautela pela grama alta. Disparou mais uma vez, depois esperou por alguns instantes. Então se abaixou.

Quando voltou, segurava a chave em sua mão.

No ninho, os raptors ainda dilaceravam a carcaça, um pouco afastados. Porém, a intensidade do comportamento diminuía; alguns dos animais viravam-se de costas, esfregavam as mandíbulas com as patas terminadas em garras, vagando lentamente para o centro da clareira.

Aproximando-se da gaiola.

Thorne subiu na traseira do jipe, afastando a cobertura de lona. Conferiu o rifle em suas mãos.

Levine deslizou para o banco do motorista. Deu partida no motor. Thorne equilibrou-se na traseira do jipe e agarrou a barra traseira. Virou-se para Levine.

– Vai!

O jipe disparou pela clareira. Junto à carcaça, os raptors olharam para cima, surpresos ao ver o intruso. A essa altura, o jipe já passara do meio da clareira, ultrapassando os imensos esqueletos, as amplas costelas bem altas acima da cabeça deles, e então Levine guinou o carro à esquerda, estacionando ao lado da gaiola de alumínio. Thorne saltou para fora e agarrou a gaiola com as mãos. Na escuridão, não podia distinguir a gravidade dos ferimentos de Arby; o menino estava com o rosto virado para baixo. Levine desceu do carro; Thorne gritou para ele voltar para dentro, enquanto erguia a gaiola bem alto e a depositava na traseira do jipe. Thorne subiu na traseira, perto da gaiola, e Levine engatou a marcha no carro. Atrás deles, os raptors rosnaram e correram, perseguindo-os, disparando entre as costelas dos esqueletos. Eles atravessaram a clareira com uma velocidade estonteante.

Quando Levine pisou no acelerador, o raptor mais próximo saltou bem alto e aterrissou na traseira do carro, agarrando-se à cobertura de lona com os dentes. O animal sibilou e se segurou.

Levine acelerou, e o jipe sacolejou para fora da clareira.

Na escuridão, Malcolm afundou de novo em sonhos de morfina. Imagens flutuavam diante de seus olhos: paisagens de adaptação, as imagens digitais multicoloridas empregadas agora para pensar sobre a evolução. Nesse mundo matemático de picos e vales, assistia-se a populações de organismos escalando até os picos da adaptação ou deslizando para dentro dos vales da não adaptação. Stu Kauffman e os colegas de trabalho haviam demonstrado que organismos avançados tinham entraves internos complexos que os deixavam com maior probabilidade de cair da faixa otimizada de adaptação e descer aos vales. Contudo, ao mesmo tempo, as criaturas complexas eram, elas mesmas, selecionadas pela evolução, pois eram capazes de se adaptar por conta própria. Com ferramentas, com aprendizado, com cooperação.

No entanto, animais complexos tinham obtido sua flexibilidade adaptativa a algum custo – haviam trocado uma dependência por outra. Já não era necessário mudar seus corpos para se adaptarem, porque agora sua adaptação era determinada socialmente, pelo comportamento. Esse comportamento exigia o aprendizado. De certa forma, entre animais mais elevados, a adequação adaptativa não mais se transmitia à geração seguinte pelo DNA – era agora transmitida por ensinamentos. Chimpanzés ensinavam seus filhos a coletar cupins com gravetos. Tais ações implicavam os mínimos rudimentos de uma cultura, uma vida social estruturada. Todavia, animais criados em isolamento, sem pais e sem guias, não eram totalmente funcionais. Animais de zoológicos com frequência não cuidavam de suas crias, porque nunca tinham visto isso ser realizado. Eles ignoravam os filhotes ou rolavam e os esmagavam ou, ainda, simplesmente se aborreciam com eles e os matavam.

Os velocirraptors estavam entre os dinossauros mais inteligentes e os mais ferozes. Ambas as características exigiam um controle comportamental. Milhões de anos atrás, no agora desaparecido mundo Cretáceo, o comportamento deles seria determinado socialmente, passado adiante dos animais mais velhos para os mais jovens. Os genes controlavam a capacidade para formar tais padrões, mas não os padrões em si. O comportamento adaptativo representava um tipo de moralidade; um comportamento evoluído ao longo de muitas gerações por ser percebido como um sucesso – um comportamento que permitia aos membros da espécie colaborar, viver juntos, caçar, criar os filhotes.

Todavia, nesta ilha, os velocirraptors haviam sido recriados em um laboratório genético. Apesar de seus corpos físicos serem geneticamente determinados, o comportamento deles não era assim. Esses raptors recém-criados chegaram ao mundo sem animais mais velhos para guiá-los, para demonstrar-lhes o comportamento adequado aos raptors. Eles estavam por conta própria, e era assim que se comportavam: em uma sociedade sem estrutura, sem regras, sem cooperação. Viviam em um mundo descontrolado, onde era cada um por si, onde os mais cruéis e violentos sobreviviam e todos os outros morriam.

O jipe ganhou velocidade, sacolejando muito. Thorne segurou as barras para evitar ser lançado para fora. Atrás dele, viu o raptor chacoalhando de um lado para o outro no ar, ainda agarrado à lona. Ele não ia soltar. Levine estava voltando pelas margens barrentas e achatadas do rio e virou à direita, seguindo a beira da água. O raptor se mantinha ali, tenaz.

Logo adiante, largado na lama, Levine viu outro esqueleto. Outro esqueleto? Por que todos aqueles esqueletos estavam ali? Mas não havia tempo para pensar – ele seguiu em frente, passando por baixo da fileira de costelas. Sem faróis, inclinou--se à frente e apertou os olhos sob o luar, procurando por obstáculos no caminho.

Na traseira do carro, o raptor levantou-se, soltou a lona, travou as mandíbulas na gaiola e começou a puxá-la para fora da traseira do jipe. Thorne se jogou e agarrou a ponta da gaiola mais próxima dele. Ela se torceu, forçando Thorne a se deitar de costas. Ele se viu em um cabo de guerra com o raptor – e o animal estava vencendo. Thorne travou as pernas ao redor do banco do passageiro, tentando se segurar. O raptor rosnou; Thorne sentiu a pura fúria do animal, irado pela possibilidade de perder seu prêmio.

– Aqui! – gritou Levine, estendendo uma arma para Thorne.

Thorne encontrava-se de barriga para cima, agarrando a gaiola com as duas mãos. Não tinha como pegar a arma. Levine olhou para trás e percebeu a situação. Olhou pelo retrovisor. Atrás deles, viu o resto do bando ainda em perseguição, rosnando e sibilando. Ele não podia reduzir a velocidade. Thorne não podia soltar a gaiola. Ainda dirigindo rápido, Levine girou por cima do banco do passageiro e mirou para trás com o rifle. Tentou manobrar a arma, sabendo o que aconteceria se atingisse Thorne ou Arby por acidente.

– Cuidado! – gritava Thorne. – Cuidado!

Levine conseguiu soltar a trava de segurança e girou o cano na direção do raptor, que ainda segurava as barras da gaiola em suas mandíbulas. O animal ergueu a cabeça e, em um movimento rápido, fechou a boca sobre o cano. Levine puxou a arma.

Ele atirou.

Os olhos do raptor se arregalaram quando o dardo se enfiou no fundo de sua garganta. O animal fez um ruído de borbulhar e entrou em convulsão, caindo do jipe – e arrancando a arma da mão de Levine enquanto caía.

Thorne ficou de joelhos e puxou a gaiola para dentro do carro. Tentou ver dentro dela, mas não conseguia verificar o estado de Arby. Olhando para trás, notou que os outros raptors ainda os perseguiam, mas agora estavam a 20 metros deles e a distância aumentava.

No painel, o rádio sibilou.

– Doutor. – Thorne reconheceu a voz de Sarah.

– Sim, Sarah.

– Onde vocês estão?

– Acompanhando o rio – disse Thorne.

As nuvens de tempestade tinham agora se aberto, e a noite estava clara, iluminada pela lua. Atrás dele, os raptors continuavam no encalço do jipe. Apesar disso, ficavam cada vez mais para trás.

– Eu não consigo ver seus faróis – falou Sarah.

– Não sobraram faróis.

Fez-se uma pausa. O rádio estalou. A voz dela era tensa.

– E o Arby?

– Estamos com ele – respondeu Thorne.

– Graças a Deus. Como ele está?

– Não sei. Vivo.

A paisagem se abriu. Eles chegaram a um amplo vale, a relva prateada sob a luz do luar. Thorne olhou em volta, tentando se orientar. Então percebeu: estavam de volta à planície, mas muito mais ao sul. Provavelmente, ainda do mesmo lado do rio onde se localizava o esconderijo alto. Nesse caso, poderiam conseguir abrir caminho até a estrada da cordilheira em algum ponto à esquerda. Aquela estrada os levaria de volta à clareira e ao trailer remanescente. E à segurança. Ele cutucou Levine e apontou para a direita.

– Vá para lá!

Levine virou o carro. Thorne clicou o rádio.

– Sarah.

– Sim, Doutor.

– Estamos voltando para o trailer na estrada da cordilheira.

– Certo – disse Sarah. – Encontraremos vocês.

· · ·

Sarah olhou para trás, para Kelly.

– Onde fica a estrada da cordilheira?

– Acho que é aquela ali em cima – respondeu Kelly, apontando para a espinha da cordilheira, nos despenhadeiros acima delas.

– Certo – falou Sarah e acelerou a moto adiante.

O jipe roncava pela planície, no fundo da relva prateada. Eles se moviam depressa. Os raptors já não eram visíveis atrás deles.

– Parece que os perdemos – comentou Thorne.

– Talvez – disse Levine. Quando saiu do leito seco do rio, viu vários animais dispararem para a esquerda. Os raptors estariam agora encobertos pela grama. Levine não estava certo de que os animais desistiriam com tanta facilidade.

O jipe rugia na direção dos despenhadeiros. Logo à frente, ele viu uma estrada curva e sinuosa subindo do chão do vale. Aquela era a estrada da cordilheira, ele tinha certeza.

Agora que o terreno se tornara mais regular, Thorne rastejou para trás entre os bancos e se agachou sobre a gaiola. Ele espiou Arby entre as barras. O menino gemia baixinho.

Metade do rosto do garoto estava coberta de sangue e sua camisa, empapada. Seus olhos, porém, encontravam-se abertos, e ele parecia mexer os braços e as pernas.

Thorne aproximou-se das barras.

– Oi, filho – disse ele, gentilmente. – Você pode me ouvir?

Arby assentiu, gemendo.

– Como é que vai?

– Já estive melhor – respondeu Arby.

O jipe chegou à estrada de terra e subiu, acompanhando as curvas. Levine sentiu alívio conforme eles galgavam cada vez mais, afastando-se do vale. Finalmente estava na estrada da cordilheira e chegaria à segurança em breve.

Olhou para cima, para a crista. E então viu as silhuetas escuras sob a luz da lua, já no topo da estrada, saltando para cima e para baixo.

Raptors.

Esperando por eles.

Levine parou o carro.

– O que fazemos agora?

– Vá para lá – respondeu Thorne, sombrio. – Eu assumo daqui para a frente.

À BEIRA DO CAOS

Thorne subiu pela crista e virou à esquerda, acelerando. A estrada estendia-se diante dele sob a luz do luar, uma faixa estreita entre um paredão de rocha à esquerda e um precipício abrindo-se à direita. Vinte metros acima de onde ele se encontrava na crista estavam os raptors, saltando e fungando enquanto corriam paralelamente ao jipe.

Levine também os viu.

– O que vamos fazer? – perguntou ele.

Thorne balançou a cabeça.

– Olhe no kit de ferramentas. Olhe no porta-luvas. Pegue tudo o que conseguir arranjar.

Levine se debruçou, remexendo na escuridão. Porém, Thorne viu que eles estavam encrencados. Perdera sua arma. Eles encontravam-se em um jipe com teto de lona, e os raptors estavam por todo lado ao redor deles. Supôs que faltava cerca de um quilômetro até a clareira e o trailer.

Um quilômetro para percorrer.

Thorne reduziu a velocidade ao chegar à curva seguinte, afastando o carro da queda no imenso abismo. Após completar a curva, viu um raptor agachado no meio da estrada de frente para eles, a cabeça abaixada em uma ameaça. Thorne acelerou até ele. O raptor saltou no ar, as pernas erguidas. Aterrissou no capô do carro, as garras guinchando ao arranhar o metal. Ele bateu contra o para-brisa, o vidro espatifando-se em uma teia de aranha. Com o corpo do animal caído sobre o para-brisa, Thorne não conseguia ver nada. Como a estrada era perigosa, pisou no freio.

– Ei! – gritou Levine, caindo para a frente.

O raptor no capô deslizou para a lateral. Agora a visão de Thorne estava livre; então, pisou no acelerador. Levine tornou a cair para trás quando o carro se moveu adiante. No entanto, três raptors atacavam o carro pela lateral.

Um pulou sobre a plataforma de apoio para os pés e travou as mandíbulas ao redor do espelho lateral. O olhar fixo do animal estava próximo ao rosto de Thorne. Ele girou o volante para a esquerda, arranhando o carro na face rochosa da estrada. Dez metros adiante, uma rocha se projetava. Olhou para o raptor, que continuava teimosamente agarrado, até o instante em que a rocha bateu no espelho lateral, arrancando-o. O raptor se foi.

A estrada tornou-se um pouco mais larga. Thorne tinha mais espaço para manobrar. Sentiu um impacto pesado e ergueu os olhos, vendo o teto de lona descaindo acima de sua cabeça. Garras rasgaram o tecido do teto e passaram perto de sua orelha.

Ele guinou o carro à direita, depois à esquerda de novo. As garras recuaram, mas o animal permanecia lá em cima, o corpo ainda afundando o tecido. Ao lado dele, Levine encontrou uma grande faca de caça e arremeteu com ela para cima, atravessando o tecido. Imediatamente, outra garra veio para baixo, cortando a mão dele. Levine gritou de dor, largando a faca. Thorne se abaixou, tentando pegá-la no piso do veículo.

No espelho retrovisor, viu mais dois raptors na estrada atrás dele, perseguindo o jipe. Eles se aproximavam.

A estrada, entretanto, era mais larga agora, e ele acelerou. O raptor no teto olhou por cima do topo, espiando o interior do carro através do para-brisa quebrado. Thorne segurou a faca no punho fechado e golpeou adiante com toda a força, várias vezes. Não pareceu fazer diferença nenhuma. Conforme a estrada se retorcia, ele puxava o volante à direita, depois de volta, o jipe todo se inclinando, e o raptor no teto se soltou e rolou para trás, caindo. Ele levou consigo a maior parte do teto de lona. O animal quicou no chão e atingiu os dois raptors que os acossavam. O impacto derrubou os três pela lateral da estrada; eles desabaram pela encosta do despenhadeiro ainda rosnando.

– E pronto! – gritou Levine.

Um momento depois, outro raptor saltou da face rochosa e correu a apenas alguns metros do jipe.

E com leveza, quase com facilidade, o raptor saltou na traseira do veículo.

No banco do passageiro, Levine olhou fixamente. O raptor estava totalmente dentro do jipe, a cabeça baixa, os braços para cima, as mandíbulas escancaradas em uma postura de ataque inconfundível. O animal chiou para ele.

Está tudo acabado, pensou Levine.

Estava em choque: uma camada de suor cobriu-lhe todo o corpo, ele se sentia tonto e percebeu, em apenas um instante, que não havia nada que pudesse fazer, que estava prestes a morrer. A criatura sibilou de novo, fechando as mandíbulas com um estalo, agachando-se para atacar – e então subitamente uma espuma branca surgiu nos cantos de sua boca e seus olhos rolaram para trás. A espuma desprendia-se das mandíbulas. Ele começou a se contrair, o corpo entrando em espasmos. O animal caiu de lado na traseira do carro.

Atrás deles, viu Sarah na moto e Kelly segurando o rifle. Thorne reduziu a velocidade, e Sarah encostou ao lado deles. Entregou a chave para Levine.

– Para a jaula! – gritou ela.

Levine apanhou a chave ainda anestesiado pelo medo, quase a derrubando. Em choque, movia-se devagar, estupidamente. Eu quase morri, pensou.

– Pegue a arma dela! – disse Thorne.

Levine olhou para a esquerda, onde mais raptors ainda os acompanhavam correndo, emparelhados com o carro. Contou seis deles, mas provavelmente ainda havia outros. Tentou contar outra vez, sua mente funcionando devagar...

– *Pegue a porcaria da arma!*

Levine apanhou a arma de Kelly, sentindo o metal frio do cano em suas mãos.

Nesse momento, o carro falhou, o motor tossindo, morrendo, tossindo mais uma vez. Saltando adiante.

– O que foi isso? – perguntou, voltando-se para Thorne.

– Problemas – respondeu Thorne. – Estamos sem gasolina.

Thorne colocou o carro em ponto morto e ele rolou adiante, perdendo velocidade. À frente deles, havia uma leve elevação e, depois disso, após uma curva, ele podia ver que a estrada descia de novo. Sarah estava na motocicleta atrás deles, balançando a cabeça.

Thorne deu-se conta de que sua única esperança era conseguir passar da elevação. Ele disse para Levine:

– Abra a gaiola. Tire-o daí.

Levine de repente se movia com rapidez, quase em pânico, mas rastejou para a traseira e enfiou a chave na tranca. A gaiola se abriu. Ele ajudou Arby a sair.

Thorne observava o velocímetro conforme o ponteiro caía. Eles estavam indo a 40 quilômetros por hora... então a 30... então 25. Os raptors, correndo ao lado deles, começaram a se aproximar, sentindo que o carro apresentava problemas.

Vinte e cinco quilômetros por hora. E a velocidade ainda caía.

– Ele já saiu – disse Levine, da traseira. Fechou a gaiola com um retinido.

– Empurre a gaiola para fora – falou Thorne. Ela rolou, saltitando pela encosta. Quinze quilômetros por hora.

O carro parecia se arrastar.

E então eles estavam no topo da elevação, descendo para o outro lado, ganhando velocidade de novo. Vinte quilômetros por hora. Vinte e cinco. Trinta. Ele chispou pelas curvas, tentando não pisar no freio.

– De jeito nenhum vamos chegar ao trailer! – gritava Levine a plenos pulmões, os olhos arregalados de medo.

– Eu sei.

Thorne podia ver o trailer mais à esquerda, porém separado deles por um suave aclive na estrada. Eles não conseguiriam chegar lá. No entanto, mais adiante a estrada se bifurcava, descendo à direita na direção do laboratório. E, se ele se lembrava corretamente, aquela estrada era toda em declive.

Thorne virou à direita, para longe do trailer.

Ele viu o grande teto do laboratório, uma extensão achatada sob o luar. Seguiu a estrada que passava pelo laboratório, descia para a parte dos fundos e seguia para o vilarejo dos funcionários. Divisou a casa do administrador à direita e a loja de conveniência, com as bombas de gasolina na frente. Será que havia alguma chance de ainda ter gasolina?

– Olha! – disse Levine, apontando para trás deles. – Olha! Olha!

Thorne olhou por cima do ombro e viu que os raptors ficavam para trás, desistindo da caça. Na vizinhança do laboratório, eles pareceram hesitar.

– Eles não estão mais nos seguindo! – gritou Levine.

– É – concordou Thorne. – Mas cadê a Sarah?

Atrás deles, a motocicleta de Sarah tinha desaparecido.

TRAILER

Sarah Harding girou as manoplas, e a motocicleta disparou por cima do suave aclive na estrada. Ela chegou ao topo e desceu de novo, dirigindo-se para o trailer. Atrás dela, quatro raptors rosnaram em perseguição. Ela acelerou, tentando ganhar distância deles, colocando alguns preciosos metros entre o veículo e os animais. Elas precisariam desses metros.

Sarah inclinou-se para trás e gritou para Kelly:

– Certo! Isso tem que ser rápido!

– O quê? – perguntou Kelly.

– Quando chegarmos ao trailer, você desce da moto e corre para dentro. Não espere por mim. Entendeu?

Kelly assentiu, tensa.

– Aconteça o que acontecer, não espere por mim!

– Tudo bem.

Harding acelerou até o trailer e freou de repente. A moto derrapou na grama molhada, batendo na lateral metálica. No entanto, Kelly já estava descendo e correndo para a porta, entrando no trailer. Sarah tinha pensado em colocar a moto lá dentro, mas viu que os raptors estavam perto, perto demais. Empurrou a moto na direção deles e, em um único movimento, desmontou e se jogou pela porta do trailer, aterrissando de costas no chão. Girou o corpo e fechou a porta com um chute no mesmo instante em que o primeiro raptor se chocava contra a entrada.

Dentro do trailer escuro, segurou a porta fechada enquanto os animais se lançavam repetidamente contra ela. Apalpou à procura de uma tranca, mas não conseguiu encontrar nada.

– Ian! Essa porta se tranca?

Ela ouviu a voz de Ian, sonhadora na escuridão.

– A vida é um cristal – disse ele.

– Ian. Tente prestar atenção aqui.

E então Kelly estava ao lado dela, as mãos subindo e descendo. Os raptors batiam contra a porta. Depois de um momento, ela disse:

– Está aqui embaixo. Junto ao piso.

Harding escutou um clique metálico e se afastou.

Kelly estendeu a mão e segurou a de Sarah. Os raptors golpeavam e rosnavam lá fora.

– Vai dar tudo certo – disse Harding, tranquilizadora.

Ela foi até Malcolm, ainda deitado na cama. Os raptors ameaçavam e avançavam na janela próxima à cabeça dele, as garras arranhando o vidro. Malcolm os observava tranquilamente.

– Safados barulhentos, não é?

Ao lado dele, o kit de primeiros socorros estava aberto, uma seringa sobre a almofada. Ele provavelmente se medicara de novo.

Pelas janelas, viram que os animais haviam parado de se jogar contra o vidro. Ela escutou o som de arranhões no metal vindo de perto da porta, e então viu que os raptors arrastavam a moto para longe do trailer. Eles saltavam para cima e para baixo em fúria. Não demoraria muito para furarem os pneus.

– Ian – disse ela. – Temos que fazer isso rápido.

– Não estou com pressa nenhuma – falou ele, calmo.

– Que tipo de armas você tem por aqui? – perguntou Sarah.

– Armas... ah... Não sei... – Ele suspirou. – Para que você quer armas?

– Ian, por favor.

– Você está falando tão rápido – disse ele. – Sabe, Sarah, você deveria tentar relaxar, de verdade.

No trailer escuro, Kelly estava assustada, mas tranquilizou-se um pouco com o jeito direto como Sarah falava sobre armas. E Kelly começava a ver que Sarah não permitia que nada a emperrasse, ela simplesmente seguia em frente e fazia. Essa atitude de não permitir aos outros que a impedissem, de acreditar que ela era capaz de fazer o que quisesse, era algo que a própria Kelly se pegou imitando.

A menina ouviu a voz do dr. Malcolm e soube que ele não seria de nenhuma ajuda. Estava drogado e não se importava. E Sarah não conhecia direito o trailer. Mas Kelly conhecia; ela pesquisara mais cedo, procurando por comida. E parecia se lembrar...

Na escuridão, abriu as gavetas rapidamente. Apertou os olhos tentando enxergar. Tinha certeza de que uma gaveta, bem lá embaixo, continha uma bolsa marcada com um crânio e ossos cruzados. Naquela bolsa devia ter algum tipo de arma, pensou.

Ela escutou Sarah dizer:

– Ian, tente pensar comigo.

E ouviu o dr. Malcolm falar:

– Ah, eu estive pensando, Sarah. Tive os pensamentos mais maravilhosos. Sabe, todas aquelas carcaças na área dos raptors fornecem um exemplo maravilhoso de...

– Agora não, Ian.

Kelly vasculhou as gavetas, deixando-as abertas para saber em quais já havia procurado. Seguiu pelo trailer e então sua mão tocou uma lona áspera. Ela inclinou-se adiante. Sim, era isso mesmo.

Kelly puxou uma bolsa quadrada de lona surpreendentemente pesada e disse:

– Sarah, olhe!

Sarah Harding levou o pacote até a janela, por onde entrava a luz da lua. Abriu o zíper da bolsa e fitou o conteúdo. Havia seções acolchoadas. Ela viu três blocos quadrados feitos de alguma substância com aparência emborrachada. E também um pequeno cilindro prateado, como uma pequena garrafa de oxigênio.

– O que é isso tudo?

– Nós achamos que fosse uma boa ideia – disse Malcolm. – Mas agora não sei se foi. O negócio é que...

– O que é isso? – perguntou ela, interrompendo. Precisava mantê-lo focado. A mente dele estava à deriva.

– Não letais – disse Malcolm. – *Epopeia do jazz*. Nós queríamos ter...

– O que é isso? – repetiu Sarah, levantando um dos blocos diante do rosto dele.

– Cubo de fumaça para dispersão de área. O que você faz é...

– Só fumaça? – perguntou ela. – Isso só faz fumaça?

– Sim, mas...

– E o que é isso? – quis saber ela, erguendo o cilindro prateado. Havia algo escrito nele.

– Bomba de colinesterase. Libera um gás. Gera uma paralisia de curto prazo quando dispara. Ou é o que dizem.

– Quanto tempo?

– Alguns minutos, acho, mas...

– Como isso funciona? – perguntou ela, virando o objeto na mão. Havia uma tampa em uma das extremidades, com um pino de segurança. Ela começou a soltar o pino para dar uma olhada no mecanismo.

– Não! – gritou ele. – É assim que se usa isso. Você puxa o pino e joga. Ela dispara em três segundos.

– Certo – disse ela. Apressadamente, embrulhou o kit médico, jogando a seringa lá dentro e fechando a tampa.

– O que você está fazendo? – perguntou Malcolm, alarmado.

– Nós vamos sair daqui – respondeu ela, indo até a porta.

Malcolm suspirou.

– É tão bom ter um homem em casa – disse ele.

O cilindro voou alto pelo ar, revirando ao luar. Os raptors estavam a cinco metros dali, agrupados em volta da moto. Um dos animais ergueu a cabeça e viu o cilindro, que aterrissou na grama a alguns metros deles.

Sarah ficou junto à porta, esperando.

Nada aconteceu.

Nenhuma explosão.

Nada.

– Ian! Não funcionou.

Curioso, um raptor saltitou até onde o cilindro havia caído na relva. Abaixou-se e, quando ergueu a cabeça, segurava o cilindro cintilante entre as mandíbulas.

Ela suspirou.

– Não funcionou.

– Ah, deixa para lá – disse Malcolm, muito calmo.

O raptor mordeu o cilindro.

– O que a gente faz agora? – perguntou Kelly.

Ouviu-se uma explosão ruidosa, e uma nuvem de fumaça branca e densa se espalhou pela clareira. Os raptors desapareceram na nuvem.

Harding fechou a porta rapidamente.

– E agora? – quis saber Kelly.

Com Malcolm apoiando-se no ombro de Sarah, eles atravessaram a clareira na noite. A nuvem de gás havia se dissipado vários minutos antes. Eles encontraram o primeiro raptor na grama, caído de lado, olhos abertos, totalmente imóvel.

Entretanto, não estava morto: Harding podia ver a pulsação estável no pescoço dele. O animal encontrava-se apenas paralisado.

– Quanto tempo isso vai durar? – perguntou a Malcolm.

– Não tenho ideia – disse ele. – Está ventando muito?

– Não há vento algum, Ian.

– Então deve durar um tempinho.

Eles seguiram adiante. Agora havia raptors por toda a volta deles. Os três contornavam os corpos, sentindo o odor pútrido de carnívoros. Um dos animais estava caído sobre a moto. Ela soltou Malcolm lentamente no chão, onde ele se sentou, suspirando. Depois de um instante, o homem começou a cantar:

– *I wish I was in the land of cotton, old times there are not forgotten, look away...**

Harding puxou o guidão da motocicleta, tentando retirar o veículo de debaixo do raptor. O animal era pesado demais. Kelly disse "Deixe eu tentar" e estendeu a mão para o guidão. Harding foi para a frente. Sem hesitar, debruçou-se e colocou os braços ao redor do pescoço do raptor, puxando a cabeça para cima. Ela sentiu uma onda de repulsa. A pele quente e escamosa roçou seus braços e o rosto. Ela grunhiu ao fazer força, levantando o animal.

– *In Dixie land... dã dã dã dã... to live and die in Dixie...***

– Conseguiu? – perguntou Sarah a Kelly.

– Ainda não – respondeu a menina, puxando o guidão.

O rosto de Harding estava a centímetros da cabeça e das mandíbulas do velocirraptor. A cabeça oscilava de um lado para o outro conforme ela ajustava sua pegada. Perto do rosto dela, o olho aberto a encarava, sem ver nada. Harding puxou, tentando erguer um pouco mais o animal.

– Quase... – disse Kelly.

Harding grunhiu, levantando.

O olho piscou.

Assustada, Harding soltou o animal. Kelly retirou a moto.

– Consegui!

– *Away, away... away down South... in Dixie...****

Harding deu a volta no raptor. Nesse momento, a grande perna se contraiu. O peito começou a se mover.

– Vamos – disse ela. – Ian, atrás de mim. Kelly, suba no guidão.

– *Away... away... a-way down South...*

– Vamos – falou Harding, montando na moto. Ela manteve os olhos no raptor. A cabeça deu uma sacudida convulsiva. O olho tornou a piscar. Ele definitivamente estava acordando. – Vamos, vamos. Vamos!

VILAREJO

Sarah guiou a motocicleta encosta abaixo até o vilarejo dos funcionários. Olhando além de Kelly, viu o jipe estacionado na loja de conveniência, não muito longe das bombas de gasolina. Freou e todos desceram da moto sob a luz da lua. Kelly abriu a porta da loja e ajudou Malcolm a entrar. Sarah empurrou a moto para dentro da loja e fechou a porta.

– Doutor? – chamou ela.

– Estamos aqui – disse Thorne. – Com o Arby.

Sob o luar que se infiltrava pelas janelas, ela pôde ver que a loja lembrava muito um posto de conveniência abandonado de beira de estrada. Havia um refrigerador de refrigerantes com porta de vidro, as latas obscurecidas pelo mofo no vidro. Um expositor de arame próximo dali oferecia barras de chocolates de Twinkies, as embalagens pintalgadas de verde, cheias de larvas. No expositor de revistas logo ao lado, as páginas estavam encurvadas, e as manchetes, cinco anos atrasadas.

De um lado, havia fileiras de suprimentos básicos: creme dental, aspirina, protetor solar, xampu, pentes e escovas. Junto a isso, prateleiras de roupas, camisetas e shorts, meias, raquetes de tênis, maiôs. E algumas lembranças: chaveiros, cinzeiros e copos.

No centro do recinto, havia uma pequena ilha com uma caixa registradora digital, um micro-ondas e uma cafeteira. A porta do micro-ondas pendia, aberta; algum animal fizera um ninho lá dentro. A cafeteira estava rachada e coberta de teias de aranha.

– Que bagunça – disse Malcolm.

– Para mim, parece ótimo – falou Sarah Harding. As janelas eram todas vedadas. As paredes pareciam bastante sólidas. As mercadorias enlatadas ainda estariam comestíveis. Ela viu uma placa que dizia "Banheiros", então talvez também existisse encanamento. Eles deveriam estar seguros ali, pelo menos por algum tempo.

Sarah auxiliou Malcolm a se deitar no chão. Depois foi até onde Thorne e Levine estavam, trabalhando em Arby.

– Eu trouxe o kit de primeiros socorros – disse ela. – Como ele está?

– Bastante ferido – respondeu Thorne. – Alguns cortes, mas nada quebrado. A cabeça parece mal.

– Tudo dói – disse Arby. – Até a minha boca.

– Alguém veja se consegue uma luz – pediu ela. – Deixe-me ver, Arby. Certo, você perdeu alguns dentes, por isso está doendo. Mas isso pode ser consertado. O corte em sua cabeça não é tão ruim. – Ela o limpou com uma gaze e voltou-se para Thorne. – Quanto tempo até o helicóptero vir?

Thorne olhou para o relógio.

– Duas horas.

– E onde ele vai aterrissar?

– O local fica a vários quilômetros daqui.

Trabalhando em Arby, ela assentiu.

– Certo. Então temos duas horas para alcançar o local.

– Como podemos fazer isso? O carro está sem gasolina – disse Kelly.

– Não se preocupe – tranquilizou Sarah. – Vamos dar um jeito. Tudo vai dar certo.

– Você sempre diz isso – falou Kelly.

– Porque sempre é verdade – retrucou Sarah. – Certo, Arby, eu preciso que você me ajude agora. Eu vou te sentar e tirar sua camisa...

Thorne afastou-se para um canto com Levine, que estava com os olhos arregalados, o corpo movendo-se de modo espasmódico. O passeio no jipe parecia ter acabado com ele.

– Do que ela está falando? – perguntou ele. – Nós estamos presos aqui. Presos! – Havia histeria em sua voz. – Não podemos ir a lugar algum. Não podemos fazer nada. Estou lhe dizendo, vamos todos mo...

– Fale baixo – disse Thorne, agarrando-o pelo braço e inclinando-se mais para perto. – Não aborreça as crianças.

– Que diferença faz? – quis saber Levine. – Elas vão descobrir mais cedo ou... Ai! Calma aí!

Thorne apertava o braço de Levine com força. Aproximou-se ainda mais dele.

– Você está velho demais para agir como um cretino – disse ele, baixinho. – Agora, recomponha-se, Richard. Está me escutando, Richard?

Levine assentiu.

– Bom. Agora, Richard, eu vou até lá fora ver se as bombas ainda funcionam.

– Não é possível que funcionem – falou Levine. – Não depois de cinco anos. Estou lhe dizendo, é uma perda de...

– Richard – disse Thorne. – Precisamos checar as bombas.

Fez-se uma pausa. Os dois homens olharam um para o outro.

– Você quer dizer que está indo lá para fora?

– Sim.

Levine franziu o cenho. Outra pausa.

Agachada sobre Arby, Sarah perguntou:

– Cadê as luzes, gente?

– Só um minuto – Thorne respondeu. Ele inclinou-se para junto de Levine. – Tudo bem?

– Tudo bem – concordou Levine, respirando fundo.

Thorne foi até a porta da frente, abriu-a e saiu para a escuridão. Levine fechou a porta após sua saída. Thorne escutou um clique quando ela foi trancada.

Imediatamente ele se virou e bateu de leve. Levine abriu a porta alguns centímetros, espiando para fora.

– Pelo amor de Deus – sussurrou Thorne. – Não tranque a porta!

– Mas eu pensei que...

– Não tranque a porcaria da porta!

– Certo, certo. Me desculpe.

– Pelo amor de Deus – disse Thorne.

Ele voltou a fechar a porta e virou-se para enfrentar a noite.

Ao redor de Thorne, o vilarejo dos funcionários estava silencioso. Ele escutava apenas o zumbido contínuo das cigarras na escuridão. Parecia quase quieto demais, pensou. No entanto, talvez fosse apenas o contraste com os rosnados dos raptors. Thorne ficou de costas para a porta por um longo tempo, olhando fixamente a clareira. Não viu nada.

Finalmente, caminhou até o jipe, abriu a porta e procurou no escuro pelo aparelho de rádio. Sua mão tocou nele; deslizara para debaixo do banco do passageiro. Ele o retirou e carregou de volta para a loja, batendo na porta.

Levine a abriu e disse:

– Não está tranc...

– Aqui. – Thorne entregou-lhe o rádio e fechou a porta de novo.

Mais uma vez, ele fez uma pausa, observando. Em sua volta, o complexo estava silente. A lua, cheia. O ar, parado.

Ele adiantou-se e espiou as bombas de combustível com atenção. O punho de uma delas estava enferrujado e drapejado de teias de aranha. Ele o segurou com a boca para cima e soltou a lingueta. Nada aconteceu. Apertou o gatilho do punho. Nenhum líquido saiu. Bateu no visor de vidro da bomba que mostrava o número de litros, e o vidro caiu em sua mão. Dentro, uma aranha correu pelos números de metal.

Não havia gasolina.

Eles precisavam encontrar gasolina ou jamais chegariam ao helicóptero. Thorne franziu a testa, olhando para as bombas e pensando. Elas eram simples, o tipo de bomba de combustível encontrada em construções isoladas. O que fazia sentido porque, afinal, eles estavam em uma ilha.

Ele parou.

Estavam em uma ilha. Isso significava que tudo chegava de avião ou de barco. Na maioria das vezes, provavelmente de barco. Barcos pequenos, dos quais os suprimentos eram descarregados à mão. O que significava...

Ele se abaixou, examinando a base da bomba sob o luar. Exatamente como pensou, não havia tanques de combustível enterrados. Viu um grosso cano preto de pvc formando um ângulo logo debaixo da terra. Podia ver a direção que o cano seguia: contornava a lateral da loja.

Thorne o acompanhou, movendo-se cautelosamente sob a luz da lua. Parou por um momento para escutar, depois prosseguiu.

Deu a volta na lateral e viu exatamente o que esperava: tambores metálicos de 200 litros alinhados junto à parede. Havia três deles, conectados por uma série de mangueiras pretas. Aquilo fazia sentido. Toda a gasolina da ilha teria de chegar até ali em tambores.

Ele bateu de leve nos tambores com o nó do dedo. Vazios. Levantou um, torcendo para ouvir ruído de líquido no fundo. Eles só precisavam de seis ou sete litros...

Nada.

Os tambores estavam vazios.

Mas, com certeza, pensou ele, devia haver mais do que três tambores. Ele fez um cálculo mental rápido. Um laboratório daquele tamanho teria meia dúzia de veículos de apoio, talvez mais. Ainda que eles fossem econômicos, gastariam algo entre 100 e 150 litros por semana. Para prevenir, a empresa teria estocado no mínimo suprimento para dois meses, talvez até seis.

O que significava de dez a trinta tambores. E tambores de metal eram pesados, então eles provavelmente os estocavam perto dali. Talvez a poucos metros...

Ele se virou devagar, procurando. A luz da lua estava forte, e ele conseguia enxergar bem.

Além da loja, havia um espaço aberto e, logo depois, tufos de arbustos altos de rododendro que cobriam o caminho levando à quadra de tênis. Acima dos arbustos, as grades de ferro estavam cobertas de trepadeiras. À esquerda ficava o primeiro dos chalés dos funcionários. Thorne só conseguia ver o teto escuro. À direita da quadra, mais perto da loja, havia uma folhagem espessa, embora ele visse um vão...

Um caminho.

Moveu-se adiante, deixando a loja para trás. Aproximando-se do vão escuro nos arbustos, viu uma linha vertical e percebeu que era a borda de uma porta de madeira aberta. Havia um galpão escondido sob a folhagem. A outra porta estava fechada. Quando chegou mais perto, viu uma placa metálica enferrujada, com dizeres vermelhos descamando. As letras eram negras sob o luar.

```
PRECAUCION

NON FUMARE

INFLAMMABLE
```

Ele parou, prestando atenção. Ouviu os raptors rosnando a distância, mas pareciam muito longe, lá no alto da encosta. Por algum motivo, eles ainda não tinham abordado o vilarejo.

Thorne esperou, o coração martelando, fitando adiante a entrada escura do galpão. Finalmente, decidiu que aquilo não se tornaria mais fácil. Eles precisavam de gasolina. Moveu-se à frente.

O caminho para o galpão encontrava-se molhado pela chuva que caíra mais cedo, porém o galpão estava seco por dentro. Os olhos dele se ajustaram. Era um lugar pequeno, talvez 3,5 metros por 3,5 metros. Sob a pouca luz, viu uma dúzia de tambores enferrujados de pé. Outros três ou quatro caídos de lado. Thorne tocou todos eles rapidamente, um após o outro. Estavam leves: vazios.

Todos eles, vazios.

Sentindo-se derrotado, Thorne recuou para a entrada do galpão. Parou por um momento, encarando a noite iluminada pela lua. E então, enquanto aguardava, ouviu o som inconfundível de respiração.

Dentro da loja, Levine ia de uma janela para a outra, tentando acompanhar o progresso de Thorne. Seu corpo estava nervoso de tensão. O que Thorne estava fazendo? Ele tinha se distanciado tanto da loja. Era muito imprudente. Levine ficava espiando a porta da frente, desejando poder trancá-la. Ele se sentia tão inseguro com a porta destrancada...

Agora Thorne havia saído para os arbustos, desaparecendo totalmente de vista. E ele sumira fazia muito tempo. Pelo menos um minuto ou dois.

Levine fitava pela janela e mordia o lábio. Escutou o rosnado distante dos raptors e se deu conta de que eles tinham se mantido lá em cima, na entrada do laboratório. Não haviam seguido os veículos lá para baixo, mesmo agora. Por quê?, perguntava-se ele. A questão era bem-vinda em sua mente. Calmante, quase reconfortante. Uma pergunta a ser respondida. Por que os raptors tinham ficado lá no laboratório?

Todo tipo de explicação lhe ocorreu. Os raptors apresentavam um medo atávico do laboratório, seu local de nascimento. Eles se lembravam das gaiolas e não queriam ser recapturados. Todavia, Levine suspeitava que a explicação mais provável era também a mais simples: a área ao redor do laboratório era o território de algum outro animal, marcado pelo cheiro, demarcado e defendido, e os raptors relutavam em entrar nele. Até o tiranossauro, recordava-se ele agora, havia passado pelo território depressa, sem parar.

Mas de quem seria esse território?

Levine olhava pela janela enquanto esperava, impaciente.

– E as luzes? – perguntou Sarah, do outro lado da sala. – Eu preciso de luz aqui.

– Em um minuto – respondeu Levine.

Na entrada do galpão, Thorne levantou-se em silêncio, escutando.

Ele ouviu exalações suaves, bufos, como um cavalo quieto. Um animal grande à espera. O som vinha de algum ponto à direita dele. Thorne olhou com lentidão para lá.

Não viu absolutamente nada. A luz da lua brilhava sobre o vilarejo dos funcionários. Ele viu a loja, as bombas de gasolina, a silhueta escura do jipe. Olhando à direita, viu um espaço aberto e tufos de arbustos de rododendro. A quadra de tênis mais além.

Mais nada.

Olhou fixamente, ouvindo com atenção.

O resfolegar suave continuava. Pouco mais alto do que uma leve brisa. No entanto, não havia brisa alguma: as árvores e os arbustos não se mexiam.

Ou mexiam?

Thorne tinha a impressão de que algo estava errado. Algo bem diante de seus olhos, algo que ele podia ver, mas, ao mesmo tempo, não podia. Com o esforço de olhar fixamente, começou a achar que seus olhos lhe pregavam peças. Achou ter detectado um leve movimento nos arbustos à direita. O padrão das folhas pareceu mudar sob o luar. Mudar, depois se estabilizar de novo.

Contudo, não tinha certeza.

Thorne encarou adiante, esforçando-se. E, enquanto olhava, começou a pensar que não eram os arbustos que tinham chamado sua atenção, mas, sim, as grades de ferro da cerca. Na maior parte de sua extensão, ela estava coberta com um emaranhado irregular de trepadeiras, mas em alguns lugares o padrão regular em formato de diamante dos elos era visível. E havia algo estranho naquele padrão. A cerca parecia estar se mexendo, ondulando.

Thorne observou com cuidado. Talvez ela *esteja* se mexendo, pensou. Talvez haja um animal do lado de dentro da cerca, empurrando contra ela, fazendo com que se mova. Mas aquilo não parecia certo.

Era alguma outra coisa...

De repente, as luzes se acenderam dentro da loja. Elas brilharam através das janelas vedadas, lançando um padrão geométrico de sombras escuras pela clareira aberta e sobre os arbustos junto à quadra de tênis. E por um instante – apenas um instante – Thorne viu que os arbustos ao lado da quadra de tênis tinham um formato esquisito e que eram, na verdade, dois dinossauros, com 2,10 metros de altura, de pé ao lado um do outro, olhando diretamente para ele.

Os corpos deles pareciam cobertos em um mosaico de luz e sombra que fazia com que os animais se misturassem perfeitamente às folhas atrás deles, e inclusive à cerca da quadra de tênis. Thorne ficou confuso. O disfarce deles fora perfeito – perfeito demais – até que a luz vinda das janelas da loja se espalhasse e os surpreendesse com seu súbito clarão.

Thorne observou, prendendo a respiração. E então percebeu que o padrão de folhagem claro e escuro ia só até o meio do corpo deles, até a metade do tórax. Acima disso, os animais tinham algo como uma estampa em padrão cruzado que combinava com a cerca.

E, enquanto Thorne observava, os padrões complexos nos corpos deles se apagaram, os animais se tornaram de um branco calcário e, em seguida, uma série de listras verticais de sombras começou a surgir, combinando perfeitamente com as sombras lançadas pelas janelas.

Então, diante dos olhos dele, os dois dinossauros tornaram a desaparecer de vista. Estreitando os olhos, com um esforço concentrado, ele mal podia distinguir os contornos dos corpos de ambos. Jamais poderia vê-los se não soubesse de antemão que estavam lá.

Eles eram camaleões. Porém, com um poder de mimetismo incomparável ao de qualquer camaleão que Thorne já tivesse visto.

Lentamente, recuou para dentro do galpão, indo para a escuridão mais profunda.

– Meu Deus! – exclamou Levine, fitando pela janela.

– Desculpe – disse Harding. – Mas eu tive que acender as luzes. Aquele menino precisa de ajuda. Eu não posso fazer nada no escuro.

Levine não respondeu. Ele olhava pela janela, tentando compreender o que acabara de ver. Percebia agora o que tinha vislumbrado no dia em que Diego foi morto. Aquela breve impressão momentânea de que havia algo errado. Levine sabia agora o que era. Mas aquilo estava muito além do que se conhecia entre animais terrestres e...

– O que foi? – perguntou ela, de pé ao lado dele na janela. – É o Thorne?

– Olha – disse Levine.

Ela fitou através das barras.

– Para os arbustos? O quê? O que eu deveria...

– *Olha* – disse ele.

Ela fitou por mais um momento, depois balançou a cabeça.

– Me desculpe.

– Comece pela parte de baixo dos arbustos – Levine disse a ela. – Depois deixe seus olhos subirem bem devagar... Apenas olhe... e você vai ver o contorno.

Ele escutou-a suspirar.

– Me desculpe.

– Então apague as luzes de novo – falou ele. – Aí você verá.

Ela apagou as luzes, e, por um momento, Levine viu os dois animais em um contraste nítido, os corpos de um branco pálido com faixas verticais sob o luar. Quase de imediato, o padrão começou a se apagar.

Harding voltou, colocou-se ao lado dele, e dessa vez viu os animais instantaneamente. Como Levine sabia que ocorreria.

– Não brinca – disse ela. – Existem dois deles?

– Sim. Lado a lado.

– E... O padrão está se apagando?

– Sim, está. – Enquanto eles observavam, o padrão listrado na pele dos animais foi substituído pelo padrão da folhagem de rododendros atrás deles. Mais uma vez, os dois dinossauros se misturaram ao ambiente, alcançando a invisibilidade. Todavia, um padrão tão complexo implicava que suas camadas epidérmicas eram arranjadas de uma maneira similar à dos cromatóforos dos invertebrados marinhos. A sutileza das sombras, a rapidez das alterações, tudo sugeria...

Harding franziu o cenho.

– O que eles são? – indagou ela.

– Camaleões de habilidade incomparável, sem dúvida. Apesar de eu não ter certeza se é totalmente cabível nos referirmos a eles como camaleões, já que tecnicamente camaleões têm apenas a capacidade de...

– O que eles são? – repetiu Sarah, impaciente.

– Na verdade, eu diria que eles são *Carnotaurus sastrei*. A espécie vem da Patagônia. Três metros de altura, com cabeça muito característica; você reparou no focinho curto, semelhante ao dos buldogues, e o par de chifres grandes acima dos olhos? Quase como asas...

– Eles são carnívoros?

– Sim, é claro, eles têm a...

– Onde está Thorne?

– Ele foi até aquele tufo de arbustos à direita, algum tempo atrás. Eu não o vi, mas...

– O que vamos fazer? – perguntou ela.

– Fazer? – repetiu Levine. – Não sei se estou te entendendo.

– Temos que fazer alguma coisa – disse ela, falando devagar como se conversasse com uma criança. – Temos que ajudar Thorne a voltar.

– Não sei como poderemos fazer isso – falou Levine. – Aqueles animais pesam 230 quilos cada um. E estão em dois. Para começo de conversa, eu disse a ele que não fosse lá fora. Mas agora...

Harding franziu o cenho. Olhando para fora, ela disse:

– Vá acender as luzes.

– Eu preferiria...

– Vá acender as luzes!

Levine levantou-se, irritado. Ele estava desfrutando sua notável descoberta, uma característica realmente imprevista nos dinossauros – embora não fosse, claro, totalmente sem precedentes entre vertebrados aparentados –, e agora vinha essa mulherzinha musculosa latir ordens para ele. Levine estava ofendido. Afinal, ela não era lá grande coisa como cientista. Era só uma naturalista. Um campo desprovido de teoria. Uma daquelas pessoas que cutucavam merda de animais e imaginavam estar fazendo pesquisa original. Uma bela vida ao ar livre, era tudo a que se resumia. Não era ciência, de jeito...

– Acende! – gritou Harding, olhando pela janela.

Ele acendeu as luzes e começou a voltar para a janela.

– Apaga!

Apressadamente, ele voltou e as apagou.

– Acende!

Ele tornou a acendê-las.

Sarah levantou-se da janela e atravessou o cômodo.

– Eles não gostaram disso – disse ela. – Ficaram incomodados.

– Bem, provavelmente há um período refratário...

– É, acho que sim. Aqui. Abra essas. – Ela apanhou um punhado de lanternas em uma das prateleiras, entregou-as para ele, depois pegou pilhas de um expositor aramado próximo. – Espero que elas ainda funcionem.

– O que você vai fazer? – perguntou Levine.

– Nós vamos – respondeu ela, sombria. – Nós.

Thorne ficou de pé na escuridão do galpão, olhando para fora através das portas abertas. Alguém estivera acendendo e apagando as luzes dentro da loja. Então, por algum tempo, elas permaneceram ligadas. Agora, subitamente, foram desligadas de novo. A área diante do galpão estava iluminada apenas pelo luar.

Ele ouviu movimento, um farfalhar suave. Escutou a respiração de novo. E então viu os dois dinossauros, caminhando eretos com as caudas rígidas. Os padrões na pele deles pareciam se alterar conforme andavam e era difícil acompanhá-los, mas se moviam na direção do galpão.

Eles chegaram à entrada, a silhueta de seus corpos destacada contra a luz da lua, os contornos finalmente claros. Eles pareciam tiranossauros pequenos, exceto pelas protuberâncias acima dos olhos, e tinham antebraços muito curtos, atarracados. Os carnívoros abaixaram as cabeças meio quadradas e olharam para o interior do galpão com cautela. Bufando, farejando. As caudas oscilando lentamente atrás deles.

Na verdade, os animais eram grandes demais para entrar, e por um momento Thorne esperou que eles não tentassem isso. E então o primeiro deles abaixou a cabeça, rosnou e passou pela entrada.

Thorne prendeu a respiração. Estava tentando pensar no que fazer, mas não conseguia pensar em absolutamente nada. Os animais eram metódicos, o primeiro recuando para o lado a fim de que o segundo entrasse também.

De repente, da lateral da loja, meia dúzia de luzes cegantes brilharam em fachos cintilantes. As luzes se moveram, salpicando o corpo dos dinossauros. Os fachos começaram a se mover de um lado para o outro em padrões lentos e erráticos, como holofotes.

Os dinossauros estavam claramente expostos e não gostaram disso. Rosnaram e tentaram se afastar das luzes, mas os fachos se movimentavam de forma contínua, procurando-os, cruzando-se sobre os corpos dos animais. Conforme as luzes passavam sobre seus torsos, a pele empalidecia em resposta, reproduzindo o movimento dos fachos após as luzes seguirem seu caminho. Seus corpos reproduziam faixas brancas, escureciam de novo, e voltavam a surgir as faixas brancas.

As luzes não paravam de se mexer, exceto quando brilhavam sobre a cara dos dinossauros e nos grandes olhos deles, que piscavam sob as asas encapuzadas; os animais viravam a cabeça e se abaixavam, como se incomodados por moscas.

Eles ficaram agitados. Viraram-se, recuando para fora do galpão, e urraram ruidosamente para as luzes em movimento.

As luzes continuaram a se mexer, implacáveis, girando de um lado para o outro na noite. O padrão do movimento era complexo, confuso. Os dinossauros berraram de novo e deram um passo ameaçador na direção das luzes. No entanto, foi um esforço sem convicção. Eles claramente não gostavam de estar perto desses pontos de movimento. Após um instante, os animais se foram, as luzes seguindo-os, espantando-os para lá das quadras de tênis.

Thorne foi para a frente.

Ele escutou Harding:

– Doutor? É melhor dar o fora daí, antes que eles resolvam voltar.

Thorne moveu-se rapidamente na direção das luzes. Viu-se de pé ao lado de Levine e Harding. Ambos balançavam punhados de lanternas de um lado para o outro.

Todos retornaram à loja.

• • •

Lá dentro, Levine fechou a porta com um estrondo e desabou contra ela.

– Nunca senti tanto pavor em toda a minha vida.

– Richard – disse Harding com frieza. – Contenha-se, homem.

Ela atravessou a sala e colocou as lanternas no balcão.

– Ir lá fora foi uma loucura – falou Levine, enxugando a testa. Ele estava empapado de suor, a camisa exibindo manchas escuras.

– Na verdade, foi um gol de placa – disse Harding. Ela voltou-se para Thorne. – Dava para ver que eles possuem um período refratário para a resposta da pele. É bem rápido comparado a, digamos, um polvo, mas ainda está lá. Meu palpite foi o de que aqueles dinossauros seriam como todos os animais que dependem de camuflagem. Eles caçam basicamente por emboscadas. Não são muito rápidos ou ativos. Permanecem imóveis por horas em um ambiente imutável, desaparecendo no pano de fundo, e esperam até que alguma refeição desavisada se aproxime. No entanto, se precisam ficar se ajustando a novas condições de luz, sabem que não podem se esconder. Tornam-se ansiosos. E, se ficarem ansiosos o suficiente, apenas fogem no final. Exatamente o que aconteceu.

Levine se voltou e fitou Thorne com raiva.

– Isso é tudo culpa sua. Se você não tivesse ido lá fora daquele jeito, simplesmente andando por aí...

– Richard – disse Harding, interrompendo-o. – Nós precisamos de gasolina ou nunca vamos sair daqui. Você não quer sair daqui?

Levine não disse nada. Ficou amuado.

– Bem – disse Thorne –, de qualquer forma, não havia gasolina no galpão.

– Ei, gente – disse Sarah. – Olhem quem está aqui!

Arby se adiantou, apoiando-se em Kelly. Ele havia se trocado, colocando roupas da loja: uma bermuda de surfe e uma camiseta que dizia "InGen Laboratórios de Bioengenharia" e, debaixo disso, "Nós Construímos o Futuro".

Arby estava com um olho roxo, um malar inchado e um corte na testa, sobre o qual Harding fizera um curativo. Seus braços e pernas estavam bastante machucados. Entretanto, ele caminhava e conseguiu dar um sorriso meio torto.

– Como se sente, filho? – perguntou Thorne.

– Sabe o que eu quero mais do que tudo agora? – falou Arby.

– O quê? – quis saber Thorne.

– Uma Coca diet – respondeu Arby. – E um monte de aspirina.

Sarah debruçou-se sobre Malcolm. Ele cantarolava baixinho, olhando para cima.

– Como está o Arby? – perguntou ele.

– Ele vai ficar bem.

– Ele precisa de morfina? – indagou Malcolm.

– Não, acho que não.

– Que bom – disse Malcolm. Ele estendeu o braço, rolando a manga para cima.

Thorne limpou o micro-ondas, retirando o ninho lá de dentro, e aqueceu um pouco de carne cozida enlatada. Encontrou um pacote de pratos de papel decorados com um tema de Dia das Bruxas – abóboras e morcegos – e colocou a comida nos pratos. As duas crianças comeram, esfomeadas.

Ele deu um prato para Sarah, depois se voltou para Levine.

– E você?

Levine olhava pela janela.

– Não.

Thorne deu de ombros.

Arby se aproximou, estendendo o prato.

– Tem mais?

– Claro – disse Thorne. Ele entregou ao menino o próprio prato.

Levine foi se sentar com Malcolm e disse:

– Bem, ao menos estávamos certos a respeito de uma coisa. Esta ilha era um verdadeiro mundo perdido, uma ecologia intocada, imaculada. Tínhamos razão desde o princípio.

Malcolm olhou para ele e levantou a cabeça.

– Está brincando? – questionou ele. – E todos aqueles apatossauros mortos?

– Estive pensando sobre isso – disse Levine. – Os raptors os mataram, obviamente. E aí os raptors...

– Fizeram o quê? – quis saber Malcolm. – Eles os arrastaram até o ninho? Aqueles animais pesam 50 toneladas, Richard. Uma centena de raptors não conseguiria arrastá-los. Não, não. – Ele suspirou. – As carcaças devem ter boiado até uma curva do rio, onde encalharam. Os raptors fizeram seu ninho em uma fonte conveniente de suprimento: apatossauros mortos.

– Bem, é possível...

– Mas por que há tantos apatossauros mortos, Richard? Por que nenhum dos animais alcança a maturidade? E por que há tantos predadores na ilha?

– Bem. Nós precisamos de mais dados, é claro... – começou Levine.

– Não precisamos, não – disse Malcolm. – Você não passou pelo laboratório? Nós já sabemos a resposta.

– E qual é? – perguntou Levine, irritado.

– Príons – disse Malcolm, fechando os olhos.

Levine franziu o cenho.

– O que são príons?

Malcolm suspirou.

– Ian – insistiu Levine –, o que são príons?

– Vá embora – falou Malcolm, gesticulando com a mão.

Arby estava aninhado em um canto, quase dormindo. Thorne enrolou uma camiseta e colocou-a sob a cabeça do menino. Arby resmungou alguma coisa e sorriu.

Em poucos instantes, começou a roncar.

Thorne levantou-se e foi até Sarah, de pé junto à janela. Lá fora, o céu começava a clarear acima das árvores, tornando-se azul-pálido.

– Quanto tempo agora? – perguntou ela.

Thorne olhou para o relógio.

– Talvez uma hora.

Ela começou a andar de um lado para o outro.

– Precisamos arranjar gasolina – disse ela. – Se tivermos gasolina, podemos ir com o jipe até o local do helicóptero.

– Mas não há gasolina – disse Thorne.

– Deve haver um pouco, em algum lugar. – Ela continuou a andar. – Você tentou as bombas...

– Sim. Estão secas.

– E dentro do laboratório?

– Acho que não.

– Onde mais? E no trailer?

Thorne chacoalhou a cabeça.

– É só um trailer de reboque passivo. A outra unidade tem um gerador auxiliar e alguns tanques de gasolina. Mas caiu no precipício.

– Talvez os tanques não tenham se rompido na queda. Ainda temos a motocicleta. Talvez eu possa ir até lá e...

– Sarah – disse ele.

– Vale a pena tentar.

– Sarah...

Da janela, Levine disse baixinho:

– Só um aviso: temos visitas.

BOA MÃE

Na luz anterior à alvorada, os dinossauros saíram dos arbustos e foram diretamente para o jipe. Havia seis deles, grandes bicos de pato com 4,5 metros de altura e focinhos recurvados.

– Maiassauros – disse Levine. – Eu não sabia que havia algum por aqui.

– O que eles estão fazendo?

Os imensos animais agruparam-se ao redor do jipe e imediatamente começaram a despedaçá-lo. Um arrancou o teto de lona. Outro cutucou o arco protetor, balançando o veículo de um lado para o outro.

– Eu não entendo – comentou Levine. – Eles são hadrossauros. Herbívoros. Essa agressividade é bem atípica.

– Sim – concordou Thorne. Enquanto eles observavam, os maiassauros viraram o jipe. O veículo caiu de lado. Um dos adultos empinou e colocou as patas dianteiras sobre os painéis laterais. As patas enormes esmagaram o veículo para dentro.

Porém, quando o jipe virou, duas caixas brancas de isopor caíram no chão. Os maiassauros pareceram se concentrar naquelas caixas. Eles mordiscaram o isopor, jogando pedaços brancos pelo chão. Os animais se moviam apressadamente, em algo semelhante a um frenesi.

– Algo para comer? – opinou Levine. – Algum tipo de erva viciante para dinossauros? O que é aquilo?

Nesse momento, a tampa de uma das caixas se deslocou e eles viram um ovo rachado lá dentro. Projetando-se do ovo havia um naco de carne enrugada. Os maiassauros reduziram a velocidade. Seus movimentos se tornaram então cautelosos, gentis. Eles grasnaram e grunhiram. Os grandes corpos dos animais bloquearam a visão de dentro da loja.

Ouviu-se um guincho.

– Está brincando – disse Levine.

No chão, um minúsculo animal se movia. Seu corpo era de um marrom-claro, quase branco. Ele tentou ficar de pé, mas caiu logo em seguida. Mal tinha 30 centímetros de comprimento, com dobras de pele enrugada ao redor do pescoço. Em um momento, um segundo animal surgiu ao lado dele.

Harding suspirou.

Lentamente, um dos maiassauros abaixou a cabeçorra e apanhou o bebê em seu bico largo com gentileza. Ele manteve a boca aberta enquanto erguia a cabeça. O bebê estava sentado calmamente na língua do adulto, olhando ao redor com sua cabecinha conforme era levantado lá no alto.

O segundo bebê foi apanhado. Os adultos ainda se demoraram ali por um instante, como se incertos sobre se havia algo mais a fazer, e então, grasnando ruidosamente, todos se afastaram.

Deixando para trás um veículo amassado e destroçado.

– Acho que gasolina já não é um problema – disse Thorne.

– Acho que não – concordou Sarah.

Thorne fitava os escombros do jipe balançando a cabeça.

– É pior do que uma colisão frontal – disse ele. – Parece que o carro passou por um compactador. Ele não foi construído para esse tipo de estresse.

Levine fungou.

– Engenheiros em Detroit não esperam que um animal de cinco toneladas vá ficar de pé em cima do carro.

– Sabe – disse Thorne –, eu gostaria de ver como o nosso carro suportaria esse tipo de coisa.

– Você diz, em virtude de ele ter sido reforçado por nós?

– Sim – falou Thorne. – Nós realmente o construímos para suportar estresses fantásticos. Imensos. Submetemos o projeto a programas de computador, acrescentamos aqueles painéis de colmeia, todo o...

– Espere um pouco – disse Harding, dando as costas para a janela. – Do que vocês estão falando?

– Do outro carro – respondeu Thorne.

– Que outro carro?

– O carro que nós trouxemos – disse ele. – O Explorer.

– É claro! – falou ela, subitamente empolgada. – Temos outro carro! Eu me esqueci completamente! O Explorer!

– Bem, ele já era agora – disse Thorne. – Deu curto ontem à noite quando eu voltava para o trailer. Passei com ele por uma poça e o carro deu curto.

– E daí? Talvez ainda...

– Não – disse Thorne, balançando a cabeça. – Um curto como aquele explodiria a VR. É um carro elétrico. Está acabado.

– Estou surpresa por vocês não colocarem disjuntores para isso.

– Bem, nós não colocávamos, embora nesta última versão... – Ele se interrompeu. Balançou a cabeça. – Não posso acreditar.

– O carro tem disjuntores?

– Sim. Eddie os colocou na última hora.

– Então o carro ainda pode rodar?

– Sim, provavelmente funcionaria se a gente religasse os disjuntores.

– Onde ele está? – perguntou ela, já se dirigindo para a motocicleta.

– Eu o deixei naquela estrada secundária que desce da estrada da cordilheira até o esconderijo. Mas Sarah...

– É a nossa única chance – falou ela. Ela colocou o headset do rádio, ajustou o microfone na bochecha e empurrou a moto até a porta. – Me chame – disse ela. – Eu vou arranjar um carro para a gente.

Eles observaram pelas janelas. Na luz do início da manhã, Sarah subiu na moto e disparou encosta acima.

Levine assistiu à partida dela.

– Na sua opinião, quanto de chance ela tem de conseguir?

Thorne apenas chacoalhou a cabeça.

O rádio estalou.

– Doutor.

Ele atendeu.

– Sim, Sarah.

– Estou subindo a encosta agora. Estou vendo... tem seis deles.

– Raptors?

– É. Eles, hã... Escuta, eu vou tentar outro caminho. Estou vendo uma...

O rádio estalou.

– Sarah?

A voz dela estava picotando.

– ... trilha de caça que... aqui... acho que é melhor eu...

– Sarah – disse Thorne. – Sua voz está picotando.

– ... fazer isso agora. Então só... deseje sorte.

Pelo rádio, eles escutaram o zumbido da moto. Logo após, ouviram outro ruído, que podia ser um rosnado animal ou talvez mais estática. Thorne debruçou-se à frente, segurando o rádio perto do ouvido. Então, de repente, o rádio clicou e ficou em silêncio.

– Sarah? – ele chamou.

Não houve resposta alguma.

– Talvez ela tenha desligado – disse Levine.

Thorne balançou a cabeça.

– Sarah?

Nada.

– Sarah? Você está aí?

Eles aguardaram.

Nada.

– Inferno – falou Thorne.

O tempo passava devagar. Levine ficou de pé junto à janela, olhando para fora. Kelly roncava em um canto. Arby estava deitado perto de Malcolm, em um sono pesado. E Malcolm cantarolava, desafinado.

Thorne estava sentado no chão no centro da sala, recostado contra o balcão do caixa. De vez em quando, apanhava o rádio e tentava chamar Sarah, mas nunca vinha resposta alguma. Tentou os seis canais. Não conseguiu resposta em nenhum deles.

Finalmente, parou de tentar.

O rádio chiou.

– ... comeu essas porcarias. Nunca funcionam direito. – Um grunhido. – Não consigo entender o quê... coisas... droga.

Do outro lado da sala, Levine endireitou-se.

Thorne agarrou o aparelho de rádio.

– Sarah? *Sarah?*

– Finalmente – disse ela, a voz estalando. – Onde diabos você estava, Doutor?

– Você está bem?

– Claro que estou bem.

– Tem algum problema com o seu rádio. Você está picotando.

– É? E o que eu devo fazer?

– Tente apertar a tampa que cobre as pilhas. Provavelmente está solta.

– Não. Eu quis dizer o que devo fazer com o carro.

– O quê? – perguntou Thorne.

– Cheguei ao carro, Doutor. Estou aqui. O que devo fazer?

Levine olhou para o relógio.

– Vinte minutos até o helicóptero chegar – disse ele. – Sabe, ela pode conseguir.

DODGSON

Dodgson acordou, dolorido e rígido, no piso de concreto do galpão de ferramentas. Ele levantou-se e olhou pela janela. Viu faixas avermelhadas em um céu azul-claro. Abriu a porta do galpão de ferramentas e saiu.

Sentia-se sedento e seu corpo estava sensível. Começou a caminhar sob a copa das árvores. A selva ao redor dele estava silenciosa àquela hora da manhã. Ele precisava de água. Mais que qualquer outra coisa, precisava de água. Em algum ponto à sua esquerda, ouviu o suave gorgolejar de um riacho. Encaminhou-se para ele, movendo-se com mais rapidez.

Através das árvores, podia ver o céu tornando-se mais claro. Ele sabia que Malcolm e sua turma ainda estavam ali. Eles deviam ter algum plano para sair da ilha. Se eles podiam sair, ele também podia.

Chegou a um aclive suave e olhou para baixo, vendo uma sarjeta e um riacho correndo. Parecia limpo. Ele apressou-se a alcançá-lo, perguntando-se se estaria poluído. Resolveu que não se importava. Pouco antes de chegar à água, tropeçou em uma raiz e caiu, xingando.

Levantou-se e olhou para trás. A seguir, viu que não tinha sido uma raiz o que o fez tropeçar.

Fora a alça de uma mochila verde.

Dodgson puxou a alça e toda a mochila escorregou para fora da folhagem. A mochila havia sido despedaçada e exibia uma crosta de sangue seco. Quando a puxou, seu conteúdo se espalhou entre as samambaias. Moscas zumbiam por todo lado. Porém, ele viu uma câmera, uma caixa metálica para comida e uma garrafa plástica com água. Vasculhou rapidamente as samambaias ao redor. Entretanto, não encontrou muita coisa além de algumas barras de chocolate encharcadas.

Dodgson tomou a água e então se deu conta de que estava faminto. Abriu a caixa metálica, torcendo por comida decente. A caixa, entretanto, não continha comida. Estava cheia de espuma de embalagem.

E, no centro da embalagem, havia um rádio.

Ele ligou o aparelho. A luz da bateria brilhou forte. Dodgson passou de um canal para o outro, ouvindo apenas estática.

E então surgiu uma voz masculina.

– Sarah? Aqui é Thorne. Sarah?

Depois de um instante, uma voz feminina:

– Doutor. Está me ouvindo? Eu disse que estou no carro.

Dodgson ouviu e sorriu.

Então havia um carro.

Na loja, Thorne segurou o rádio junto ao rosto.

– Certo – disse ele. – Sarah? Ouça com atenção. Entre no carro e faça exatamente o que eu disser.

– Certo, tudo bem – concordou ela. – Mas primeiro me diga. Levine está aí?

– Ele está aqui.

O rádio clicou.

– Pergunte a ele se um dinossauro verde com cerca de 1,20 metro de altura e uma testa abaulada apresenta algum perigo – perguntou ela.

Levine assentiu.

– Diga a ela que sim. Eles são chamados paquicefalossauros.

– Ele disse que sim – repetiu Thorne. – Eles são paquicefalo-alguma coisa, e você deve ter cuidado. Por quê?

– Porque há cerca de cinquenta deles ao redor do carro.

EXPLORER

O Explorer localizava-se no meio de uma parte sombreada da estrada, com árvores suspensas acima dele. O carro tinha parado logo depois de uma depressão, onde sem dúvida havia uma grande poça na noite anterior. Agora a poça se transformara em um buraco lamacento, graças à dúzia de animais que ali haviam se sentado, pisoteado, bebido e rolado em suas margens. Esses eram os dinossauros verdes de cabeça abaulada que ela vinha observando nos últimos minutos, tentando decidir o que fazer. Eles não estavam apenas perto do buraco lamacento, estavam também na frente do carro e ao redor das laterais do veículo.

Ela observara os paquicefalossauros com desconforto. Harding passara muito tempo no campo com animais selvagens, mas normalmente animais que ela conhecia bem. Por sua longa experiência, sabia até que ponto podia se aproximar e sob que circunstâncias. Se este fosse um bando de animais selvagens, ela se aproximaria sem hesitação. Se fosse um rebanho de búfalos americanos, seria cautelosa, mas ainda iria. E, se fosse um rebanho de búfalos africanos, não chegaria nem perto.

Empurrou o microfone contra a bochecha e disse:

– Quanto tempo resta?

– Vinte minutos.

– Então é melhor eu ir até lá – disse ela. – Alguma ideia?

Houve uma pausa. O rádio estalou.

– Levine disse que ninguém sabe de nada a respeito desses animais, Sarah.

– Ótimo.

– Segundo ele, nunca foi recuperado um esqueleto completo. Por isso, ninguém tem nem um palpite sobre o comportamento deles, exceto que provavelmente são agressivos.

– Ótimo – falou ela.

Sarah analisava a situação do carro e das árvores lá no alto. Era uma área sombria, pacífica e tranquila na luz do início da manhã.

O rádio chiou.

– Levine disse que você pode tentar caminhar lentamente até eles e ver se o bando deixa você passar. Mas nada de movimentos bruscos, nenhum gesto súbito.

Ela fitou os animais e pensou: eles têm essas cabeças abauladas por um bom motivo.

– Não, obrigada – falou ela. – Vou tentar algo diferente.

– O quê?

Na loja, Levine perguntou:

– O que ela disse?

– Que ia tentar algo diferente.

– Como o quê? – quis saber Levine. Ele foi até a janela e olhou para fora. O céu estava ficando mais claro. Ele franziu o cenho. Havia alguma consequência para isso, pensou ele. Algo que ele sabia lá no fundo de sua mente, mas não lembrava.

Algo sobre a luz do dia...

E território.

Território.

Levine olhou de novo para o céu e tentou decifrar aquilo. Que diferença fazia se a luz do dia estava chegando? Ele balançou a cabeça e desistiu por um momento.

– Quanto tempo para religar os disjuntores?

– Apenas um ou dois minutos – respondeu Thorne.

– Então ainda pode dar tempo – disse Levine.

Houve um chiado de estática do rádio, e eles escutaram Harding dizer:

– Certo, estou acima do carro.

– Está onde?

– Acima do carro – disse ela. – Em uma árvore.

Harding subiu no galho, afastando-se mais do tronco e sentindo a madeira envergar sob seu peso. O galho parecia flexível. Ela encontrava-se agora três metros acima do carro, oscilando para baixo. Poucos animais no chão haviam olhado para ela lá em cima, mas o bando parecia inquieto. Os animais sentados na lama levantaram-se e começaram a caminhar e dar voltas. Ela viu as caudas deles se agitando de um lado para o outro ansiosamente.

Afastou-se um pouco e o galho arriou mais. Ele estava escorregadio em virtude da chuva da noite. Sarah tentou avaliar sua posição acima do carro. Parecia muito boa, pensou ela.

De repente, um dos animais atacou o tronco da árvore em que ela se encontrava, golpeando-a com força. O impacto foi surpreendentemente intenso. A árvore balançou; o galho em que a mulher estava chacoalhava para cima e para baixo enquanto ela lutava para se segurar.

Ah, merda, pensou Sarah.

Ela subiu no ar, tornou a descer e se desprendeu. Suas mãos escorregaram em folhas e casca de árvore molhadas e ela caiu. No último minuto, viu que cairia longe do carro. Então caiu no chão, aterrissando com força na terra lamacenta.

Bem ao lado dos animais.

O rádio chiou.

– Sarah? – chamou Thorne.

Não houve resposta.

– O que ela está fazendo *agora?* – Levine começou a caminhar de um lado para o outro, nervoso. – Eu queria que pudéssemos ver o que ela está fazendo.

No canto da sala, Kelly se levantou, esfregando os olhos.

– Por que vocês não usam o vídeo?

– Que vídeo? – perguntou Thorne.

Kelly apontou para a caixa registradora.

– Aquilo é um computador.

– É?

– É. Acho que sim.

Kelly bocejou enquanto se sentava na cadeira diante da caixa registradora. Parecia um terminal burro, o que significava que provavelmente não tinha acesso a muita coisa, mas valia a tentativa mesmo assim. Ela o ligou. Nada aconteceu. Apertou o botão de ligar mais duas vezes. Nada.

À toa, balançou as pernas e chutou um fio abaixo da mesa. Abaixou-se e viu que o terminal estava desplugado. Então, plugou o fio.

A tela cintilou e uma única palavra apareceu:

LOGIN:

Para prosseguir, ela sabia que necessitava de uma senha. Arby tinha uma senha. Ela olhou para ele e viu que continuava dormindo. Não queria acordá-lo. Lembrou-se de que ele havia escrito a senha em um pedaço de papel e enfiado no bolso. Talvez ainda estivesse nas roupas dele, pensou. Atravessando a sala, encontrou a pilha de roupas molhadas e enlameadas dele e começou a procurar nos bolsos. Encontrou a carteira de Arby, as chaves da casa dele e algumas outras coisas. Por fim, encontrou um pedaço de papel no bolso de trás. Estava úmido e sujo de lama. A tinta havia manchado, mas ainda era possível ler o que ele escrevera:

`VIG/&*849/`

Kelly pegou o papel e voltou para o computador. Digitou todos os caracteres cuidadosamente e apertou a tecla Enter. A tela tornou-se vazia, e então uma nova imagem surgiu. Ela se surpreendeu; era diferente da tela que vira antes, no trailer.

Ela tinha entrado no sistema, mas a coisa toda parecia diferente. Talvez porque esta não fosse a rede por rádio, pensou. Talvez ela tivesse entrado no sistema do laboratório de fato. Havia mais gráficos porque o terminal funcionava com cabeamento. Talvez houvesse até cabos ópticos ali.

Do outro lado da sala, Levine disse:

– Kelly? E então?

– Estou trabalhando nisso – respondeu ela.

Cautelosamente, começou a digitar. Fileiras de ícones apareceram com rapidez na tela, uma após a outra.

Kelly sabia que estava olhando para uma interface gráfica de algum tipo, mas o significado das imagens não era óbvio para ela e não havia nenhuma explicação.

As pessoas que tinham utilizado esse sistema provavelmente foram treinadas para saber o que as imagens significavam. No entanto, Kelly não sabia. Queria entrar no sistema de vídeo, mas nenhuma das ilustrações sugeria nada relacionado a vídeo. Ela moveu o cursor por ali, perguntando-se o que fazer.

Resolveu que precisaria adivinhar. Escolheu o ícone em formato de diamante na parte de baixo à esquerda e clicou nele.

– O-oh – disse Kelly, alarmada.

Levine olhou para ela.

– Algum problema?

– Não – respondeu ela. – Está tudo bem.

Rapidamente clicou no cabeçalho e retornou à tela anterior. Dessa vez, tentou um dos ícones em formato triangular.

A tela mudou de novo:

É isso aí, pensou ela. De imediato a imagem desapareceu e as imagens dos vídeos propriamente ditos começaram a pipocar na tela. Nesse pequeno monitor da caixa registradora, as imagens eram minúsculas, mas agora ela estava em território familiar e se movimentou rapidamente, movendo o cursor e manipulando as imagens.

– O que vocês estão procurando? – perguntou ela.

– O Explorer – disse Thorne.

Ela clicou a tela. A imagem foi aumentada.

– Achei – falou ela.

– Achou? – Levine soou surpreso.

Kelly olhou para ele e respondeu:

– Sim, achei.

Os dois homens vieram e fitaram a tela por cima do ombro dela. Eles podiam ver o Explorer em uma estrada sombreada. Podiam ver os paquicefalossauros, vários deles, passeando em volta do carro. Os animais estavam cutucando os pneus e o para-choque dianteiro.

Contudo, não viram Sarah em lugar algum.

– Onde ela está? – questionou Thorne.

Sarah Harding estava debaixo do carro, deitada de cara na lama. Ela havia rastejado para lá depois de cair – era o único lugar para onde ir – e agora olhava para os pés dos animais andando por toda a sua volta.

– Doutor. Você está aí? Doutor? Doutor? – chamou ela.

Porém, a porcaria do rádio não funcionava de novo. Os paquis estavam batendo os pés e fungando, tentando alcançá-la debaixo do carro.

Aí ela se lembrou de que Thorne dissera algo sobre apertar a tampa do encaixe das pilhas. Estendeu a mão para trás até suas costas, encontrou o pacote das pilhas e apertou a tampa até fechar bem.

Imediatamente, seu headset começou a chiar com estática.

– Doutor – chamou Sarah.

– Onde você está? – perguntou Thorne.

– Estou embaixo do carro.

– Por quê? Você já tentou?

– Tentei o quê?

– Dar partida. No carro.

– Não – disse ela. – Eu não tentei dar partida nele, eu caí.

– Bem, como você já está aí embaixo, pode checar os disjuntores – disse Thorne.

– Os disjuntores ficam embaixo do carro?

– Alguns deles, sim. Olhe perto das rodas da frente.

Ela virou o corpo, deslizando na lama.

– Certo. Estou olhando.

– Tem uma caixa logo atrás do para-choque dianteiro. À esquerda.

– Já vi.

– Você consegue abrir essa caixa?

– Acho que sim. – Ela rastejou para a frente e puxou o trinco. A tampa se abriu para baixo. Ela olhava para três interruptores pretos. – Estou vendo três interruptores e os três estão apontando para cima.

– Para cima?

– Na direção da frente do carro.

– Humm – disse Thorne. – Isso não faz sentido. Você consegue ler o que está escrito?

– Sim. Aqui diz "15 VV" e "02 R".

– Certo, isso explica tudo – falou ele.

– O quê?

– A caixa está na posição contrária. Coloque todos os interruptores apontando para trás. Você está seca?

– Não, Doutor. Estou ensopada, deitada na droga da lama.

– Bem, então use a manga da camisa ou algo assim.

Harding arrastou-se para a frente, aproximando-se do para-choque. Os paquis mais próximos fungaram e bateram nele. Os animais se abaixaram e giraram a cabeça, tentando alcançá-la.

– Eles têm um mau hálito bem forte – disse ela.

– Como é?

– Deixa para lá. – Ela apertou os interruptores um depois do outro. Ouviu um zumbido vindo do carro acima dela. – Certo. Terminei. O carro está fazendo um ruído.

– Não tem problema – falou Thorne.

– O que faço agora?

– Nada. É melhor você esperar.

Ela ficou deitada na lama, olhando para os pés dos paquis. Eles estavam se movimentando, pisoteando ao redor dela.

– Quanto tempo ainda resta? – perguntou ela.

– Mais ou menos dez minutos.

– Bem, eu estou presa aqui embaixo, Doutor – disse ela.

– Eu sei.

Sarah olhou para os animais. Eles estavam por todos os lados do carro. No máximo, pareciam ficar mais ativos e excitados. Eles batiam os pés no chão e fungavam, impacientes. Por que estavam tão aborrecidos?, perguntou-se. E então, de repente, todos eles partiram em disparada. Correram para a frente do carro e mais adiante na estrada. Ela girou o corpo e assistiu à partida deles.

Fez-se silêncio.

– Doutor? – chamou ela.

– Sim.

– Por que eles foram embora?

– Continue embaixo do carro – disse Thorne.

– Doutor?

– Não fale. – O rádio clicou, desligando.

Ela esperou, sem saber o que estava acontecendo. Tinha notado a tensão na voz de Thorne. Só não sabia o motivo. Entretanto, nesse momento ouviu um ruído baixo de luta e, olhando na direção de onde veio, viu dois pés do lado do motorista.

Dois pés em botas enlameadas.

Botas masculinas.

Harding franziu a testa. Reconhecia aquelas botas. Reconhecia as calças cáqui, apesar de elas estarem agora cobertas de lama.

Era Dodgson.

As botas masculinas se viraram de frente para a porta. Ela ouviu a maçaneta clicar.

Dodgson entrava no carro.

Harding agiu tão rápido que nem percebeu. Grunhindo, girou o corpo de lado, estendeu os braços, agarrou os dois tornozelos e puxou com força. Dodgson caiu, soltando um grito de surpresa, e se virou, o rosto sombrio e raivoso.

Ele a viu e assumiu uma expressão carrancuda.

– Mas que merda – disse ele. – Eu pensei que tinha acabado com você no barco.

Harding ficou furiosa, enxergando vermelho, e começou a rastejar para sair debaixo do carro. Dodgson apressou-se a ficar de joelhos enquanto ela estava a meio caminho para fora, mas, então, ela sentiu o chão começar a tremer. E imediatamente soube o porquê. Ela viu Dodgson olhar para trás e se deitar colado ao chão. Muito depressa, ele começou a rastejar sob o carro ao lado dela.

Sarah se virou na lama, olhando para baixo ao longo do carro. E viu um tiranossauro subindo a estrada na direção deles. O chão vibrava com cada passo. Dodgson agora rastejava para o centro do carro, empurrando-se mais para junto dela, que o ignorou. Harding observou as grandes patas com as garras abertas quando elas se colocaram ao lado do carro e pararam. Cada pata tinha quase um metro de comprimento. Ela ouviu o tiranossauro rosnar.

Olhou para Dodgson. Os olhos dele estavam arregalados de terror. O tiranossauro parou ao lado do carro. As grandes patas moveram-se. Ela escutou o animal em algum ponto acima deles, farejando. Depois, voltando a rosnar, a cabeça se abaixou. A mandíbula inferior tocou o chão. Ela não conseguia ver o olho, apenas a mandíbula inferior. O tiranossauro farejou de novo, lenta e longamente.

Ele podia sentir o cheiro deles.

Ao lado dela, Dodgson tremia de maneira incontrolável. Harding, porém, sentia-se estranhamente calma. Ela sabia o que precisava fazer. Com rapidez, moveu o corpo, contorcendo-se e colocando-se de modo que sua cabeça e seus ombros se apoiassem contra a roda traseira do carro. Dodgson virou-se a fim de olhar para ela no instante em que as botas de Sarah começaram a empurrar as canelas dele. Empurrá-las para fora do carro.

Apavorado, Dodgson lutou, tentando empurrar de volta, mas a posição dela era muito mais reforçada. Centímetro por centímetro, as botas dele ficaram expostas à fria luz da manhã. Depois suas canelas. Ela grunhiu enquanto empurrava, concentrando cada grama de sua energia. Em uma voz aguda, Dodgson perguntou:

– O que diabos você está fazendo?

Ela ouviu o tiranossauro rosnar. Viu as grandes patas se moverem.

– Pare com isso! Está maluca? Pare! – disse Dodgson.

Harding, no entanto, não parou. Ela colocou a bota no ombro dele e tornou a empurrar. Por algum tempo, Dodgson lutou contra ela, e então subitamente o corpo dele se movimentou com facilidade, e ela viu que o tiranossauro estava com as pernas do homem entre as mandíbulas e puxava Dodgson de debaixo do carro.

Dodgson colocou as mãos ao redor da bota de Sarah, tentando se segurar, tentando arrastá-la consigo. Ela colocou a outra bota no rosto dele e chutou com força. Ele soltou. E deslizou para longe de Sarah.

Ela viu a expressão apavorada de Dodgson, pálido, a boca aberta. Nenhuma palavra saía de lá. Ela viu os dedos dele se enfiando na lama, deixando sulcos profundos enquanto era puxado para longe. Depois o corpo dele foi arrastado. Tudo estava estranhamente quieto. Ela viu Dodgson girar até ficar de costas e olhar para cima. Viu a sombra do tiranossauro cair sobre ele. Viu a cabeçorra descer, as mandíbulas escancaradas. E ouviu Dodgson começar a gritar quando as mandíbulas se fecharam ao redor de seu corpo, erguendo-o.

Dodgson sentiu o bicho levantá-lo bem alto no ar, seis metros acima do chão, e o tempo todo continuou a gritar. Sabia que a qualquer momento o animal fecharia as grandes mandíbulas e ele morreria. As mandíbulas, entretanto, não se fecharam. Dodgson sentiu uma dor lancinante nas laterais do corpo, mas as mandíbulas não se fecharam.

Ainda gritando, sentiu-se carregado de volta para dentro da selva. Galhos altos de árvores chicoteavam-lhe o rosto. O hálito quente do animal soprava em bufadas sobre seu corpo. Saliva escorria de seu torso. Ele pensou que iria desmaiar de terror.

As mandíbulas, entretanto, não se fecharam.

Dentro da loja, eles encaravam o minúsculo monitor enquanto Dodgson era carregado para longe nas mandíbulas do tiranossauro. Pelo rádio, ouviram os gritos pequeninos a distância.

– Estão vendo? – disse Malcolm. – Deus existe.

Levine franzia a testa.

– O rex não o matou. – Ele apontou para a tela. – Olhem ali, dá para ver que os braços dele ainda estão se mexendo. Por que ele não o matou?

Sarah Harding esperou até que os gritos desaparecessem. Rastejou de seu lugar sob o carro, levantando-se à luz da manhã. Abriu a porta e sentou-se atrás do volante. A chave estava na ignição; ela a segurou com os dedos enlameados. Girou.

Houve um ruído engasgado e então um zunido suave. Todas as luzes do painel se acenderam. Depois, silêncio. Será que o carro estava funcionando? Ela virou o volante e ele se moveu com facilidade. Então a direção estava funcionando.

– Doutor.

– Sim, Sarah.

– O carro está funcionando. Estou voltando.

– Certo – disse ele. – Depressa.

Ela engatou a marcha e sentiu a transmissão engatar. O carro era estranhamente quieto, quase silencioso. E foi por isso que ela conseguiu ouvir o ruído suave de um helicóptero distante.

LUZ DO DIA

Ela guiava sob uma espessa cobertura de árvores, voltando para o vilarejo. Ouvia o som do helicóptero aumentar de intensidade. E então ele rugiu lá no alto, invisível através da folhagem. Ela encontrava-se com a janela aberta e prestou atenção. Ele parecia se mover à direita dela, indo para o sul.

O rádio clicou.

– Sarah.

– Sim, Doutor.

– Olha só, nós não temos como nos comunicar com o helicóptero.

– Certo – disse ela, entendendo o que precisava ser feito. – Onde é o local do pouso?

– Sul. A cerca de 1,5 quilômetro, há uma clareira. Pegue a estrada da cordilheira.

Ela estava chegando à bifurcação. Viu que a estrada da cordilheira era o caminho à direita.

– Certo – falou a mulher. – Estou indo.

– Diga a eles que esperem por nós – pediu Thorne. – Depois volte e nos busque aqui.

– Estão todos bem? – perguntou ela.

– Todos estão ótimos – respondeu Thorne.

Ela seguiu a estrada, detectando uma mudança no som do helicóptero. Percebeu que ele devia estar pousando. Os rotores continuavam em funcionamento, um zumbido baixo, o que significava que o piloto não iria desligá-los.

A estrada fez uma curva à esquerda. O som do helicóptero era agora um baixo surdo. Ela acelerou, dirigindo depressa, adernando na curva. A estrada ainda estava molhada da chuva da noite anterior. Ela não estava levantando uma nuvem de poeira atrás de si. Não havia nada para dizer a alguém que ela estava ali.

– Doutor, por quanto tempo eles vão esperar?

– Não sei – respondeu o homem pelo rádio. – Você consegue ver o helicóptero?

– Ainda não – falou ela.

Levine olhava fixamente pela janela. Ele fitava o céu clareando através das árvores. As faixas avermelhadas tinham desaparecido. Via-se agora um azul-claro, uniforme. A luz do dia definitivamente estava chegando.

Luz do dia...

E então ele compreendeu tudo. Estremeceu ao se dar conta. Foi até a janela do lado oposto, olhou na direção da quadra de tênis. Encarou o local onde os carnotauros tinham se postado na noite anterior. Eles haviam ido embora agora.

Exatamente como ele temia.

– Isso é ruim – disse ele.

– Acabou de dar oito horas – disse Thorne, olhando para seu relógio.

– Quanto tempo ela vai levar? – perguntou Levine.

– Não sei. Três ou quatro minutos.

– E para voltar depois? – quis saber Levine.

– Mais cinco minutos.

– Espero que a gente aguente até lá. – Ele franzia a testa, descontente.

– Por quê? – questionou Thorne. – Estamos bem.

– Em poucos minutos – disse Levine –, teremos o sol brilhando diretamente lá fora.

– E daí? – disse Thorne.

O rádio estalou.

– Doutor – disse Sarah. – Estou vendo. Estou vendo o helicóptero.

Sarah completou a curva final e viu o local de pouso à sua esquerda. O helicóptero estava lá, as lâminas girando. Ela viu outra junção na estrada, com uma estrada estreita à esquerda descendo uma encosta para dentro da selva e então para a clareira. Seguiu esse declive, descendo por uma série de curvas fechadas que a forçaram a reduzir a velocidade. Sarah estava agora de volta à selva, debaixo da copa das árvores. O chão se nivelou, ela atravessou um riacho estreito espirrando água e acelerou adiante.

Logo à frente, havia um vão na cobertura das árvores e luz do sol na clareira mais além. Ela viu o helicóptero. Seus rotores começavam a girar mais rápido – ele estava partindo! Ela viu o piloto atrás da bolha de acrílico, usando óculos escuros. Ele conferiu o relógio, balançou a cabeça para o copiloto e começou a decolar.

Sarah apertou a buzina e seguiu adiante como uma louca. Porém, sabia que eles não conseguiriam escutá-la. O carro sacolejou e pulou. Thorne perguntava:

– O que foi? Sarah! O que está acontecendo?

Ela continuou em seu caminho, debruçando-se para fora da janela e gritando "Esperem! Esperem!". No entanto, o helicóptero já se elevava no ar, saindo da visão dela. O som começou a sumir. Quando o carro finalmente saiu da selva para a clareira, ela viu o helicóptero afastando-se, desaparecendo sobre a borda rochosa da ilha.

E então ele se foi.

– Vamos nos manter calmos – disse Levine, andando de um lado para o outro da lojinha. – Diga a ela que volte imediatamente. E vamos nos manter calmos. – Ele parecia estar falando consigo mesmo. Caminhava de uma parede à outra, batendo nas placas de madeira com o punho. Balançava a cabeça, infeliz. – Só diga a ela que se apresse. Acha que ela consegue estar aqui de volta em cinco minutos?

– Sim – respondeu Thorne. – Por quê? O que foi, Richard?

Levine apontou para a janela.

– Luz do dia – disse ele. – Estamos presos aqui dentro pela luz do dia.

– Estávamos presos aqui a noite toda também – falou Thorne. – E deu tudo certo.

– Mas a luz do dia é diferente – disse Levine.

– Por quê?

– Porque à noite – respondeu ele – isso aqui é território dos carnotauros. Outros animais não entram. Não vimos nenhum outro animal por aqui na noite passada. Contudo, assim que a luz do dia chega, os carnotauros não podem mais se esconder. Não em áreas abertas, sob a luz do sol direta. Então eles vão embora. E aí este não é mais o território deles.

– O que significa isso?

Levine olhou para Kelly, junto ao computador. Ele hesitou, depois disse:

– Apenas aceite a minha palavra a respeito. Temos que sair daqui o mais rápido possível.

– E ir para onde?

Sentada diante do computador, Kelly escutou Thorne conversando com o dr. Levine. Mexeu no pedaço de papel com a senha de Arby. Sentia-se muito nervosa. O modo como o dr. Levine falava a deixava nervosa. Ela desejou que Sarah já estivesse de volta. Ela se sentiria melhor com Sarah ali.

Kelly não gostava de pensar na situação deles. Tinha mantido sua compostura, mantido seu otimismo até que o helicóptero viesse. Agora, porém, o helicóptero viera e fora embora. E ela reparou que nenhum dos homens estava falando de quando ele retornaria. Talvez eles soubessem de algo. Como o fato de que ele não retornaria.

O dr. Levine estava dizendo que eles precisavam sair da loja. Thorne perguntava ao dr. Levine aonde ele gostaria de ir. Levine disse:

– Eu preferiria sair desta ilha, mas não vejo como podemos fazer isso. Assim, suponho que precisemos abrir caminho de volta para o trailer. É o lugar mais seguro agora.

De volta ao trailer, pensou ela. Onde ela e Sarah tinham ido buscar Malcolm. Kelly não queria voltar para o trailer.

Ela queria ir para casa.

Tensa, alisou o pedaço úmido de papel, pressionando-o e achatando-o na mesa a seu lado. Levine se aproximou.

– Pare de enrolar – disse ele. – Veja se consegue encontrar Sarah.

– Eu quero ir para casa – falou Kelly.

Levine suspirou.

– Eu sei, Kelly – disse ele. – Todos nós queremos ir para casa.

E afastou-se de novo, movendo-se de maneira tensa e ligeira.

Kelly empurrou o papel para longe, virando-o e deslizando-o para debaixo do teclado, caso precisasse da senha outra vez. Enquanto fazia isso, algo escrito do outro lado do papel chamou sua atenção.

Ela puxou o papel de novo.

E viu:

LEGENDAS LOCAL B

ALA LESTE	ALA OESTE	BAÍA DE CARGA
LABORATÓRIO	CAIS DE MONTAGEM	ENTRADA
PERIFERIA	NÚCLEO PRINCIPAL	TURBINA GEO
LOJA DE CONVENIÊNCIA	VILAREJO DOS FUNCIONÁRIOS	NÚCLEO GEO
POSTO DE GASOLINA	PISCINA/TÊNIS	CAMPO DE GOLFE
RESIDÊNCIA DO ADMINISTRADOR	TRILHA PARA CORRIDA	LINHAS DE GÁS

SEGURANÇA UM	SEGURANÇA DOIS	LINHAS TÉRMICAS
DOCA DO RIO	HANGAR DE EMBARCAÇÕES	SOLAR UM
ESTRADA DO PÂNTANO	ESTRADA DO RIO	ESTRADA DA CORDILHEIRA
ESTRADA C/ VISTA DA MTN	ESTRADA DO PENHASCO	CERCADOS

Ela se deu conta de imediato do que era aquilo: uma captura de tela do apartamento de Levine. Da noite em que Arby estivera recuperando arquivos do computador. Aquilo parecia ter ocorrido há um milhão de anos, em outra vida. No entanto, tinha sido há apenas... o quê? Dois dias.

Recordou-se de como Arby ficara orgulhoso quando recuperou os dados. Ela se lembrou de como todos eles tinham tentado compreender a lista. Agora, é claro, todos aqueles nomes tinham significado. Todos eram lugares reais: o laboratório, o vilarejo dos funcionários, a loja de conveniência, o posto de gasolina...

Ela encarou a lista.

Está brincando, pensou ela.

– Dr. Thorne – chamou ela. – Acho melhor o senhor dar uma olhada nisso.

Thorne olhou fixamente enquanto ela apontava para a lista.

– Você acha mesmo? – perguntou ele.

– É o que diz aqui: um hangar de embarcações.

– Você consegue encontrá-lo, Kelly?

– O senhor quer dizer, encontrá-lo no vídeo? – Ela encolheu os ombros. – Posso tentar.

– Tente – falou Thorne. Ele olhou de relance para Levine, do outro lado da sala, batendo nas paredes de novo. Apanhou o rádio.

– Sarah? É o Doutor.

E o rádio estalou.

– Doutor? Eu tive que parar por um instante.

– Por quê? – perguntou ele.

Sarah Harding foi bloqueada na estrada da cordilheira. Quarenta e cinco metros adiante, viu o tiranossauro descendo a estrada, afastando-se dela. Pôde ver que ele estava com Dodgson na boca. E, de alguma forma, o homem continuava vivo. Seu corpo ainda se movia. Ela pensou tê-lo ouvido gritar.

Ficou surpresa ao descobrir que não tinha absolutamente nenhum sentimento a respeito dele. Observou com indiferença enquanto o tiranossauro saía da estrada e descia uma encosta de volta para a selva.

Sarah deu partida no carro e guiou cautelosamente adiante.

No computador, Kelly passou por imagens de vídeo, uma após a outra, até finalmente encontrar o que queria: uma doca de madeira, anexada dentro de um galpão ou um hangar de embarcações, aberta na outra extremidade. O interior do hangar aparentava bom estado; não havia muitas trepadeiras e samambaias crescendo sobre os objetos. Ela viu um barco a motor amarrado, balançando contra a doca. Viu três tambores de óleo de um lado. E, no fundo do hangar, havia água aberta e luz do sol; parecia um rio.

– O que o senhor acha? – perguntou ela a Thorne.

– Acho que vale a pena tentar – disse ele, olhando por cima do ombro dela. – Mas onde fica isso? Você consegue achar um mapa?

– Talvez – falou ela. Apertando as teclas, conseguiu retornar à tela principal com seus ícones confusos.

Arby acordou, bocejou e se aproximou para ver o que ela estava fazendo.

– Belos gráficos. Você se logou, hein?

– Sim – disse ela. – Mas estou com um pouco de dificuldade em entender isso.

Levine andava de um lado para o outro, olhando pelas janelas.

– Está tudo muito bem e tudo muito bem – disse ele –, mas, a cada minuto, torna-se cada vez mais claro lá fora. Vocês não entendem? Precisamos dar um jeito de sair daqui. Esse prédio é uma construção de uma parede só. Muito bom para os trópicos, mas é basicamente uma barraca.

– Vai bastar – disse Thorne.

– Por três minutos, talvez. Digo, olha isso aqui – falou Levine. Ele foi até a porta e bateu nela com os nós dos dedos. – Essa porta é só...

Com um estrondo, a madeira se despedaçou ao redor da fechadura e a porta se escancarou. Levine foi jogado de lado, caindo com um impacto no chão.

Um raptor estava de pé na entrada, sibilando.

UMA SAÍDA

Sentada diante do console, Kelly estava congelada de pavor. Ela assistiu enquanto Thorne saiu correndo da lateral e jogou todo o peso de seu corpo contra a porta, batendo-a com força contra o raptor. Espantado, o animal foi derrubado para trás. A porta se fechou em sua mão terminada em garra. Thorne apoiou-se contra a porta. Do outro lado, o animal rosnou e golpeou.

– Me ajude! – gritou Thorne. Levine levantou-se, apressado, e correu para a frente, acrescentando seu peso ao dele.

– Eu te falei! – gritou Levine.

De repente, havia raptors por toda a volta da loja. Rosnando, eles se lançavam contra as janelas, amassando as barras de aço, empurrando-as para dentro na direção do vidro. Eles se bateram contra as paredes de madeira, derrubando prateleiras e fazendo com que latas e garrafas se espatifassem no chão, tinindo. Em diversos lugares, a madeira das paredes começou a se despedaçar.

Levine olhou para Kelly.

– *Encontre uma saída daqui!*

A menina olhava fixamente. O computador fora esquecido.

– Vamos, Kel – disse Arby. – Concentre-se.

Ela se voltou para a tela, insegura quanto ao que fazer. Clicou na cruz no canto esquerdo. Nada aconteceu. Clicou no círculo no canto superior esquerdo. De repente, ícones começaram a surgir rapidamente, enchendo a tela.

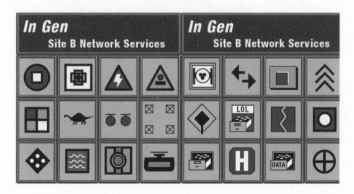

– Não se preocupe, deve haver uma chave para explicar isso – disse Arby. – Só precisamos saber qual...

Kelly, entretanto, não estava ouvindo; ela apertava mais botões e movimentava o cursor, tentando fazer com que algo acontecesse, uma tela auxiliar se abrisse, qualquer coisa. Alguma coisa.

De repente, toda a tela começou a girar e se distorcer.

– O que você fez? – perguntou Arby, alarmado.

Kelly suava.

– Eu não sei – disse ela. Afastou as mãos do teclado.

– Está pior – falou Arby. – Você piorou tudo.

A tela continuava a se espremer, os ícones mudando de posição, distorcendo-se lentamente enquanto eles observavam.

– Vamos logo, crianças! – gritou Levine.

– Estamos tentando! – respondeu Kelly.

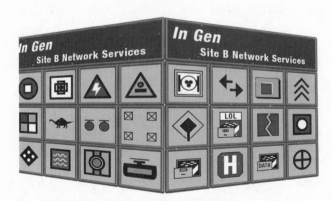

– Está virando um cubo – disse Arby.

Thorne empurrou o grande refrigerador com porta de vidro na frente da porta da loja. O raptor bateu contra o metal, chacoalhando as latas lá dentro.

– Onde estão as armas? – perguntou Levine.

– Sarah tem três no carro dela.

– Ótimo. – Nas janelas, algumas das barras estavam tão amassadas que quebraram o vidro. Ao longo da parede à direita, a madeira se despedaçava, abrindo grandes rasgos.

– Temos que sair daqui – Levine gritou para Kelly. – Temos que encontrar um jeito! – Ele correu para os fundos da loja, até os banheiros. No entanto, um momento depois, retornou. – Eles também estão lá nos fundos!

Acontecia rápido, por toda a área ao redor deles.

Na tela, ela agora via um cubo giratório rodando no espaço. Kelly não sabia como fazê-lo parar.

– Vamos lá, Kel – disse Arby, fitando-a através dos olhos inchados. – Você consegue. Concentre-se. Vamos lá.

Todos na loja gritavam. Kelly encarava o cubo na tela, sentindo-se desesperançada e perdida. Ela não sabia mais o que fazia. Não sabia por que estava ali. Não sabia qual era o sentido de fazer algo. Por que Sarah não estava ali?

De pé ao lado dela, Arby disse:

427

– Vamos lá. Clique nos ícones um de cada vez, Kel. Você consegue. Vamos lá. Fique firme. Foco.

Porém, ela não conseguia se focar. Não conseguia clicar nos ícones, eles giravam rápido demais na tela. Devia haver processadores paralelos para cuidar de todos os gráficos. Ela só olhava fixamente. Pegou-se pensando em todo tipo de coisa – pensamentos que apenas ocorriam, descontrolados, na mente dela.

O fio debaixo do balcão.

Cabeado.

Muitos gráficos.

Sarah conversando com ela no trailer.

– Vamos lá, Kel. Você tem que fazer isso agora. Encontrar uma saída.

No trailer, Sarah dissera: *A maior parte do que as pessoas vão lhe dizer estará errada.*

– É importante, Kel – disse Arby. Ele tremia, de pé ao lado dela. Kelly sabia que ele se concentrava nos computadores como um meio de bloquear as outras coisas. Como uma forma de...

Abriu-se um rombo na parede, uma placa de 20 centímetros estalando para dentro, e um raptor enfiou a cabeça pelo buraco, rosnando e fechando as mandíbulas com um estalo.

Ela continuou pensando no fio debaixo da mesa. O fio debaixo da mesa. As pernas dela haviam chutado o fio debaixo da mesa.

O fio debaixo da mesa.

– É importante – disse Arby.

E então ela entendeu.

– Não – respondeu ela. – Não é importante.

E desceu do banco, arrastando-se para debaixo da mesa a fim de olhar.

– *O que você está fazendo?* – gritou Arby.

Mas Kelly já tinha sua resposta. Ela viu o cabo do computador descendo para dentro do chão através de um furo asseado. Viu a junção na madeira. Seus dedos arranharam o piso, puxando. E subitamente a placa saiu em suas mãos. Ela olhou para baixo: escuridão.

Sim.

Havia um esconderijo pequeno. Não, mais. Um túnel.

– Aqui! – gritou ela.

• • •

O refrigerador caiu. Os raptors invadiram pela porta de entrada. Pelas laterais, outros animais atravessaram as paredes, derrubando os expositores. Os raptors saltaram para dentro da sala, rosnando e abaixando-se. Encontraram o montinho de roupas molhadas de Arby e o atacaram, rasgando tudo em sua fúria.

Eles se movimentaram rapidamente, caçando.

Mas as pessoas tinham ido embora.

FUGA

Kelly ia na frente, segurando uma lanterna. Eles se moveram em fila única ao longo de paredes de concreto úmidas. Estavam em um túnel com pouco mais de um metro quadrado, cheio de prateleiras achatadas de metal com cabos ao longo da parede esquerda. Canos de água e gás corriam junto ao teto. O túnel cheirava a mofo. Ela escutou o guincho de ratos.

Chegaram a uma bifurcação em Y. Kelly olhou para os dois lados. À direita, havia um longo corredor reto levando à escuridão. Provavelmente levava ao laboratório, pensou ela. À esquerda, uma seção bem mais curta do túnel, com escadas no final.

Ela escolheu a esquerda.

Arrastou-se por uma coluna estreita de concreto e empurrou uma portinha de madeira no topo. Viu-se em um pequeno galpão de ferramentas, cercada por cabos e canos enferrujados. A luz do sol entrava pelas janelas quebradas. Os outros subiram, surgindo ao lado dela.

Ela olhou pela janela e viu Sarah Harding dirigindo pela encosta na direção deles.

Harding guiou o Explorer acompanhando a margem do rio. Kelly estava sentada ao lado dela no banco dianteiro. Elas viram uma placa de madeira indicando que o hangar de embarcações ficava logo à frente.

– Então foram os gráficos que te deram a pista, Kelly? – perguntou Sarah, admirada.

Kelly assentiu.

– Eu me dei conta de repente de que, na realidade, não importava o que estava na tela. O que importava era que havia muitos dados sendo manipulados, milhões de pixels girando ali, e isso significava que devia existir um cabo. E, se havia um cabo, devia haver um espaço para ele. E espaço suficiente para que funcionários pudessem consertá-lo, e tudo o mais.

– Aí você olhou debaixo da mesa.

– Sim – falou ela.

– Isso foi muito bom – disse Harding. – Acho que esse pessoal deve a vida a você.

– Não mesmo – discordou Kelly, encolhendo os ombros de leve.

Sarah lançou-lhe um olhar sério.

– Por toda a sua vida, outras pessoas vão tentar tirar suas realizações de você. Não faça isso consigo mesma.

A estrada era lamacenta junto ao rio e pesadamente coberta de plantas. Eles ouviram os gritos distantes dos dinossauros em algum ponto atrás deles. Harding manobrou ao redor de uma árvore caída, e eles viram o hangar das embarcações à frente.

– O-oh – disse Levine. – Estou com um mau pressentimento.

Vista do exterior, a construção estava em ruínas, muito coberta com trepadeiras. O teto cedera em diversos lugares. Ninguém falou enquanto Harding estacionava o Explorer diante de um par de amplas portas duplas trancadas com um cadeado enferrujado. Eles saíram do carro e caminharam adiante em lama que lhes alcançava os tornozelos.

– Você acha mesmo que tem um barco aí dentro? – perguntou Arby, desconfiado.

Malcolm apoiou-se em Harding enquanto Thorne empurrava a porta com seu peso. A madeira podre estalou e logo se despedaçou. O cadeado caiu no chão. Harding disse:

– Aqui, segure-o – e passou o braço de Malcolm sobre o ombro de Thorne. Em seguida, chutou a porta, abrindo um buraco grande o bastante para atravessar rastejando. Imediatamente entrou na escuridão. Kelly correu para segui-la.

– O que vocês estão vendo? – perguntou Levine, puxando outras tábuas para aumentar o buraco. Uma aranha peluda subiu ligeira pelas tábuas, saltando para longe.

– Há um barco aqui, sim – disse Harding. – E ele parece bom.

Levine enfiou a cabeça pelo buraco.

– Ora, vejam só – disse ele. – Talvez a gente consiga sair daqui no final das contas.

SAÍDA

Lewis Dodgson caiu.

Girando pelo ar, despencou da boca do tiranossauro e aterrissou com impacto em uma elevação de terra. A queda tirou-lhe o fôlego, sua cabeça bateu no chão e ele sentiu-se tonto por um instante. Abrindo os olhos, viu a inclinação de um aclive de lama seca. Sentiu um odor azedo de decomposição. E então ouviu um som que o congelou: era um guincho agudo.

Levantando-se sobre um cotovelo, viu que se encontrava no ninho dos tiranossauros. O aclive de lama seca estava por toda a sua volta. Agora havia três filhotes ali, inclusive um com um pedaço de alumínio enrolado em torno da perna. Os filhotes guinchavam de entusiasmo enquanto caminhavam na direção dele.

Dodgson observou os bebês movendo-se até ele, com os pescoços penugentos e os dentinhos pequenos e afiados. E então se virou para correr. Em um instante, o grande adulto abaixou a cabeça, derrubando Dodgson. Em seguida, o tiranossauro tornou a erguer a cabeça e esperou. Observando.

O que diabos estava acontecendo?, pensou Dodgson. Cautelosamente, levantou-se outra vez. E, outra vez, foi derrubado. Os bebês guincharam e chegaram mais perto. Ele viu que os corpos deles estavam cobertos com nacos de carne e excremento. Podia sentir o cheiro dos bichos. Levantou-se sobre as mãos e os joelhos e começou a se afastar, rastejando.

Algo agarrou sua perna, segurando-o. Ele olhou para trás e viu que as mandíbulas do tiranossauro seguravam-lhe a perna. O grande animal o segurou com gentileza por um momento. Depois mordeu, resoluto. Os ossos estalaram e foram triturados.

Dodgson gritou de dor. Não conseguia mais se mover. Não podia mais fazer nada, a não ser gritar. Os bebês se adiantaram, ansiosos. Por alguns segundos, mantiveram-se a distância, as cabeças dardejando para dar mordidinhas rápidas. Contudo, quando Dodgson não se afastou, um deles saltou em cima de sua perna e começou a morder a carne que sangrava. O segundo saltou sobre sua virilha e bicou-lhe a cintura com os dentinhos afiados como navalhas.

O terceiro aproximou-se do rosto dele e, em um movimento só, mordeu-lhe a bochecha. Dodgson uivou. Viu o bebê comendo a carne de seu próprio rosto. Seu sangue escorria pelas mandíbulas do animal. O bebê jogou a cabeça para trás e engoliu a bochecha; em seguida se virou, abriu as mandíbulas de novo e fechou-as sobre o pescoço de Dodgson.

_SÉTIMA CONFIGURAÇÃO ≡

"

A reestabilização parcial pode ocorrer após a eliminação
dos elementos destrutivos.
A sobrevivência é determinada parcialmente por eventos
fortuitos.

"

< IAN MALCOLM >

PARTIDA

O barco deixou para trás o rio da selva e penetrou a escuridão. As paredes da caverna ecoaram o ronco dos motores enquanto Thorne guiava o barco pela correnteza rápida da maré. À esquerda deles, uma cachoeira espalhava água, um raio de luz refletindo-se na cascata. E então eles estavam do lado de fora, movendo-se para lá do paredão alto e da arrebentação das ondas e indo para o mar aberto. Kelly comemorou e jogou os braços ao redor de Arby, que se encolheu e sorriu.

Levine olhou para a ilha lá atrás.

– Tenho que admitir, nunca pensei que conseguiríamos. Porém, com nossas câmeras no lugar e a transmissão funcionando, creio que poderemos continuar a reunir dados até finalmente termos nossa resposta a respeito da extinção.

Sarah Harding o encarou.

– Talvez sim, talvez não.

– Por que não? É um Mundo Perdido perfeito.

Sarah continuava a fitá-lo, incrédula.

– Nem de longe – disse ela. – Predadores demais, lembra-se?

– Bem, pode parecer que sim, mas não sabemos...

– Richard – falou ela. – Ian e eu analisamos os registros. Eles cometeram um erro naquela ilha muitos anos atrás. Quando o laboratório ainda estava em produção.

– Qual erro?

– Eles produziam filhotes de dinossauros e não sabiam o que lhes dar como alimento. Por algum tempo, deram-lhes leite de cabra, o que não tem problema. É bastante hipoalergênico. Porém, conforme os carnívoros cresciam, eles os alimentaram com um extrato especial de proteína animal. E o extrato era feito de ovelhas moídas.

– E daí? Qual o problema com isso? – perguntou Levine.

– Em um zoológico, eles nunca usam extrato de ovelha – disse ela. – Por causa do risco de infecção.

– Infecção – repetiu Levine, em voz baixa. – Que tipo de infecção?

– Príons – respondeu Malcolm, do outro lado do barco.

Levine não pareceu compreender.

– Príons – disse Harding – são a entidade causadora de doenças mais simples que se conhece, mais simples até do que os vírus. São apenas fragmentos de proteínas. Eles são tão simples que nem sequer invadem um corpo: precisam ser ingeridos passivamente. No entanto, uma vez consumidos, causam doenças: nas ovelhas, paraplexia enzoótica; doença da vaca louca no gado bovino e, em humanos, a doença de Creutzfeldt-Jakob, uma doença cerebral. E os dinossauros desenvolveram uma doença de origem nos príons chamada DX por causa de um carregamento estragado de extrato de proteína de ovelhas. O laboratório combateu a doença por anos, tentando se livrar dela.

– Você está me dizendo que eles não conseguiram se livrar?

– Por algum tempo, parecia que sim. Os dinossauros estavam prosperando. Mas então algo aconteceu. A doença começou a se espalhar. Os príons são excretados nas fezes, portanto é possível...

– Excretados nas fezes? – perguntou Levine. – Os comps estavam comendo fezes...

– Sim, os comps estão todos infectados. Eles são carniceiros; espalham a proteína sobre as carcaças, e outros carniceiros acabam infectados. Em dado momento, todos os raptors estavam infectados. Raptors atacam animais saudáveis, nem sempre com sucesso. Basta uma mordida e o animal se torna infectado. E assim, pouco a pouco, a infecção se espalhou pela ilha de novo. É por isso que os animais morrem cedo. E as mortes rápidas sustentam uma população de predadores muito maior do que seria de se esperar...

Levine estava visivelmente ansioso.

– Sabe – disse ele –, um dos comps me mordeu.

– Eu não me preocuparia com isso – falou Harding. – Pode ocorrer uma leve encefalite, mas normalmente é só uma dor de cabeça. Nós o levaremos a um médico em San José.

Levine começou a suar. Enxugou a testa com a mão.

– Na verdade, eu não me sinto nada bem.

– Isso leva uma semana, Richard – disse ela. – Tenho certeza de que você ficará bem.

Levine afundou em seu assento, infeliz.

– O ponto, entretanto, é que eu duvido que essa ilha será capaz de lhe dizer muita coisa sobre extinção – disse ela.

Malcolm encarou os despenhadeiros escuros por um momento e então começou a falar.

– Talvez é assim que deva ser – falou ele. – Porque a extinção sempre foi um grande mistério. Já aconteceu em cinco grandes ocasiões neste planeta e nem sempre por causa de um asteroide. Todos se interessam pela morte no Cretáceo que acabou com os dinossauros, mas também ocorreram outras ondas de extinção no final do Jurássico e do Triássico. Elas foram severas, mas nem se comparam à extinção permiana, que matou 90% de toda a vida no planeta, nos mares e em terra. Ninguém sabe por que essa catástrofe aconteceu. Mas eu me pergunto se nós somos a causa da próxima.

– Como assim? – quis saber Kelly.

– Os seres humanos são muito destrutivos – disse Malcolm. – Às vezes, acho que somos um tipo de praga que vai acabar com a Terra. Nós somos tão bons em destruir coisas que de vez em quando penso que talvez essa seja a nossa função. Talvez de tantas em tantas eras surja algum animal que mate o resto do mundo, limpe a área e permita à evolução que siga para sua próxima fase.

Kelly balançou a cabeça. Ela deu as costas para Malcolm e foi para o outro lado do barco sentar-se ao lado de Thorne.

– Você está ouvindo aquilo? – perguntou Thorne. – Eu não levaria nada daquilo a sério demais. São apenas teorias. Os seres humanos não podem evitar tecê-las, mas o fato é que as teorias são apenas fantasias. E elas mudam. Quando os Estados Unidos eram um país novo, as pessoas acreditavam em algo chamado flogisto. Sabe o que é isso? Não? Bem, não importa, porque não é real mesmo. Elas também acreditavam que quatro humores controlavam o comportamento. E acreditavam que a Terra tinha apenas alguns milhares de anos de idade. Agora acreditamos que a Terra tenha quatro bilhões de anos e acreditamos em fótons e elétrons e achamos que o comportamento humano é controlado por coisas como o ego e a autoestima. Achamos que essas crenças são mais científicas e melhores.

– E não são?

Thorne deu de ombros.

– Elas ainda são apenas fantasias. Não são reais. Você já viu uma autoestima? Pode me trazer uma numa bandeja? E um fóton? Pode me trazer um desses?

Kelly balançou a cabeça, negando.

– Não, mas...

– E nunca vai poder, porque essas coisas não existem. Não importa o quanto as pessoas as levem a sério – disse Thorne. – Daqui a cem anos, as pessoas vão olhar para nós e rir. Elas dirão: "Sabe no que as pessoas acreditavam? Acreditavam em fótons e elétrons. Pode acreditar em algo tão bobo?". E elas darão boas risadas porque a essa altura haverá novas e melhores fantasias. – Thorne balançou a cabeça. – E, enquanto isso, você sente o modo como este barco se move? Isso é o mar. Isso é real. Você sente o cheiro do sal no ar? Sente a luz do sol na sua pele? Isso tudo é real. Está vendo todos nós, juntos? Isso é real. A vida é maravilhosa. É um dom estar vivo, ver o sol e respirar o ar. E, na verdade, não há mais nada. Agora olhe para aquela bússola e me diga para que lado fica o sul. Quero ir para Puerto Cortés. Está na hora de todos nós irmos para casa.

AGRADECIMENTOS

Esta obra é totalmente ficcional, mas, ao escrevê-la, inspirei-me na obra de pesquisadores de muitos campos diferentes. Tenho um débito especial com a obra e as especulações de John Alexander, Mark Boguski, Edwin Colbert, John Conway, Philip Currie, Peter Dodson, Niles Eldredge, Stephen Jay Gould, Donald Griffin, John Holland, John Horner, Fred Hoyle, Stuart Kauffman, Christopher Langton, Ernst Mayr, Mary Midgley, John Ostrom, Norman Packard, David Raup, Jeffrey Schank, Manfred Schroeder, George Gaylord Simpson, Bruce Weber, John Wheeler e David Weishampel.

Resta apenas dizer que as opiniões expressadas nesta obra são minhas, não deles, e relembrar ao leitor que, um século e meio após Darwin, quase todas as posições a respeito da evolução continuam fortemente combatidas e ferozmente debatidas.

O MUNDO PERDIDO

TÍTULO ORIGINAL:
The Lost World

COPIDESQUE:
Tássia Carvalho

REVISÃO:
Giselle Moura
Isabela Talarico
Hebe Ester Lucas
Entrelinhas Editorial

ILUSTRAÇÃO DE CAPA:
George Wylesol

CAPA E PROJETO GRÁFICO:
Giovanna Cianelli

DIAGRAMAÇÃO:
Adriana Aguiar Santoro

DIREÇÃO EXECUTIVA:
Betty Fromer

DIREÇÃO EDITORIAL:
Adriano Fromer Piazzi

DIREÇÃO DE CONTEÚDO:
Luciana Fracchetta

EDITORIAL:
Daniel Lameira
Andréa Bergamaschi
Débora Dutra Vieira
Luiza Araujo

COMUNICAÇÃO:
Nathália Bergocce
Júlia Forbes

COMERCIAL:
Giovani das Graças
Lidiana Pessoa
Roberta Saraiva
Gustavo Mendonça
Pâmela Ferreira

FINANCEIRO:
Roberta Martins
Sandro Hannes

Dados Internacionais de Catalogação na Publicação (CIP)
de acordo com ISBD

C928m Crichton, Michael
        O mundo perdido / Michael Crichton ; traduzido
     por Marcia Men. – 2. ed. – São Paulo : Aleph, 2021.
     448 p. ; 16cm x 23cm.

        Tradução de: The lost world
        ISBN: 978-65-86064-50-6

        1. Literatura americana. 2. Ficção científica.
        3. Romance 4. Dinossauros I. Men, Marcia. II. Título.

                                      CDD 813.0876
2021-1424   CDU 821.111(73)-3

Elaborado por Vagner Rodolfo da Silva – CRB-8/9410

Índices para catálogo sistemático:
1. Literatura americana : ficção científica 813.0876
2. Literatura americana : ficção científica 821.111(73)-3

 EDITORA ALEPH
Rua Tabapuã, 81, cj. 134
04533-010 – São Paulo – SP – Brasil
Tel.: [55 11] 3743-3202
www.editoraaleph.com.br